MINHA QUEDA
POR
HERÓIS

GUTENBERG

MINHA QUEDA POR HERÓIS

SUSAN ELIZABETH PHILLIPS

Tradução: Carolina Caires Coelho

Copyright © 2014 Susan Elizabeth Phillips
Copyright © 2020 Editora Gutenberg

Título original: *Heroes Are My Weakness*

Todos os direitos reservados pela Editora Gutenberg. Nenhuma parte desta publicação poderá ser reproduzida, seja por meios mecânicos, eletrônicos, seja via cópia xerográfica, sem a autorização prévia da Editora.

EDITORA RESPONSÁVEL
Rejane Dias

EDITORA ASSISTENTE
Carol Christo

PREPARAÇÃO
Nilce Xavier

REVISÃO
Júlia Souza
Sabrina Inserra

CAPA E DIAGRAMAÇÃO
Larissa Carvalho Mazzoni
(capa sobre imagem de JDawnInk [IStock])

Dados Internacionais de Catalogação na Publicação (CIP)
Câmara Brasileira do Livro, SP, Brasil

Phillips, Susan Elizabeth
   Minha queda por heróis / Susan Elizabeth Phillips ; tradução Carolina Caires Coelho. -- Belo Horizonte : Editora Gutenberg, 2020.

   Título original: Heroes Are My Weakness.
   ISBN 978-85-8235-546-6

   1. Ficção norte-americana I. Título.

20-32672   CDD-813

Índices para catálogo sistemático:
1. Ficção : Literatura norte-americana 813

Iolanda Rodrigues Biode - Bibliotecária - CRB-8/10014

A **GUTENBERG** É UMA EDITORA DO **GRUPO AUTÊNTICA**

São Paulo
Av. Paulista, 2.073, Conjunto Nacional, Horsa I
23º andar . Conj. 2310-2312 Cerqueira César .
01311-940 São Paulo . SP
Tel.: (55 11) 3034 4468

Belo Horizonte
Rua Carlos Turner, 420,
Silveira . 31140-520
Belo Horizonte . MG
Tel.: (55 31) 3465 4500

www.editoragutenberg.com.br

Em homenagem à Mary Stewart,
Anya Seton, Charlotte Brontë, Daphne du
Maurier, Victoria Holt e Phyllis Whitney.
Devo o meu amor pela leitura aos
seus romances mágicos.
Sem vocês, mulheres visionárias, eu
não seria uma escritora.

Capítulo um

Annie não costumava conversar com sua mala, mas não andava muito bem ultimamente. O farol alto do carro mal penetrava no turbilhão escuro e caótico da nevasca de inverno, e os limpadores de para-brisa de seu Kia velho não eram páreo para a ira da tempestade que castigava a ilha.

– É só um pouco de neve – disse para a grande mala vermelha que ocupava o banco do passageiro. – Só porque parece o fim do mundo, não significa que de fato é.

Você sabe que eu detesto o frio, a mala respondeu, com um resmungo irritante que nem criança birrenta batendo o pé. *Como pôde me trazer para este lugar horroroso?*

Porque Annie não tinha mais opções.

Uma rajada de ar congelante chacoalhou o carro, e os galhos dos velhos pinheiros balançando acima da estrada não pavimentada pareciam cabelos de bruxas. Qualquer pessoa que imaginasse o inferno como uma fornalha escaldante estava redondamente enganada, Annie concluiu. O inferno era aquela ilha isolada e hostil no inverno.

Você nunca ouviu falar de Miami Beach?, perguntou Crumpet, a princesa mimada que estava dentro da mala. *Não, você tinha que nos levar para uma ilha deserta no meio do Atlântico Norte onde provavelmente seremos devoradas por ursos polares!*

As marchas travavam enquanto o Kia subia a estrada estreita e escorregadia da ilha. A cabeça de Annie doía, assim como suas costelas, já que não parava de tossir, e o simples ato de esticar o pescoço para espiar em meio a um ponto claro no para-brisa a deixou zonza. Estava sozinha no mundo, somente com as vozes imaginárias dos fantoches puxando-a para a realidade. Apesar de estar se sentindo mal, percebeu a ironia da situação.

Imaginou a voz mais tranquila da colega de Crumpet, a pragmática Dilly, que estava dentro da mala vermelha que fazia par com a outra, no banco de trás. *Não estamos no meio do Atlântico*, disse a sensata Dilly. *Estamos em uma ilha a 30 quilômetros da costa de New England e, até onde sei, não há ursos polares no Maine. Além disso, Peregrine Island não é deserta.*

Pois é como se fosse. Se Crumpet estivesse no braço de Annie, teria empinado o nariz. *As pessoas mal conseguem sobreviver aqui durante o verão, imagine no inverno. Aposto que os habitantes daqui comem as pessoas mortas porque não têm alimentos.*

O carro derrapou um pouco. Annie corrigiu a direção, segurando o volante com mais força com as mãos enluvadas. O aquecedor não estava funcionando muito bem, mas ela já transpirava dentro da jaqueta.

Você tem que parar de reclamar, Crumpet, Dilly deu bronca na colega rabugenta. *Peregrine Island é um resort de verão famoso.*

Não estamos no verão!, Crumpet rebateu. *Estamos na primeira semana de fevereiro, acabamos de sair de uma balsa que me deixou enjoada, e não deve ter mais do que cinquenta pessoas aqui. Cinquenta pessoas, que droga!*

Você sabe que Annie não teve escolha, teve que vir para cá, Dilly argumentou.

Porque ela é uma fracassada, uma antipática voz masculina surgiu.

Leo tinha o péssimo hábito de dizer em voz alta os maiores medos de Annie, e era inevitável que invadisse seus pensamentos. Ele era o boneco de que ela menos gostava, mas toda história precisa de um vilão.

Que grosseiro, Leo, Dilly repreendeu. *Ainda que seja verdade.*

Crumpet, petulante, continuou reclamando. *Você é a mocinha, Dilly, então tudo sempre acaba bem para você. Mas para nós, não. Nunca. Estamos ferrados! Ferrados, eu disse! Para sempre, nós...*

Annie tossiu e interrompeu o drama de sua boneca. Mais cedo ou mais tarde, seu corpo se curaria das consequências da pneumonia – pelo menos, assim esperava –, mas e o resto? Tinha perdido a confiança em si mesma, perdido a sensação de que, aos 33 anos, os melhores dias de sua vida ainda estavam por vir. Estava fisicamente fraca, emocionalmente vazia e bem assustada, o que não era, nem de longe, a melhor situação para alguém forçado a passar os dois meses seguintes em uma ilha isolada do Maine.

São só sessenta dias, Dilly tentou argumentar. *Além disso, Annie, você não tem mais para onde ir.*

E ali estava. A verdade nua e crua. Annie não tinha para onde ir. Nada mais a fazer além de procurar a herança que sua mãe podia ou não ter deixado para ela.

O Kia passou por cima de um buraco coberto de neve e o cinto de segurança travou. A pressão no peito de Annie a fez tossir de novo. Queria ter passado a noite na cidade, mas o Island Inn ficaria fechado até maio. De qualquer forma, não teria dinheiro para se hospedar nele.

O carro chegou ao topo da subida com dificuldade. Apesar dos anos de prática transportando seus fantoches sob as mais diversas condições climáticas para se apresentar em todos os cantos do estado, até uma pessoa com experiência em dirigir na neve tinha pouco controle em uma estrada como aquela, ainda mais dentro de um Kia. Havia um motivo para os moradores de Peregrine Island dirigirem picapes.

Vá com calma, outra voz masculina aconselhou, de dentro da mala no banco de trás. *Devagar e sempre.* Peter, seu fantoche mocinho, seu príncipe encantado: era uma voz de incentivo, diferentemente de seu namorado/ficante e ator que só incentivava a si mesmo.

Annie colocou a marcha em ponto morto e começou a descer devagar. No meio do caminho, aconteceu.

A assombração veio do nada.

Um homem vestido de preto atravessou a estrada montado em um cavalo negro. Sua imaginação sempre tinha sido muito fértil – prova disso era sua conversa interna com os fantoches – e ela pensou ter imaginado aquilo. Mas a visão era real. Cavalo e cavaleiro correndo pela neve, o homem abaixado sobre o animal, cuja crina esvoaçava ao vento. Eram criaturas demoníacas, um cavalo preto e um lunático galopando na fúria da tempestade.

Eles desapareceram tão depressa quanto apareceram, mas ela freou automaticamente, e o carro começou a deslizar. Derrapou pela estrada e com um movimento brusco assustador, parou em uma vala cheia de neve.

Você é uma fracassada, Leo, o vilão, disse com desprezo.

Lágrimas de exaustão encheram seus olhos. Suas mãos tremiam. O homem e o cavalo eram reais mesmo ou ela os havia imaginado? Precisava se concentrar. Engatou a ré e tentou sair dali, mas os pneus só atolaram mais. Jogou a cabeça para trás, contra o encosto do banco. Se permanecesse ali por algum tempo, alguém a encontraria. Mas quando? Só havia o chalé e a casa no fim daquela rua.

Tentou raciocinar. Seu único contato na ilha era o homem que cuidava da casa e do chalé, mas só havia recebido um endereço de e-mail para avisar que chegaria e para pedir que ele deixasse o chalé pronto. Ainda que tivesse o número de telefone dele – Will Shaw, era seu nome –, duvidava que teria sinal de celular ali para fazer uma ligação.

Fracassada. Leo nunca falava com voz normal, só com desprezo.

Annie pegou um lenço do pacote amassado, mas em vez de pensar em seu dilema, pensou no cavalo e no cavaleiro. Que maluco saía para cavalgar naquele frio? Fechou os olhos com força e controlou uma onda de enjoo. Gostaria de se deitar e dormir. Seria tão horrível assim admitir que a vida tinha conseguido derrotá-la?

Pode parar com isso agora mesmo, Dilly, sensata, disse.

A cabeça de Annie latejava. Precisava encontrar o tal Will Shaw para tirar o carro dali.

Não ligue para o Shaw, Peter, o mocinho, declarou. *Eu cuido disso!*

Mas Peter – assim como seu ex-namorado – só era bom em crises fictícias.

O chalé ficava a menos de dois quilômetros, uma distância tranquila para uma pessoa saudável percorrer sob condições climáticas decentes. Mas o clima estava péssimo, e Annie não estava exatamente saudável.

Desista, Leo escarneceu. *Você sabe que é isso que você quer.*

Pare de ser tão cruel, Leo. Era a voz de Scamp, melhor amiga de Dilly e o *alter ego* de Annie. Apesar de Scamp ser responsável por muitas das enrascadas nas quais os fantoches se metiam – enrascadas que a heroína Dilly e o herói Peter tinham que resolver –, Annie adorava a coragem e o coração grande dela.

Recomponha-se, Scamp deu a ordem. *Saia já do carro.*

Annie queria mandá-la para o inferno, mas para quê? Enfiou os cabelos soltos dentro da gola da jaqueta acolchoada e subiu o zíper. Uma das luvas de lã tinha um furo no polegar, e ela sentiu um frio congelante quando o puxador da porta entrou em contato com sua pele. Forçou-se a abrir a porta.

O ar gelado atingiu seu rosto e lhe tirou o fôlego. Annie teve que forçar as pernas para fora. As surradas botas de veludo marrom afundaram na neve, e a calça jeans não era suficiente para protegê-la daquele frio. Abaixando a cabeça para se proteger do vento, foi até a parte traseira do carro para pegar o casaco pesado, mas o porta-malas estava tão colado na encosta que não conseguiria abri-lo. Não era de surpreender, certo? Há tanto tempo as coisas não davam certo, que já tinha se esquecido de como era ter sorte.

Annie voltou para o banco do motorista. Seus fantoches deveriam ficar seguros dentro do carro durante a noite, mas e se não ficassem? Ela precisava deles. Eram tudo o que ainda tinha e, se os perdesse, estaria tudo acabado.

Patética, Leo escarneceu.

Ela sentiu vontade de rasgá-lo em mil pedacinhos.

Queridinha... você precisa de mim mais do que eu preciso de você, ele lembrou. *Sem mim, você não tem espetáculo.*

Annie o calou. Respirando com dificuldade, tirou as malas do carro, pegou as chaves, desligou os faróis e fechou a porta.

Imediatamente foi envolvida pela escuridão intensa. O pânico pressionava seu peito.

Eu vou te salvar!, Peter anunciou.

Annie segurou as alças da mala com mais força, tentando não permitir que o pânico a deixasse paralisada.

Não consigo ver nada!, Crumpet gritou. *Detesto a escuridão!*

Annie não possuía nenhum aplicativo de lanterna em seu celular velho, mas tinha... Apoiou a mala na neve e enfiou a mão no bolso à procura das chaves do carro e da pequena luz de LED que ficava presa ao chaveiro. Há meses não tentava usá-la, e não sabia se ainda funcionava. Com o coração na boca, ela a acendeu.

Um feixe de luz azul iluminou um trecho curto na neve, um caminho tão estreito que ela poderia muito bem acabar saindo da estrada.

Controle-se, Scamp mandou.

Desista, Leo resmungou.

Annie deu os primeiros passos na neve. O vento atravessou sua jaqueta fina e soprou seus cabelos, chicoteando os fios encaracolados no rosto. A neve golpeou sua nuca e ela começou a tossir. A dor pressionava suas costelas, e as malas batiam nas pernas. Pouco depois, teve que colocá-las no chão para descansar os braços.

Ergueu a gola da jaqueta, tentando proteger os pulmões do ar gelado. Os dedos ardiam de frio e, quando voltou a caminhar, chamou as vozes imaginárias de seus fantoches para lhe fazerem companhia.

Crumpet: *Se você me derrubar e estragar meu vestido lilás brilhante, eu te processo.*

Peter: *Sou o mais corajoso! O mais forte! Vou te ajudar.*

Leo (com tom de desprezo): *Você sabe fazer alguma coisa direito?*

Dilly: *Não dê ouvidos ao Leo. Continue andando. Vamos chegar lá.*

E Scamp, seu *alter ego* inútil: *Uma mulher levando uma mala entra num bar...*

Lágrimas geladas pesavam nos cílios, borrando sua visão. O vento balançava as malas, ameaçando levá-las. Elas eram grandes demais, pesadas demais. Quase deslocavam seus braços. Tinha sido burrice trazê-las. Burrice, burrice, burrice. Mas não podia abandonar seus fantoches.

Cada passo parecia um quilômetro, e Annie nunca tinha sentido tanto frio. E pensar que ela chegou a acreditar que sua sorte estava começando a mudar, tudo porque conseguiu pegar a balsa que só funcionava esporadicamente, ao contrário do barco de pesca de lagosta que abastecia o continente semanalmente. Mas quanto mais a balsa se afastava da costa do Maine, pior a tempestade tinha se tornado.

Avançava com dificuldade, arrastando um pé atrás do outro pela neve, com os braços doloridos, os pulmões ardendo enquanto tentava não sucumbir a outro acesso de tosse. Por que não tinha colocado o sobretudo dentro do carro em vez de trancá-lo no porta-malas? Por que não tinha feito tantas outras coisas? Como ter uma profissão estável. Ser mais cuidadosa com o dinheiro. Namorar caras decentes.

Já fazia mais de dez anos que estivera naquela ilha. Antes, a estrada terminava na saída que levava ao chalé e ao antigo casarão conhecido como Harp House. Mas e se errasse a saída? Como saber o que poderia ter mudado desde então?

Tropeçou e caiu de joelhos. As chaves escorregaram de sua mão e a luz se apagou. Annie se agarrou a uma das malas para se apoiar. Estava congelada. Queimando de frio. Arfou e desesperadamente tateou a neve ao seu redor. Se perdesse a luz...

Seus dedos estavam tão adormecidos que quase não os sentia. Quando finalmente conseguiu recuperar a lanterna, virou-se e viu o agrupado de árvores que sempre marcara o fim da estrada.

Direcionou o feixe para a direita e ele iluminou a grande rocha de granito na saída. Ela se ergueu de novo, pegou as malas e seguiu em meio aos montes de neve.

O alívio temporário sentido por ter encontrado a saída desapareceu. Séculos de clima rigoroso no Maine haviam deixado aquela área sem vegetação, exceto pelos abetos mais resistentes e, sem nada ao redor para quebrar o vento, as rajadas que sopravam do oceano balançavam as malas como se elas fossem de papel. Annie conseguiu ficar de costas para a força do vento sem perder nenhuma mala. Afundou um pé, depois o outro, passando com esforço pelos montes altos de neve, arrastando as malas, lutando contra a vontade de se deitar e deixar o frio fazer o que quisesse com ela.

Havia se abaixado tanto para se proteger do vento que quase não viu. Só quando a ponta de uma das malas bateu em uma cerca de pedra coberta de neve, ela notou que havia chegado ao chalé Moonraker.

A pequena casa de telhas cinzas não passava de um monte amorfo coberto de neve. Não havia caminho no qual a neve tinha sido retirada com pás, não havia luzes para recebê-la. Na última vez em que estivera ali, a porta tinha sido pintada de vermelho-cereja, mas agora, tinha a fria cor azul-turquesa. Um monte esquisito de neve embaixo da janela da frente cobria duas armadilhas de madeira para pegar lagosta, um sinal da origem da casa como moradia de pescador. Annie atravessou os montes de neve até a porta e colocou as malas no chão. Enfiou a chave na fechadura e então se lembrou de que ali as pessoas raramente trancavam as portas.

Empurrou a porta e ela se abriu. Arrastou as malas para dentro e, com o resto de suas forças, conseguiu fechá-la de novo. Estava completamente sem ar e caiu em cima da mala mais próxima, suas arfadas mais pareciam soluços.

Quando finalmente conseguiu se estabilizar, percebeu o cheiro de mofo na sala gelada. Apertando o nariz contra a manga da blusa, Annie procurou o interruptor. Nada. Ou o caseiro não recebeu o e-mail que ela tinha enviado, pedindo que o gerador estivesse ligado e a pequena lareira acesa quando ela chegasse, ou ele simplesmente o ignorou. Cada parte congelada de seu corpo latejava. Jogou as luvas cobertas de neve no pequeno tapete que ficava do lado de dentro da porta, mas não se deu ao trabalho de tirar a neve dos cabelos. A calça jeans estava congelada em suas pernas, mas teria que tirar as botas para retirá-la, e estava com muito frio para fazer isso.

Mas, por pior que se sentisse, tinha que tirar seus fantoches de dentro das malas cobertas de neve. Encontrou uma das lanternas que sua mãe sempre deixava perto da porta. Antes de o dinheiro da escola e da biblioteca ser cortado, seus fantoches tinham lhe oferecido um meio de subsistência mais estável do que a carreira falida de atriz e os empregos de meio período passeando com cachorros e servindo bebidas no Coffee, Coffee.

Tremendo de frio, Annie xingou o caseiro que aparentemente não tinha problema nenhum em andar a cavalo durante uma tempestade, mas não se dava ao trabalho de cumprir suas funções de verdade. Só podia ser Shaw com o cavalo. Ninguém mais vivia naquela ponta da ilha durante o inverno. Abriu o zíper das malas e tirou dali os cinco fantoches. Deixando-os em seus plásticos de proteção, colocou-os temporariamente em cima do sofá e, então, com a lanterna na mão, saiu andando pelo piso gelado de madeira.

O interior do chalé Moonraker não guardava semelhança alguma com a ideia que as pessoas tinham de uma casa de pesca tradicional de New England. Em vez disso, o selo excêntrico de sua mãe estava em todas as partes – desde uma assustadora travessa cheia de crânios de pequenos animais a um baú dourado estilo Luís XIV com as palavras "Bate-estaca" que Mariah havia grafitado com spray preto. Annie preferia um lugar mais aconchegante, mas nos dias de glória de Mariah, quando ela havia inspirado designers de moda e uma geração de jovens artistas, tanto a sua casa quanto o apartamento de sua mãe em Manhattan tinham aparecido em revistas chiques de decoração.

Aqueles dias tinham terminado anos antes, conforme Mariah foi perdendo o prestígio nos círculos artísticos cada vez mais formados por jovens. Nova-iorquinos abastados tinham começado a pedir ajuda a outros para compilar suas coleções particulares de arte, e Mariah acabou sendo forçada a vender suas peças valiosas para manter seu estilo de vida. Quando adoeceu, tudo acabou. Tudo menos algo naquela casa – algo que seria a "herança" misteriosa de Annie.

"Está na casa. Você terá... Muito dinheiro...". Mariah havia dito tais palavras poucas horas antes de morrer, em um período de pouca lucidez.

Não há herança nenhuma, resmungou Leo. *Sua mãe exagerava em tudo.*

Talvez se Annie tivesse passado mais tempo na ilha, saberia se Mariah tinha dito a verdade, mas ela detestava tudo ali e não tinha voltado desde seu aniversário de 22 anos, onze anos antes.

Iluminou o quarto da mãe com a lanterna. Uma fotografia em tamanho real de uma cabeceira de madeira italiana entalhada estava colada na parede e era a cabeceira da cama de casal. Dois enfeites de parede feitos de lã e penduricalhos que pareciam ser restos de uma loja de ferragens estavam perto da porta do armário. O guarda-roupa ainda tinha o cheiro do perfume que sua mãe sempre usava, uma colônia masculina japonesa pouco conhecida que custava uma fortuna para importar. Quando Annie notou a fragrância, quis sentir o luto que uma filha deveria vivenciar após ter perdido a mãe há apenas cinco semanas, mas só sentia cansaço.

Procurou o velho casaco de lã vermelha de Mariah e um par de meias grossas, e então se livrou das próprias roupas. Depois, colocou todos os cobertores que conseguiu encontrar em cima da cama da mãe, se enfiou embaixo dos lençóis com cheiro de mofo, desligou a lanterna e adormeceu.

Annie, que tinha chegado a pensar que nunca mais conseguiria se aquecer novamente, estava suando quando despertou em meio a um acesso de tosse perto das duas da madrugada. Suas costelas pareciam ter sido quebradas, seu coração batia com força, e sua garganta estava seca. Também precisava fazer xixi, outro problema em uma casa sem água. Quando finalmente a tosse melhorou, saiu debaixo dos cobertores com dificuldade. Enrolada no casaco vermelho, acendeu a lanterna e, apoiando-se na parede, foi até o banheiro.

Manteve a lanterna apontada para baixo para não ver seu reflexo no espelho que ficava acima da pia antiga. Sabia o que veria. Um rosto triste, pálido, abatido pelo mal-estar; um queixo pontudo, olhos grandes e castanhos, e uma juba desgrenhada de cabelos castanho-claros que se embaraçavam e se enrolavam como se tivessem vida própria. Ela tinha um rosto do qual as crianças gostavam, mas que a maioria dos homens considerava excêntrico, mas não sedutor. Seus cabelos e o rosto eram parecidos com os do pai que ela não conhecera – *um homem casado. Ele não quis saber de você. Agora está morto, graças a Deus.* Seu corpo era parecido com o de Mariah: alto, esguio, com punhos e cotovelos pontudos, pés grandes e longos dedos nas mãos.

"Para ser uma atriz de sucesso, você precisa ter uma beleza excepcional ou um talento excepcional", dissera Mariah. *"Você até que é bonita, Antoinette, e é uma ventríloqua de muito talento, mas temos que ser realistas..."*

Sua mãe não era exatamente sua fã. Dilly afirmou o óbvio.

Serei seu fã, afirmou Peter. *Vou cuidar de você e te amar para sempre.*

As afirmações heroicas de Peter costumavam fazer Annie sorrir, mas naquela noite ela só conseguia pensar no abismo emocional entre os homens a quem ela havia decidido entregar seu coração e os heróis fictícios a quem ela amava. E o outro abismo – aquele entre a vida que tinha imaginado para si e a que estava vivendo.

Apesar das objeções de Mariah, Annie conseguiu se formar em Artes Cênicas e passou os dez anos seguintes fazendo testes. Fez apresentações, teatro comunitário, e até conseguiu alguns papéis para interpretar personagens em peças do circuito off-off Broadway. Pouquíssimas. No último verão, no entanto, finalmente havia encarado a verdade de que Mariah tinha razão. Como ventríloqua, Annie tinha o talento que jamais teria como atriz. E isso a deixava absolutamente perdida.

Encontrou uma garrafa de água saborizada com ginseng que só Deus sabia como não tinha congelado. Bebeu só um golinho, mas sentiu a garganta doer. Mesmo assim, trouxe a garrafa de água consigo e voltou para a sala de estar.

Mariah não ia ao chalé desde o verão, um pouco antes de ser diagnosticada com câncer, mas Annie não viu muita poeira. O caseiro devia ter feito pelo menos parte de seu trabalho. Se ao menos tivesse feito o resto...

Seus fantoches estavam no chamativo sofá vitoriano cor-de-rosa. Tudo o que lhe restava eram seu carro e os fantoches.

Não é bem assim, Dilly interveio.

Certo. Havia o monte de contas que Annie não tinha como pagar, a dívida que ela havia contraído nos últimos seis meses de vida de sua mãe tentando satisfazer todas as necessidades dela.

E finalmente ter a aprovação da mamãe, Leo disse com desdém.

Annie começou a tirar o plástico de proteção dos fantoches. Cada um deles tinha cerca de 75 centímetros de comprimento, com olhos que se movimentavam, boca e pernas removíveis. Ela pegou Peter e passou a mão por dentro da camiseta dele.

"*Você é tão linda, minha querida Dilly*", disse ele com a voz mais máscula que tinha. "*A mulher de meus sonhos*".

"*E você é o melhor dos homens*", suspirou Dilly. "*Corajoso e destemido.*"

"*Só na imaginação de Annie*", disse Scamp com a franqueza que lhe era característica. "*Do contrário, você é tão inútil quanto os ex-namorados dela.*"

"*Só há dois ex-namorados, Scamp*", Dilly repreendeu a amiga. – *E você não deveria descontar sua amargura em relação aos homens em Peter. Tenho certeza de que não é de propósito, mas está começando a parecer uma valentona, e você sabe o que eu penso de valentões de qualquer espécie.*"

Annie era especialista em programas com fantoches voltados para questões polêmicas, e muitos deles abordavam o *bullying*. Ela soltou Peter e mexeu só em Leo, que sussurrou seu desdém na mente dela. – *Você ainda tem medo de mim.*

Às vezes, parecia que os fantoches raciocinavam mesmo.

Envolvendo o corpo ainda mais com o casaco vermelho, ela caminhou até a janela da frente. A tempestade tinha diminuído e a luz da lua aparecia através das persianas. Annie olhou para a paisagem sombria de inverno – as sombras escuras de abetos, o pântano assustador. E então, olhou para a frente.

A Harp House aparecia à sua frente à distância, num penhasco estéril. A luz fraca de uma meia lua delineava os telhados angulares e as torres altas. Com exceção de uma fraca luz amarela visível de um quarto no topo da torre, o casarão estava às escuras. A cena lhe lembrava das capas dos antigos romances góticos em brochura que às vezes conseguia encontrar em sebos. Não precisava ser muito criativa para imaginar uma heroína descalça fugindo daquela casa fantasmagórica vestindo nada além de uma camisola transparente, a luz ameaçadora da torre brilhando atrás dela. Aqueles livros eram esquisitos comparados aos vampiros supererotizados de hoje em dia, aos lobisomens e às criaturas que mudavam de forma, mas Annie sempre os adorou. Eles haviam alimentado suas fantasias.

Acima do telhado pontudo da Harp House, nuvens de tempestade passavam à frente da lua, com um movimento tão maluco quanto o voo do cavalo e do cavaleiro que tinham atravessado a estrada. Sua pele estava arrepiada, não de frio, mas devido à sua imaginação. Deu as costas para a janela e olhou para Leo.

Olhos de pálpebras pesadas... Sorriso e lábios finos... O vilão perfeito. Poderia ter evitado tanta dor se não tivesse romantizado aqueles homens sérios por quem havia se apaixonado, imaginando-os como heróis da ficção em vez de se dar conta de que um era um traidor e o outro, um narcisista. Leo, no entanto, era outra coisa. Ela o havia criado com tecido e linha. Ela o controlava.

Isso é o que você pensa, ele sussurrou.

Annie estremeceu e foi para o quarto. Mas mesmo enquanto se enfiava embaixo dos cobertores, não conseguia tirar da cabeça a imagem sombria da casa no penhasco.

Ontem, eu sonhei que ia de novo a Manderley...

Annie não sentia fome quando acordou no dia seguinte, mas se obrigou a comer um punhado de granola murcha. A casa estava fria, o dia, nublado, e ela só queria voltar para a cama. Mas não podia morar na casa sem aquecimento nem água potável, e quanto mais pensava no caseiro ausente, mais irritada ficava. Procurou o único número de telefone que tinha, um através do qual conseguiria falar com a prefeitura, com os correios e com a biblioteca, mas apesar de seu telefone estar carregado, estava sem sinal. Ela se afundou no sofá de veludo cor-de-rosa e levou as mãos à cabeça. Precisava ir pessoalmente atrás de Will Shaw e, para isso, tinha que subir até a Harp House. Voltar ao lugar do qual ela jurou que nunca mais se aproximaria.

Vestiu o máximo de roupas quentes que conseguiu encontrar, enrolou-se no casaco vermelho da mãe e passou um velho cachecol da Hermes no pescoço. Reunindo toda a energia e força de vontade que podia, partiu. O dia estava tão cinzento quanto seu futuro, o ar salgado estava gelado e a distância entre o chalé e o casarão no topo da colina parecia insuperável.

Vou te acompanhar pelo caminho todo, Peter avisou.

Scamp mostrou a língua para ele.

A maré estava baixa, mas as rochas congeladas ao longo da beira da praia eram perigosas demais para serem atravessadas nessa época do ano, por isso Annie teve que pegar o caminho mais comprido e dar a volta pela água salgada. Mas não era só a distância que lhe causava medo. Dilly tentou encorajá-la.

Faz dezoito anos que você subiu a Harp House. Os fantasmas e os duendes de lá há muito se foram.

Annie puxou a gola do casaco sobre o nariz e sobre a boca.

Não se preocupe, Peter disse. *Vou ficar de olho por você.*

Peter e Dilly estavam fazendo seu trabalho. Eram os responsáveis por consertar os deslizes de Scamp e de intervir quando Leo praticava *bullying*. Eram eles que enviavam mensagens antidrogas, lembravam as crianças de comer legumes, de cuidar dos dentes e de não permitir que ninguém tocasse suas partes íntimas.

Mas vai ser tão bom, Leo sussurrou, e então riu.

Às vezes, Annie se arrependia por tê-lo criado, mas ele era um vilão perfeito. Era o valentão, o usuário de drogas, o rei da *junk food*, e o cara esquisito que tentava afastar as crianças dos parquinhos.

Venha comigo, criancinha, e vou dar todos os doces que você quiser.

Pare com isso, Annie, Dilly repreendeu. *Ninguém da família Harp vem à ilha antes do verão. Só o caseiro mora ali.*

Leo se recusava a deixar Annie em paz. *Tenho balas, chocolates, chicletes... e lembranças de todos os seus fracassos. Como está indo a carreira de atriz?*

Ela encolheu os ombros. Precisava começar a meditar ou a praticar ioga, fazer algo que a ensinasse a disciplinar a mente em vez de permitir que ela vagasse por onde quisesse – ou não quisesse. E daí que seu sonho de ser atriz não tinha se realizado como ela queria? As crianças adoravam os shows de fantoches.

Suas botas afundaram na neve. Vegetação morta e bambus secos se enfiavam pela costa congelada do pântano inerte. No verão, o pântano ganhava vida, mas, naquele momento, estava sombrio, cinzento e tão parado quanto as esperanças dela.

Annie parou para descansar de novo quando se aproximou do chão de cascalho recém-arado que levava colina acima até a Harp House. Se Shaw podia arar, podia lhe ajudar a desatolar o carro. Ela se arrastou colina acima. Antes da pneumonia, conseguia subir, mas quando finalmente alcançou o topo, os pulmões estavam pegando fogo e ela já tinha começado a arfar. Lá embaixo, o chalé parecia um brinquedo abandonado e indefeso contra o mar revolto e as colinas do Maine. Sentindo os pulmões arderem mais ainda, levantou a cabeça.

A Harp House surgiu à sua frente, delineada contra o céu escuro. Enraizado no granito, exposto a rajadas de vento de inverno e à brisa no verão, o casarão parecia desafiar os elementos da natureza a tentarem lhe derrubar. As outras casas de veraneio tinham sido construídas no lado leste mais protegido da ilha, mas a Harp House desprezava a maneira fácil. Em vez disso, ela se erguia dos promontórios rochosos do lado oeste bem acima do nível do mar, uma fortaleza proibida de madeira marrom, telhas, com um torreão hostil em uma das extremidades.

Tudo tinha ângulos agudos: os telhados pontudos, os beirais escurecidos, as proeminentes cumeeiras. Annie adorou essa atmosfera gótica quando foi morar ali no verão em que sua mãe se casou com Elliott Harp. Ela se imaginou usando um discreto vestido cinza, segurando uma valise – educada, mas sem um tostão e desesperada, forçada a assumir o modesto trabalho de governanta. Com o queixo erguido e os ombros para trás, ela confrontaria o dono grosseiro (mas excepcionalmente bonito) da casa com tanta coragem que por fim ele se apaixonaria perdidamente por ela. Eles se casariam e então ela redecoraria a casa.

Não demorou muito para que os sonhos românticos de uma menina comum de 15 anos, que lia demais e vivia de menos, se deparassem com uma realidade mais dura.

A piscina vazia do quintal parecia uma imensa boca aberta prestes a devorar qualquer um que se aproximasse, o que já era suficientemente assustador, mas, não obstante, os degraus simples de madeira que levavam às entradas dos fundos e das laterais tinham sido substituídos por degraus de pedra protegidos por gárgulas.

Ela passou pelo estábulo e seguiu por um caminho mal cuidado até a porta dos fundos. Era melhor que Shaw estivesse ali, e não galopando com um dos cavalos de Elliott Harp. Apertou a campainha, mas não ouviu tocá-la do lado de dentro. A casa era grande demais. Esperou, apertou de novo, mas ninguém atendeu. O capacho parecia ter sido usado recentemente para limpar neve de sapatos. Bateu com força.

A porta entreabriu.

Annie estava com tanto frio que entrou na saleta sem hesitar. Havia várias peças de roupa, além de esfregões e vassouras, pendurados em ganchos. Entrou em um cômodo que dava para a grande cozinha e parou.

Tudo estava diferente. Na cozinha não havia mais os armários de imbuia e os eletrodomésticos de aço inoxidável dos quais ela se lembrava de dezoito anos antes. Na verdade, o lugar parecia ter feito uma viagem no tempo de volta ao século XIX.

A parede entre a cozinha e o que já tinha sido a sala do café da manhã não existia mais, deixando o espaço duas vezes maior do que já tinha sido. Janelas altas e na horizontal deixavam a luz entrar, mas como elas agora ficavam a pelo menos 1,80 metros do chão, só as pessoas mais altas conseguiam olhar através delas. O gesso áspero cobria a metade de cima das paredes, enquanto a metade de baixo aguentava os azulejos quadrados de dez centímetros que já tinham sido brancos, alguns lascados nos cantos, outros rachados devido ao tempo. O chão era de pedra antiga, a lareira era uma caverna escura grande o bastante para um urso ser assado ali dentro... ou um homem tolo o bastante para ser pego caçando ilegalmente na terra de seu patrão.

Em vez de armários na cozinha, prateleiras rudimentares abrigavam tigelas e potes de pedra. Havia armários altos de madeira escura dos dois lados do grande fogão de ferro. Dentro de uma pia de pedra havia uma pilha de pratos sujos e bagunçados. Havia panelas e frigideiras de cobre – não brilhantes e polidas, mas amassadas e desgastadas – penduradas acima de uma mesa de madeira cheia de marcas de uso feita para decepar cabeça de galinhas, cortar costeletas de carneiro ou para servir de base para o preparo rápido de uma bebida para o jantar do senhor.

A cozinha só podia ter sido reformada, mas que tipo de reforma voltava dois séculos no tempo? E por quê?

Depressa!, Crumpet gritou. *Tem algo de muito errado aqui!*

Sempre que Crumpet ficava histérica, Annie contava com o jeito maluco de Dilly para oferecer perspectiva, mas Dilly se manteve calada, e nem mesmo Scamp conseguiu pensar em algo engraçado.

– Sr. Shaw? – A voz de Annie não soou com a força de projeção de sempre.

Não ouviu resposta e avançou ainda mais na cozinha, deixando marcas molhadas no chão de madeira. Mas de maneira alguma tiraria as botas. Se tivesse que sair correndo, não faria isso de meias.

– Will?

Nem um pio.

Passou pela despensa, atravessou um corredor escuro e estreito, deu a volta pela sala de jantar, e passou por uma entrada abobadada na saleta. Só uma luzinha fraca entrava pelos seis quadrados acima da porta de entrada.

A escada maciça de mogno ainda levava a um patamar com um vitral sujo, mas o carpete da escada era agora de um tom marrom deprimente e não uma estampa floral colorida como era antes. Na mobília, havia uma camada de poeira, e uma teia de aranha podia ser vista no canto. As paredes tinham sido cobertas com painéis de madeira pesada e escura, e os quadros com imagens do mar tinham sido substituídos por telas sérias a óleo mostrando homens prósperos e mulheres com vestidos do século XIX, e nenhum deles podia ter sido os ancestrais camponeses e irlandeses de Elliott Harp. O que faltava para tornar a entrada ainda mais deprimente era uma armadura e um corvo empalhado.

Ouviu passos no andar de cima e se aproximou da escada.

– Sr. Shaw? É Annie Hewitt. A porta estava aberta, por isso eu entrei. – Ela olhou para cima. – Vou precisar... – As palavras morreram em sua boca.

O dono da casa estava no topo da escada.

Capítulo dois

$\mathcal{E}$le desceu devagar. Um herói gótico em carne e osso com um colete cinza-escuro, peitilho branco como neve e calça escura com botas de montaria de couro justas nas panturrilhas. Pendurada languidamente ao lado de seu corpo, havia uma pistola de cabo de aço.

Annie sentiu um arrepio descer pela espinha. Brevemente, considerou a possibilidade de a febre ter voltado – ou sua imaginação finalmente a havia colocado à margem da realidade. Mas aquele homem não era uma alucinação. Era real, e muito real.

Lentamente, ela desviou o olhar da pistola, das botas e do colete para prestar atenção no homem em si.

À luz clara, os cabelos dele eram extremamente pretos; seus olhos eram de um tom azul imperial; o rosto tinha traços finos e ele não sorria – era a perfeita personificação da soberba do século XIX. Annie teve vontade de fazer uma reverência. De sair correndo. De dizer a ele que não precisava daquele emprego de governanta.

Ele chegou ao fim da escada, e foi quando ela viu. A cicatriz branca, pequena, no canto da sobrancelha dele. A cicatriz que ela havia lhe dado.

Theo Harp.

Dezoito anos tinham se passado desde a última vez em que ela o vira. Dezoito anos tentando enterrar as lembranças daquele verão horrível.

Corra! Corra o máximo que conseguir! Dessa vez, não foi Crumpet quem ela ouviu em sua mente, mas Dilly, sensata e prática.

E mais alguém...

Então... finalmente nos encontramos. O eterno desdém de Leo havia sumido, substituído pela surpresa.

A beleza máscula e fria de Harp combinava perfeitamente naquele ambiente gótico. Ele era alto, esguio e elegantemente dissoluto. O peitilho branco enfatizava a pele morena herdada de sua mãe natural da Andaluzia, e sua esquisitice adolescente já era uma lembrança distante. Mas seu ar arrogante de herdeiro rico não tinha mudado. Olhou para ela com frieza.

– O que você quer?

Ela havia dito seu nome – ele sabia exatamente quem ela era –, mas agia como se uma desconhecida tivesse entrado em sua casa.

– Estou procurando Will Shaw – Annie respondeu, detestando o leve tremor na voz.

Ele desceu ao piso de mármore, que tinha uma ônix preta, em forma de losango.

– Shaw não trabalha mais aqui.

– Então quem está cuidando da casa?

– Você terá que perguntar isso ao meu pai.

Como se Annie pudesse simplesmente ligar para Elliott Harp, um homem que passava os invernos no sul da França com a terceira esposa, uma mulher que não poderia ser mais diferente de Mariah. A personalidade vívida de sua mãe e seu estilo excêntrico e alheio às normas de gênero – calça de cintura alta, camisa masculina branca, belos lenços – tinham atraído uma dúzia de apaixonados, além de Elliott Harp. Casar-se com Mariah havia sido a resposta rebelde de sua crise de meia-idade contra uma vida ultraconservadora. E Elliott proporcionara a Mariah a sensação de segurança que ela nunca tinha sido capaz de conseguir sozinha. Eles estavam fadados desde o começo.

Os dedos dos pés de Annie estavam tensos dentro das botas, tentando mantê-la firme.

– Sabe onde consigo encontrar Shaw?

Ele ergueu o ombro levemente, entediado demais para gastar energia dando de ombros de fato.

– Não faço ideia.

O toque de um celular muito moderno os interrompeu. Sem que ela notasse, ele estava segurando um smartphone preto fino na mão oposta – aquela que não estava pousada sobre a pistola. Quando olhou para a tela, ela percebeu que ele era a pessoa que ela tinha visto galopando pela estrada sem dar atenção ao belo animal sobre o qual estava. Mas Theo Harp tinha um histórico obscuro no que dizia respeito ao bem-estar de outras criaturas vivas, animais ou humanas.

Annie voltou a se sentir nauseada. Observou uma aranha atravessar o piso de mármore sujo. Ele silenciou o celular. Pela porta aberta atrás dele – a que levava à biblioteca – ela viu a grande mesa de mogno de Elliott Harp. Parecia que ela não tinha sido usada. Não havia canecas de café, blocos de anotação e livros de referência. Se Theo Harp estivesse escrevendo seu próximo livro, não era o que estava fazendo naquele momento.

– Soube sobre a sua mãe – disse ele.

Nem para dizer um "Sinto muito pela sua mãe". Mas ele via como Mariah tratava a filha.

"Endireite as costas, Antoinette. Olhe nos olhos das pessoas. Como você espera ser respeitada?"

Pior ainda: *"Me dê esse livro. Você não vai mais ler bobagens. Só os romances que eu der a você".*

Annie detestava cada um daqueles romances. Talvez outras pessoas se apaixonassem por Melville, Proust, Joyce e Tolstói, mas Annie queria livros que mostrassem heroínas corajosas que se impunham e que não se jogavam embaixo do trem.

Theo Harp passou o polegar pela beirada do telefone, com a pistola ainda na outra mão enquanto analisava a roupa improvisada de mendiga dela – o casaco vermelho, o lenço velho, as botas puídas de veludo marrom. Ela se sentia dentro de um pesadelo. O que era aquele revólver? A roupa bizarra? Por que a casa parecia ter voltado dois séculos no tempo? E por que ele já tinha tentado matá-la?

"Ele é mais do que um valentão, Elliott", dissera a mãe ao então marido. *"Há algo muito errado com seu filho."*

Annie compreendia agora o que tinha ficado claro naquele verão. Theo Harp tinha um distúrbio mental: ele era um psicopata. As mentiras, as manipulações, as crueldades... Os incidentes que seu pai, Elliott, havia tentado ignorar dizendo que eram apenas manha de moleque não eram manha coisa nenhuma.

O enjoo não passava. Ela detestava se sentir tão assustada. Theo passou a pistola da mão esquerda para a direita.

– Annie, não venha mais aqui.

Mais uma vez, ele a estava assustando, o que ela detestava.

Do nada, um gemido fantasmagórico tomou o corredor. Ela se virou para localizar de onde vinha.

– O que é isso?

Ela olhou para ele e notou que ele tinha sido surpreendido, mas rapidamente se recompôs.

– A casa é antiga.

– Aquilo não me pareceu um barulho de casa.

– Não é da sua conta.

Ele tinha razão. Qualquer coisa relacionada a ele não era mais da conta dela. Annie estava mais do que pronta para partir, mas mal deu meia dúzia de passos quando o som se repetiu, um gemido mais leve dessa vez, ainda mais assustador do que o primeiro gemido, e vinha de uma direção diferente. Ela o encarou de novo, com o cenho mais franzido e os ombros mais tensos.

– Esposa maluca no porão? – perguntou.

– Vento – ele disse, desafiando-a a insistir.

Ela segurou com força a lã macia do casaco de sua mãe.

– Se eu fosse você, deixaria as luzes acesas.

Annie manteve a cabeça erguida por tempo suficiente para cruzar a saleta de volta para o corredor, mas quando chegou à cozinha, parou e segurou o casaco vermelho ao redor do corpo com mais força. Dava para ver uma caixa de *waffles*, um saco vazio de biscoitos salgados e um frasco de ketchup no lixo que transbordava do cesto no canto. Theo Harp era louco. Não do tipo louco engraçado que conta piadas sujas, mas o tipo de louco do mal que guarda cadáveres na adega. Dessa vez, ao sair da casa e sentir o vento, foi mais do que o vento o que a fez tremer. Foi o desespero.

Annie se endireitou. O smartphone de Theo... Devia ter sinal na casa. Será que também havia ali? Tirou o celular pré-histórico do bolso, protegeu-se do vento embaixo do gazebo e ligou o aparelho. Em poucos segundos, conseguiu sinal. As mãos tremiam enquanto teclava o número da tal prefeitura da ilha. Uma mulher que se identificou como Bárbara Rose atendeu.

– Will Shaw deixou a ilha com sua família no mês passado – disse ela. – Poucos dias antes da chegada de Theo Harp.

Annie sentiu desânimo.

– É o que os jovens fazem – Bárbara continuou. – Eles vão embora. A pesca de lagosta não está boa ultimamente.

Pelo menos agora Annie compreendia por que ele não tinha respondido a seu e-mail. Passou a língua pelos lábios.

– Queria saber... Quanto cobrariam para vir me ajudar?

Ela contou o problema com seu carro, e também disse que não sabia como mexer na caldeira pequena e no gerador.

– Mando meu marido aí assim que ele voltar – disse Bárbara depressa. – É assim que fazemos as coisas na ilha. Nós nos ajudamos. Não deve demorar mais de uma hora.

– É mesmo? Isso seria... Isso seria ótimo. – Annie ouviu um gemido baixo vindo de dentro do estábulo. No verão em que viveu ali, a construção tinha sido pintada de cinza-claro. Agora estava muito marrom, como o gazebo em que se abrigava. Olhou na direção da casa.

– Todo mundo ficou muito triste quando soube sobre sua mãe – disse Bárbara. – Vamos sentir saudades dela. Ela trouxe cultura à ilha, além de pessoas famosas.

– Obrigada. – A princípio, Annie pensou que era só um efeito da luz. Ela piscou, mas estava ali. Uma forma ovalada e clara olhando para ela da janela do andar de cima.

– Depois que Booker desatolar seu carro, ele vai te mostrar como mexer na caldeira e no gerador. – Bárbara fez uma pausa. – Você já viu Theo Harp?

Tão rápido quanto havia surgido, o rosto na janela desapareceu. Annie estava longe demais para distinguir os traços, mas não era Theo. Será que era uma mulher? Uma criança? A esposa maluca que ele tinha trancafiado?

– Rapidamente. – Annie olhava fixamente para a janela vazia. – Theo veio acompanhado?

– Não, ele veio sozinho. Talvez você não saiba, mas a esposa dele morreu no ano passado.

É mesmo? Annie desviou o olhar da janela antes de deixar a imaginação tomar conta da situação. Agradeceu a Bárbara pela ajuda e retomou a caminhada de volta ao chalé Moonraker.

Apesar do frio, da dor nos pulmões e do rosto assustador que tinha visto, seu ânimo tinha melhorado um pouco. Em pouco tempo, ela resgataria o carro e teria calor e eletricidade. Então, poderia começar a ver o que Mariah havia deixado para ela. O chalé era pequeno. Não deveria ser tão difícil de encontrar.

Mais uma vez, gostaria de poder vender o chalé, mas tudo ligado a Mariah e a Elliott Harp tinha sido complicado. Parou para descansar. O avô de Elliott havia construído a Harp House no início do século XX, e Elliott havia adquirido a propriedade próxima, incluindo o chalé Moonraker. Por algum motivo, Mariah adorava aquele chalé e, durante os trâmites do divórcio, exigiu que Elliott o desse para ela. Elliott se recusou, mas, quando o divórcio foi finalizado, eles finalmente chegaram a um acordo. O chalé seria dela contanto que ela o ocupasse por sessenta dias consecutivos por ano. Caso contrário, voltava a ser da família Harp.

Mariah era uma criatura urbana, e Elliott pensou que havia conseguido vencê-la. Se ela saísse da ilha durante esse período de dois meses, mesmo que fosse por uma noite, perderia a casa, sem chance de tentar de novo. Mas, para surpresa dele, Mariah aceitou o acordo. Ela amava a ilha, apesar de não amar Elliott, e como não podia visitar os amigos, ela os convidava para se hospedarem no chalé. Alguns eram artistas de sucesso, outros eram novos talentos que ela queria incentivar. Todos eles aproveitavam a chance para pintar, escrever, criar no estúdio do chalé. Mariah havia ajudado os artistas muito mais do que ajudara a própria filha.

Annie puxou bem o casaco junto ao corpo e recomeçou a caminhar. Ela havia herdado o chalé, junto com os mesmos termos com os quais a mãe havia concordado. Sessenta dias consecutivos passados ali, ou o chalé de volta para a família Harp. Mas diferentemente de sua mãe, Annie odiava a ilha. Naquele momento, no entanto, ela não tinha para onde ir – isso sem contar o futon roído por traças no quartinho de estoque da cafeteria onde trabalhara. Com a doença da mãe e depois a sua própria, ela não foi capaz de manter os empregos, e não teve força nem dinheiro para encontrar um lugar para ficar.

Quando chegou ao pântano congelado, suas pernas estavam rebeladas. Ela se distraiu praticando variações de gemidos assustadores. Algo quase parecido com uma risada saiu de dentro dela. Podia ser um fracasso como atriz, mas não como ventríloqua.

E Theo Harp não havia desconfiado de nada.

Na manhã do segundo dia, Annie tinha água, eletricidade e uma casa fria, porém habitável. Graças a Booker, o marido falante de Bárbara Rose, Annie ficou sabendo que o retorno de Theo Harp era o assunto mais comentado na ilha.

— Uma tragédia, o que aconteceu com a esposa dele – disse Booker, depois de ensinar Annie a não deixar que os canos congelassem, a operar o gerador e a conservar o gás propano. – Todos nos sentimos muito mal pelo garoto. Ele era esquisito, mas passava muitos verões aqui. Você leu o livro dele?

Ela detestava admitir que tinha lido, sim, por isso deu de ombros de modo a não se comprometer.

– Minha esposa teve pesadelos piores do que se tivesse lido as histórias de Stephen King – disse Booker. – Não faço ideia de onde vem a imaginação dele.

O Sanatório tinha sido um romance desnecessariamente assustador a respeito de um hospital psiquiátrico para criminosos insanos com uma sala que transportava os pacientes – principalmente aqueles que gostavam de torturar – de volta no tempo.

Annie tinha detestado o livro. Theo tinha uma herança polpuda, graças à mãe, por isso não escrevia para sobreviver e, na opinião de Annie, isso tornava a sua obra ainda mais repreensível, apesar de ter sido um *best-seller*. Aparentemente, ele estava escrevendo uma sequência, e ela decidiu que não a leria de jeito nenhum.

Depois que Booker saiu, Annie guardou os produtos que tinha comprado no continente, conferiu todas as janelas, empurrou uma mesa de ferro para a frente da porta e dormiu por doze horas. Como sempre, acordou tossindo e pensando em dinheiro. Estava afogada em dívidas e cansada de se preocupar com isso. Ficou deitada embaixo dos cobertores, olhando para o teto, tentando encontrar uma saída.

Depois de receber o diagnóstico, Mariah precisou de Annie pela primeira vez, e Annie estava presente, ao ponto de desistir de seus dois empregos quando chegou o momento em que não podia mais deixar Mariah sozinha.

"Como pude ter tido uma filha tão medrosa?", a mãe costumava dizer. Mas no fim, Mariah é quem teve medo, agarrando-se a Annie e implorando para que ela não se fosse.

Annie usara suas poucas economias para pagar o aluguel no adorado apartamento em Manhattan para que a mãe não tivesse que sair de lá, e então dependeu de cartões de crédito pela primeira vez na vida. Comprou os remédios homeopáticos que Mariah jurava fazer com que ela se sentisse melhor, os livros que alimentavam o espírito artístico da mãe e os alimentos especiais que a impediam de perder muito peso. Quanto mais fraca Mariah ficava, mais agradecida se tornava.

"Não sei o que eu faria sem você." Tais palavras eram um bálsamo para a menininha que ainda vivia dentro da alma adulta de Annie, que desejava muito a aprovação da mãe, sempre tão crítica.

Annie teria conseguido se manter bem se não tivesse decidido realizar o sonho da mãe de fazer uma última viagem a Londres. Usando mais cartões de crédito, passou uma semana empurrando Mariah numa cadeira de rodas, visitando os museus e as galerias que ela mais amava. No Tate

Modern, no momento em que elas pararam diante de uma enorme tela vermelha e cinza, do artista Niven Garr, seu sacrifício valeu a pena. Mariah havia pressionado os lábios na palma da mão de Annie e dito as palavras que ela passou a vida toda desejando ouvir: *"Eu te amo."*

Annie se arrastou para fora da cama e passou a manhã mexendo nos cinco cômodos do chalé: uma sala de estar, uma cozinha, um banheiro, o quarto de Mariah e um estúdio de arte que também servia como quarto de hóspedes. Os artistas que se hospedaram ali ao longo dos anos haviam dado a Mariah quadros e pequenas peças de escultura, mas os mais valiosos tinham sido vendidos pela mãe muito tempo antes. Então o que ela havia guardado?

Nada e tudo atraía a atenção de Annie. O chamativo sofá vitoriano de tecido macio cor-de-rosa e a poltrona futurista bege, uma deusa tailandesa em pedra, crânios de pássaros, um quadro que tomava uma parede toda de uma árvore de cabeça para baixo. A confusão de objetos e estilos de móveis ganhava unidade pelo senso de cor infalível da mãe – paredes claras e tecidos estampados com tons de azul, verde-oliva e castanho-acinzentado. O cor-de-rosa vibrante do sofá em conjunto com uma espreguiçadeira em forma de sereia, pintada com uma tinta iridescente feia proporcionavam o elemento chocante.

Descansando enquanto tomava a segunda xícara de café, decidiu que tinha que ser mais sistemática em sua busca. Começou pela sala de estar, relacionando todos os objetos de arte e sua descrição em um caderno. Seria muito mais fácil se Mariah tivesse lhe dito o que procurar. Ou se ela pudesse vender o chalé.

Crumpet não gostou. *Você não tinha que ter levado sua mãe àquela viagem para Londres. Deveria ter me comprado um vestido novo. E uma tiara.*

Você fez a coisa certa, disse Peter, sempre tão incentivador. *Mariah não era uma má pessoa, só uma mãe ruim.*

Dilly falou de sua maneira tranquila de sempre, mas isso não fazia suas palavras doerem menos. *Você fez aquilo por ela... ou por você?*

Leo só desdenhou. *Qualquer coisa para ganhar o amor da mamãe, não é, Antoinette?*

E era aquilo o que acontecia com seus fantoches... Eles jogavam na sua cara as verdades que ela não queria enfrentar.

Annie olhou pela janela e viu algo movimentando-se ao longe. Um cavalo e um cavaleiro, escuros contra um mar de cinza e branco, atravessando a paisagem de inverno como se todos os demônios do inferno estivessem lhes perseguindo.

Depois de outro dia de acessos de tosse, cochilos e de se entregar ao passatempo de rabiscar bonequinhos com cara engraçada para se animar, Annie não conseguia mais ignorar a dificuldade de usar seu celular. A nevasca da noite passada tornou a leitura já ruim, impossível, e isso significava outra caminhada ao topo do penhasco em busca de sinal. Mas dessa vez, ela se manteria longe do casarão.

Com o casaco forrado, estava mais bem preparada para a subida do que da última vez. Apesar de ainda estar muito frio, o sol aparecia em breves intervalos, e a neve fresca parecia ter sido salpicada com glitter. Mas seus problemas eram grandes demais para que conseguisse apreciar a beleza. Precisava de mais do que sinal de celular. Precisava de acesso à internet. Se não quisesse que ninguém tirasse proveito dela, precisava pesquisar tudo que tinha relacionado em seu caderno-inventário, e como faria isso? O chalé não tinha serviço de satélite. O hotel e as pousadas ofereciam internet pública e de graça durante o verão, mas estavam fechados naquele momento, e mesmo que seu carro pudesse fazer viagens à cidade, Annie não conseguia se imaginar batendo de porta em porta até encontrar alguém que a deixasse navegar na internet.

Mesmo com o casaco, com o gorro de lã vermelha que havia colocado sobre os cabelos desgrenhados e o cachecol que havia enrolado no pescoço cobrindo o nariz e a boca para proteger as vias aéreas, ela estava tremendo quando chegou ao topo da colina. Olhando na direção da casa para ter certeza de que Theo não estava ali, encontrou um lugar atrás do gazebo para fazer suas ligações – a escola de ensino fundamental em Nova Jersey que ainda não havia lhe pagado pela última visita, a loja de consignação onde havia deixado as peças restantes de mobília decente de Mariah. Os móveis em mau estado não valiam a pena ser vendidos, e ela arrastou para a calçada do apartamento. Não aguentava mais se preocupar com dinheiro.

Vou pagar suas dívidas, Peter declarou. *Vou te salvar.*

Um barulho a distraiu. Olhou ao redor e viu uma criança agachada embaixo dos galhos baixos de um grande abeto. Parecia ter 3 ou 4 anos, pequena demais para estar sozinha. Usava só uma jaqueta bufante cor-de-rosa e calças roxas de veludo cotelê – sem luvas, sem botas, sem chapéu cobrindo os cabelos castanho-claros e lisos.

Annie se lembrou do rosto na janela. Aquela deveria ser a filha de Theo.

Pensar em Theo como pai era algo aterrorizante. Coitadinha da criança. Não estava usando roupas suficientemente quentes, e não parecia estar sendo supervisionada. Considerando o que Annie sabia do passado de Theo, aqueles deviam ser os menores de seus pecados como pai.

A criança percebeu que tinha sido vista por Annie e se escondeu mais atrás dos galhos. Annie se agachou.

– Oi. Não quis te assustar. Eu estava dando uns telefonemas.

A criança só ficou olhando para ela, mas Annie já havia conhecido pequenos tímidos.

– Sou a Annie. Antoinette, na verdade, mas ninguém me chama assim. Quem é você?

A criança não respondeu.

– Você é uma fadinha da neve? Ou seria um coelhinho da neve?

Ainda assim, nenhuma resposta.

– Aposto que você é um esquilo. Mas não estou vendo nozes por aqui. Talvez você seja um esquilo que come biscoitos?

Normalmente, até mesmo a criança mais tímida reagia a esse tipo de gracinha, mas a menininha não reagiu. Ela não era surda, pois tinha virado a cabeça ao ouvir um pio, mas quando Annie observou aqueles olhos grandes e atentos, notou que algo não estava certo.

– Lívia... – Era a voz de uma mulher, abafada, como se não quisesse que ninguém dentro da casa escutasse. – Lívia, onde você está? Venha aqui agora mesmo.

Annie foi vencida pela curiosidade e caminhou até a frente do gazebo. A mulher era bonita. Tinha cabelos loiros compridos penteados de lado e um corpo cheio de curvas que nem mesmo a calça jeans e a blusa larga conseguiam esconder. Ela se apoiava desengonçada em um par de muletas.

– Lívia!

Havia algo de familiar na mulher. Annie saiu das sombras.

– Jaycie?

– Annie? – A mulher se balançou apoiada nas muletas.

Jaycie Mills e seu pai tinham morado no chalé Moonraker antes de Elliott comprá-lo. Annie não a via há anos, mas ninguém se esquecia da pessoa que já tinha salvado sua vida.

Um *flash* cor-de-rosa passou por elas quando a menininha – Lívia – correu em direção à porta da cozinha, com os sapatos vermelhos cheios de neve. Jaycie se balançou de novo com as muletas.

– Lívia, não deixei você sair de casa. – Mais uma vez, ela falou com aquele sussurro esquisito. – Já falamos sobre isso antes!

Lívia olhou para ela, mas não disse nada.

– Vá tirar seus sapatos.

Lívia desapareceu, e Jaycie olhou para Annie.

– Fiquei sabendo que você estava na ilha, mas não pensei que fosse te encontrar aqui.

Annie se aproximou, mas ficou nas sombras das árvores.

– Não consigo sinal do celular no chalé, e precisava fazer algumas ligações.

Na infância, Jaycie era tão loira quanto Theo Harp e sua irmã gêmea eram morenos, e isso não tinha mudado. Embora ela não fosse mais magricela como na adolescência, seus belos traços continuavam levemente indefinidos, como se existisse por trás de lentes embaçadas pelo vapor. Mas por que estava ali?

– Agora sou a governanta aqui – Jaycie explicou, como se tivesse lido sua mente.

Annie não conseguia pensar em um trabalho mais deprimente. Jaycie fez um gesto esquisito atrás de si, em direção à cozinha.

– Entre.

Annie não podia entrar, e tinha a desculpa perfeita.

– Me mandaram ficar longe de Lorde Theo. – O nome dele soava em seus lábios como óleo de rícino.

Jaycie sempre tinha sido a mais séria entre eles, e não reagiu à zombaria de Annie. Por ser filha de um pescador de lagosta alcóolatra, a jovem se acostumou cedo às responsabilidades de adulta e, apesar de ser a mais nova dos quatro – um ano mais nova que Annie e dois anos mais nova que os gêmeos Harp –, ela parecia ser a mais madura.

– Theo só desce durante a madrugada – ela disse. – Nem vai saber que você está aqui.

Aparentemente, Jaycie não sabia que Theo estava fazendo mais do que passeios noturnos.

– Não posso mesmo.

– Por favor – ela insistiu. – Seria bom ter uma adulta com quem conversar, para variar.

Seu convite mais parecia uma súplica. Annie devia tudo a ela e, por mais que desejasse recusar, não teria sido certo ir embora. Então se recompôs e atravessou depressa o espaço amplo do jardim, caso Theo estivesse olhando pela janela. Enquanto subia os degraus ladeados por gárgulas, teve que lembrar a si mesma que os dias em que ele a aterrorizara tinham acabado.

Jaycie estava parada à porta dos fundos. Viu Annie olhando para o hipopótamo roxo que aparecia incongruentemente por baixo de uma de suas axilas e para o ursinho cor-de-rosa que aparecia por baixo da outra.

– São da minha filha.

Lívia, então, era filha de Jaycie. Não de Theo.

– As muletas machucam minhas axilas – Jaycie explicou ao dar um passo para trás e abrir passagem para Annie entrar na saleta. – Melhora quando amarro esses bichinhos para servirem de almofadas.

– E ainda ajuda a puxar assunto.

Jaycie só concordou, sua seriedade não combinava com os bichinhos de pelúcia. Apesar do que Jaycie havia feito por Annie naquele verão tão distante, elas nunca tinham sido próximas. Nas duas breves visitas que fez à ilha depois do divórcio da mãe, Annie procurou Jaycie, mas a reserva de sua salvadora tornara os encontros bem esquisitos. Annie raspou as botas no tapete na entrada.

– Como você se machucou?

– Eu escorreguei no gelo há duas semanas. Não se preocupe com as botas – ela disse quando Annie se abaixou para tirá-las. – O chão está tão sujo que um pouco de neve não vai fazer nenhuma diferença.

Ela saiu desajeitada da saleta e foi para a cozinha. Annie tirou as botas mesmo assim, mas se arrependeu assim que o frio da pedra atravessou suas meias. Tossiu e assoou o nariz. A cozinha estava ainda mais escura do que ela se lembrava, até mesmo nas cinzas da lareira. Mais panelas estavam dentro da pia desde que estivera ali, dois dias antes, o lixo estava transbordando e o chão precisava ser varrido. O lugar todo a deixava inquieta.

Lívia tinha desaparecido, e Jaycie largou o corpo na cadeira de madeira de encosto reto à mesa comprida no centro da cozinha.

– Sei que tudo está uma bagunça, mas, desde meu acidente, tem sido um inferno tentar fazer meu trabalho.

Havia uma tensão nela da qual Annie não se lembrava, não só nas unhas roídas, mas também nos movimentos nervosos e rápidos de suas mãos.

– Seu pé parece estar doendo – comentou Annie.

– Não poderia ter acontecido num momento pior. Muitas pessoas parecem se dar bem com muletas, mas está claro que não sou uma delas. – Jaycie usou as mãos para levantar a perna e apoiar o pé na cadeira ao lado. – Theo não me queria aqui, de qualquer modo, e agora que a situação está se complicando... – Ela ergueu as mãos, mas em seguida pareceu se esquecer delas e as deixou pousar de novo em seu colo. – Sente-se. Eu ofereceria um café, mas vai dar muito trabalho fazer.

– Não preciso de nada – disse Annie, sentando-se em uma posição diagonal à de Jaycie.

Lívia voltou à cozinha, trazendo um gatinho com listras beges e brancas, todo despenteado. Estava sem casaco e sem sapatos, e a calça de veludo roxo tinha as barras molhadas. Jaycie viu, mas pareceu resignada. Annie sorriu para a criança.

— Quantos anos você tem, Lívia?

— 4 — Jaycie respondeu pela filha. — Lívia, o chão está frio. Calce os chinelos.

A menina desapareceu de novo, ainda sem falar nada. Annie queria fazer perguntas sobre Lívia, mas ficou com receio de parecer intrometida, por isso decidiu perguntar sobre a cozinha.

— O que aconteceu aqui? Tudo mudou muito.

— Não está péssimo? A esposa de Elliott, Cynthia, é obcecada por tudo o que é britânico, apesar de ter nascido na Dakota do Norte. Ela enfiou na cabeça que transformaria o lugar em um solar do século XIX e conseguiu convencer Elliott a gastar uma fortuna nas reformas, incluindo esta cozinha. Tanto dinheiro para deixar o lugar feio desse jeito. E eles nem ficaram aqui no verão passado.

— Parece meio maluco. — Annie apoiou os calcanhares no apoio da cadeira para tirá-los do piso de pedra.

— Minha amiga Lisa... você não a conhece. Ela ficou fora da ilha naquele verão. Lisa adorou o que a Cynthia fez, mas ela não tem que trabalhar aqui. — Jaycie olhou para as unhas roídas. — Fiquei tão animada quando Lisa me recomendou a Cynthia para o emprego de governanta depois da partida de Will. É impossível encontrar trabalho aqui no inverno. — A cadeira rangeu quando Jaycie tentou encontrar uma posição mais confortável. — Mas agora que quebrei o pé, acho que o Theo vai me demitir.

— É típico de Theo Harp chutar uma pessoa quando ela se torna inútil. — Annie contraiu a mandíbula.

— Ele parece mudado agora. Não sei... — A expressão esperançosa fez Annie se lembrar de algo de que tinha quase se esquecido: o modo como Jaycie olhava para Theo naquele verão, como se ele fosse o centro de seu universo. — Acho que esperava que fôssemos nos ver mais. Conversar, algo assim.

Então Jaycie ainda tinha sentimentos por Theo. Annie se lembrava de sentir inveja da beleza e a da loirice dela, apesar de Theo não prestar muita atenção a ela. Annie tentou ser cuidadosa.

— Talvez você devesse se considerar sortuda. O Theo não é exatamente um candidato muito romântico.

– Pois é. Ele ficou meio esquisito. Ninguém nunca vem aqui e ele raramente vai à cidade. Ele vaga pela casa a noite toda e, durante o dia, ou cavalga ou fica lá no torreão, escrevendo. É onde ele fica, não na casa. Talvez todos os escritores sejam esquisitos. Passo dias sem vê-lo.

– Eu estive aqui há dois dias e o vi assim que cheguei.

– É mesmo? Deve ter vindo quando Lívia e eu estávamos doentes, caso contrário, eu teria te visto. Dormimos a maior parte do dia.

Annie se lembrou do rosto na janela do segundo andar. Talvez Jaycie tivesse dormido, mas Lívia tinha andado pela casa.

– Theo está morando no torreão onde a avó dele ficava?

Jaycie fez que sim e ajeitou o pé na cadeira.

– Tem uma cozinha própria. Antes de quebrar o pé, eu a mantinha abastecida. Agora, não consigo subir os degraus, por isso tenho que mandar tudo para cima pelo elevador de comida.

Annie se lembrava bem do elevador de comida. Theo a enfiou nele um dia e o deixou parado entre os andares. Ela olhou para o relógio redondo e antigo na parede. Precisava dormir um pouco. Será que já podia ir embora sem pegar mal?

Jaycie pegou um celular do bolso – outro smartphone de alta tecnologia – e o colocou sobre a mesa.

– Ele manda mensagens de texto quando precisa de algo, mas, desde que quebrei o pé, não consigo fazer muita coisa. Theo não queria que eu ficasse aqui, para começo de conversa, mas a Cynthia insistiu. Agora, ele está procurando uma desculpa para se livrar de mim.

Annie queria poder dizer algo animador, mas Jaycie devia conhecer Theo bem o suficiente para saber que ele faria exatamente o que quisesse. Jaycie cutucou um adesivo brilhante do Meu Pequeno Pônei colado na mesa da cozinha.

– Lívia é tudo para mim. Tudo o que me restou. – Ela não disse aquilo como se sentisse pena de si mesma, apenas como a afirmação de um fato. – Se eu perder este emprego, não encontro outro. – Jaycie se ergueu meio desajeitada. – Desculpe despejar tudo em cima de você. Passo tempo demais conversando apenas com uma criança de 4 anos.

Uma criança de 4 anos que parecia não falar. Jaycie saltitou em direção a uma geladeira muito grande e antiga.

– Preciso começar a fazer o jantar.

– Vou te ajudar. – Annie se levantou. Apesar da fadiga, ela se sentiria bem fazendo algo por outra pessoa.

– Não, está tudo bem. – Jaycie abriu a porta da geladeira, revelando o interior supermoderno. Ficou olhando para o que havia ali dentro. – Na infância, eu só queria ir embora dessa ilha. Até que me casei com um pescador de lagosta e fiquei presa aqui de vez.

– Alguém que eu conheci?

– Ele era mais velho, então provavelmente não. Ned Grayson. O cara mais lindo da ilha. Por um tempo, me fez esquecer de como eu odiava esse lugar. Ele morreu no verão passado.

– Sinto muito.

Jaycie riu com desdém, pegando uma tigela coberta com plástico dentro da geladeira

– Não sinta muito. No fim das contas, ele era malvado e tinha mãos grandes que não tinha medo de usar. Principalmente em mim.

– Ah, Jaycie...

Seu ar de vulnerabilidade fazia com que parecesse duplamente obsceno que ela sofresse abusos. Jaycie enfiou a tigela embaixo do braço livre, segurando-a firme contra o corpo.

– É irônico. Pensei que meus ossos não se quebrariam mais quando ele morreu. – Ela fechou a porta da geladeira com o quadril e perdeu o equilíbrio no último segundo. Suas muletas caíram no chão, junto com a tigela, que se despedaçou espalhando vidro e chili por todos os lados.

– Merda! – Lágrimas de raiva encheram seus olhos. O chili sujou o piso de pedra, o armário, a calça jeans dela e seu tênis. Havia cacos de vidro por todas as partes. Annie correu para perto dela.

– Vá se limpar. Eu cuido disso.

Jaycie parou recostada na geladeira e olhou para a bagunça.

– Não posso depender de outras pessoas. Preciso cuidar de mim mesma.

– Neste momento, não – Annie disse da maneira mais firme que conseguiu. – Diga onde posso pegar um balde.

Ela permaneceu ali o resto da tarde. Por mais cansada que estivesse, não podia abandonar Jaycie daquele jeito. Limpou o chili espalhado e lavou os pratos da pia, fazendo o melhor que conseguia para abafar a tosse quando Jaycie estava por perto. Durante todo o tempo, ficou atenta à possibilidade de Theo Harp aparecer. Saber que ele estava tão perto a deixava nervosa, mas não deixaria Jaycie perceber isso. Antes de sair, fez algo que nunca tinha imaginado fazer: preparou o jantar para ele.

Olhou para a tigela de sopa de tomate malfeita, restos de hambúrguer, arroz branco instantâneo e milho congelado.

– Você não teria nenhum veneno de rato por aqui, né? – ela brincou enquanto Jaycie saltitava pela cozinha. – Não importa. Essa refeição já é bem nojenta.

– Ele não vai nem notar. Ele não se importa com comida.

Ele só se importa em ferir as pessoas.

Levou a bandeja do jantar pelo corredor. Ao colocá-la no elevador de comida, lembrou-se do terror que sentiu quando ficou presa naquele espaço apertado.

Estava totalmente escuro. Teve que se encolher, com os joelhos pressionados contra o peito. Theo recebeu o castigo de passar dois dias em seu quarto por aquilo, e Annie notou que Regan, sua irmã gêmea, entrou no quarto para fazer companhia a ele.

Regan era tão meiga e tímida quanto Theo era malvado e egoísta. Mas, a menos que ela estivesse tocando oboé ou escrevendo poesia em seu caderno roxo, os irmãos eram inseparáveis. Annie desconfiava de que ela e Regan teriam sido amigas de verdade se Theo não tivesse feito questão de evitar que isso acontecesse. Os olhos de Jaycie ficaram marejados na hora de Annie ir embora.

– Não sei como te agradecer.

Annie disfarçou o cansaço.

– Você já agradeceu. Há dezoito anos. – Ela hesitou, sabendo o que deveria fazer, mas não queria, porém finalmente tomou a única decisão com a qual conseguiria conviver. – Volto amanhã para ajudar mais um pouco.

– Não precisa! – Jaycie arregalou os olhos.

– Vai ser bom para mim – mentiu. – Assim, não fico pensando em coisas ruins. – E um novo pensamento lhe ocorreu. – Tem wi-fi na casa? – Jaycie fez que sim, e Annie sorriu. – Perfeito! Vou trazer meu notebook. Você vai me ajudar. Tem uma pesquisa que preciso fazer.

Jaycie pegou um lenço de papel e o pressionou sobre os olhos.

– Obrigada. Isso significa muito para mim.

Jaycie desapareceu para encontrar Lívia, e Annie foi pegar seu casaco. Apesar da exaustão, estava feliz por ter feito algo para compensar a dívida antiga. Começou a vestir as luvas, e parou. Não conseguia parar de pensar naquele elevador de comida.

Vamos, Scamp sussurrou. *Você sabe que quer.*

Você não acha isso meio imaturo?, respondeu Dilly.

Sem dúvida, disse Scamp.

Annie lembrou de si mesma mais jovem, tão desesperada para fazer Theo gostar dela. Atravessou a cozinha. Caminhando o mais devagar que conseguia, entrou no corredor de trás e desceu o caminho estreito até o fim dele. Ficou olhando para a porta do elevador de comida. Edgar Allan Poe havia monopolizado a frase "Nunca mais", que também quase não assustava. "Você morrerá em sete dias" parecia específico demais. Mas Annie tinha assistido muito à televisão quando adoeceu, incluindo *Apocalypse Now*...

Abriu a porta do elevador de comida, abaixou a cabeça e murmurou, com um gemido baixo, assustador:

– *O horror...* – As palavras ecoaram como uma serpente sibilante. – *O horrrrrooooorrr...*

Ela sentiu arrepios.

Sua louca!, Scamp exclamou, adorando.

Infantil, mas satisfatório, concordou Dilly.

Annie voltou correndo por onde tinha vindo e saiu da casa. Mantendo-se às sombras onde não poderia ser vista por quem olhasse da torre, seguiu até a estrada.

A Harp House finalmente tinha o fantasma que merecia.

Capítulo três

Annie acordou um pouco mais positiva. A ideia de enlouquecer Theo Harp lentamente era tão satisfatória que ela até se sentia melhor. Não tinha como ele conseguir escrever aqueles livros horrorosos sem uma imaginação fértil, e o que poderia ser mais merecido do que virar a imaginação contra ele? Pensou no que mais poderia fazer e, por um segundo, se permitiu imaginar Theo com uma camisa de força, preso atrás das barras de proteção de um sanatório.

Com serpentes rastejando por todos os lados!, Scamp acrescentou.

Você não vai conseguir enganá-lo tão fácil assim, resmungou Leo.

Annie cansou de tentar arrumar os cabelos e deixou o pente de lado. Vestiu a calça jeans, uma camisete e uma camiseta cinza de mangas compridas, e pôs um moletom velho, um sobrevivente dos tempos de faculdade. Ao deixar o quarto e ir para a sala de estar, analisou o que tinha feito antes de ir para a cama na noite passada. Os crânios de passarinho que Mariah expunha em uma travessa, envolta em arame farpado, agora estavam enfiados no fundo de um saco de lixo. Sua mãe e Georgia O'Keefe podiam achar ossos bonitos, mas Annie não achava e, se tinha que passar dois meses ali, decidiu que queria se sentir minimamente em casa. Infelizmente, o chalé era tão pequeno que não havia onde colocar a espreguiçadeira em forma de sereia. Tentou se sentar nela e sentiu um cutucão nas costas, dado pelos seios da sereia.

Dois itens que descobriu a deixaram perturbada – um exemplar do *Portland Press Herald* de exatamente sete dias antes e um saco de café recém-moído na cozinha. Alguém estivera ali recentemente.

Tomou uma xícara daquele mesmo café e se obrigou a comer um pedaço de torrada com geleia. Morria de medo só de pensar em voltar à Harp House, mas, pelo menos, lá ela teria wi-fi. Analisou o quadro da árvore de cabeça para baixo. Talvez até o fim do dia soubesse quem era R. Connor e se seu trabalho tinha algum valor.

Não podia mais adiar. Enfiou o caderno com a relação de itens que tinha feito, o notebook e mais algumas outras coisas dentro da mochila, terminou de se agasalhar e começou a voltar com relutância para a Harp House. Ao atravessar o lado leste do pântano, olhou para a ponte de madeira. Desviar dela só tornava o trajeto mais longo, e Annie precisava parar de evitá-la. Faria isso. Mas não hoje.

Annie havia conhecido Theo e Regan Harp duas semanas depois de Mariah e Elliott terem ido para o Caribe, de onde voltaram casados. Os gêmeos subiam os degraus da ladeira, voltando da praia. Regan apareceu primeiro, com as pernas bem bronzeadas e os cabelos pretos e compridos esvoaçando ao redor de seu rosto bonito. Em seguida, Annie viu Theo. Mesmo aos 16 anos, magricela, com algumas espinhas na testa e um rosto sem espaço suficiente para acomodar seu narigão, ele tinha um jeito alheio a tudo que chamava a atenção, e ela se sentiu atraída instantaneamente. Mas ele olhou para ela com uma indiferença difícil de disfarçar.

Annie queria desesperadamente que os gêmeos gostassem dela, mas sentia-se intimidada pela autoconfiança deles, o que a deixava de língua presa na frente dos dois. Regan era meiga e tranquila, mas Theo era grosseiro e invasivo. Elliott costumava mimar os filhos numa tentativa de compensar o fato de terem sido abandonados pela mãe quando tinham 5 anos de idade, mas insistia com ambos para que incluíssem Annie em suas atividades. Theo, contrariado, a convidou para passear de barco com eles. Mas quando Annie chegou ao cais que ficava entre a Harp House e o Chalé Moonraker, os três já tinham partido sem ela. No dia seguinte, ela chegou meia hora mais cedo, mas eles não apareceram.

Certa tarde, Theo disse que Annie não podia deixar de ver um antigo barco de pesca de lagosta naufragado mais à frente na praia. Annie descobriu tarde demais que a embarcação naufragada havia se tornado o local onde as gaivotas da ilha faziam seus ninhos. Elas voaram para cima de Annie, batendo nela com as asas, e uma delas lhe bicou na cabeça como em uma cena do filme *Os Pássaros*, de Alfred Hitchcock. Desde então, Annie tinha medo de pássaros.

O leque de maldades dele não tinha fim: colocou peixes mortos em sua cama, fazia brincadeiras violentas na piscina, abandonou-a na praia certa noite, no escuro. Annie afastou as lembranças. Felizmente, nunca mais teria 15 anos.

Começou a tossir e, quando parou para recuperar o fôlego, notou que era o primeiro acesso de tosse da manhã. Talvez finalmente estivesse melhorando. Imaginou-se sentada a uma mesa num escritório aquecido, com um computador na sua frente, enquanto enfrentava um trabalho que a levaria às lágrimas, mas que lhe renderia um pagamento constante.

Mas e nós?, resmungou Crumpet.

A *Annie precisa de um emprego de verdade*, interveio a sensata Dilly. *Ela não pode ser ventríloqua para sempre.*

Scamp se meteu com suas palavras aconselhadoras. *Você deveria ter feito fantoches pornôs. Poderia cobrar bem mais pelas apresentações.*

Os fantoches pornôs foram uma ideia que Annie tivera quando a febre estava no ápice.

Finalmente, chegou ao topo da colina. Ao passar pelo estábulo, ouviu um relincho de cavalo. Logo se enfiou entre as árvores, a tempo de ver Theo sair pelas portas da construção. Annie estava com frio, apesar de estar usando um casaco, mas ele estava vestindo só uma blusa escura de lã cinza, calça jeans e botas de montaria.

Theo parou de andar. Annie estava atrás dele, mas a cobertura oferecida pela árvore era pouca, e ela torceu para ele não se virar. Uma rajada de vento ergueu um borrifo fantasmagórico na neve. O homem cruzou os braços à frente do peito, segurou a barra de sua blusa e a retirou. Não vestia nada por baixo.

Annie ficou boquiaberta. Lá estava ele, desafiando o inverno do Maine com o peito nu, o vento soprando seus cabelos pesados e escuros. Theo nem se mexeu. Era como se ela estivesse assistindo a uma das famosas novelas de época da televisão que aproveitavam qualquer oportunidade para mostrar seus mocinhos sem camisa. Mas estava muito frio, Theo Harp não era um mocinho, e a única explicação para o que ele estava fazendo era a insanidade.

Ele cerrou os punhos nas laterais do corpo, ergueu o queixo e olhou para o casarão. Como alguém tão lindo podia ser tão cruel? Aquelas costas musculosas... A masculinidade de seus ombros largos... O modo como ele se destacava contra o céu... Tudo era muito esquisito. Theo parecia menos um mortal e mais parte da paisagem – uma criatura primitiva que não precisava dos meros confortos humanos do calor, do alimento... do amor.

Annie estremeceu dentro do casaco e o observou desaparecendo ao entrar pela porta da torre, com a blusa de lã ainda pendurada ao lado do corpo.

Jaycie ficou contente e emocionada ao vê-la.

– Não acredito que você voltou – disse quando Annie pendurou sua mochila e tirou as botas.

– Se eu não viesse, perderia a diversão. – Annie fez a cara mais feliz que conseguiu e olhou ao redor na cozinha. Apesar da atmosfera pesada, parecia um pouco melhor do que no dia anterior, mas ainda estava péssima.

Jaycie se movimentou do fogão em direção à mesa, mordendo o lábio inferior.

– Theo vai me demitir – sussurrou. – Sei que vai. Como ele fica na torre o tempo todo, não acha que alguém precisa ficar na casa. Se não fosse a Cynthia... – Ela segurou as muletas com tanta força que os nós de seus dedos ficaram brancos. – Hoje cedo, ele viu Lisa McKinley aqui. Ela está pegando as correspondências que chegam de barco para mim. Pensei que ele não soubesse disso, mas me enganei. Ele odeia ter pessoas por perto.

Então como ele espera encontrar sua próxima vítima para assassinar?, perguntou Scamp. *A menos que seja Jaycie...*

Vou cuidar dela, disse Peter. *É o que eu faço, cuido de mulheres fracas.*

Jaycie se reposicionou com as muletas, com a cabeça do hipopótamo cor-de-rosa balançando sem parar perto de sua axila, e franziu a testa.

– Ele... ele me enviou uma mensagem de texto dizendo que não queria mais Lisa por aqui. Disse que é para eu pedir que deixem as correspondências na cidade até ele poder buscá-las. Mas Lisa tem trazido mantimentos a cada duas semanas também, e o que devo fazer em relação a isso? Não posso perder esse emprego, Annie. É tudo o que eu tenho.

– Seu pé vai melhorar logo, e você vai poder dirigir. – Annie tentou incentivá-la.

– Isso é só parte do problema. Theo não gosta de crianças aqui. Eu disse que Lívia é quietinha e prometi que ele nem perceberia a presença dela, mas ela não para de sair, tenho medo de que ele a veja.

Annie enfiou os pés nos tênis que havia trazido.

– Deixe eu ver se entendi. Por causa do Lorde Theo, uma criança de 4 anos não pode sair para brincar? Isso não está certo.

– Acho que ele pode fazer o que quiser... é a casa dele. Além disso, enquanto eu estiver usando muletas, não posso sair com ela e, de qualquer modo, não quero que ela saia sozinha.

Annie detestava a maneira como Jaycie ficava dando desculpas por Theo. Ela era esperta o bastante para enxergar quem ele era de fato, mas depois de todos aqueles anos, ainda parecia ter uma quedinha por ele.

Crianças têm esse tipo de encanto, Dilly sussurrou. *Jaycie é uma mulher feita. Talvez seja mais do que uma quedinha.*

Isso não é bom, disse Scamp. *Isso não é nada bom.*

Lívia entrou na cozinha. Usava a calça de veludo do dia anterior e segurava uma caixa de sapato de plástico transparente com gizes de cera quebrados, além de um bloco de desenho. Annie sorriu para ela.

– Oi, Lívia.

A menina abaixou a cabeça.

– Ela é tímida – explicou Jaycie.

Lívia levou seus objetos de desenho para a mesa, subiu em uma das cadeiras e começou a desenhar. Jaycie mostrou a Annie onde ficavam os produtos de limpeza, desculpando-se o tempo todo.

– Você não tem que fazer isso, é sério. É um problema meu, não seu.

Annie interrompeu suas desculpas.

– Por que você não pensa no que pode fazer a respeito das refeições? Como você não me deixou colocar em prática a ideia do veneno de rato, talvez pudesse me ajudar a encontrar uns cogumelos mortais.

– Ele não é tão mau, Annie. – Jaycie sorriu.

Que mentira! Enquanto Annie levava esfregões e uma vassoura para o corredor principal, olhou para as escadas com intranquilidade. Torcia para que Jaycie estivesse certa e que o fato de Theo ter aparecido ali no andar de baixo quatro dias antes tivesse sido algo atípico. Se descobrisse que Annie estava fazendo o trabalho de Jaycie, ele realmente contrataria outra governanta.

A maioria dos cômodos do andar de baixo ficavam fechados para conservar o calor, mas a saleta, o escritório de Elliott, e o solário assustador precisavam de atenção. Ainda debilitada, decidiu fazer da saleta sua prioridade, mas quando finalmente se livrou das teias de aranha e tirou o pó das paredes revestidas com painéis de madeira, estava espirrando. Voltou para a cozinha e viu Lívia sozinha ali, ainda ocupada com seus gizes à mesa.

Ela estava justamente pensando na menina e voltou à saleta para pegar Scamp, que estava dentro da sua mochila. Annie confeccionava a maioria das roupas de seus fantoches, incluindo a meia-calça com as cores do arco-íris de Scamp, a saia cor-de-rosa e a camiseta amarela com a estrela roxa brilhante. Uma faixa larga e florida mantinha os cachinhos cor de laranja no lugar. Annie enfiou o braço dentro do fantoche e posicionou os dedos nas alavancas que faziam olhos e boca se mexerem. Escondeu Scamp atrás de si e voltou à mesa.

Enquanto Lívia tirava o papel que envolvia o giz vermelho, Annie se sentou numa cadeira na diagonal em relação a ela. No mesmo instante, a cabeça de Scamp apareceu acima da mesa, na lateral, olhando para Lívia.

– Lá... Lá... *LÁ!* – Scamp cantarolou com a voz que mais chamava atenção. – Eu, Scamp, também conhecida como Genevieve Adelaide Josephine Brown, declaro que hoje é um li-i-indo dia!

Lívia olhou para a frente na mesma hora, e fixou os olhos no fantoche. Scamp se inclinou para a frente, com os cachos rebeldes balançando ao redor do rosto, e tentou espiar a arte de Lívia.

– Eu também adoro desenhar. Posso ver seu desenho?

Lívia, olhando sem parar para o fantoche, cobriu o papel com o braço.

– Acho que algumas coisas são privadas – disse Scamp. – Mas acredito que devo compartilhar meus talentos. Como minha cantoria.

Lívia inclinou a cabeça para o lado, curiosa.

– Canto maravilhosamente bem – disse Scamp. – Não que eu mostre minhas músicas incrivelmente fabulosas para as pessoas. Como você e seus desenhos. Não precisa mostrar para ninguém.

Lívia, na mesma hora, tirou o braço de cima do que tinha desenhado. Enquanto Scamp se inclinava sobre o papel para observá-lo, Annie teve que se contentar com o que podia ver pelo canto do olho – algo parecido com uma pessoa de pé ao lado de uma casa.

– Fa-bu-lo-so! – disse Scamp. – Eu também sou uma grande artista. – Naquele momento, foi ela quem inclinou a cabeça. – Quer me ouvir cantar?

Lívia fez que sim.

Scamp abriu bem os braços e começou a cantar uma versão de "A Dona Aranha" de um jeito bem engraçado, algo que sempre fazia as crianças do jardim-de-infância rirem alto.

Lívia ouviu com atenção, mas não abriu um sorriso, nem mesmo quando Scamp começou a mudar a letra:

Veio a cobra forte e a dentou... A chuva continua, tem tempestade vindo, e a Dona Aranha acabou de sumir! Olé!

Cantar fez Annie tossir. Ela disfarçou fazendo Scamp dançar como louca. No fim, Scamp se jogou na mesa.

– Ser fabulosa é muito cansativo.

Lívia concordou balançando a cabeça.

Annie havia aprendido que, ao lidar com crianças, era melhor parar quando havia uma vantagem. Scamp se levantou e jogou os cachos para trás.

– Está na hora do meu cochilo. *Au revoir*. Até a próxima... – Ela desapareceu embaixo da mesa.

Lívia imediatamente abaixou a cabeça para ver aonde o fantoche tinha ido, mas quando ela se inclinou para a frente, Annie se levantou, tirou Scamp do ângulo de visão da menina e atravessou a cozinha para colocá-la na mochila de novo. Não olhou para Lívia, mas ao sair da cozinha sentiu que a menina a observava.

Mais tarde naquele dia, enquanto Theo estava cavalgando, Annie aproveitou para levar o lixo que tinha acumulado na casa para fora, até as lixeiras de metal que ficavam atrás dos estábulos. No caminho de volta para o casarão, olhou para a piscina vazia. Havia um monte de destroços congelados acumulados no fundo. Mesmo no ápice do verão, a água ao redor da Peregrine Island era fria, e ela e Regan nadavam bastante na piscina enquanto Theo preferia o mar. Quando a maré estava alta, ele colocava a prancha na traseira do jipe e seguia em direção à Gull Beach. Annie sempre quis ir com ele, mas tinha medo demais de ser rejeitada e por isso não pedia.

Um gato preto apareceu no canto do estábulo e olhou para ela com seus olhos amarelos. Ela ficou paralisada. Um alarme tocou em sua cabeça.

– Saia daqui! – sibilou ela.

O gato ficou olhando para ela.

Annie correu em direção a ele, balançando os braços.

– Saia! Vá embora! E não volte mais. Não volte se tiver amor à vida.

O gato saiu correndo. Do nada, seus olhos ficaram marejados. Ela piscou para espantar as lágrimas e voltou para dentro da casa.

Annie dormiu mais doze horas naquela noite, e então passou o resto da manhã cuidando da lista de itens da sala de estar do chalé, relacionando os os quadros e objetos de decoração, como a escultura da deusa tailandesa. No dia anterior, ficou ocupada demais para fazer pesquisa, mas hoje daria um jeito de encontrar tempo. Mariah nunca tinha dependido de avaliadores para determinar o valor de seus bens. Ela fazia a lição de casa antes, e Annie seguiria o exemplo. À tarde, enfiou o notebook na mochila e subiu até a Harp House. Os músculos doíam devido ao exercício ao qual não estava acostumada, mas ela chegou ao topo tendo só um acesso de tosse.

Limpou o escritório de Elliott, incluindo o armário feio de imbuia escura onde ficavam as armas, e lavou os pratos usados no dia anterior enquanto Jaycie se preocupava com as refeições de Theo.

– Não sei cozinhar muito bem – disse ela. – Mais um motivo para ele me demitir.

– Não posso te ajudar nisso – respondeu Annie.

Annie viu o gato preto de novo e saiu da casa sem casaco para espantá-lo. Mais tarde, sentou-se à mesa da cozinha para usar o notebook, mas o wi-fi da casa tinha senha, algo que ela deveria ter previsto.

– Sempre uso o telefone que Theo me deu – disse Jaycie ao se sentar à mesa descascando cenouras. – Nunca tive que inserir senha.

Annie tentou várias combinações de nomes, datas de aniversário, nomes de barcos, sem sucesso. Esticou os braços para cima para aliviar a tensão dos ombros, olhou para a tela, e então digitou lentamente *Regan3006*, o dia de verão em que Regan Harp tinha se afogado quando seu barco afundou longe da ilha durante uma tempestade. Ela tinha 22 anos na época, recém-formada na faculdade, mas, para Annie, ela teria 16 anos para sempre, um anjo de cabelos escuros quando tocava oboé e escrevia poesia.

A porta se abriu, e Annie se virou na cadeira. Theo Harp entrou na cozinha com Lívia pendurada embaixo do braço.

Capítulo quatro

Parecia que ele tinha sido derrubado por um tufão. Mas a parte mais assustadora de seu surgimento repentino não era a expressão de ira, mas a menininha assustada embaixo do braço dele, com a boquinha aberta num grito de medo silencioso.

– Lívia! – Jaycie se lançou em direção à filha, perdeu o equilíbrio e caiu desajeitada no chão de pedra, levando as muletas consigo.

Instintivamente, Annie saltou da mesa e lançou-se na direção dele, assustada demais pelo que estava acontecendo para esperar Jaycie se recuperar.

– O que você pensa que está fazendo?

Ele franziu as sobrancelhas escuras, tomado pela raiva.

– O que *eu* estou fazendo? Ela estava no estábulo!

– Me dê a menina! – Annie puxou Lívia para si, mas a menina tinha medo dela também. Jaycie tinha conseguido se sentar. Annie colocou a criança em seu colo, e então se posicionou entre elas e Theo. – Fique onde está – ela o alertou.

Ei! Eu sou o herói!, Peter protestou. *Proteger as pessoas é meu trabalho.*

– Ela estava *no meu estábulo!* – Theo exclamou.

Sua presença enchia a cozinha cavernosa, tomando todo o ar dali. Arfando em busca de oxigênio, Annie firmou os pés.

– Pode, por favor, falar baixo?

Jaycie se assustou. O volume da voz de Theo não se alterou.

– Ela não estava só na porta. Estava dentro da baia com o Dançarino. *Dentro da baia*. Aquele cavalo é bravo. Você tem ideia do que poderia ter acontecido com ela ali? E eu mandei você ficar longe. Por que está aqui?

Annie se obrigou a não deixar que Theo a assustasse, não dessa vez, mas não conseguia ser tão feroz quanto ele.

– Como ela entrou na baia?

Nos olhos dele, ela viu um lampejo de acusação.

– Como eu vou saber? Talvez não estivesse trancada.

– Em outras palavras, você se esqueceu de trancá-la. – Suas pernas tinham começado a tremer. – Talvez estivesse pensando em galopar durante outra nevasca?

Annie havia conseguido desviar a atenção dele de Jaycie e de Lívia. Mas, infelizmente, Theo só prestava atenção nela naquele momento. Ele cerrou os punhos como se estivesse se preparando para dar socos.

– O que diabos você está fazendo aqui, inferno?

Os fantoches a salvaram.

– Olha essa boca! – disse, usando a voz de desaprovação de Dilly, mas, por sorte, lembrando-se de mexer os lábios enquanto falava.

– Por que está na minha casa? – Ele disse cada sílaba da mesma maneira desagradável de Leo.

Ela não podia dizer que estava ajudando Jaycie.

– Não tem wi-fi no chalé, e preciso de acesso à internet.

– Encontre outro lugar.

Se você não se impuser a ele, disse Scamp, *ele vai vencer de novo.*

Annie ergueu o queixo.

– Eu gostaria que você me desse a senha.

Theo olhou para ela como se Annie tivesse saído do esgoto.

– Eu disse para você ficar longe.

– Disse? Não me lembro. – Ela tinha que ajudar Jaycie. – Jaycie me disse que eu não podia ficar aqui – mentiu –, mas eu a ignorei. – Annie precisava ter certeza de que ele acreditaria, então acrescentou: – Não sou mais tão boazinha como era.

Jaycie emitiu um som baixo em vez de se manter em silêncio, como deveria ter feito, o que fez Theo voltar a prestar atenção nela.

– Você sabe qual é nosso acordo, Jaycie.

Jaycie acomodou Lívia contra o peito.

– Tentei manter Lívia quietinha, mas...

– Isso não vai dar certo – disse ele, com seriedade. – Vamos ter que dar outro jeito. – E com essa afirmação séria, Theo se virou como se não houvesse mais nada a ser dito.

Deixe ele ir embora!, disse Crumpet.

Mas Annie não podia fazer isso, e se jogou na frente dele.

– De qual filme de terror você saiu? Olhe para ela! – Ela apontou Jaycie, torcendo para que ele não notasse que não estava totalmente firme. – Está mesmo pensando em jogar uma viúva sem eira nem beira e a filha dela na neve? Seu coração se transformou em pedra totalmente? Não precisa responder, é uma pergunta retórica.

Ele olhou para ela com a expressão irritada de alguém sendo perturbado por um pernilongo insistente.

– Que parte disso é assunto seu?

Annie detestava confrontos, mas Scamp não, por isso ela canalizou seu *alter ego*.

– A parte de mim que é um ser humano compassivo. Me interrompa se não souber o que essa palavra significa. – Os olhos azuis dele ficaram mais escuros. – Lívia não vai mais entrar no estábulo porque você vai se lembrar de trancar a porta. E sua governanta tem feito um ótimo trabalho, mesmo com o pé quebrado. Você tem recebido as refeições, não tem? Veja esta cozinha, está impecável. – Um exagero, por isso ela se focou no que desconfiava ser o ponto fraco dele. – Se você demitir a Jaycie, Cynthia vai contratar outra pessoa. Pense nisso. Outro desconhecido invadindo sua privacidade. Espiando a Harp House. Observando você. Perturbando seu trabalho. Até mesmo tentando *conversar* com você. É isso que você quer?

Mesmo enquanto Theo respirava fundo, ela viu a vitória nos olhos semicerrados dele, no movimento sutil dos músculos de seu rosto bonito.

Ele olhou para Jaycie, que ainda estava no chão com Lívia no colo.

– Vou sair e ficar fora algumas horas – disse bruscamente. – Limpe a torre enquanto eu estiver fora. Não vá ao terceiro andar.

Ele saiu pela porta quase tão intempestivo quanto tinha entrado.

Lívia estava chupando o dedão. Jaycie beijou suas duas bochechas e a colocou de lado, e se ergueu com a ajuda das muletas.

– Não acredito que você falou com ele daquele jeito.

Annie também não conseguia acreditar.

A torre tinha duas entradas: uma por fora e outra pelo segundo andar da casa. Como Jaycie estava com dificuldade de subir a escada, Annie teve que fazer o trabalho.

A torre tinha sido construída em uma fundação mais alta em relação ao resto da Harp House, por isso seu primeiro andar ficava no mesmo nível do segundo andar da casa e a porta no fim do corredor do andar de cima dava diretamente na principal sala de estar do campanário. Parecia que nada havia mudado desde a época em que a avó dos gêmeos ficava ali. As paredes angulares da cor bege serviam de pano de fundo para decorações com muitos estofados dos anos 1980, peças que estavam desgastadas em algumas partes e desbotadas onde a luz batia ao entrar pelas janelas que tinham vista para o mar.

Um tapete persa puído cobria a maior parte do piso de tacos de madeira, e havia um sofá bege com braços grandes e almofadas de franja abaixo de duas pinturas amadoras de paisagens feitas com tinta a óleo. Havia um grande candelabro de chão, de madeira, com compridas velas brancas grossas apagadas e um relógio de pêndulo cheio de pó cujos ponteiros tinham parado às onze e quatro. Aquela era a única parte da Harp House que não parecia ter voltado duzentos anos no tempo, mas era igualmente sombria.

Annie entrou na pequena cozinha onde o elevador de alimentos ocupava uma das extremidades. Em vez de um monte de pratos sujos, a cerâmica que tinha sido mandada da cozinha lá de baixo para cá com as refeições de Theo estavam limpas e apoiadas em um escorredor de plástico azul. Ela pegou um frasco de líquido de limpeza embaixo da pia, mas não o usou imediatamente. Jaycie só fazia o jantar dele. O que o Lorde do Submundo comia no resto do tempo? Deixou o frasco de lado e abriu o armário mais próximo.

Não havia ali olhos de salamandra nem patas de sapo. Não havia olhos salteados nem unhas fritas. Só encontrou caixas de cereal, daqueles de fibras e aveia. Nada muito doce. Nada divertido. Mas não havia partes de corpos humanos.

Talvez aquela fosse sua única chance de explorar, por isso continuou bisbilhotando. Alguns alimentos em lata, desinteressantes. Seis garrafas de água mineral com gás, um pacote grande de grãos de café de alta qualidade e uma garrafa de uísque dos bons. Havia algumas frutas no balcão e, ao olhar para elas, sua voz de Bruxa Má surgiu em sua mente.

Coma uma maçã, minha linda...

Ela se virou e foi até a geladeira, onde encontrou suco de tomate vermelho-sangue, um pedaço de queijo duro, azeitonas pretas e pacotes fechados de patê de fígado nojento. Estremeceu. Não era surpresa ele gostar de carne de órgãos.

O congelador estava praticamente vazio, e na gaveta havia só cenouras e rabanetes. Olhou ao redor na cozinha. Onde estavam as porcarias? Os pacotes de salgadinhos e os potes de sorvete? Onde estava o estoque de batatas fritas, os montes de manteiga de amendoim? Não havia petiscos salgados nem nada crocante. Não havia doces. À sua própria maneira, aquela cozinha era tão assustadora quanto a outra.

Pegou o limpador líquido, e então hesitou. Não tinha lido em algum lugar que era preciso limpar de cima para baixo?

Ninguém gosta de curiosos, disse Crumpet com seu ar de superioridade.

Como se você não tivesse defeitos, Annie rebateu.

A vaidade não é um defeito, respondeu Crumpet. *É um chamado.*

Sim, Annie queria bisbilhotar, e era exatamente o que faria naquele momento. Enquanto Theo estivesse fora de casa, ela podia ver exatamente o que ele guardava em sua masmorra.

Os músculos doloridos de suas panturrilhas protestaram quando ela subiu os degraus até o segundo andar. Se esticasse o pescoço, podia ver a porta fechada que levava ao sótão no terceiro andar onde ele estava escrevendo seu próximo romance sádico. Ou talvez onde estivesse despedaçando cadáveres.

A porta do banheiro estava aberta. Espiou ali dentro. Com exceção da calça jeans e da blusa de moletom jogada na ponta da cama mal arrumada, parecia que uma velhinha morava ali ainda. Paredes cor de gelo, cortinas com estampa de rosas, uma cadeira vermelha com uma almofada redonda de babado, e uma cama de casal com uma colcha bege. Ele com certeza não tinha feito nada para se sentir em casa.

Voltou ao pequeno corredor e hesitou um momento antes de subir os últimos seis degraus até o terceiro andar, o proibido. Abriu a porta.

A sala pentagonal tinha um teto exposto de madeira e cinco janelas estreitas e sem cortinas com arcos pontudos. Os toques humanos que não se via em outros lugares estavam todos visíveis ali. Uma mesa em formato de L estava encostada em uma parede, cheia de papéis, caixas vazias de CD, alguns cadernos, um computador de mesa e fones de ouvido. Do outro lado da sala, estantes de metal preto, industriais, abrigavam vários eletrônicos, incluindo um aparelho de som e uma televisão pequena de tela plana. Havia pilhas de livros no chão embaixo de algumas janelas, e um notebook ao lado de uma poltrona.

A porta se abriu com um rangido. Ela arfou assustada e se virou.

Theo entrou com um cachecol preto de lã nas mãos.

Ele tentou te matar uma vez, disse Leo. *Pode fazer de novo.*

Annie engoliu em seco. Desviou o olhar da pequena cicatriz branca no canto da sobrancelha dele, a cicatriz que ela havia dado a ele. Theo caminhou na direção dela, não mais só segurando o cachecol preto, mas passando-o de uma mão à outra como se fosse uma corda... ou uma faixa... ou talvez um pano embebido em clorofórmio. Quanto tempo ele teria que pressioná-lo sobre seu rosto até ela cair desmaiada?

– Este andar não é para ser visitado – ele grunhiu. – Mas você sabe disso. E ainda assim está aqui.

Ele enrolou o cachecol no próprio pescoço, cerrando as mãos em punhos. Annie sentiu a língua paralisada. Mais uma vez, teve que chamar Scamp para ter coragem.

– É você quem não deveria estar aqui. – Ela torceu para que ele não percebesse o tom levemente esganiçado de sua voz. – Como vou poder espiar se você não vai embora quando diz que vai?

– Você está brincando, não é? – Ele puxou as pontas do cachecol.

– Sim... é sua culpa, sim. – Ela precisava pensar em algo depressa. – Não teria entrado aqui se você tivesse me dado a senha que eu pedi.

– Felizmente, não estou entendendo o que quer dizer.

– Muitas pessoas colam papéis com a senha do wi-fi nos computadores. – Ela uniu as mãos atrás do corpo.

– Eu não.

Mantenha-se firme, disse Scamp. *Faça com que ele entenda que está lidando com uma mulher agora, não com uma menina insegura de 15 anos.*

Annie havia tirado nota máxima nas aulas de improvisação, e fez o melhor que pôde.

– Você não acha isso meio estúpido?

– Estúpido?

– Escolhi mal a palavra – disse ela depressa. – Mas... digamos que você esqueça a senha. Você vai ter ligar para a empresa do provedor... – Ela tossiu e puxou um pouco de ar. – Vamos, sabe como é isso. Vai passar horas ao telefone ouvindo uma gravação dizendo que sua ligação é muito importante para eles. Ou que o menu do atendimento eletrônico mudou, e que você tem que ouvir com atenção. Sei lá, a mudança do menu deveria ser problema deles, não seu. Depois de alguns minutos dessa ladainha, eu geralmente quero morrer. Você quer mesmo passar por isso sendo que um simples Post-it resolveria a questão?

– Ou um simples e-mail – disse ele com o sarcasmo que o falatório dela merecia. – Dirigo.

– O quê?

Afastando as mãos do cachecol, ele foi até a janela mais próxima, onde havia um telescópio apontado para o mar.

– Você me convenceu. A senha é "Dirigo".

– Que senha é essa?

– É o lema do estado do Maine. Significa "Eu comando". Também significa que você perdeu a desculpa para espiar minhas coisas.

Ela não tinha muito o que dizer depois disso. Afastou-se em direção à porta. Theo tirou o telescópio do tripé e o levou à outra janela.

– Você acha mesmo que eu não sei que você tem feito o trabalho da Jaycie para ela?

Ela deveria saber que ele perceberia.

– Por que você se importa? O importante é que o trabalho está sendo feito.

– Porque não quero você por perto.

– É claro. E prefere demitir a Jaycie.

– Não preciso de ninguém aqui.

– Claro que precisa. Quem vai atender a porta enquanto você estiver dormindo em seu caixão?

Ele a ignorou, olhando pelo visor do telescópio para ajustá-lo. Annie sentiu um arrepio na nuca. A janela em que ele tinha posicionado o instrumento era a que dava para o chalé.

É isso que você ganha por desafiar um canalha, disse Leo.

– Tenho um telescópio novo. Com a luz certa, é incrível o quanto consigo ver. – Ele movimentou o aparelho um pouquinho. – Espero que aquele móvel que você mudou de lugar não seja muito pesado para você.

O arrepio na nuca de Annie desceu até seus pés.

– Não se esqueça de trocar os lençóis da minha cama – disse ele sem se virar. – Não há nada melhor do que sentir lençóis limpos em contato com o corpo nu.

Annie não deixaria que ele percebesse o quanto ainda a assustava. Ela se obrigou a virar lentamente e seguir em direção à escada. Tinha todos os motivos para dizer a Jaycie que não poderia continuar. Todos os motivos, exceto a absoluta certeza de que não ficaria em paz se deixasse que o medo que sentia de Theo Harp a forçasse a abandonar a menina que um dia salvou sua vida.

Trabalhou o mais rápido que pôde. Tirou o pó da mobília da sala de estar, passou aspirador de pó no tapete, limpou a cozinha e, depois, com o estômago revirando de ansiedade, foi para o quarto dele. Encontrou lençóis limpos, mas tirar as peças usadas da cama dele era pessoal demais, íntimo demais. Contraiu a mandíbula e encarou a tarefa mesmo assim.

Quando pegou o pano de tirar pó, ouviu a porta do sótão no andar de cima ser fechada, acompanhada pelo clique de uma trava e o som de passos. Disse a si mesma para não se virar, mas se virou mesmo assim.

Theo estava parado na porta, com um ombro encostado no batente. Passou os olhos desde os cabelos desgrenhados de Annie até seus seios – que mal podiam ser vistos embaixo da blusa de lã grossa – e então olhou para seu quadril, parou e depois seguiu. Havia algo calculista em seu olhar. Algo invasivo e perturbador. Por fim, ele se virou.

E foi quando aconteceu. Um som de outro mundo – meio gemido, meio rosnado, e totalmente assustador – ecoou na sala.

Ele parou na hora. Annie virou a cabeça para olhar para cima na direção do sótão.

– O que foi *isso*?

Theo franziu o cenho. Abriu a boca como se quisesse dar uma explicação, mas nenhuma palavra saiu. Momentos depois, ele saiu.

A porta se fechou com força no andar de baixo. Annie contraiu a mandíbula.

Idiota. Bem-feito para você.

Uma fumacinha branca surgiu quando Theo soltou o ar ao destrancar a porta do estábulo, o lugar para onde sempre ia quando precisava pensar. Pensou que tudo já tinha sido planejado, mas não contou que ela voltaria, e não toleraria aquilo.

Ali dentro, ele sentiu o cheiro de palha, de esterco, de poeira e de frio. Nos últimos anos, seu pai havia conservado quatro cavalos ali, animais mantidos no estábulo da ilha quando a família não estava em Peregrine. Agora, o capão preto de Theo era o único cavalo.

Dançarino deu uma relinchada baixa e passou a cabeça por cima da barra da baia. Theo nunca pensou que a veria de novo, mas ali estava ela. Em sua casa. Em sua vida. Trazendo o passado consigo. Acariciou o focinho de Dançarino.

– Somos só você e eu, menino... Você e eu... e os demônios que apareceram para nos assombrar.

O cavalo mexeu a cabeça. Theo abriu a porta do estábulo. Não podia deixar que aquilo continuasse. Tinha que se livrar dela.

Capítulo cinco

Ficar sozinha no chalé à noite foi assustador desde o começo, mas aquela noite foi a pior de todas. As janelas não tinham cortinas, e Theo poderia estar observando seus movimentos a qualquer momento pelo telescópio. Annie deixou as luzes apagadas, andou com dificuldade no escuro, e cobriu a cabeça com os cobertores quando foi para a cama. Mas o escuro só fazia suas lembranças se agitarem enquanto ela pensava em como tudo tinha mudado.

Tudo aconteceu pouco tempo depois do incidente com o elevador de comida. Regan estava numa aula de montaria ou trancada em seu quarto escrevendo poesia. Annie estava sentada nas pedras da praia sonhando acordada com o dia em que seria uma atriz linda e talentosa, protagonista de um grande sucesso de bilheteria, quando Theo apareceu. Ele se sentou ao lado dela, com as pernas compridas expostas em uma bermuda cáqui que era um pouco grande demais para ele. Um caranguejo saiu de uma poça de maré aos pés deles. Ele olhou para o ponto no mar onde as ondas começavam a se elevar.

– Eu me arrependo de algumas coisas que aconteceram, Annie. As coisas têm sido esquisitas.

Tonta do jeito que era, ela o perdoou na mesma hora.

A partir daquele momento, sempre que Regan estava ocupada, Theo e Annie ficavam juntos. Ele mostrava para ela alguns de seus pontos preferidos na ilha. Começou a se abrir com ela, primeiro com certa hesitação, mas aos poucos foi se tornando mais tranquilo. Contou que detestava o colégio interno que frequentava e que estava escrevendo contos que não mostraria a ninguém. Eles conversavam sobre seus livros preferidos. Annie se convenceu que era a única garota com quem Theo já tinha se aberto. Ela lhe mostrou alguns desenhos que fazia em segredo para que Mariah não os criticasse. Por fim, Theo a beijou. *Ela*. Annie Hewitt, um espantalho esquisito de 15 anos com um rosto comprido demais, olhos grandes demais e cabelos encaracolados demais.

Depois disso, sempre que Regan não estava por perto, os dois estavam juntos, normalmente dentro da caverna na maré baixa, dando uns amassos na areia molhada. Ele tocava nos seios dela por cima do maiô, e Annie achava que morreria de felicidade. Quando Theo abaixou seu maiô, ela sentiu vergonha porque seus seios não eram maiores e tentou cobri-los com as mãos. Ele afastou as mãos dela e acariciou os mamilos com os dedos. Annie ficou em êxtase.

Em pouco tempo, eles se tocavam em todas as partes. Theo descia o zíper dos shorts dela e enfiava a mão dentro de sua calcinha. Nenhum garoto jamais havia tocado ali. Theo enfiava os dedos nela. Ela estava explodindo de hormônios. E gozava na mesma hora.

Annie também o tocava, e na primeira vez em que sentiu o líquido em sua mão, pensou que o tinha ferido. Ela estava apaixonada.

E então tudo mudou. Sem motivo, ele começou a evitá-la. Começou a humilhá-la na frente de Regan e de Jaycie.

– Annie, deixe de ser idiota. Você age que nem criança.

Annie tentou conversar com Theo a sós para descobrir por que estava agindo daquela maneira, mas ele a evitava. Ela encontrou meia dúzia de seus valiosos romances góticos no fundo da piscina.

Numa tarde ensolarada de julho, eles estavam atravessando a ponte do pântano, com Annie um pouco à frente de Jaycie e dos gêmeos. Annie estava tentando impressionar Theo para que ele a achasse sofisticada pelo modo como falava de sua vida em Manhattan.

– Uso o metrô desde os 10 anos e...

– Pare de se exibir – Theo disse. E então, bateu a mão nas costas dela.

Ela saiu voando da ponte e caiu de cara na água escura, com as mãos e os braços afundando na meleca, a sujeira descendo por suas pernas. Quando tentou se levantar, fios podres do que semelhantes a ser capim-marinho parecido com enguias e montes de algas verde-azuladas se prenderam em seus cabelos e em suas roupas. Ela cuspiu a lama, tentou esfregar os olhos, mas não conseguiu, e começou a chorar.

Regan e Jaycie ficaram tão horrorizadas quanto Annie e, no fim, as duas precisaram ajudá-la a sair do pântano. Annie tinha ralado muito um dos joelhos e perdeu as sandálias de couro que tinha comprado com seu próprio dinheiro. As lágrimas escorriam por cima da sujeira de seu rosto quando ela finalmente ficou de pé na ponte como se fosse uma criatura de um filme de terror.

– Por que você fez isso?

Theo olhou para ela com seriedade.

– Não gosto de gente exibida.

Os olhos de Regan estavam marejados.

– Não conte a ninguém, Annie, por favor, não conte. O Theo vai ter um baita problema com isso. Ele nunca mais vai fazer nada parecido com isso de novo. Prometa a ela, Theo.

Theo simplesmente se afastou, sem prometer nada.

Annie não contou. Não naquele momento. Só muito tempo depois.

Na manhã seguinte, ela saiu pelo chalé tentando despertar depois de uma noite de sono agitado, antes de percorrer o temido trajeto até a Harp House. Acabou no estúdio, longe do alcance do telescópio de Theo. Mariah havia expandido a parte de trás do chalé para fazer daquele espaço um lugar bem iluminado para trabalhar. As manchas de tinta no piso de madeira eram provas de quantos artistas tinham trabalhado ali ao longo dos anos. Havia uma colcha de cama vermelha aparecendo por baixo de meia dúzia de caixas de papelão empilhadas na cama, encostadas no canto. Ao lado da cama, havia duas cadeiras de madeira pintadas de amarelo.

As paredes azuis do quarto, a colcha vermelha e as cadeiras amarelas deveriam evocar o *Quarto em Arles*, o famoso quadro de Van Gogh, enquanto o mural de tamanho real pintado com a técnica de perspectiva conhecida como *trompe l'oeil* na parede mais comprida mostrava um táxi chocando-se contra a vitrine de uma loja. Annie torceu muito para que aquele mural não fosse a herança porque não fazia ideia de como faria para vender uma parede inteira.

Imaginou a mãe naquele espaço, alimentando o ego dos artistas de modo como nunca fez com o ego da filha. Mariah acreditava que os artistas precisavam de cuidados, mas se recusava a incentivar a filha a desenhar ou a atuar, apesar de Annie amar as duas coisas.

O mundo da arte é um ninho de cobras. Ainda que você seja incrivelmente talentosa – o que você não é –, ele come as pessoas vivas. Não quero isso para você.

Mariah teria se dado muito melhor com uma daquelas meninas naturalmente chatinhas que não se importavam com a opinião dos outros. Mas tinha dado à luz uma criança tímida que vivia sonhando acordada. Contudo, no fim, Annie tinha sido a forte, apoiando uma mãe que não conseguia mais cuidar de si mesma.

Ela deixou a caneca de café de lado ao ouvir o som nada familiar de um veículo se aproximando. Foi até a sala de estar e olhou pela janela a tempo de ver uma picape branca e desgastada parar no fim da passagem. A porta se abriu e uma mulher que parecia ter uns 60 anos saiu. Seu corpo volumoso estava enrolado em um sobretudo cinza, e um par de botas pretas se afundava na neve. Ela não usava chapéu por cima dos cabelos loiros e armados, mas tinha enrolado no pescoço um cachecol de lã preto e verde com estampa de losangos. Ela se inclinou em direção à picape e tirou dali uma sacola de presente com papel de seda cor de framboesa visível na parte de cima.

Annie estava tão feliz por ver um rosto que não tinha nada a ver com a Harp House que quase tropeçou no tapete de lona pintada na pressa de chegar à porta. Quando abriu, um pouco de neve caiu do telhado.

– Sou Bárbara Rose – disse a mulher com um aceno simpático. – Você está aqui há quase uma semana. Pensei que já era hora de alguém vim ver o que você está fazendo.

Seu batom vermelho chamativo se destacava na pele pálida, e quando ela subiu a escada, Annie viu pintinhas causadas pelo rímel nas bolsas sob seus olhos. Annie a convidou para entrar e pegou seu casaco.

– Obrigada por mandar seu marido para me ajudar naquele primeiro dia. Aceita um café?

– Adoraria. – Por baixo do casaco, havia uma calça preta e uma blusa azul-royal cobrindo o corpo grande. Ela tirou as botas, e então acompanhou Annie até a cozinha, levando consigo a sacola de presente e o cheiro forte de perfume de flores. – Qualquer mulher se sente solitária nesta ilha, mas aqui, no meio do nada... – Ela encurvou os ombros brevemente e em seguida, os ergueu. – Coisas demais podem dar errado quando estamos sozinhas.

Não exatamente as palavras que Annie queria ouvir de uma residente experiente. Enquanto Annie passava um café fresco, Bárbara observou a cozinha, analisando a coleção de moedores de sal e de pimenta sobre o parapeito, a série de litografias em preto e branco na parede. Tinha um ar quase esperançoso.

– Muitas pessoas famosas costumavam vir aqui durante o verão, mas não me lembro de ter visto você.

– Sou mais da cidade – Annie respondeu ligando a cafeteira.

– Peregrine com certeza não é um bom lugar para uma pessoa da cidade, principalmente no meio do inverno. – Bárbara gostava de falar, e quando a cafeteira começou a fazer barulhos ela comentou do tempo excepcionalmente frio e de como o inverno era difícil para as mulheres da ilha, que tinham de ficar sozinhas enquanto seus homens estavam no mar revolto. Annie tinha se esquecido das complicadas leis sobre os locais e época em que os pescadores profissionais de lagosta tinham permissão para montar suas armadilhas, e Bárbara adorou poder contar a ela.

– Só pescamos aqui do início de outubro até o primeiro dia de junho. Depois, nós nos concentramos nos turistas. A maioria dos outros moradores da ilha pesca de maio a dezembro.

– Não seria mais fácil quando o tempo está mais quente?

– Com certeza. Mas quando o assunto é montar armadilhas, muitas coisas podem dar errado, mesmo quando o clima está bom. Além disso, a lagosta tem um preço mais alto durante o inverno, por isso há vantagens em pescar nessa época.

Annie terminou de fazer o café. Elas levaram as xícaras para a mesa que tinha vista para a baía em frente. Bárbara entregou a Annie a sacola cor-de-rosa e se sentou na cadeira à frente dela. O presente era um cachecol preto e branco tricotado com a mesma estampa de losangos que Bárbara usava.

Bárbara tirou as migalhas de torrada do café da manhã que haviam caído na blusa de Annie e as acumulou na palma da mão.

– O tricô me mantém ocupada durante o inverno. Caso contrário, começo a me preocupar. Meu filho está morando em Bangor agora. Costumava ver meu neto todos os dias, mas agora tenho sorte se o encontro de dois em dois meses. – Bárbara ficou com olhos marejados, então se levantou de repente e levou as migalhas que tinha reunido para a cozinha. Quando voltou, não tinha se recomposto totalmente. – Minha filha Lisa tem falado sobre ir embora. Se isso acontecer, vou ficar sem minhas duas netas.

– A amiga de Jaycie?

Bárbara fez que sim.

– Parece que o incêndio na escola foi a gota d'água para ela.

Annie se lembrava vagamente do prédio pequeno que servia como escola na ilha. Ficava localizada subindo o monte ao sair do cais.

– Não sabia que tinha acontecido um incêndio.

– Foi no começo de dezembro, logo depois de Theo Harp chegar. Um incêndio elétrico. Acabou com o lugar. – Ela tamborilou na mesa com as pontas das unhas vermelhas. – Aquela escola ensinou as crianças da ilha por cinquenta anos, até quando elas tinham que ir para o ensino médio no continente. Agora, estamos usando um trailer duplo – é só o que a cidade pode pagar – e Lisa disse que não vai deixar que suas meninas continuem indo para a escola se a escola for um trailer.

Annie não julgava as mulheres que queriam ir embora. A vida em uma ilha pequena era mais romântica na teoria do que na realidade.

Bárbara girava a aliança de casamento no dedo, um anel fino e dourado com um solitário diamante muito pequeno.

– Não sou a única. O filho de Judy Kester está sendo muito pressionado pela esposa para se mudar com os pais dela para algum lugar em Vermont, e Tildy. – Ela balançou a mão como se não quisesse continuar pensando. – Quanto tempo você vai ficar?

– Até o fim de março.

– No inverno, isso é muito tempo.

Annie deu de ombros. Não estava a fim de explicar os termos de sua propriedade sobre o chalé.

– Meu marido sempre me diz para não meter o bedelho em assuntos que não me dizem respeito, mas eu não ficaria em paz se não alertasse você de que ficar aqui, sozinha, vai ser difícil.

– Tudo bem – Annie disse como se acreditasse.

A expressão de preocupação de Bárbara não era nada incentivadora.

– Você está longe da cidade. E eu vi aquele seu carro... Sem estradas pavimentadas, ele não vai servir para nada neste inverno.

Algo que Annie já tinha descoberto. Antes de sair, Bárbara convidou Annie para ir ao jogo de bingo na ilha.

– É mais para nós, avós, mas vou obrigar a Lisa jogar. Ela está mais próxima da sua idade.

Annie aceitou sem pestanejar. Não tinha vontade de jogar bingo, mas precisava conversar com outra pessoa além de seus fantoches e Jaycie que, apesar de toda a sua meiguice, não era falante.

Um barulho acordou Theo. Dessa vez, não era outro pesadelo, mas um som anormal. Ele abriu os olhos e ficou ouvindo. Mesmo em meio à sonolência, não demorou muito para entender o que estava ouvindo. Eram as badaladas do relógio no andar de baixo.

Três... quatro... cinco...

Ele se sentou na cama. Aquele relógio não funcionava desde que sua avó Hildy havia morrido, seis anos antes. Afastou as cobertas e prestou atenção. Os tiques melódicos estavam abafados, mas ainda eram claramente audíveis. Ele contou. *Sete... oito...* Continuava. *Nove... Dez...* Por fim, no doze, as badaladas pararam.

Olhou para o relógio ao lado da cama. Eram três da madrugada. *Mas que merda?*

Saiu da cama e desceu a escada. Estava nu, mas o ar frio não o incomodava. Ele gostava de desconforto. Fazia com que se sentisse vivo.

A luz da lua minguante entrava pelas janelas projetando sombras no carpete. A sala de estar cheirava a bolor por ter ficado tanto tempo fechada, mas o pêndulo do relógio de parede de Hildy balançava num tique-taque rítmico, com os ponteiros indicando meia-noite. O relógio havia passado anos em silêncio.

Podia passar as horas de trabalho com vilões que viajavam no tempo, mas não acreditava no sobrenatural. No entanto, havia passado por aquele cômodo antes de ir para a cama e, se o relógio estivesse funcionando antes, teria notado. E agora aqueles barulhos inexplicáveis.

Tinha que existir uma explicação para tudo aquilo, mas Theo não fazia ideia de qual era. Teria muito tempo para pensar naquilo, porque não conseguiria voltar a dormir naquela noite. Tudo bem. O sono tinha se tornado seu inimigo, um lugar sinistro habitado pelos fantasmas do passado, fantasmas que tinham se tornado ainda mais ameaçadores desde que Annie havia reaparecido.

A estrada não estava mais tão cheia de gelo como estivera oito noites atrás, quando Annie chegou, mas agora os buracos estavam mais pronunciados, e ela precisou de quarenta minutos para fazer o trajeto de quinze até o vilarejo para o jogo de bingo das mulheres. Tentou não pensar em Theo Harp enquanto dirigia, mas a verdade é que ele nunca saía de seus pensamentos. Fazia três dias que tiveram a discussão na torre, e ela só o tinha visto de longe desde então. Queria que a situação continuasse assim, mas algo lhe dizia que não seria tão fácil.

Estava feliz com a chance de escapar do chalé. Apesar das caminhadas cansativas até a Harp House, havia começado a se sentir melhor fisicamente, se não emocionalmente. Vestiu sua melhor calça jeans e uma das camisas brancas masculinas que tinham sido de sua mãe. Prendeu os cabelos rebeldes em um coque intencionalmente bagunçado, passou um batom *nude* e rímel e foi o melhor que ela pôde fazer com o que tinha. Às vezes, achava que devia parar de usar rímel para deixar os olhos menos chamativos, mas os amigos lhe diziam que ela era crítica demais e que seus olhos castanhos eram seus melhores traços.

Do lado direito da estrada, o cais grande se unia ao porto onde os barcos de pesca de lagosta ficavam atracados. Garagens fechadas de barcos tinham substituído os abrigos abertos dos quais se lembrava. Se tudo fosse como antes, os visitantes do verão ainda colocavam seus artigos de diversão ali dentro, ao lado das armadilhas dos pescadores e das boias que esperavam ser pintadas.

Do outro lado da estrada, na frente do cais, havia alguns restaurantes, fechados durante o inverno, além de uma loja de presentes e algumas galerias de arte. A prefeitura da ilha, um prédio pequeno que também servia como correio e biblioteca, ficava aberta o ano todo. Na ladeira que subia atrás da cidade, dava para ver os túmulos cobertos de neve no cemitério. Mais alto ainda e com vista para o porto, ficava o hotel Peregrine Island Inn com seu telhado bonito e elegante de telhas cinzas, escuro e vazio por ora, esperando o mês de maio para ganhar vida de novo.

As casas do vilarejo tinham sido construídas perto da estrada. Nos quintais laterais, havia montes de armadilhas para pesca de lagosta, cabos e caçambas que ainda não tinham sido mandados para um ferro velho fora da ilha. A casa dos Rose parecia muito com as outras: quadrada e funcional. Bárbara recebeu Annie e pegou seu casaco, e então a levou à cozinha através da sala de estar que tinha cheiro de lenha e do perfume floral da anfitriã.

Cortinas verde-hortelã amarradas emolduravam a janela acima da pia, e uma coleção de pratos decorativos ficava acima dos armários de madeira escura. O orgulho que Bárbara sentia pelas netas era evidente nas várias fotos expostas na geladeira.

Uma bela senhora na faixa dos 80 anos, com maçãs do rosto protuberantes e um nariz largo que sugeria que ela tinha sangue africano e indígena, estava sentada à mesa da cozinha junto da única jovem além de Annie, uma morena pequena com nariz arrebitado, óculos de armação escura e retangular e um corte de cabelo de comprimento médio. Bárbara a apresentou como sua filha, Lisa McKinley. Ela era amiga de Jaycie e foi quem a recomendou para Cynthia Harp para a vaga de governanta.

Annie logo ficou sabendo que Lisa era, além da bibliotecária voluntária de Peregrine, a dona da única cafeteria e padaria da ilha.

– A padaria fica fechada até dia primeiro de maio – Lisa disse a Annie. – E eu detesto jogar bingo, mas queria te conhecer.

Bárbara fez um gesto em direção à galeria de fotos na geladeira.

– Lisa tem duas filhas lindas. Minhas netas. As duas nasceram aqui.

– Meu castigo por ter me casado com um pescador de lagosta em vez de fugir com Jimmy Timkins quando tive a chance – brincou Lisa.

– Não ligue para ela, ela adora o marido – disse Bárbara antes de apresentar Annie para as outras mulheres.

– Não te incomoda ficar naquele chalé sozinha a noite toda? – A pergunta foi feita por Marie, uma mulher que tinha vincos profundos nos cantos da boca, o que lhe davam uma expressão amarga. – Principalmente com Theo Harp como único vizinho.

– Sou bem destemida – respondeu Annie e os fantoches em sua mente riram até cair.

– Pessoal, peguem suas bebidas – disse Bárbara.

– Eu não ficaria ali nem se me pagassem – continuou Marie. – Não se Theo estivesse na Harp House. Só de pensar em Regan Harp... Ela era um doce de garota.

Bárbara serviu mais vinho.

– Marie tem uma natureza meio desconfiada. Não lhe dê atenção.

Marie não se deixou abater.

– Só estou dizendo que Regan Harp era uma marinheira tão boa quanto o irmão. E não sou a única que acha muito esquisito ela ter saído com o barco naquela tempestade.

Enquanto Annie tentava entender aquela conversa, Bárbara a conduziu até uma das duas mesas.

– Creio que você já jogou bingo antes, então não há muito o que explicar sobre o jogo.

– Normalmente, o bingo é só uma desculpa para bebermos vinho e nos afastarmos dos homens. – O comentário de Judy Kester não merecia a gargalhada solta, mas Judy parecia rir de quase tudo. Com seu bom humor e os cabelos tingidos de vermelho que mais pareciam uma peruca de palhaço, era difícil não gostar dela.

– Não é permitida a estimulação intelectual em Peregrine – Lisa alfinetou. – Pelo menos não durante o inverno.

– Você ainda está brava porque a sra. Harp não voltou no último verão. – Bárbara começou a distribuir as cartelas do bingo.

– Cynthia é minha amiga – disse Lisa. – Não quero ouvir ninguém falando mal dela.

– Como, por exemplo, que ela é uma esnobe? – Bárbara girava o globo para misturar as bolas numeradas.

– Não é – Lisa rebateu. – O fato de ser estudada não significa que seja esnobe.

– Mariah Hewitt tinha muito mais estudo do que Cynthia Harp – disse Marie, amargamente –, mas ela não saía por aí olhando com superioridade para todo mundo.

Apesar das diferenças que Annie tinha com a mãe, era bom ouvir falarem dela com carinho. Enquanto marcavam os números na cartela, Lisa explicou a Annie:

– Cynthia e eu nos tornamos amigas porque temos muitos gostos em comum.

Annie ficou pensando se isso incluía o gosto para decoração.

– Cinquina! – alguém disse à mesa ao lado.

Conforme Bárbara cantava as bolas, Annie aos poucos descobria os nomes e as personalidades das mulheres sentadas às duas mesas. Lisa se achava intelectual; Louise, a octogenária, havia chegado à ilha quando era noiva. A personalidade de Marie era tão amarga quanto sua cara, mas Judy Kester era naturalmente engraçada e animada.

Como bibliotecária voluntária da ilha, Lisa logo passou a falar de Theo Harp.

– Ele é um escritor talentoso. Não deveria perder tempo escrevendo lixos como *O Sanatório*.

– Ah, eu adorei aquele livro! – disse Judy, seu bom humor sem limites tão grande quanto a blusa de moletom que anunciava que ela era a "Melhor vovó do mundo". – Me assustou tanto que passei uma semana dormindo com a luz acesa.

– Que tipo de homem escreve sobre toda aquela tortura? – perguntou Marie, contraindo os lábios. – Nunca li algo tão assustador em toda a vida.

– Foi o sexo que fez o livro ser tão vendido. – Tal observação foi feita pela mulher de rosto avermelhado chamada Naomi. Sua altura, os cabelos curtos tingidos de preto, e a voz alta a tornavam uma figura imponente, e Annie não ficou surpresa quando soube que ela havia capitaneado o próprio barco de pesca de lagosta.

A mulher mais estilosa do grupo – e dona da loja de presentes da região – era a parceira de bingo de Naomi, Tildy, uma mulher de 60 anos com cabelos loiros e finos, blusa de lã vermelha com gola V e um colar com várias correntes prateadas.

– O sexo foi a melhor parte – disse ela. – Aquele homem tem uma baita imaginação.

Apesar de Lisa ter aproximadamente a mesma ideia de Annie, ela era quase tão puritana quanto Marie.

– Isso envergonhou a família dele. Não tenho nada contra cenas de sexo bem escritas, mas...

– Mas... – interrompeu Tildy –, você não gosta de cenas de sexo que excitem as pessoas.

Lisa fez o favor de rir. Bárbara cantou outra bola.

– Você só não gostou porque Cindy não aprovou.

– Cynthia – Lisa a corrigiu. – Ninguém a chama de Cindy.

– Bingo! – As cruzes prateadas balançaram nas orelhas de Judy quando ela bateu a mão com tudo sobre a mesa. As outras resmungaram.

Elas começaram outra partida. A conversa passou para o preço do combustível e da frequência das quedas de energia, e então para a pesca da lagosta. Além de saber que Naomi tinha o próprio barco, Annie descobriu que a maioria das mulheres, em um momento ou outro, tinha atuado como timoneiras nos barcos de seus maridos, um trabalho complicado que envolvia esvaziar armadilhas pesadas, separando o conteúdo para guardar, e acionando de novo as armadilhas com uma isca muito fedida. Se Annie ainda tivesse alguma fantasia romantizada a respeito da vida na ilha, a conversa delas a teriam levado de volta à dura realidade.

Mas o tópico principal era a previsão do tempo da Marinha e como ela afetava o transporte de produtos. A única balsa que levara Annie de volta para a ilha passava apenas uma vez a cada seis semanas durante o inverno, mas um barco menor deveria chegar uma vez por semana com produtos, correspondência e outros artigos. Infelizmente, oscilações de ondas de sete metros mantiveram o barco no continente na semana passada, por isso os moradores tiveram que esperar mais uma semana para a próxima travessia agendada.

– Se alguém tiver manteiga sobrando, eu compro – disse Tildy, puxando os colares de prata.

– Tenho manteiga, mas preciso de ovos.

– Não tenho ovos, mas tenho pão de abobrinha sobrando no congelador.

– Todas temos pão de abobrinha. – Tildy revirou os olhos.

Ela riram. Annie pensou nos poucos mantimentos que ainda tinha e que precisava ser muito mais organizada quando o assunto era encomendar alimentos. A menos que quisesse acabar comendo enlatados o inverno todo, seria melhor que fizesse seu pedido logo cedo no dia seguinte. E pagar por ele com o cartão de crédito de novo...

Judy cantava as bolas agora.

— Se a balsa não vier na próxima semana, juro que vou cozinhar os ratinhos de estimação de meus netos.

— Você tem sorte de seus netos ainda estarem aqui – disse Marie.

A expressão de alegria de Judy desapareceu.

— Não consigo imaginar o que será de mim se eles forem embora.

Louise, a octogenária, não havia comentado nada, mas Tildy estendeu a mão e deu um tapinha em seu braço frágil.

— Johnny não vai embora. Você vai ver. Ele se divorciaria de Galeann antes de permitir que ela o convencesse a partir.

— Espero que você esteja certa – disse Louise. – Só Deus sabe como espero que você esteja certa.

Quando a noite terminou e as mulheres pegavam seus casacos, Bárbara fez um gesto e chamou Annie de canto.

— Tenho pensado em você desde nossa visita, e não me sentiria bem se não te alertasse... Muitas pessoas pensam que somos todos uma grande família aqui, mas a ilha tem seu lado sombrio.

Não me diga, Annie pensou.

— Não estou falando de Marie e de sua obsessão com a morte de Regan Harp. Ninguém acredita que Theo tenha sido o responsável. Mas Peregrine é um lugar para pessoas que querem passar despercebidas. Os capitães contratam timoneiros do continente sem fazer muitas perguntas. A casa de sua mãe foi atacada por vândalos aqui algumas vezes. Já vi brigas, facadas. Pneus sendo furados. E nem todos os moradores são decentes. Se você colocar suas armadilhas na área de pesca de outra pessoa com muita frequência, vai acabar vendo suas linhas cortadas e todos os seus equipamentos no fundo do mar.

Annie estava prestes a dizer que não tinha intenção de colocar armadilhas para lagostas em nenhum lugar, mas Bárbara não tinha terminado.

— Esse tipo de problema transborda nessa terra. Eu amo a maioria das pessoas daqui, mas temos que lidar com bêbados e alguns elementos indesejados. Como o marido de Jaycie. Só porque Ned Grayson era bonito e três gerações de sua família viveram aqui, ele decidiu que podia fazer o que quisesse.

Assim como Theo, Annie pensou.

Bárbara deu um tapinha em seu braço.

– Só estou dizendo que você está isolada aqui. Não tem telefone, e está longe demais da cidade para conseguir ajuda depressa. Mantenha a guarda de pé, e não se permita ser muito complacente.

Quanto a isso não era preciso se preocupar. Annie saiu da casa de Bárbara com uma sensação ruim de medo. Conferiu o banco de trás do carro duas vezes antes de se sentar à frente do volante e ficou de olho no espelho retrovisor enquanto dirigia para casa. Fora ter derrapado algumas vezes e quase ter perdido a frente do carro em um buraco, ela chegou sem incidentes. Com isso, ganhou a autoconfiança de fazer a viagem de volta para a cidade três dias depois para pegar alguns livros emprestados.

Quando Annie entrou na minúscula biblioteca, Lisa McKinley estava à mesa enquanto uma das filhas ruivas corria pela sala. Lisa cumprimentou Annie, e então apontou para uma lista exposta em um quadro pendurado no canto da mesa.

– Estas são minhas recomendações para fevereiro.

Annie analisou os títulos que lhe lembravam dos livros pesados e deprimentes que Mariah a forçava a ler.

– Gosto de livros que são um pouquinho mais voltados para o entretenimento – disse Annie.

Os ombros de Lisa se encurvaram de decepção.

– Jaycie é assim também. Quando Cynthia estava aqui, organizamos recomendações de livros para cada mês do ano, mas quase ninguém presta atenção.

– Acho que as pessoas têm gostos diferentes.

Naquele momento, a filha de Lisa derrubou uma pilha de livros infantis e a mãe correu para organizar a bagunça.

Annie deixou a biblioteca com uma pilha de livros brochura e a desaprovação de Lisa. Estava no meio do caminho para o chalé quando um buraco enorme apareceu na frente dela.

– Merda! – Ela mal conseguiu tocar os freios, mas o Kia começou a escorregar, e ela saiu da estrada de novo. Tentou desviar mas não teve mais sucesso do que da última vez. Saiu para olhar. Não estava tão atolada quanto antes, mas estava atolada o suficiente para precisar de ajuda. E ela tinha como conseguir ajuda? Tinha um kit de emergência guardado ou algumas bolsas de areia no porta-malas como qualquer morador sensato da ilha? Não. Não tinha nenhum recurso para viver em um lugar em que tivesse que se manter sozinha.

Fracassada, sussurrou Leo.

Peter, seu ídolo, permaneceu em silêncio.

Olhou para a estrada. O vento que nunca parecia parar de soprar a atingiu.

– Detesto este lugar! – gritou, o que só lhe fez tossir.

Começou a caminhar. O dia estava nublado, como sempre. Será que o sol um dia brilharia naquela ilha maldita? Enfiou as mãos nos bolsos e encurvou os ombros, tentando não pensar na touca de lã quente e vermelha que deixara no chalé. Theo provavelmente estava lhe espiando naquele momento pelo telescópio.

Ergueu a cabeça ao ouvir galhos se quebrando, seguidos pela batida que só podia estar vindo das patas de um animal muito grande. Era um som que não combinava com uma ilha onde não havia nada maior do que um gato ou um cachorro. E um cavalo preto como a noite.

Capítulo seis

*C*avalo e cavaleiro surgiram de uma área tomada por abetos antigos. Theo puxou as rédeas ao vê-la. Annie sentiu o gosto metálico no fundo da garganta. Estava sozinha em uma ilha sem leis, no fim de uma estrada deserta com um homem que já havia tentado matá-la. E talvez estivesse pensando em concluir o serviço.

Ai! Ai! Os gritos de Crumpet combinaram com o ritmo das batidas do coração de Annie.

Não ouse se acovardar agora, disse Scamp, quando Theo começou a se aproximar dela.

Annie não costumava ter medo de cavalos, mas aquele era enorme, e ela achava que ele tinha um olhar meio desvairado. Era como se estivesse revivendo um pesadelo e, apesar das ordens de Scamp, deu alguns passos para trás.

Medrosa, ralhou Scamp.

– Está indo a algum lugar especial? – Ele não estava vestido como deveria para um clima tão frio. Usava apenas um casaco de veludo preto e luvas. Sem chapéu. Nenhum cachecol ao redor do pescoço. Mas pelo menos tudo estava confortavelmente condizente com o século XXI. Ainda não compreendia o que tinha visto naquele primeiro dia.

As palavras ditas por Marie no jogo de bingo voltaram a sua mente: *"Só estou dizendo que Regan Harp era uma marinheira tão boa quanto o irmão. E não sou a única que acha muito esquisito ela ter saído com o barco naquela tempestade.*"

Ela venceu a ansiedade canalizando seu fantoche preferido:

— Estou indo para uma festa com meus amigos aqui da ilha. E se eu não aparecer, eles sairão à minha procura.

Theo inclinou a cabeça. Annie se apressou.

— Infelizmente, meu carro está atolado, e eu preciso de uma ajudinha para resgatá-lo. — Ser forçada a pedir ajuda a ele era pior do que seu pior acesso de tosse, e ela não podia ficar por baixo. — Ou é melhor eu encontrar alguém que tenha mais músculos?

Theo tinha músculos mais do que suficientes, e era tolice da parte dela provocá-lo. Ele olhou para a estrada em direção ao carro dela, e então para Annie.

— Acho que não gosto da sua atitude.

— Você não é o primeiro.

As pálpebras dele tremeram num daqueles tiques faciais que ela imaginava que os psicopatas desenvolviam com o tempo.

— Você tem um jeito esquisito de pedir ajuda.

— Todos temos nossas manias. Que tal me dar uma forcinha? — Dar as costas para ele a deixava morrendo de medo, mas ela deu mesmo assim.

As patas de Dançarino bateram no cascalho enquanto Theo trotava ao lado dela em direção ao carro. Annie ficou se perguntando se ele já tinha começado a achar que a Harp House era assombrada. Esperava que sim. *O relógio faz tique-taque.*

— Vamos fazer o seguinte — disse ele. — Eu te ajudo se você me ajudar.

— Vou ficar feliz em te ajudar, mas tenho dificuldade para despedaçar cadáveres. São muitos ossos. — *Droga!* Isso que dava quando ela passava muito tempo com seus fantoches. A personalidade deles tomava conta.

Nossas personalidades vêm de você, disse Dilly.

— Do que você está falando? — Theo fingiu parecer confuso.

Annie decidiu voltar atrás.

— De que tipo de ajuda você precisa? — *Além de ajuda psiquiátrica?*

— Quero alugar o chalé.

Ela parou na hora. Não sabia o que esperava, mas definitivamente não era aquilo.

— E onde eu vou ficar?

— Volte para Nova York. Você não tem que ficar aqui. Vou fazer valer a pena para você.

Sério mesmo que Theo achava que ela era tão tola? Annie enfiou as mãos nos bolsos do casaco.

— Você acha mesmo que sou tão tola?

— Nunca pensei que você fosse tola.

Ela começou a andar mais rápido, mas manteve distância.

— Por que eu sairia antes do prazo de sessenta dias?

Theo a encarou, primeiro fingindo não entender e depois agindo como se estivesse chateado, como se finalmente tivesse se lembrado.

— Eu me esqueci disso.

— Claro que sim. — Ela parou de andar. — Por que você quer alugar o chalé? Você já tem mais espaço do que consegue usar.

— Para ficar longe de tudo.

Eu bateria nele por você, Peter disse irrequieto. *Mas ele é grande demais.*

Theo olhou para o Kia dela, e então apeou e amarrou Dançarino a uma árvore do outro lado da estrada.

— Um carro como este é inútil por aqui. Você deveria saber disso.

— Vou comprar outro agora mesmo.

Ele a encarou demoradamente, e então abriu a porta do carro e entrou.

— Dê um empurrão.

— Eu?

— O carro é seu.

Idiota. Ela não tinha força suficiente para fazer o trabalho, como ele bem sabia, mas fez com que ela empurrasse o carro na parte de trás e dava ordens. Só quando Annie começou a tossir ele saiu de dentro do carro e empurrou o veículo para fora do buraco na primeira tentativa.

As roupas dela estavam imundas, o rosto avermelhado, mas ele mal tinha sujado as mão. O lado bom era que ele não a arrastou para o meio das árvores e cortou sua garganta, por isso Annie não tinha motivos para reclamar.

Ela ainda estava pensando em seu encontro com Theo no dia seguinte quando pendurou o casaco e a mochila nos ganchos perto da porta de trás da Harp House e trocou as botas pelos tênis. O fato de ele não ter tentado feri-la fisicamente não significava que não faria isso. Até onde sabia, Theo só não lhe feriu porque não queria o inconveniente de uma visita da polícia causada por um corpo de mulher encontrado na praia.

Exatamente como Regan... Ela espantou esse pensamento. Regan era a única pessoa com quem Theo já tinha se importado.

Ela deu a volta na cozinha e viu Jaycie sentada, imóvel, à mesa. Vestia a calça jeans e a blusa de moletom de sempre – Annie sempre estava com as mesmas roupas –, mas aqueles trajes casuais nunca lhe caíram bem. Jaycie deveria estar usando vestidos leves de verão e óculos grandes enquanto dirigia um conversível vermelho por uma estrada do Alabama

Annie colocou o notebook sobre a mesa da cozinha. Jaycie não olhou para ela, mas disse meio cansada:

– Acabou. – Ela apoiou os cotovelos na mesa e esfregou as têmporas. – Ele enviou uma mensagem de texto para mim hoje cedo depois que voltou da cavalgada. Disse que precisava ir até a cidade e, quando voltasse, nós precisávamos conversar para dar um jeito em tudo.

Annie conteve a vontade de fazer um discurso virulento contra Theo e disse apenas:

– Isso não significa necessariamente que ele vai demitir você. – Embora significasse exatamente isso.

Por fim, Jaycie olhou para ela, com uma mecha comprida de cabelo loiro caindo sobre o rosto pálido.

– Nós duas sabemos que ele vai fazer isso. Posso passar uns dias com Lisa, mas o que vou fazer depois? Minha filhinha... – Seu rosto se contorceu. – Lívia já passou por tanta coisa.

– Vou falar com ele. – Era a última coisa que Annie queria fazer, mas não conseguia pensar em outra maneira de consolar Jaycie. – Ele... ainda está na cidade?

Jaycie fez que sim.

– Ele levou o lixo reciclável porque eu não poderia levá-lo. Não o critico por querer se livrar de mim. Está sendo impossível conseguir fazer o que fui contratada para fazer.

Pois Annie o criticava, e não gostava do olhar suave e sonhador de Jaycie ao falar dele. Será que ela tinha a tendência de se sentir atraída por homens cruéis?

Jaycie se ergueu da mesa e pegou as muletas.

– Preciso ver onde a Lívia está.

Annie teve vontade de pular no pescoço dele. Agora mesmo, enquanto ele estava fora de casa. Mandá-lo de volta ao continente. Pegou um frasco na geladeira e subiu a escada, entrando na torre pela porta do fim do corredor. Foi até o único banheiro da torre onde uma toalha molhada estava pendurada ao lado do box do banheiro.

A pia parecia ter sido limpa depois que ele fez a barba pela manhã. Ela virou o frasco de ketchup que trouxe consigo para baixo e apertou, pingando algumas gotinhas na mão. Não muito. Só um pouco. Abrindo os dedos, ela os passou no canto inferior esquerdo do espelho, deixando uma mancha fraca vermelha ali. Nada muito óbvio. Algo que podia ou não lembrar uma marca de sangue. Algo tão sutil que Theo ficaria em dúvida se a marca já estava ali de manhã e ele que não tinha visto, e o que tinha acontecido desde sua saída para fazer com que ela surgisse.

Seria muito mais satisfatório deixar uma faca fincada em seu travesseiro, mas se ela chegasse a esse ponto, ele deixaria de suspeitar de fantasmas e começaria a suspeitar dela. Annie queria que ele questionasse a própria sanidade, em vez de procurar um perpetrador, exatamente o que ela esperava conseguir ao sabotar o relógio da avó dele na semana anterior.

Ela havia feito o caminho de volta à Harp House na calada da noite, um trajeto perigoso que ela teve que se convencer a fazer. Mas seu medo tinha mais do que compensado. Naquele dia, mais cedo, ela havia conferido as dobradiças da porta lateral da torre para ter certeza de que elas não rangeriam. Não rangeram, e nada havia denunciado sua presença quando invadiu o recinto às duas da madrugada. Tinha sido tarefa simples entrar sorrateiramente na sala de estar enquanto Theo dormia no andar de cima. Puxou o relógio da parede apenas o suficiente para colocar nele a pilha nova que havia comprado para substituir a pilha gasta que tinha removido antes. Depois disso, reajustou a hora para que o relógio tocasse como se fosse meia-noite, mas só quando ela tivesse voltado em segurança para o chalé. Genial.

Mas a lembrança não a deixou animada. Depois de tudo o que tinha feito, aqueles trotes pareciam mais infantis do que ameaçadores. Precisava melhorar sua estratégia, mas não conseguia pensar em uma maneira de fazer isso sem ser pega. Ouviu um barulho vindo por trás. Prendendo a respiração, ela se virou.

Era o gato preto.

– Ah, meu Deus... – Ela caiu de joelhos. O gato olhou para ela com seus olhos dourados.

– Como você entrou aqui? Ele chamou você? Precisa ficar longe dele. Não pode entrar aqui.

O gato virou a cabeça e correu para o quarto de Theo. Annie foi atrás, mas ele se escondeu embaixo da cama. Ela se deitou de bruços no chão e tentou convencê-lo a sair.

– Venha aqui, gatinho. Venha.

O gato não se mexeu.

– Ele está te dando comida, não está? Não deixe ele te alimentar. Você não faz ideia do que ele coloca em sua ração.

Enquanto o gato continuava a ignorar os esforços dela, Annie foi ficando cada vez mais frustrada.

– Gato idiota! Estou tentando te ajudar!

O gato afundou as garras no tapete, esticou-se e bocejou na cara dela.

Tentou alcançá-lo embaixo da cama, esticando o braço. O gato ergueu a cabeça e então, milagrosamente, começou a se arrastar em direção a ela, que prendeu a respiração. O gato se aproximou da mão dela, cheirou e começou a lamber seus dedos.

Um gato que amava ketchup. Desde que ela deixasse um pouco de ketchup nos dedos, o gato permitiria que ela o pegasse, o levasse de volta para a casa e para a cozinha. Jaycie ainda estava com Lívia, por isso não houve testemunhas do esforço de Annie para colocar um gato extremamente irritado dentro de um cesto de piquenique com tampa que ela encontrou na despensa. O gato foi miando como uma sirene de carro até o chalé.

Quando ela o colocou dentro do chalé, seus nervos estavam tão à flor da pele quanto estavam visíveis os arranhões deixados em seus braços.

– Pode acreditar, não gosto disso tanto quanto você. – Ela abriu a tampa. O gato pulou para fora, arqueou as costas e sibilou para ela.

Annie encheu uma tigela com água. Algumas folhas de jornal no chão era o melhor que ela podia conseguir no lugar de uma caixa de areia. Naquela noite, daria ao gato a última lata de atum, aquela que ela pretendia comer no jantar.

Queria dormir, mas como uma tola, tinha feito a promessa a Jaycie, dizendo falaria com Theo. Ao voltar para o topo da colina, com um cachecol enrolado no pescoço e cobrindo o nariz e a boca, ela se perguntou quantas vezes mais teria que fazer aquilo até pagar a dívida que tinha com Jaycie. Mas quem ela queria enganar? Mal tinha começado.

Sentiu o cheiro do fogo antes mesmo de ver a fumaça saindo de dentro dos tambores de lixo atrás da garagem. Jaycie não teria conseguido passar pelo trecho tomado pelo gelo, então Theo estava de volta da cidade e satisfazia seu fascínio doentio por fogo.

Quando eram crianças, ele mantinha uma pilha de lenha longe da linha da maré para que eles pudessem acender fogueiras sempre que quisessem. *"Se você olhar nas chamas, consegue ver o futuro"*, dizia Theo. Mas um dia, Annie o espiou quando ele estava sozinho na praia jogando o que ela pensou ser um pedaço de madeira na fogueira, até ver um flash roxo de relance e se dar conta de que ele tinha lançado ali o caderno roxo de poesia de que Regan tanto gostava. Naquela noite, ela ouviu os dois brigando no quarto de Theo.

– Você fez, sim! – gritou Regan. – Sei que fez. Por que você é tão mau?

A desculpa que Theo havia dado se perdeu no som da discussão que Elliott e Mariah estavam tendo no andar de baixo.

Algumas semanas mais tarde, o amado oboé de Regan sumiu. Por fim, um hóspede da casa viu os restos chamuscados do instrumento em um dos tambores de lixo. Era tão impossível assim acreditar que ele tivera participação na morte de Regan?

Annie queria voltar atrás na promessa feita a Jaycie de que conversaria com ele. Mas, em vez disso, reuniu toda sua coragem e deu a volta pela garagem. O casaco dele estava pendurado no tronco de uma árvore, e ele estava vestindo só uma calça jeans e uma camiseta cinza de manga comprida. Ao se aproximar, notou que confrontá-lo naquele momento, logo depois de ter saído do chalé, era vantajoso para ela. Theo não sabia que aquela era sua segunda ida ao casarão, por isso não teria motivo para relacioná-la à marca no objeto. Jaycie não teria conseguido subir a escada, e Lívia era pequena demais para alcançar o espelho. Assim, só poderia ter sido uma criatura não muito simpática de outro mundo.

Um monte de faíscas saíam do tambor. Vê-lo em meio àquelas chamas avermelhadas – com os cabelos bem escuros, os olhos azuis irados e os traços muito destacados – era como ver o tenente do diabo fazendo uma festa no inferno.

Annie enfiou as mãos nos bolsos do casaco e entrou no círculo de fogo.

– Jaycie disse que você vai demiti-la.

– Disse? – Ele pegou uma carcaça de galinha que tinha caído no chão.

– Eu te disse na semana passada que eu a ajudaria, e tenho ajudado. A casa está limpa e você está recebendo suas refeições.

– Isso se der para chamar de "refeições" o que vocês mandam lá para cima. – Ele jogou a carcaça no fogo. – O mundo é um lugar duro para alguém mole como você.

– Melhor ser mole do que ser dura. Ainda que você pagasse uma boa grana para ela, quanto tempo duraria? Não há outros empregos à espera dela. E ela é uma de suas melhores amigas.

– Hoje cedo, eu tive que levar o lixo reciclável para a cidade. – Ele pegou um punhado de cascas de laranja.

– Eu o teria levado.

– Claro. – Ele jogou as cascas de laranja no fogo. – Vimos como o seu passeio de ontem terminou bem.

– Uma aberração. – Ela disse as palavras com o rosto sério e atitude determinada.

Theo olhou para ela, observando o rosto corado e os cachos rebeldes que escapavam por baixo da touca vermelha de tricô. Annie não gostava do modo como ele estava olhando para ela. Não era ameaçador, era como se ele realmente a enxergasse. Como se a visse completamente. Com traumas e hematomas. Cicatrizes. Até mesmo... Tentou afastar a impressão. Até mesmo... algumas qualidades.

Em vez do medo e do nojo que o olhar dele deveria ter lhe causado, Annie sentiu um desejo perturbador de se sentar em um daqueles troncos de árvore e contar seus problemas a ele como se tivesse 15 anos de novo. Exatamente como ele já a havia enganado. A raiva ressurgiu.

– Por que você queimou o caderno de poesias da Regan?

O fogo se atiçou.

– Não me lembro.

– Ela sempre estava tentando te proteger. Por mais que você tivesse um comportamento horrível, ela sempre defendia você.

– Gêmeos são esquisitos. – Ele quase rosnou, e fez Annie se lembrar tanto de Leo a ponto de causar arrepios. – Olha, talvez nós dois possamos chegar a um acordo.

O olhar calculista dele fez Annie desconfiar de que ele havia montado outra de suas armadilhas.

– De jeito nenhum!

– Tudo bem. – Ele deu de ombros e jogou um saco todo de lixo no fogo. – Vou falar com a Jaycie.

A armadilha funcionou.

– Você não mudou nada! O que é que você quer?

Ele cravou os olhos demoníacos nela.

– Quero usar o chalé.

– Não vou sair da ilha – ela disse, ao sentir o cheiro forte do plástico em suas narinas.

– Sem problema. Só preciso dele durante o dia. – As ondas de calor que subiam da fogueira distorciam os traços de Theo. – Durante o dia, você fica na Harp House, com wi-fi. Faça o que quiser. Quando a noite cair, trocamos de lugar.

Theo havia preparado uma armadilha e ela caiu que nem um patinho. Ele havia dito que demitiria Jaycie, ou será que ela e Jaycie simplesmente pensaram que era o que aconteceria? Enquanto Annie analisava a possibilidade de aquilo ser um plano maquinado para manipulá-la de modo que ela fizesse o que ele queria, outra coisa lhe ocorreu.

– *Você* estava usando o chalé antes de eu chegar aqui. Aquele café que encontrei era seu. E o jornal.

Ele jogou o último saco de lixo no tambor em chamas.

– E daí? Sua mãe não se importava em me emprestar o chalé.

– Minha mãe morreu – rebateu Annie. Ela se lembrou do jornal encontrado que tinha data de alguns dias anteriores à sua chegada. – Você sabia quando eu chegaria; aparentemente todo mundo na ilha sabia. Mas quando cheguei aqui, não havia água nem calefação. Aquilo foi proposital.

– Eu não queria que você ficasse.

Theo não deixava transparecer nem um pouco de vergonha, mas, naquelas circunstâncias, ela não lhe daria os parabéns pela sinceridade.

– O que tem de tão especial no chalé?

Ele pegou o casaco do tronco da árvore.

– Não é a Harp House.

– Se você detesta tanto a casa, por que está aqui?

– Poderia fazer a mesma pergunta a você.

– Não tive escolha. – Ela cobriu as orelhas com a touca. – Não é o seu caso.

– Não é? – Ele jogou o casaco por cima do ombro e saiu andando em direção à casa.

– Vou concordar com apenas uma condição – disse Annie, sabendo, ao dizer aquilo, que sua situação não lhe permitia impor condição nenhuma. – De que eu possa usar sua Range Rover quando quiser.

– A chave fica em um gancho ao lado da porta dos fundos. – ele disse sem se virar para ela.

Annie se lembrou da calcinha que tinha deixado jogada no quarto e do livro de fotos artísticas e pornográficas aberto no sofá. E agora havia o gato preto.

– Tudo bem. Mas nosso acordo só passa a valer amanhã. Trago uma chave do chalé para você de manhã.

– Não precisa, já tenho uma. – Com passadas compridas, ele deu a volta nos estábulos e sumiu de vista.

Annie tinha sido chantageada, mas também tinha conseguido algo em troca. Além de ter um transporte seguro agora, não teria mais que se preocupar em encontrar Theo durante o dia. Ficou imaginando se ele tinha descoberto a marca de mão que ela havia deixado no espelho do banheiro. Gostaria de tê-lo ouvido gritar. Talvez naquela noite ela fizesse marcas de arranhões na porta da torre...

Quando entrou, Jaycie estava sentada à mesa separando roupas limpas. Lívia olhou para a frente desviando o olhar de um grande quebra-cabeça no chão, prestando atenção em Annie pela primeira vez. Annie sorriu e prometeu que buscaria Scamp de novo até o fim do dia. Foi até a mesa para ajudar com a roupa lavada.

— Conversei com Theo. Você não tem que se preocupar.

— É mesmo? Tem certeza? — Os olhos ansiosos de Jaycie brilharam.

— Tenho certeza. — Annie pegou uma toalha e começou a dobrá-la. — Vou fazer as tarefas na cidade a partir de agora, por isso me diga o que precisa ser feito.

— Eu deveria ter confiado mais nele. — Ela parecia quase sem fôlego. — Ele tem sido bom comigo.

Annie mordeu a língua. Com força. Elas trabalharam em silêncio por algum tempo. Annie cuidou dos lençóis e das toalhas para não ter que mexer nas peças dele. Jaycie dobrou um monte de cuecas samba-canção de seda, tocando o material com delicadeza.

— Aposto que estas cuecas custam muito caro.

— Incrível pensar que um tecido tão delicado resista às mãos e garras de tantas mulheres. — *Sem falar da parte avantajada do corpo...*

Jaycie levou o comentário de Annie a sério.

— Acho que não. A esposa dele morreu há um ano, e as únicas mulheres por aqui são você, eu e a Lívia.

Annie olhou para a menina de 4 anos. Lívia estava franzindo a testa, concentrada enquanto encaixava as peças grandes do quebra-cabeça nos lugares certos. Não havia nada de errado com sua inteligência, e Annie já tinha ouvido a menina murmurar consigo mesma, então suas cordas vocais funcionavam. Por que ela não falava? Seria timidez ou algo mais complicado? Independentemente da causa, sua mudez a tornava mais vulnerável do que outras crianças de 4 anos.

Lívia terminou de montar o quebra-cabeça e saiu da cozinha. Annie não gostava de não saber nada sobre a menininha sendo que passava tanto tempo ali.

— Vi Lívia escrevendo os números. Ela é bem esperta.

— Ela escreve alguns ao contrário — disse Jaycie, mas estava muito orgulhosa.

Annie não conseguiu pensar em outra forma de abordar o assunto que não fosse diretamente.

— Eu não a ouvi falando. Talvez ela fale com você quando não estou por perto.

– Eu comecei a falar tarde – Jaycie falou contraindo os lábios.

Ela disse aquilo de modo tão determinado, que não deixou espaço para mais perguntas, mas Annie não desistiria.

– Não quero me intrometer, mas sinto que preciso saber mais.

– Ela vai ficar bem. – Jaycie se apoiou nas muletas. – Você acha que eu devo fazer sanduíche de carne para Theo no jantar?

Annie não queria saber se Theo queria comer sanduíche de carne no jantar.

– Claro. – Ela se endireitou para abordar um assunto mais difícil. – Jaycie, acho que você precisa tomar cuidado para que Theo não volte a se aproximar demais de Lívia.

– Eu sei. Ele ficou bem bravo por causa do estábulo.

– Não só pelo estábulo. Ele é... imprevisível.

– O que você quer dizer?

Não podia acusá-lo diretamente se tentar machucar Lívia se ela mesma não sabia se aquilo era verdade, mas também não podia ignorar a possibilidade.

– Ele... ele não tem jeito com crianças. E a Harp House não é o lugar mais seguro para os pequenos.

– Você não é uma moradora da ilha, Annie, então não sabe como são as coisas por aqui. – Jaycie parecia quase condescendente. – As crianças da ilha não são paparicadas. Eu montava armadilhas aos 8 anos, e acho que não há criança aqui que não saiba dirigir um carro aos 10 anos. Não é como no continente. As crianças de Peregrine aprendem a ser independentes muito cedo. É por isso que é tão difícil mantê-la dentro de casa.

Annie duvidava que as outras crianças da ilha fossem mudas. Mas até onde ela sabia, Lívia conversava com Jaycie quando Annie não estava por perto. E talvez a preocupação dela fosse uma besteira. Theo havia se mostrado preocupado de verdade com a possibilidade de Lívia se machucar no estábulo. Ela separou os panos de prato.

– Theo quer usar o chalé durante o dia.

– Ele trabalhava muito lá antes de você voltar.

– Por que não me contou?

– Pensei que você soubesse.

Estava prestes a argumentar que Theo tinha um escritório totalmente equipado na torre, mas então se lembrou de que Jaycie não sabia que ela estivera no andar de cima. A única maneira com a qual conseguiria aguentar a ideia de trabalhar para ele seria lembrando a si mesma que não estava trabalhando para ele. Estava pagando a dívida que tinha com Jaycie.

Quando terminou de empilhar a roupa dobrada no cesto, pronta para ser guardada na próxima vez em que Theo saísse de casa, ela levou o notebook ao que já tinha sido um solário agradável, mas que agora, com as paredes escuras e o carpete grosso cor de vinho, mais parecia uma caverna do Drácula. Pelo menos, tinha vista para o mar, diferentemente do escritório de Elliott. Escolheu uma poltrona de couro que dava vista da ampla varanda para o mar, que estava cinza-escuro naquele dia, com pouca espuma branca nas ondas turbulentas.

Abriu o arquivo de relação de itens que havia criado e começou a trabalhar, esperando, dessa vez, não ficar tão perdida. Tinha conseguido localizar a maioria dos artistas cujos trabalhos estavam pendurados nas paredes do chalé. O artista que tinha pintado o mural do estúdio era professor universitário em meio período, e seu trabalho nunca tinha ganhado grande destaque, por isso não teria que lidar com a tentativa de vender uma parede. As litografias em preto e branco na cozinha deveriam lhe render algumas centenas de dólares. R. Connor, o pintor da árvore de cabeça para baixo, vendia seus quadros em uma feira de artes de verão por preços modestos, e considerando a comissão que ela teria que negociar com um avaliador, faria pouco para diminuir as contas que ela tinha.

Annie pesquisou o nome de Theo no Google. Não era a primeira vez que ela fazia isso, mas dessa vez acrescentou outra palavra à pesquisa: *esposa*.

Encontrou só uma foto boa. Tinha sido tirada um ano e meio antes em um evento beneficente para a Orquestra da Filadélfia. Theo parecia feito para usar um smoking, e sua esposa, identificada na foto como Kenley Adler Harp, era um par perfeito para ele –, uma beleza aristocrata com traços finos e cabelos pretos e compridos. Havia algo de familiar nela, mas Annie não sabia exatamente o quê.

Com um pouco mais de pesquisa, encontrou seu obituário. Ela havia morrido em fevereiro do ano anterior, como Jaycie contara. Kenley era três anos mais velha do que Theo. Tinha se formado na Bryan Mawr e concluído um MBA em Dartmouth, então era linda e inteligente também. Havia trabalhado em finanças e deixado o marido, a mãe e algumas tias. Não era uma família exatamente grande. A causa da morte não estava especificada.

Por que ela parecia tão familiar? Os cabelos pretos, os traços perfeitamente simétricos... E finalmente Annie se deu conta. Regan Harp seria daquele jeito se tivesse vivido até os 30 anos.

O som inconstante das muletas interromperam aquela percepção assustadora e Jaycie apareceu à porta do solário.

– Lívia sumiu. Saiu de casa de novo.

Annie deixou o notebook de lado.

– Vou atrás dela.

Jaycie se segurou no batente.

– Ela não faria isso se eu pudesse sair com ela de vez em quando. Sei que é errado mantê-la presa desse jeito. Meu Deus, sou uma péssima mãe.

– Você é uma ótima mãe, e eu preciso mesmo de um pouco de ar fresco.

Ar fresco era a última coisa de que Annie precisava. Estava cansada de ar fresco. Cansada do vento soprando no seu rosto, e de seus músculos doendo por ficar se rastejando atrás de gatos, e de subir a ladeira para a Harp House duas vezes por dia. Mas, pelo menos, sua força começava a voltar.

Abriu um sorriso tranquilizador a Jaycie e foi à cozinha para se agasalhar. Olhou para a mochila por alguns segundos e então decidiu que estava na hora de finalmente tirar Scamp dali.

Lívia estava sob os galhos de sua árvore preferida. A neve tinha derretido do tronco, e ela estava sentada de pernas cruzadas no chão, mexendo duas pinhas à frente do corpo como se elas fossem duas bonequinhas.

Annie escorregou Scamp por cima de sua mão e ajeitou a saia cor-de-rosa do fantoche para que cobrisse seu braço. Lívia fingiu não perceber que ela se aproximava. Sentando-se em uma pedra antiga perto da árvore, Annie apoiou o cotovelo em uma das pernas e deixou Scamp solta.

– Pssssiu... pssssiuu...

O som de *p* era um som que os ventríloquos amadores costumavam evitar, assim como letras como *m, b, f, v* e *w* – porque todas exigiam movimento dos lábios. Mas Annie tinha anos de prática de substituição de sons, e nem mesmo os adultos percebiam que ela usava uma versão suavizada do *t* para fazer o *p*.

Lívia olhou para a frente, com os olhos fixos na boneca.

– Você gosta da minha roupa? – perguntou Scamp, remexendo-se para exibir as meias coloridas e a camiseta de estrelinhas. O movimento era outra distração que impedia as plateias de notar as substituições de sons. Por exemplo, pronunciar "meu" como "neu".

Scamp jogou para trás os cabelos de palha de milho despenteados.

– Eu deveria ter vestido minha calça jeans com estampa de leopardo. As saias me atrapalham quando quero dar uma pirueta ou pular numa perna só. Mas você não saberia, porque é pequena demais para pular com uma perna só.

Lívia balançou a cabeça, negando com fúria.

– Não é pequena demais?

Lívia continuou balançando a cabeça e saiu debaixo dos galhos, apoiou-se em uma perna só e deu pulinhos desajeitados.

– *Magnífico*! – Scamp aplaudiu com as mãozinhas de tecido. – Consegue encostar a mão nos dedos do pé?

Lívia flexionou os joelhos e tocou os dedos dos pés, e as pontas de seus cabelos lisos e castanhos resvalaram o chão.

Elas continuaram assim durante um tempo, Scamp fazendo Lívia realizar diversos movimentos. Por fim, depois de Lívia completar uma série de saltos ao redor do abeto, com Scamp dando ordem para que ela fosse cada vez mais depressa, a boneca disse:

– Você é incrivelmente atlética para alguém que só tem 3 anos.

Isso fez Lívia parar na hora. Fez uma carranca para Scamp e levantou quatro dedos.

– Ah, me enganei – disse Scamp. – Pensei que você fosse menor porque não sabe falar.

Annie ficou aliviada ao ver que Lívia parecia mais ofendida do que envergonhada. Scamp inclinou a cabeça para que uma mecha de cabelos cor de laranja caísse sobre um de seus olhos.

– Deve ser difícil não falar. Eu falo o tempo todo. Falo, falo, falo. Eu me acho muito fascinante. E você?

Lívia concordou com seriedade.

Scamp olhou para o céu, como se estivesse pensando em alguma coisa.

– Você ficou sabendo do... segredo livre?

Lívia fez que não, com a atenção totalmente voltada a Scamp, como se Annie não existisse.

– Eu adoro o segredo livre – disse a boneca. – Se eu disser "Segredo livre", posso te dizer qualquer coisa, e você não pode ficar brava. Annie e eu brincamos disso, e minha nossa!, ela já me contou uns segredos bem cabeludos, como a vez em que ela quebrou meu giz de cera roxo preferido. – Scamp jogou a cabeça para trás, abriu bem a boca e gritou: – *Segredo livre!*

Lívia arregalou bem os olhos, ansiosa.

– Eu primeiro! – disse Scamp. – E lembre-se... você não pode ficar brava quando eu contar. E eu não vou ficar brava se você me contar alguma coisa. – Scamp abaixou a cabeça e falou de um jeito delicado, em tom de confissão. – No começo, eu não gostava de você porque seus cabelos são bonitos, castanhos, e os meus são cor de laranja. Isso me dava inveja... – Ela olhou para a frente. – Você está brava?

Lívia balançou a cabeça, negando.
– Que bom!
Agora era hora de ver se Lívia aceitaria a conexão entre ventríloqua e fantoche. Annie fingiu cochichar algo no ouvido da boneca. Scamp se virou para ela.
– Temos mesmo que fazer isso, Annie?
Annie falou pela primeira vez:
– Temos, sim.
Scamp suspirou e olhou para Lívia.
– A Annie disse que temos que entrar.
Lívia pegou suas pinhas e se levantou. Annie hesitou e, então, fez Scamp se inclinar para a frente e sussurrar alto para a criança:
– A Annie também disse que se você estiver aqui sozinha e encontrar o Theo, é melhor correr para a sua mãe porque ele não entende de crianças pequenas.
Lívia correu para a casa, sem dar qualquer pista a Annie sobre como se sentia em relação àquilo.

Havia acabado de escurecer quando Annie deixou a Harp House, mas dessa vez não estava voltando para o chalé apenas com uma lanterna como arma contra sua imaginação fértil. Ela havia pegado a chave da Range Rover de Theo do gancho da cozinha e dirigido de volta para casa.
O chalé não tinha garagem, apenas um quintal de cascalho na lateral. Estacionou ali, entrou pela porta lateral, e acendeu a luz.
A cozinha tinha sido destruída.

Capítulo sete

Annie observou a destruição. Os armários e as gavetas estavam escancarados, com talheres, toalhas, caixas e latas espalhados pelo chão. Ela largou a mochila. O lixo virado estava jogado para todos os lados, assim como guardanapos de papel, embalagens de plástico e um saco de macarrão. Os moedores de sal e de pimenta de Mariah ainda estavam no parapeito, mas escorredores, copos medidores e livros de culinária estavam em cima de um monte de arroz espalhado.

Olhou na direção da sala de estar escura, e sentiu um arrepio na nuca. E se ainda houvesse alguém na casa? Saiu pela porta pela qual havia acabado de entrar, correu para o carro e se trancou ali dentro.

O som de sua respiração ofegante tomou o interior do veículo. Não havia polícia para a qual ligar. Não havia vizinho a quem recorrer. O que deveria fazer? Dirigir até a cidade e pedir ajuda? E quem exatamente a ajudaria em uma ilha sem lei e sem polícia? Quando algum crime grave ocorria, a polícia vinha do continente.

Não havia polícia. Não havia bombeiros. Não havia ajuda da vizinhança. Independentemente do que estivesse escrito nos mapas, ela havia deixado o estado do Maine e entrado no estado da Anarquia.

Sua outra opção era dirigir de volta à Harp House, mas ali era o último lugar onde poderia pedir ajuda. Pensou que estava sendo discreta com os barulhos assustadores e os trotes fantasmagóricos. Mas não, aquilo era coisa do Theo. Sua vingança.

Annie queria uma arma, assim como os outros moradores da ilha tinham. Ainda que acabasse dando um tiro em si mesma, ela se sentiria menos vulnerável com uma arma.

Analisou o interior do carro de Theo. Um sistema de som de alta tecnologia, GPS, um carregador de telefone, e um porta-luvas com papéis de registro e um manual do veículo. Havia um raspador de para-brisa no chão na frente do assento do passageiro e, um guarda-chuva no banco de trás. Tudo isso inútil.

Não podia ficar ali dentro para sempre.

Eu ficaria, disse Crumpet. *Eu ficaria aqui até alguém vir me resgatar.*

O que não ia acontecer. Annie puxou a alavanca para destravar o porta-malas e saiu do carro. Olhando ao redor para ter certeza de que não havia ninguém por perto, abriu o porta-malas. Ali, encontrou uma pequena pá com um cabo curto. Exatamente o tipo de coisa que um morador esperto da ilha levava consigo para tirar o carro da neve se necessitasse.

Ou se precisasse enterrar um cadáver, sussurrou Crumpet.

E o gato? Será que ainda estava lá dentro, ou Annie o havia resgatado de um perigo imaginário para levá-lo à morte certeira?

Pegou a pá, agarrou a lanterna que mantinha dentro do bolso do casaco e seguiu em direção à casa.

Está muito escuro aqui, Peter disse. *Acho que vou voltar para o carro.*

A neve tinha derretido e congelado de novo ontem, e a superfície gelada não revelaria pegadas, ainda que tivesse luz suficiente para vê-las. Annie foi até a frente da casa. Certamente Theo não teria ficado por ali depois de ter feito isso, mas como poderia ter certeza? Ela passou pelas arcaicas armadilhas de madeira para pegar lagosta perto da porta da frente e se agachou embaixo da janela da sala de estar. Lentamente, levantou a cabeça e espiou lá dentro.

Estava escuro, mas viu o suficiente para perceber que aquele cômodo não tinha sido poupado. A poltrona bege que parecia um assento de avião tinha sido virada para o lado, o sofá estava torto, os travesseiros estavam espalhados, e o quadro de árvore estava pendurado torto na parede.

Sua respiração embaçou o vidro. Cuidadosamente, Annie ergueu mais a lanterna e a direcionou para o fundo da sala. Os livros tinham sido tirados das estantes, e as duas gavetas da cômoda grafite Luís XIV estava aberta. O gato não estava em nenhum lugar, morto ou vivo.

Ela se abaixou e avançou em direção à parte de trás do chalé. Estava ainda mais escuro ali, mais isolado. Erguendo a cabeça pouco a pouco, finalmente teve uma vista clara de dentro do quarto, mas estava escuro demais para ver alguma coisa. Até onde sabia, Theo poderia estar embaixo da janela do outro lado.

Annie se preparou, ergueu a lanterna e a acendeu dentro do cômodo. Estava exatamente como ela o havia deixado – não havia bagunça nenhuma ali além daquela que havia deixado de manhã.

– O que *diabos* você está fazendo?

Annie gritou, largou a pá e se virou. Theo estava de pé no escuro, a menos de seis metros.

Ela saiu correndo. De volta para o carro. Deu a volta pela lateral da casa. Pés correndo, cérebro gritando. Ela escorregou e perdeu a lanterna quando caiu, mas se levantou e continuou correndo.

Entre. Aperte as travas. Fuja antes que ele pegue você. Passaria por cima dos pés dele se fosse preciso. Ela o atropelaria. Com o coração batendo forte, Annie deu a volta pela frente do chalé. Mudou de direção. Olhou para frente...

Theo estava recostado na porta do passageiro da Range Rover, braços cruzados na frente do peito, parecendo muito relaxado. Annie parou de repente. Ele usava um casaco preto de veludo e calça jeans. Sem chapéu nem luvas.

– É estranho – ele disse calmamente, com a luz que entrava pela janela da cozinha iluminando seu rosto. – Não me lembro de você ser tão louca assim quando éramos crianças.

– *Eu? Você* é o psicopata! – Ela não teve a intenção de falar aquilo aos berros, não quis dizer aquilo. A palavra permaneceu no ar entre eles.

Mas Theo não partiu para cima dela. Apenas disse com calma:

– Isso precisa parar. Você não percebe, não é?

Será que essa era a deixa para dizer que ia matá-la? Annie respirou com dificuldade.

– Você tem razão. No que quer que diga... – Começou a se afastar, movendo-se devagar, com cuidado.

– Já entendi. – Ele descruzou os braços. – Eu era um monstro quando tinha 16 anos. Não pense que me esqueci. Mas alguns anos de terapia me endireitaram.

Terapia não endireitava aquele tipo de patologia. Annie balançou a cabeça, abalada.

– Que bom. Ótimo. Fico feliz por você. – Ela deu mais um passo para trás.

– Aconteceu anos atrás. Você está fazendo um papelão.

Ela sentiu uma onda de raiva ao ouvir aquilo.

– Vá embora! Você já fez o suficiente.

Theo se afastou do carro.

– Não fiz coisa nenhuma. E quem precisa ir embora é você!

– Eu vi o chalé. Entendi sua mensagem. – Ela começou a falar mais baixo, lutando para parecer calma, mas a voz ainda tremia um pouco. – Só me diga... Você... você machucou o gato?

Theo inclinou a cabeça, como se estivesse confuso.

– A morte de Mariah deve ter sido difícil para você. Talvez devesse procurar ajuda.

Ele realmente achava que era ela quem tinha problemas mentais? Mas Annie não podia contrariá-lo.

– Vou fazer isso. Vou procurar ajuda. Então você pode ir embora agora. Leve o carro.

– Você está se referindo ao *meu* carro? O carro que você pegou sem nem pedir permissão?

Ele havia dito que ela podia pegar o carro quando precisasse, mas Annie não discutiria a respeito.

– Não vou fazer isso de novo. Agora está tarde, e tenho certeza de que você tem trabalho a fazer. Até amanhã cedo.

Não depois daquilo. Ela teria que encontrar outra maneira de pagar sua dívida com Jaycie porque de jeito nenhum voltaria para lá.

– Vou embora assim que você me contar por que estava espionando o chalé.

– Eu não estava espionando. Só... fazendo um pouco de exercícios.

– Mentira!

Theo foi até a porta lateral do chalé, a abriu e entrou. Annie correu para o carro, mas não foi rápida o bastante. Ele saiu depressa.

– Que merda aconteceu ali dentro?

Sua indignação foi tão convincente que ela teria acreditado nele se não o conhecesse bem.

– Tá tudo bem – ela disse baixinho. – Não vou contar a ninguém.

Ele estendeu o dedo na direção do chalé.

– Você acha que eu fiz aquilo?

– Não, não. Claro que não acho.

– Você acha que eu fiz aquilo, *sim*. – Ele arregalou os olhos. – Você não imagina o quanto quero ir embora agora mesmo e deixar você se virar.

– S-siga sua vontade.

– Não me provoque. – Com duas passadas compridas, Theo estava ao lado dela. Annie se sobressaltou quando ele agarrou seu punho. Ela tentou escapar, mas ele a puxou em direção à porta. – Quer calar a boca? Está me dando dor de ouvidos. Sem falar que está assustando a população toda de gaivotas do mar.

O fato de ele parecer irritado em vez de ameaçador teve um efeito esquisito nela. Annie começou a se sentir idiota em vez de ameaçada. Como uma daquelas protagonistas de filmes em preto e branco que sempre eram arrastadas de um lado a outro por John Wayne ou Gary Cooper. Ela não gostava da sensação, e quando eles entraram, ela parou de lutar.

Theo a soltou, mas ficou olhando para ela, e seus olhos estavam muito sérios.

– Quem fez isto?

Annie disse a si mesma que ele estava tentando enganá-la, mas no fundo não se sentia ludibriada e não conseguiu pensar em mais nada a dizer além da verdade.

– Pensei que tivesse sido você.

– Eu? – Ele parecia realmente confuso. – Você é uma chata insuportável, e eu queria muito que você não tivesse aparecido aqui, mas por que eu destruiria o lugar onde gosto de trabalhar?

Um miado. O gato entrou na cozinha. Um mistério resolvido.

Alguns segundos se passaram enquanto ele olhava para o animal. E então para ela. Por fim, Theo falou, da mesma maneira superpaciente que as pessoas usam quando estão lidando com crianças ou com pessoas especiais.

– O que você está fazendo com o meu gato?

O animal traidor se esfregou nas canelas dele.

– Ele... ele me seguiu até aqui.

– Até parece. – Theo pegou o gato e coçou atrás de suas orelhas. – O que essa maluca fez com você, Hannibal?

Hannibal?

O gato passou a cabeça na jaqueta de Theo e fechou os olhos. Theo o levou consigo para a sala de estar. Sentindo-se cada vez mais confusa, Annie o seguiu. Ele acendeu as luzes.

– Está sentindo falta de alguma coisa?

– Eu... eu não sei. Meu celular e meu notebook estavam comigo, mas... – *Os fantoches!* – Scamp ainda estava na mochila, mas e os outros?

Passou correndo por ele em direção ao estúdio. Havia uma estante baixa para guardar produtos de artesanato embaixo das janelas. Ela a havia limpado na semana passada e os guardado ali. Eles pareciam estar exatamente como ela os havia deixado naquela manhã. Dilly e Leo separados por Crumpet e Peter. Theo espiou ali dentro.

– Belos amigos.

Ela queria pegá-los, conversar com eles, mas não com Theo observando. Ele foi em direção ao quarto dela. Annie foi atrás dele.

Um monte de roupas bagunçadas esperava até que ela terminasse de tirar as coisas de Mariah para abrir mais espaço para as delas. Havia um sutiã pendurado sobre a cadeira entre as janelas ao lado dos pijamas de ontem à noite. Ela costumava arrumar a cama, mas naquela manhã, tinha deixado de arrumá-la e até havia deixado uma toalha na ponta do colchão. O Pior de tudo era que a calcinha laranja fosforescente do dia anterior estava no chão. Theo observou tudo.

– Fizeram um baita trabalho aqui.

Ele estava mesmo fazendo piada?

O gato tinha adormecido nos braços dele, mas Theo continuava a acariciar as costas do bichinho, com os dedos compridos afundados nos pelos pretos. Ele voltou para a sala de estar e depois para a cozinha. Annie chutou o livro de arte pornográfica para baixo do sofá e o acompanhou.

– Está vendo alguma coisa estranha? – ele perguntou.

– Sim! Minha casa foi destruída.

– Não é o que estou perguntando. Olhe ao redor. Está vendo alguma coisa esquisita?

– Minha vida passando diante de meus olhos?

– Pare de bobagem.

– Não consigo. Costumo fazer piada quando estou com medo. – Annie tentava ver o que Theo queria que ela visse, mas estava confusa demais. Theo era mesmo inocente ou só era bom ator? Ela não conseguia pensar em mais ninguém que poderia ter feito aquilo. Bárbara a alertou a respeito de desconhecidos na ilha, mas um estranho roubaria alguma coisa, certo? Não que houvesse muito o que roubar.

Só a herança de Mariah.

A ideia de que mais alguém pudesse saber sobre a herança fez com que ela parasse. Olhou para a cozinha. A maior bagunça tinha sido feita com uma lata de lixo virada e com sacos de arroz e de macarrão espalhados. Nada parecia estar quebrado.

– Acho que poderia ter sido pior – disse ela.

– Exatamente. Não tem vidros quebrados. Até onde você percebeu, não tem nada faltando. Isso me parece coisa calculada. Alguém na ilha tem alguma coisa contra você?

Annie ficou olhando para ele. Segundos se passaram até ele entender.

– Não olhe para mim. Quem tem coisa contra mim é você.

– E com razão!

– Não estou dizendo que te julgo por isso. Eu fui uma criança horrorosa. Só estou dizendo que eu não tenho um motivo.

– Você tem, sim. Mais de um. Você quer o chalé. Eu trago lembranças ruins. Você é... – Ela parou antes de dizer o que estava pensando.

Mas Theo leu sua mente.

– Não sou psicopata.

– Não disse que você é. – Ah, mas era o que ela estava pensando.

– Annie, eu era criança, e eu tive grandes problemas naquele verão.

– Você acha? – Ela queria dizer muito mais, mas não era o momento.

– Vamos me eliminar temporariamente de sua lista de suspeitos. – Ele ergueu a mão, perturbando o gato. – Só um exercício. Você pode colocar meu nome no topo assim que terminarmos.

Ele estava tirando sarro dela. Aquilo deveria tê-la deixado furiosa, mas era estranhamente reconfortante.

– Não há outros suspeitos – ela disse. Exceto quem pudesse saber que havia algo de valor ali. Será que tinham encontrado? Ela tinha revirado tudo na estante, mas não tinha feito uma relação sistemática do conteúdo das outras caixas no estúdio nem de tudo nos armários. Como poderia saber?

– Você se encontrou com alguém desde que chegou? – De novo, ele levantou a mão. – Além de mim.

– Não, mas me alertaram a respeito de desconhecidos.

– Não gosto do que aconteceu. – Theo colocou o gato no chão. – Você precisa fazer um boletim de ocorrência na polícia no continente.

– Pelo que me lembro, nada que não seja assassinato traz a polícia para cá.

– Você tem razão nisso... Vamos limpar essa sujeira. – Ele desceu o zíper da jaqueta.

– Eu cuido disso. Pode ir – disse ela, depressa.

Theo olhou para ela com um pouco de pena.

– Se eu quisesse te matar ou te estuprar, ou o que quer que você pense que eu queira fazer, eu já teria feito.

– Que bom que não aconteceu.

Ele murmurou algo baixinho e foi para a sala de estar.

Quando Annie tirou o casaco, pensou nos gurus de autoajuda e sobre como eles diziam que as pessoas tinham que seguir sua intuição. Mas a intuição podia se enganar. Naquele momento, por exemplo. Porque ela se sentia quase segura.

Quando Annie foi para a cama naquela noite, já tinha começado a tossir de novo, o que dificultou ainda mais conseguir adormecer, mas como conseguiria relaxar com Theo Harp deitado no sofá cor-de-rosa? Ele havia se recusado a ir para casa, mesmo depois de ela praticamente expulsá-lo. E o pior era que uma parte dela queria que ele ficasse. Tinha sido exatamente assim quando ela tinha 15 anos. Ele havia agido como amigo, ganhado sua confiança e depois se transformou em um monstro.

O dia tinha sido exaustivo, e quando ela finalmente pegou no sono, dormiu profundamente. Quando a luz fraca da manhã entrou por suas pálpebras, Annie sentiu um daqueles momentos felizes e ensonados em que estava muito cedo para se levantar, e ela podia ficar onde estava. Aquecida e confortável, flexionou os joelhos. E resvalou em algo.

Seus olhos se arregalaram. Theo estava ao lado dela na cama. Bem ali. De barriga para cima. A poucos centímetros. Ela arfou e soltou o ar com dificuldade.

Os olhos dele permaneceram fechados, mas seus lábios se movimentaram.

— Me avise se você for gritar — ele murmurou. — Para eu poder me matar primeiro.

— O que você está *fazendo* aqui? — Ela falou alto, mas não gritou.

— O sofá estava acabando com minhas costas. Pequeno demais.

— Eu falei para você se deitar na cama do estúdio!

— Havia caixas em cima dela. Não vi cobertores. Trabalho demais.

Ele se deitou em cima dos cobertores, ainda usando jeans e blusa de lã, com o xale que ela havia dado a ele ontem à noite em cima do peito. Diferentemente do ninho de rato que os cabelos dela se tornavam pela manhã, os dele estavam perfeitamente despenteados, a barba por fazer cobria seu rosto de modo atraente e a pele morena que ele havia herdado da mãe se destacava na fronha branquinha. Ele provavelmente nem estava com bafo. E não parecia interessado em se mexer.

Qualquer vontade que ela pudesse ter sentido de voltar a dormir havia desaparecido. Annie pensou em todas as coisas que queria dizer. *Maldito! Como ousa?* Mas ambas pareciam frases de um diálogo ruim de um de seus antigos romances góticos. Ela rangeu os dentes.

— Por favor, saia da minha cama.

— Você está vestida embaixo das cobertas? — ele perguntou, com os olhos ainda fechados.

— Sim, estou vestida! — Ela atingiu o tom certo de revolta.

— Ótimo, então não temos nenhum problema.

— Não teríamos nenhum problema nem mesmo se eu estivesse *nua*!

— Tem certeza?

Ele estava dando em cima dela? Se não estivesse totalmente desperta, aquele comentário teria conseguido despertá-la. Annie saiu da cama, imediatamente consciente de seu pijama de flanela amarelo com estampa de Papai Noel, um presente que foi uma piada de uma amiga. Pegou o roupão de Mariah, vestiu as meias do dia anterior e o deixou sozinho ali.

O som dos passos de Annie desapareceu. Theo sorriu. Acabara de ter a melhor noite de sono dos últimos tempos, mais tempo do que ele conseguia se lembrar. Quase se sentia descansado. Ficar deitado ali irritando Annie tinha sido...

Ele procurou a palavra, e finalmente a encontrou. Mas parecia desconhecida, teve que examiná-la por um momento para ter certeza de que se encaixava.

Irritar Annie tinha sido... divertido.

Ela morria de medo dele — não era mistério o motivo —, mas não havia entregado os pontos. Mesmo na adolescência, quando era uma menina desajeitada e insegura, ela tinha mais coragem do que acreditava — mais do que deveria ter, levando em conta o modo como sua mãe a colocava para baixo. Ela também tinha uma boa noção de certo e errado. Não havia áreas indefinidas para Antoinette Hewitt. Talvez isso o atraísse tanto nela quando eles eram jovens.

Theo não suportava tê-la por perto, mas ficava cada vez mais claro que ela não iria a lugar algum durante um tempo. Aquele maldito acordo de divórcio. Ele queria poder usar o chalé sempre que quisesse, e ela havia estragado isso. Mas era mais do que o chalé. Era Annie em si, com sua ingenuidade ridícula e seu elo a um passado que ele queria esquecer. Annie, que sabia demais.

Ele ficou muito irritado ao descobri-la presa na estrada. Por isso ele a fez tentar tirar o carro sozinha, apesar de saber que ela não conseguiria. Enquanto permanecera ao volante exigindo que ela tentasse com mais intensidade, tinha experimentado a sensação mais esquisita. Quase se sentiu como se estivesse no corpo de outro homem. Um homem qualquer que gostava de se divertir um pouco com as pessoas.

Uma ilusão. Nada nele era normal. Mas, naquela manhã, ele quase se sentiu como se fosse normal.

Theo a encontrou à pia da cozinha. Ontem à noite, eles tinham limpado a maior parte da sujeira, e agora Annie estava lavando a louça que tinha sido espalhada no chão. Ela estava de costas para ele, com os cachos loiros cor de mel soltos como sempre. Ele sempre se sentiu atraído por mulheres de beleza clássica, e Annie definitivamente não era assim. Por isso, a excitação que sentia o incomodava. Já estava sem sexo por mais tempo do que conseguia se lembrar, e seu corpo parecia estar se rebelando contra isso neste momento.

Lembrava-se dela aos 15 anos – desajeitada, engraçada e tão apaixonada por ele que Theo nem se esforçava para tentar impressioná-la. Suas trapalhadas sexuais seriam cômicas agora, mas eram normais para um adolescente cheio de tesão e desejo. Talvez a única coisa que tivesse sido normal nele.

O roupão azul-marinho chegava até metade dos tornozelos dela, e o pijama amarelo de flanela aparecia por baixo. Na estampa, o Papai Noel tentava se enfiar em uma chaminé.

– Belo pijama.

– Você pode ir para casa agora – ela respondeu.

– Você tem algum com o coelhinho da Páscoa?

Ela se virou com uma das mãos na cintura.

– Gosto de pijamas sensuais, me processe por isso.

Theo riu. Não era uma risada propriamente dita, solta, mas, ainda assim, uma risada. Não havia nada de sombrio em Annie Hewitt. Com aqueles olhos grandes e o nariz cheio de sardas, além dos cabelos armados, ela parecia uma fada. Não uma daquelas criaturas frágeis e delicadas que voavam felizes de flor em flor, mas uma fada atrapalhada. O tipo de fada que tinha mais chances de tropeçar em um gafanhoto que estivesse dormindo pelo caminho do que espalhar glitter mágico. Ele sentiu que estava um pouco menos duro, só um pouco.

Ela o mediu da cabeça aos pés. Theo estava acostumado com mulheres o encarando, mas elas normalmente não estavam carrancudas quando o observavam. Sim, ele havia dormido com as roupas do dia anterior e precisava se barbear, mas estava tão feio assim? Ela franziu o cenho.

– Você tem bafo, pelo menos?

Não fazia ideia do que ela estava querendo dizer.

– Acabei de usar sua pasta de dentes então acho que não. Por que quer saber?

– Estou fazendo uma lista de coisas nojentas a seu respeito.

– Já que "psicopata" está no topo da lista, não me parece que você precise acrescentar muitas outras. – Ele disse aquilo de modo descontraído, como se fosse uma piada, apesar de ambos saberem que não era.

Annie pegou a vassoura e começou a varrer um pouco de arroz que ainda tinha ficado no chão.

– Interessante você ter aparecido no momento certo ontem à noite.

– Vim buscar meu carro. Você se lembra do meu carro. Aquele que você *roubou*. – Ele havia dito que ela podia pegá-lo emprestado, em alto e bom tom, mas e daí?

Annie era esperta o bastante para escolher bem suas batalhas, e ignorou a acusação.

– Você chegou aqui tão rápido...

– Peguei o atalho da praia.

– Uma pena você não estar usando seu telescopiozinho de espião ontem. Talvez soubesse quem fez isso.

Ela encostou a vassoura e se abaixou para pegar um fio de macarrão embaixo do fogão.

– Vou pensar nisso no futuro.

– Por que você estava vestido como Beau Brummel naquele primeiro dia?

Theo demorou um pouco para se lembrar a que ela se referia.

– Pesquisa. Para ter uma ideia de como é andar daquele jeito, com aquelas roupas. – E então, porque ele sabia ser bem insuportável, acrescentou: – Gosto de entrar em meus personagens o máximo possível. Principalmente nos mais problemáticos.

Annie pareceu tão assustada que ele quase se desculpou. Mas por quê? Ele olhou em direção aos armários.

– Estou com fome. Onde está o cereal?

Ela guardou a vassoura no armário de limpeza.

– Estou sem.

– E ovos?

– Sem.

– Pão?

– Já era.

– Restos?

– Até parece.

– Diga que meu café ainda está aí.

– Só um pouco, e não vou dividir.

Theo começou a abrir os armários para procurar alguma coisa para comer.

– Óbvio que você não tem a menor ideia de como fazer compras para viver na ilha.

– Fique longe das minhas coisas.

Theo encontrou o que restava de seu saco de café moído em cima da geladeira. Ela avançou para tomar das mãos dele, mas ele ergueu o braço e o segurou acima da cabeça.

– Seja boazinha.

Boazinha. Que palavra idiota. Ele quase nunca a usava. Essa palavra não tinha peso moral. Uma pessoa não precisava de coragem para ser "boazinha". "Boazinha" não exigia sacrifício, não exigia força de caráter. Se ao menos ele só precisasse ser bonzinho...

Abaixou o braço e, com a mão livre, puxou o cordão do roupão de Annie. Quando ele se abriu, Theo deslizou a mão sobre a pele exposta pelo decote V da gola do pijama de flanela. Ela arregalou os olhos, assustada.

– Esqueça o café – ele disse. – Tire isto para eu poder ver se o que está por baixo cresceu.

Não foi bonzinho. Nem um pouco.

Mas, em vez de lhe dar um tapa, como merecia, ela olhou para ele com nojo.

– Você é doente! – Carrancuda, Annie se afastou batendo os pés.

Você acertou, ele pensou. *E não se esqueça disso.*

Capítulo oito

Annie ficou ao lado da janela da cozinha observando o gato pular por vontade própria dentro do carro de Theo e os dois partirem juntos. *Cuidado com ele, Hannibal*, ela pensou.

Não havia nada de sensual em Theo abrindo seu roupão. A natureza de um idiota era agir como um idiota, e ele agiu de acordo com o que lhe era natural. Mas quando ela se afastou da janela, pensou no olhar calculista que havia notado nele ao fazer aquilo. Theo havia, de propósito, tentado abalar seu equilíbrio, mas não conseguiu. Ele era um doente, mas será que era perigoso? A intuição dela dizia que não, mas seu cérebro lançava sinais de alerta suficientes para deter um trem de carga.

Annie foi até o quarto. O tal do aluguel do chalé deveria começar naquele dia, e ela tinha que sair dali antes que ele voltasse. Vestiu o que tinha se tornado seu uniforme na ilha: jeans e meias de lã com uma blusa pesada de mangas compridas. Sentia saudade dos tecidos leves e das estampas coloridas de seus vestidos de verão. Sentia falta de suas túnicas mais justas ao corpo e das saias rodadas. Uma de suas preferidas era a que tinha estampa de cerejas. Outra tinha uma barra de taças de martini dançantes. Diferentemente de Mariah, Annie adorava roupas coloridas com enfeites engraçadinhos e botões decorativos. E não havia nada disso nos jeans e nas blusas sem graça que trouxera na viagem.

Voltou para a sala de estar e olhou pela janela, mas não viu sinal do carro de Theo. Vestiu-se depressa, pegou o caderno em que estava fazendo as listas, e começou a passar de um cômodo a outro no chalé conferindo se estava faltando algum dos objetos que tinha inventariado. Tinha pretendido fazer isso na noite anterior, mas não deixaria Theo saber sobre a herança ou sobre a suspeita que ela tinha de que a invasão estava relacionada a isso.

Tudo em sua lista ainda estava ali, mas, até onde ela sabia, o que estava procurando podia estar preso na parte de trás de uma gaveta ou dentro de um dos armários que ela ainda não tinha investigado totalmente. Será que o invasor encontrara o que Annie não tinha conseguido achar?

Theo a preocupava. Enquanto fechava o zíper do casaco, obrigou-se a reconsiderar a possibilidade de que a invasão não tivesse nada a ver com a herança de Mariah e tudo a ver com Theo se vingando pelos sustos que ela lhe pregou. Achou que havia escapado impune do incidente com o relógio, mas e se não tivesse? E se ele tivesse entendido que Annie era a autora do trote e estivesse fazendo com que ela pagasse? Deveria seguir a razão ou a intuição?

Definitivamente, a razão. Confiar em Theo Harp era como confiar que uma serpente venenosa não a morderia. Deu a volta pelo chalé. Theo havia feito o mesmo antes de sair, ostensivamente procurando pistas... ou talvez apagando qualquer rastro que ele próprio podia ter deixado para trás. Ele disse que com a falta de neve fresca e as pegadas e marcas de vários dias, não dava para distinguir nada incomum. Annie não acreditava muito nele, mas, enquanto procurava na mesma área, também não conseguiu ver nada de suspeito. Olhou para o mar. A maré da noite estava subindo. Se Theo tivesse percorrido o atalho da praia ontem à noite, ela conseguiria percorrê-lo à luz do dia.

Rochas desniveladas e molhadas pontuavam a costa perto do chalé, e a brisa gelada do mar trazia consigo o cheiro de sal e de alga marinha. Se estivesse mais quente, poderia seguir à beira d'água, mas agora se mantinha mais para trás, passando cuidadosamente por um caminho estreito que ficava tomado de areia no verão, mas que estava coberto por uma camada grossa de neve no inverno.

O caminho não era tão bem definido como já tinha sido, e Annie teve que passar por cima de algumas pedras que anos antes lhe serviam como locais de leitura. Passava horas nelas, sonhando acordada com os personagens do romance que estivesse lendo. As protagonistas eram movidas apenas pela força da personalidade conforme enfrentavam aqueles homens proibidos de linhagem nobre, humor arredio e nariz aquilinos.

Nada diferente de um tal de Theo Harp, embora o nariz de Theo não fosse aquilino. Lembrou-se de como ficou decepcionada quando procurou no dicionário aquela palavra que parecia tão romântica e descobriu seu real significado.

Duas gaivotas atravessaram o vento forte. Annie parou por um momento para apreciar a beleza das ondas quebrando na praia, a crista espumante e cinza como se formassem vales escuros. Tinha vivido tanto tempo em uma cidade urbana e agitada que se esquecera da sensação de estar totalmente sozinha no universo. Era uma sensação agradável, dos sonhos, no verão, mas perturbadora no inverno.

Seguiu em frente. A camada de gelo rachou sob seus pés quando ela chegou à praia da Harp House. Não ia ali desde o dia em que quase morreu.

A lembrança que tentava suprimir com tanto esforço voltou avassaladora.

Ela e Regan tinham encontrado uma ninhada de cachorrinhos algumas semanas antes do fim do verão. Annie ainda estava muito triste com a introversão hostil de Theo e se afastou dele o máximo possível. Naquela manhã em especial, enquanto ele estava surfando, ela, Regan e Jaycie estavam no estábulo com os filhotes que a vira-lata prenha que perambulava pelo quintal tinha dado à luz durante a noite.

Os cachorrinhos, acomodados com a mãe, tinham apenas poucas horas de vida, eram seis bolinhas de pelo preto e branco com os olhos ainda fechados e as barriguinhas cor-de-rosa subindo e descendo a cada nova respiração. A mãe deles, uma cadela de pelos curtos e mistura de tantas raças que era impossível determinar seu *pedigree*, havia aparecido ali no início do verão. No começo, Theo decidiu que ficaria com ela, mas perdeu o interesse quando a cadela machucou a pata.

As três meninas estavam sentadas de pernas cruzadas na palha, conversando enquanto observavam cada um dos cachorrinhos.

— Aquele ali é o mais fofinho – disse Jaycie.

— Queria poder levá-los quando formos embora.

— Quero dar nomes a eles.

Por fim, Regan ficou em silêncio. Quando Annie perguntou se estava tudo bem, Regan enrolou uma mecha dos cabelos pretos e brilhosos no dedo e remexeu na palha sobre o chão.

— Não vamos contar ao Theo sobre eles.

Annie não pretendia contar nada a Theo, mas ainda assim quis saber o que Regan estava pensando.

— Por que não?

– Às vezes, ele... – Regan levou a mecha à frente do rosto.

– Ele é menino – Jaycie interrompeu. – Meninos são mais rudes do que meninas.

Annie pensou no oboé e no caderno roxo cheio de poemas de Regan. Pensou em si mesma trancada no elevador de comida, atacada pelas gaivotas, empurrada na lama. Regan se levantou como se quisesse mudar de assunto.

– Vamos.

As três saíram do estábulo, mas mais tarde naquele mesmo dia, quando ela e Regan voltaram para ver os cachorrinhos, Theo já estava ali. Annie ficou mais para trás e Regan se aproximou dele. Ele estava agachado na palha acariciando um dos filhotinhos. Regan se agachou ao lado dele.

– Eles são lindinhos, não são? – Ela perguntou como se precisasse de confirmação para sua opinião.

– São vira-latas – ele respondeu. – Nada de especial. Não gosto de cachorros. – Ele se levantou e saiu do estábulo, nem olhou para Annie.

No dia seguinte, Annie o encontrou no estábulo de novo. Estava chovendo, e o cheiro do outono já tomava conta do ar. Regan estava em seu quarto terminando de fazer a mala para voltar para casa no dia seguinte, e Theo segurava um dos filhotinhos. As palavras de Regan voltaram-lhe à mente, e Annie deu um pulo à frente.

– Coloque-o no chão! – exclamou.

Theo não discutiu, só colocou o filhote junto com os demais. Quando olhou para Annie, sua expressão normalmente irritada desapareceu e, na imaginação dela, ele parecia mais trágico do que irritado. A louca por livros que vivia dentro dela se esqueceu da crueldade dele e só pensou em seus amados mocinhos incompreendidos com seus segredos sombrios, a nobreza disfarçada e as paixões prodigiosas.

– O que foi?

– O verão acabou. – Ele deu de ombros. – Uma droga estar chovendo no nosso último dia aqui.

Annie gostava da chuva. Com a chuva, ela tinha uma boa desculpa para se deitar e ler. E estava feliz por partir. Os últimos meses tinham sido muito duros.

Os três voltariam para a escola. Theo e Regan para os colégios internos em Connecticut, e Annie para seu terceiro ano do ensino médio no La-Guardia High, a escola da "Fama". Theo enfiou as mãos nos bolsos do short.

– As coisas não andam muito boas entre sua mãe e meu pai.

Ela também tinha ouvido as brigas. A sagacidade que Elliott antes achava tão charmosa em Mariah havia começado a irritá-lo, e ela tinha ouvido a mãe acusá-lo de ser sufocante, e ele era mesmo, mas Mariah queria a estabilidade dele, ainda mais do que seu dinheiro. Agora Mariah dizia que ela e Annie voltariam para o apartamento antigo em que viviam quando retornassem para a cidade. Só enquanto eles se acertavam, ela havia dito, mas Annie não acreditava nela.

A chuva bateu nas janelas empoeiradas do estábulo. Theo cutucou a palha com a ponta do tênis.

– Eu... sinto muito que a situação tenha ficado esquisita entre nós este verão.

A *situação* não tinha ficado esquisitas. *Ele* tinha ficado esquisito. Mas Annie não era muito de confrontar, então apenas murmurou:

– Tudo bem.

– Eu... eu gostei de conversar com você.

Ela também gostava de conversar com ele, e gostava ainda mais dos amassos.

– Eu também.

Não sabia muito bem como tinha acontecido, mas quando se deu conta eles estavam sentados em um dos bancos de madeira, de costas para a parede do estábulo, conversando sobre a escola, sobre seus pais, sobre os livros que tinham que ler naquele ano. Num piscar de olhos, tudo voltou a ser exatamente como antes, e Annie poderia ter passado horas ali conversando com ele, mas Jaycie e Regan apareceram. Theo se levantou do banco, cuspiu na palha e virou a cabeça em direção à porta.

– Vamos para a cidade, meninas. Quero comer uns mariscos.

Ele não convidou Annie para ir junto. Ela se sentiu feia e idiota por falar com ele de novo. Mas naquela noite, assim que terminou de fazer a mala, encontrou um bilhete enfiado por baixo da porta de seu quarto.

> A maré baixou.
> Me encontre na caverna.
> Por favor.
>
> T.

Tirou uma camiseta e shorts limpos da mala e se vestiu, ajeitou os cabelos, passou um pouco de brilho labial e saiu da casa.

Theo não estava na praia, mas ela não esperava que estivesse. Eles sempre se encontravam perto de uma área pequena cheia de areia mais para trás, onde havia uma poça de maré para contornar. Theo estava enganado em relação à maré. A água estava chegando com força. Mas eles já tinham ficado na caverna com a água subindo antes, e não havia perigo de ficar preso. Apesar de a água ser mais funda na parte de trás da caverna, eles não tinham dificuldade para sair nadando.

A água gelada molhou seus tênis e suas pernas enquanto Annie passava por cima das pedras até a entrada. Quando chegou lá, acendeu a pequena lanterna cor-de-rosa que havia trazido consigo.

– Theo? – Sua voz ecoou na câmara de pedra.

Ele não respondeu. Uma onda bateu em seus joelhos. Decepcionada, estava prestes a voltar quando ouviu. Não a resposta dele, mas os ganidos assustados dos filhotes.

Seu primeiro pensamento foi que Theo os havia levado até ali para que eles pudessem brincar com os cachorrinhos.

– Theo? – ela chamou de novo e, como ele não respondeu, Annie foi mais para dentro da caverna, olhando ali dentro com a lanterna que tinha levado.

A parte de areia no fundo, perto de onde ela e Theo costumavam ficar dando amassos estava submersa. As ondas batiam na pedra logo acima. Na pedra, havia uma caixa de papelão e de dentro da caixa vinha o som que ela estava ouvindo.

– *Theo!* – Ela sentiu um enjoo, uma sensação que piorou quando ele não respondeu. Ela continuou seguindo em direção à parte de trás da caverna até a água que subia chegar à sua cintura.

A pedra se afastava da parede da rocha alguns centímetros acima da cabeça dela. A velha caixa de papelão já estava ficando ensopada com a água que espirrava. Se ela tentasse tirá-la dali, a parte do fundo se abriria e os cachorrinhos cairiam na água. Mas ela não podia deixá-los ali. Em pouco tempo, as ondas levariam a caixa embora.

Theo, o que você fez?

Annie não conseguia pensar naquilo, não com os cachorrinhos cada vez mais assustados. Foi tateando a parede da caverna com a ponta do pé até encontrar um ponto que pudesse usar como degrau. Ela se ergueu e iluminou o interior da caixa com a lanterna. Todos os seis filhotinhos estavam ali, latindo, assustados, remexendo-se desesperados em cima de um pedaço de toalha marrom já molhada com a água do mar.

Ela colocou a lanterna na pedra, pegou dois deles e tentou protegê-los contra o peito para poder descer. As garras pequenas e afiadas a arranhavam através da camiseta, e ela perdeu o equilíbrio. Com gritos assustados, os dois caíram dentro da caixa de novo.

Teria que tirar um por vez. Pegou o maior e desceu da pedra, fazendo uma careta de dor ao sentir as unhas dele afundando em seu braço.

Era tão fácil sair nadando da caverna, mas tão difícil passar pela água com o filhotinho nos braços.

Annie se arrastou em direção à luz fraca da abertura da caverna. O filhote estava assustado, e suas unhas a machucavam.

– Por favor, fique parado. Por favor, por favor...

Quando chegou à abertura da caverna, os arranhões em seu braço tinham começado a sangrar, e ainda restavam mais cinco filhotinhos dentro da caixa. Mas antes que pudesse voltar para buscá-los, tinha que encontrar um lugar seguro para deixar aquele. Passou pelas pedras em direção ao círculo de cinzas.

No buraco estavam as cinzas da fogueira da semana passada, mas o interior estava seco, e as pedras ao redor do perímetro eram altas o bastante para impedir que o cachorrinho escapasse. Annie o colocou no chão, correu até a caverna e voltou lá para dentro. Nunca havia permanecido ali tempo suficiente para ver até onde chegava a maré, mas a água continuava subindo. Quando perdeu apoio para os pés, começou a nadar. Tocou a pedra e encontrou um ponto para apoiar o pé. Pegou o segundo filhote na caixa e fez uma careta de dor quando as garras voltaram a machucar sua pele.

Conseguiu levar o filhote em segurança até o local da fogueira, mas a água continuava subindo e ela teve que se esforçar para chegar ao fundo da caverna e pegar o terceiro. A luz da lanterna que ela havia deixado em cima da pedra estava mais fraca, mas ela enxergava o suficiente para saber que a caixa de papelão estava quase caindo. Nunca conseguiria tirar todos eles a tempo. Mas tinha que conseguir.

Pegou o terceiro filhote e tirou o pé do apoio. Uma onda a pegou, o cachorro se remexeu, e ela o soltou. O filhote afundou na água.

Soluçando, Annie remexeu os braços na água salgada, procurando o corpinho desesperadamente. Sentiu um movimento e pegou o cachorro.

A correnteza a arrastou quando ela tentava voltar para a entrada da caverna. Estava com dificuldade para respirar. O cachorrinho tinha parado de se remexer, e ela não sabia se ele estava morto ou vivo, e só soube quando o colocou no chão e o viu se mexer.

Mais três. Não podia voltar lá ainda. Tinha que descansar. Mas se fizesse isso, os animais morreriam afogados. A ressaca estava ficando mais forte, e a água subia mais. Annie perdeu um tênis em algum lugar e chutou o outro longe. Cada respiração era difícil, e quando chegou à caixa molhada, já tinha sido puxada para baixo duas vezes. Na segunda vez, engoliu tanta água salgada que estava engasgando quando subiu.

Antes de conseguir pegar o quarto filhotinho, uma onda a jogou para trás. Ela encontrou apoio e subiu de novo, puxando ar. Esticou o braço de qualquer modo e puxou outro filhote. A dor causada pelos arranhões em seus braços e em seu peito, e de seus pulmões ardendo, era forte demais. Suas pernas estavam enfraquecendo, e os músculos ardiam pedindo que ela parasse. Uma onda tirou seu apoio, e ela e o filhote foram arrastados, mas, de alguma maneira, ela conseguiu se segurar. Tentou tossir a água que tinha engolido. Os músculos de seus braços e também das pernas ardiam. Sem saber como, ela chegou à fogueira.

Mais dois...

Se estivesse pensando com clareza, teria parado, mas estava agindo de acordo com seus instintos. Sua vida toda havia levado àquele momento em que seu único propósito era salvar os filhotes. Caiu nas pedras ao se esforçar para voltar à caverna, e sentiu um corte na perna. Esforçou-se para entrar. Outra onda a puxou para baixo. Ela lutou para nadar.

Da lanterna sobre a pedra, vinha pouca luz. A caixa de papelão molhado estava prestes a cair. Ela ralou o joelho na pedra quando se puxou para cima.

Dois filhotinhos. Não conseguiria descer duas vezes. Tinha que tirar os dois ao mesmo tempo. Tentou pegá-los juntos, mas suas mãos não obedeceram. Seus pés escorregaram de novo, e mais uma vez, ela caiu na água. Arfando, esforçou-se para voltar à superfície, mas estava engasgada e desorientada. Mal conseguiu se erguer na pedra de novo. Enfiou a mão na caixa.

Só um. Podia salvar só um. Annie segurou o filhote molhado. Com um soluço, ela pegou o cachorro e começou a nadar, percebendo que suas pernas não se mexiam. Tentou firmá-las para conseguir ficar de pé, mas a ressaca estava forte demais. E então, sob a luz fraca que vinha de fora, ela viu uma onda enorme se aproximando da caverna. Cada vez mais alta. A onda entrou, a cobriu e a jogou contra a parede de pedra da caverna. Ela se virou e se esforçou, batendo os braços, sabendo que estava se afogando.

Uma mão a puxou. Ela lutou, relutou. Os braços eram fortes, insistentes. Eles a puxaram até ela sentir o ar em seu rosto.

Theo.

Não era Theo. Era Jaycie.

— Pare de lutar! — gritou a menina.

— Os cachorros... — Annie arfou. — Tem outro... — Ela ficou sem ar.

Outra onda passou por cima delas. A mão de Jaycie permaneceu firme. Ela arrastou Annie e o cachorrinho contra a corrente para fora da caverna.

Quando chegaram às pedras, Annie caiu, mas Jaycie, não. Quando Annie se esforçou para se sentar, sua salvadora entrou depressa na caverna.

Não demorou muito para ela voltar carregando um cachorrinho molhado e que se remexia.

Annie percebeu vagamente o sangue que escorria do corte em sua perna, os braços ralados, as manchas vermelhas como rosas escarlates aparecendo em sua camiseta. Ela ouviu os latidos dos cães da fogueira, mas o som não lhe deu prazer.

Jaycie parou na frente da depressão, ainda segurando o cachorrinho que tinha salvado. Annie lentamente se deu conta de que a amiga havia salvado sua vida, e conseguiu dizer um "Obrigada" com dificuldade. Jaycie deu de ombros.

— Acho que você deveria agradecer ao meu pai por ter se embebedado. Eu tive que sair de casa.

— Annie! Annie, você está aí embaixo?

Estava escuro demais para ver, mas Annie não teve dificuldade para reconhecer a voz de Regan.

— Ela está aqui — gritou Jaycie quando Annie não conseguiu responder.

Regan desceu os degraus de pedra e correu até Annie.

— Você está bem? Por favor, não conte ao meu pai. Por favor!

A raiva tomou conta de Annie. Ela se levantou quando Regan correu até o cachorrinhos. Levantou um deles em direção ao rosto e começou a chorar.

— Você não pode contar, Annie.

Todas as emoções que Annie tinha guardado explodiram dentro de si. Ela largou os filhotes, deixou Regan e Jaycie, e subiu desajeitada nas pedras para chegar à escada da encosta. Suas pernas ainda estavam fracas, e ela teve que se segurar no corrimão de corda para se puxar para cima.

As luzes ainda estavam acesas ao redor da piscina vazia. A dor e a fúria que Annie sentia renovaram a força em suas pernas. Atravessou o gramado e entrou na casa. Subiu a escada correndo, com os pés batendo forte nos degraus.

O quarto de Theo ficava mais para o fundo, ao lado do de sua irmã. Ela abriu a porta com tudo. Ele estava deitado, lendo. Ao vê-la, com os cabelos molhados, as manchas de sangue e o corte na perna, ele se levantou.

Sempre havia equipamentos de montaria espalhados pelo quarto. Ela não pegou a chibata de propósito, mas uma força que não conseguia controlar apoderou-se dela. Empunhando a chibata, Annie partiu para cima dele, que ficou ali, sem se mexer, quase como se soubesse o que aconteceria. Ela ergueu o braço e desceu a chibata nele com toda sua força. Acertou o rosto dele e cortou a pele acima do osso da sobrancelha.

– Annie! – Sua mãe, atraída pelo barulho, correu para dentro do quarto com Elliott logo atrás. Elliott usava a camisa azul de manga comprida engomada de sempre, e a mãe dela usava um vestido preto justo e brincos prateados e compridos. Mariah se assustou ao ver o sangue escorrer no rosto de Theo e também ao ver a situação de Annie.

– Meu Deus...

– Ele é um monstro! – gritou Annie.

– Annie, você está histérica – disse Elliott, correndo em direção ao filho.

– Os cachorros quase morreram por sua causa! – ela gritou. – Está triste por eles não terem morrido? Está triste porque eles ainda estão vivos? – Com lágrimas descendo por seu rosto, ela avançou para cima dele de novo, mas Elliott tirou a chibata da mão dela. – Pare!

– Annie, o que aconteceu? – Sua mãe a encarava como se não a reconhecesse.

Annie despejou a história. Enquanto Theo permanecia ali, olhando para o chão, com o sangue vazando de seu corte, ela contou tudo a eles; sobre o bilhete que ele tinha escrito, sobre os cachorrinhos. Contou que Theo a havia trancado dentro do elevador de comida, instigado as aves para cima dela no barco naufragado, que tinha lhe jogado na lama. As palavras saíram de dentro dela sem controle.

– Annie, você deveria ter me contado tudo isso antes. – Mariah tirou a filha da sala, deixando Elliott para estancar o sangue que saía do ferimento de seu filho.

Tanto o machucado na perna de Annie quanto o corte da testa de Theo precisavam de pontos, mas não havia médico na ilha e eles tiveram que se contentar com curativos simples. Assim, ambos ficaram com cicatrizes permanentes – a de Theo pequena, quase discreta, enquanto a de Annie era mais comprida, mas por fim ficou menos forte do que a lembrança.

Mais tarde, depois que os cachorrinhos foram reacomodados no estábulo com a mãe deles e depois que todos já tinham ido para a cama, Annie ainda estava acordada ouvindo o som baixo de vozes que vinha do quarto dos adultos. Eles falavam bem baixo e ela não conseguia ouvir, por isso foi ao corredor para tentar escutar.

– Encare os fatos, Elliott – ela ouviu a mãe dizer. – Há algo muito grave e errado com seu filho. Um menino normal não faz coisas assim.

– Ele precisa de disciplina, só isso – rebateu Elliott. – Vou procurar um colégio militar para ele. Chega de moleza.

A mãe de Annie não parou.

– Ele não precisa de um colégio militar. Precisa de um psiquiatra!
– Pare de exagerar. Você sempre exagera, e eu odeio isso.

A discussão se intensificou, e Annie dormiu chorando naquela noite, lembrando-se dos cachorrinhos indefesos que quase foram levados pelo mar.

Theo olhou pela janela da torre. Annie estava na praia, e as pontas de seus cabelos sopravam por baixo da touca vermelha de lã enquanto ela olhava na direção da caverna. Um deslizamento de rochas alguns anos antes havia bloqueado a entrada, mas ela ainda sabia exatamente onde ficava. Ele passou a mão na cicatriz branca acima da sobrancelha.

Ele jurou ao pai que não queria machucar ninguém – que só tinha levado os cachorrinhos à praia naquela tarde para que ele e Annie pudessem brincar com eles, mas havia começado a assistir TV e se esqueceu deles.

O colégio militar ao qual Theo foi mandado tinha o compromisso de reformar garotos problemáticos, e seus colegas de sala sobreviviam à austeridade atormentando uns aos outros. A natureza solitária dele, a preocupação com os livros, e o status de aluno novo fizeram dele um alvo. Ele era forçado a entrar em brigas. Ganhava a maioria delas, mas não todas. Não se importava muito, de qualquer modo. Porém Regan se importava, e fez uma greve de fome.

O colégio interno no qual ela estudava era uma instituição-irmã de sua antiga escola, e ela queria que Theo voltasse. No começo, Elliott havia ignorado sua greve de fome, mas quando a escola ameaçou mandá-la para casa por anorexia, ele voltou atrás e Theo retornou para sua antiga escola.

Ele deu as costas para a janela da torre e guardou o notebook e alguns cadernos na bolsa que levaria ao chalé. Nunca gostou de escrever em um escritório. Em Manhattan, ele trocava o escritório de sua casa por um cubículo na biblioteca ou uma mesa em uma de suas cafeterias preferidas. Quando Kenley estava trabalhando, ele ia para a cozinha ou para uma poltrona na sala de estar. Kenley nunca conseguiu entender isso.

Você seria muito mais produtivo, Theo, se ficasse em um lugar só.

Palavras irônicas vindas de uma mulher cujas emoções iam de picos de loucura a vales de paralisia no período de um dia.

Mas não deixaria Kenley assombrá-lo naquele dia. Não depois de ter tido a primeira noite de descanso desde que chegara a Peregrine Island. Ele tinha uma carreira para recuperar, e decidiu que ia escrever naquele dia. *O Sanatório* tinha sido um sucesso inesperado, uma circunstância que não impressionou seu pai.

– É um pouco difícil explicar a nossos amigos por que meu filho tem uma imaginação tão assustadora. Se não fosse pela bobagem de sua avó, você estaria trabalhando na empresa onde deveria estar.

A bobagem da avó, como dizia Elliott, tinha sido a decisão de deixar o casarão para Theo, o que, na visão do pai dele, tirou a necessidade de Theo de ter uma ocupação real. Ou seja, trabalhar nas Harp Industries.

A corporação tinha suas raízes na empresa de produção de botões do avô de Elliott, mas agora fazia porcas e parafusos de titânio de superligas que ajudavam a sustentar helicópteros Black Hawk, do exército, e bombardeiros. Mas Theo não queria fazer porcas e parafusos. Queria escrever livros nos quais os limites entre o bem e mal fossem totalmente claros. Onde houvesse pelo menos uma chance de que a ordem venceria o caos e a loucura. Era o que ele tinha feito em *O Sanatório,* seu romance de terror a respeito de um sanatório sinistro para loucos criminosos com um quarto que transportava seus pacientes, incluindo o dr. Quentin Pierce, um *serial killer* muito sádico, no tempo.

Naquele momento, Theo estava escrevendo a continuação de *O Sanatório.* Com o pano de fundo já estabelecido pelo primeiro livro e sua intenção de mandar Pierce de volta à Londres do século XIX, sua tarefa deveria ter sido mais fácil. Mas ele estava tendo problemas, e não sabia bem o porquê. Sabia que teria mais chance de vencer seu bloqueio no chalé, e ficou feliz por ter conseguido perturbar Annie o suficiente para conseguir trabalhar lá.

Algo se esfregou em seus tornozelos. Ele olhou para baixo e viu que Hannibal havia lhe trazido um presente. O cadáver de um rato cinza. Theo fez uma careta.

– Sei que você está fazendo isso por amor, amigo, mas será que pode tirá-lo daqui?

Hannibal ronronou e esfregou o queixo na perna de Theo.

– Mais um dia, mais um cadáver – murmurou Theo. Estava na hora de começar a trabalhar.

Capítulo nove

Theo havia deixado seu Range Rover na Harp House para Annie usar. Dirigi-lo pela estrada esburacada até a cidade para encontrar o barco de suprimentos semanal deveria ter sido muito mais tranquilo do que dirigir o Kia que ela tinha, mas ela estava muito alterada por ter acordado de manhã e encontrado Theo dormindo ao seu lado. Estacionou o carro no cais e se animou pensando na salada de verdade que faria para o jantar.

Dezenas e dezenas de pessoas esperavam no cais, a maioria delas mulheres. O número desproporcional de residentes mais velhos era prova do que Bárbara tinha dito a respeito do êxodo de famílias mais jovens. A Peregrine Island era bonita durante o verão, mas quem queria passar o ano inteiro ali? Além do dia claro e o céu ensolarado, a luz forte refletindo na água conferiam um tipo particular de beleza à paisagem.

Annie viu Bárbara e acenou. Lisa, enrolada em um casaco grande demais que provavelmente era de seu marido, caminhava com Judy Kester, cujos cabelos laranjas eram tão chamativos e alegres quanto sua risada. Ver as mulheres do bingo juntas fazia Annie sentir falta de seus amigos desesperadamente.

Marie Cameron se aproximou, parecia que tinha acabado de chupar limões.

– Como você está se saindo aqui, sozinha? – perguntou com delicadeza, como se Annie estivesse no estágio final de uma doença terminal.

– Bem. Sem problemas. – Annie não contaria a ninguém sobre a invasão da noite passada.

Marie se inclinou para a frente. Estava cheirando a cravo e naftalina.

– Fique atenta com o Theo. Eu sei das coisas, e qualquer um que consiga enxergar é capaz de ver que tem algo errado. Regan não teria levado o barco para o mar naquele tempo, não voluntariamente.

Felizmente, o barco de pesca de lagosta que tinha sido transformado em transporte para o fornecimento semanal estava chegando ao cais, e Annie não teve que responder. Dentro da embarcação havia caixas de plástico cheias de sacolas de mercado, além de um monte de cabos elétricos, telhas e um vaso sanitário branco e brilhante. Os moradores da ilha automaticamente se organizaram para descarregar o barco, e então para recarregá-lo da mesma maneira com correspondências, pacotes e caixas de plástico vazias do carregamento anterior de mantimentos.

Quando acabaram, todos foram para o estacionamento guardar suas compras. Cada caixa de plástico tinha um cartão branco colado com o nome do destinatário escrito com caneta preta. Annie não teve dificuldade para localizar as três caixas nas quais estava escrito "Harp House". Estavam tão cheias que ela teve que se esforçar para chegar ao carro.

– É sempre um bom dia quando o barco vem – disse Bárbara, da traseira de sua picape.

– A primeira coisa que vou fazer é comer uma maçã – respondeu Annie, enquanto acomodava a última caixa na parte de trás da Range Rover.

Ela voltou para pegar o seu mirrado pedido entre cerca de uma dúzia de caixas que ainda esperavam para serem retiradas. Leu os nomes em cada uma, mas não conseguiu encontrar a dela. Conferiu de novo. *Norton... Carmine... Gibson... Alvarez...* Nada de "Hewitt". Nada de "Chalé Moonraker".

Ao procurar pela terceira vez, sentiu o cheiro da colônia floral de Bárbara atrás dela.

– O que aconteceu?

– Meus mantimentos não estão aqui – disse Annie. – Só os da Harp House. Alguém deve ter pegado os meus por engano.

– É mais provável que a moça nova do mercado tenha errado de novo – disse Bárbara. – No mês passado, ela se esqueceu de metade do meu pedido.

O bom humor de Annie desapareceu. Primeiro a invasão na casa e agora isso. Estava ali havia duas semanas. Não tinha pão, nem leite, nada além de alimentos enlatados e um pouco de arroz. Como poderia esperar mais uma semana até a próxima balsa, se é que o barco conseguiria fazer a travessia?

– Está frio suficiente para suas coisas aguentarem bem dentro do carro por meia hora – disse Bárbara. – Vamos lá em casa, te dou uma xícara de café e você pode ligar para a loja de lá.

– Poderia me dar uma de suas maçãs também? – perguntou Annie, desanimada.

– Claro – A mulher mais velha sorriu.

A cozinha cheirava a bacon e ao perfume de Bárbara. Ela deu uma maçã a Annie e começou a guardar seus mantimentos. Annie chamou a atendente que ficava no continente e que era responsável pelos pedidos dos moradores da ilha e explicou o que tinha acontecido, mas a moça parecia mais irritada do que disposta a se desculpar.

– Recebi uma mensagem dizendo que você tinha cancelado seu pedido.

– Mas eu não cancelei.

– Então acho que alguém não gosta de você.

Bárbara colocou duas canecas floridas em cima da mesa quando Annie desligou.

– Alguém cancelou meu pedido.

– Tem certeza? Aquela garota faz bobagem o tempo todo. – Bárbara pegou uma lata de biscoitos do armário. – Mas... coisas assim andam acontecendo por aqui. Se alguém tem uma inimizade, faz uma ligação. – Ela abriu a tampa revelando um ninho de papel manteiga cheio de biscoitos com cobertura de açúcar.

Annie se sentou, mas tinha perdido o apetite, até mesmo por uma maçã. Bárbara pegou um biscoito para si. Ela havia passado o lápis de sobrancelha de um jeito meio torto, o que fez com que ficasse um pouco com cara de maluca, mas não havia nada de maluco no olhar sincero.

– Gostaria de dizer que as coisas ficarão melhores para você, mas como saber?

Não era o que Annie queria ouvir.

– Não há motivo para alguém ter algo contra mim. – *Talvez só o Theo.*

– E não há motivo para que disputas surjam. Adoro Peregrine, mas não é lugar para todo mundo. – Ela estendeu a lata de biscoitos a Annie, balançando-a para incentivá-la, mas Annie sacudiu a cabeça, negando. Bárbara voltou a tampar. – Provavelmente estou xeretando onde não deveria, mas você tem aproximadamente a mesma idade de Lisa, e está claro que não está feliz aqui. Detestaria vê-la partir, mas você não tem família na ilha, e também não deveria ficar se estiver triste.

A preocupação de Bárbara era muito importante para ela, e Annie lutou contra a vontade de falar sobre os quarenta e seis dias que ainda era obrigada a ficar ali e as dívidas que não podia quitar, sobre a desconfiança em relação a Theo e os medos em relação ao futuro.

– Obrigada, Bárbara. Ficarei bem.

Enquanto dirigia de volta à Harp House, pensou em como a idade e as dívidas a estavam deixando mais esperta. Não tentava mais viver de fantoches e trabalhos informais. Não se preocupava mais com a possibilidade de um emprego das 9h às 18h atrapalhar seus testes de interpretação. Encontraria algo que lhe rendesse um salário estável e uma boa aposentadoria.

Você vai detestar, disse Scamp.

– Não tanto quanto detesto ser pobre – respondeu Annie.

Nem mesmo Scamp podia rebater aquele argumento.

Annie passou o resto do dia na Harp House. Ao sair para levar o lixo para fora, viu algo esquisito na frente do tronco de árvore perto do esconderijo de Lívia. Duas fileiras de gravetos curtos tinham sido fincadas no chão na frente da depressão cheia de raízes retorcidas à base do tronco. Meia dúzia de ripas de madeira ficavam por cima como um telhado. Ela não tinha visto aquilo no dia anterior, então Lívia devia ter saído. Annie queria que Jaycie falasse sobre a mudez de sua filha. A menina era um grande mistério.

A Range Rover desapareceu mais tarde, então Annie partiu a tempo de voltar a pé para o chalé antes de escurecer. Mas como tinha enchido uma sacola plástica e a mochila com mantimentos da Harp House, teve que ir parando para descansar. Mesmo ao longe, conseguia ver a Range Rover estacionada na frente do chalé. Isso não era justo. Ele já deveria ter partido quando ela chegasse em casa. A última coisa que queria era um conflito com Theo, mas se não se impusesse agora, ele passaria por cima dela.

Annie entrou no chalé pela porta da frente e encontrou Theo com as pernas apoiadas no braço de seu sofá cor-de-rosa, e Leo cobrindo seu braço. Theo apoiou os pés no chão.

– Gosto deste carinha.

– Não podia ser diferente – disse Annie. *Farinha do mesmo saco.*

– Como você se chama, amigão? – Theo falou com o boneco.

– O nome dele é Bob – Annie respondeu. – E agora que chegou o segundo turno, já passou da hora de você ir para casa.

Ele apontou o saco de mantimentos com Leo na mão.

– Tem alguma coisa boa aí?

– Sim. – Ela se livrou do casaco e foi para a cozinha. Totalmente consciente de que tinha saído com a comida dele, colocou a mochila no chão e as sacolas plásticas no balcão. Theo a seguiu, ainda com Leo no braço, algo que Annie considerou muito perturbador.

– Largue o Bob. E a partir de agora, deixe meus fantoches em paz. Eles são valiosos, e ninguém os toca além de mim. Você deveria estar trabalhando hoje, não fuçando nas minhas coisas.

– Eu trabalhei. – Ele espiou dentro da sacola de plástico. – Matei uma adolescente fugidia e um sem-teto. Eles foram dilacerados por uma matilha de lobos. E como a cena se passou no civilizado Hyde Park, devo dizer que estou me sentindo muito bem comigo mesmo.

– Me dê isso! – Ela pegou Leo da mão dele. A última coisa de que precisava era Theo colocando imagens de ataques de matilhas de lobos em sua mente.

Primeiro, dilacerei o pescoço dela...

Annie colocou Leo na sala de estar, e então voltou para a cozinha. Ver Leo e Theo juntos pedia uma vingança.

– Algo de estranho aconteceu na casa hoje quando subi a escada. Ouvi... Não deveria dizer nada. Não quero te chatear.

– Desde quando?

– Bem... Eu estava no fim do corredor, perto da porta da torre, e senti um frio entrando do outro lado. – Ela sempre havia sido uma pessoa confiável, e não conseguia imaginar como tinha passado a se sentir à vontade com mentiras. – Foi como se alguém tivesse deixado uma janela aberta, só que estava dez vezes mais frio. – Ela não teve dificuldade para fingir um arrepio. – Não sei como você aguenta viver naquele lugar.

Theo pegou uma caixa com meia dúzia de ovos dentro.

– Acho que algumas pessoas ficam mais à vontade com fantasmas do que outras.

Annie olhou para ele diretamente, mas Theo parecia mais interessado em inspecionar o conteúdo das compras, e não estava nem um pouco amedrontado.

– Interessante gostarmos das mesmas marcas.

Ele descobriria assim que falasse com Jaycie, então ela achou melhor contar logo de uma vez.

– Alguém cancelou meu pedido de mantimentos. Vou devolver tudo quando a balsa chegar na semana que vem.

– Esta é a *minha* comida?

– Só algumas coisas. Um empréstimo. – Annie começou a tirar os mantimentos que tinha enfiado dentro da mochila.

Theo pegou o pacote que estava mais próximo dele.

– Você pegou o meu *bacon*?

– Você tinha dois. Não vai sentir falta de um.

– Não acredito que você pegou meu bacon.

– Queria ter pegado seus donuts ou sua pizza congelada, mas não consegui. E sabe por quê? Porque você não pediu essas coisas. Que tipo de homem você é?

– Um homem que gosta de comida de verdade. – Ele tirou Annie da sua frente para poder ver o que havia dentro da mochila e pegou um pedaço pequeno de queijo parmesão – uma lasca que ela havia cortado do pedaço maior que ele havia comprado. – Excelente! – Ele o jogou de uma mão à outra, e então o colocou sobre o balcão e começou a abrir os armários.

– Ei! O que está fazendo?

Theo pegou uma panela.

– Vou fazer meu jantar. Com *meus* mantimentos. Se você não me irritar, pode ser que eu divida a comida com você. Ou não.

– Não! Vá para casa! O chalé é meu agora, lembra?

– Tem razão. – Ele começou a jogar as embalagens dentro da sacola de plástico. – Vou levar isso comigo.

Droga. Conforme a tosse diminuía, seu apetite começava a voltar, e ela mal tinha comido durante todo o dia.

– Tá bom! – disse, mal-humorada. – Você cozinha, eu como. Depois você some daqui.

Theo já estava mexendo no armário de baixo à procura de outra panela. Annie guardou Leo no estúdio, e então foi para seu quarto. Theo não gostava dela – definitivamente não a queria por perto –, então por que estava fazendo aquilo? Ela trocou as botas por pantufas de macaco e ajeitou as roupas que havia deixado em cima da cama. Não queria ficar perto de um homem que lhe despertava mais do que medo. Pior ainda, um homem em quem ela, por um lado, ainda queria confiar, apesar de todas as evidências acumuladas contra ele. Era muito como ter 15 anos de novo.

O cheiro de bacon frito começou a tomar a casa, com um leve odor de alho. Ela sentiu o estômago roncar.

– Que se dane! – Voltou para a cozinha.

Os cheiros deliciosos estavam vindo da frigideira de ferro. O espaguete fervia na panela, e Theo estava batendo alguns dos preciosos ovos dela em uma tigela grande e amarela. Havia duas taças de vinho sobre o balcão, com uma garrafa empoeirada do armário em cima da pia.

– Onde está o saca-rolhas? – perguntou ele.

Annie bebia vinho bom tão raramente que não tinha nem pensado em abrir as garrafas que Mariah havia estocado. Naquele momento, a vontade era irresistível. Procurou na gaveta da bagunça, pegou o saca-rolhas e entregou para ele.

– O que vai fazer?

– Uma de minhas especialidades.

– Fígado de ser humano com favas de feijão e um belo Chianti?

Ele ergueu uma sobrancelha para ela.

– Você é adorável.

Annie não permitiria que ele a dispensasse tão facilmente.

– Então você se lembra que tenho muitos motivos para esperar o pior de você.

Ele tirou a rolha do vinho com um giro eficiente.

– Faz muito tempo, Annie, eu já te disse. Fui um menino problemático.

– Fale isso do jeito certo: você ainda é problemático.

– Você não sabe nada a respeito de quem eu sou agora. – Ele serviu o vinho tinto na taça dela.

– Você mora em uma casa assombrada. Você assusta crianças pequenas. Você leva seu cavalo para o meio da nevasca. Você...

Ele pousou a taça com um pouco de força demais no balcão.

– Este mês faz um ano que perdi minha esposa. O que você espera, inferno? Confetes e línguas de sogra?

Ela sentiu uma pontada de remorso.

– Sinto muito pelo que disse.

Theo deu de ombros desprezando a solidariedade dela.

– Não estou abusando do Dançarino. Quanto piores as condições climáticas, mais ele gosta.

Ela se lembrou de Theo sem camisa na neve.

– E você também?

– Sim – disse ele, sério. – E eu também. – Ele pegou um ralador de queijo que tinha encontrado em algum lugar, o pedaço de parmesão e a ignorou.

Annie bebericou o vinho. Era um cabernet delicioso, frutal e encorpado. Ele claramente não queria falar, o que a deixou determinada a insistir no assunto.

– Me conta sobre seu novo livro.

Alguns segundos se passaram.

– Não gosto de falar sobre um livro enquanto o estou escrevendo. Tira a energia que pertence à página.

Um desafio parecido ao que os atores enfrentavam ao interpretar um papel noite após noite. Ela o observou ralar o queijo dentro de uma tigela de vidro.

– Muitas pessoas detestam *O Sanatório*. – Seu comentário foi tão grosseiro que ela quase sentiu vergonha.

– Você leu? – Ele pegou a panela de espaguete do fogão e jogou o conteúdo dentro de um escorredor na pia.

– Não consegui. – Era contra sua natureza ser tão direta, mas queria que ele soubesse que ela não era mais a mesma menininha tímida de 15 anos. – Como sua esposa morreu?

Ele transferiu a massa quente para a tigela e adicionou os ovos batidos sem hesitar.

– Desespero. Ela se matou.

As palavras dele a deixaram abalada. Havia muito mais que ela queria saber. *Como ela fez isso? Você percebeu que ia acontecer? Você foi o motivo?* Essa última pergunta, principalmente. Mas não teve coragem de perguntar nada disso.

Theo acrescentou o bacon e o alho ao macarrão e remexeu a mistura com dois garfos. Annie pegou talheres e guardanapos e os levou à mesa montada perto da ampla janela da sala de estar. Depois de pegar as taças de vinho, ela se sentou. Ele veio da cozinha com os pratos cheios e franziu o cenho ao ver a poltrona de gesso em formato de sereia.

– Difícil acreditar que sua mãe era especialista em arte.

– Não é pior do que várias outras coisas no chalé. – Ela sentiu o aroma de alho, de bacon, e o parmesão ralado grosseiramente por cima. – O cheiro está delicioso.

Ele colocou os pratos na mesa e se sentou à frente dela.

– Espaguete à carbonara.

A fome deve ter fritado o cérebro dela, porque Annie fez a coisa mais idiota que poderia ter feito: automaticamente, ergueu a taça.

– Ao chef.

Theo olhou fixamente nos olhos dela, mas não ergueu sua taça. Ela logo pousou a dela de volta na mesa, mas ele continuou a encarando, e Annie sentiu um arrepio esquisito, como se algo mais do que uma rajada de ar entrando pela janela tivesse passado por eles. Precisou só de um momento para entender exatamente o que estava acontecendo.

Certas mulheres eram atraídas a homens voláteis, às vezes por causa de neuroses, às vezes..., se a mulher fosse romântica, por causa da fantasia ingênua de que sua feminilidade seria forte o bastante para domar um macho grosseiro como aquele. Nos romances, a fantasia era irresistível. Na vida real, era uma bobagem sem fim. Claro, ela sentia atração sexual por toda aquela masculinidade perigosa. Seu corpo esteve bastante debilitado ultimamente, e aquele novo despertar significava que estava se curando. Por outro lado, sua reação também era um lembrete de que ele ainda exercia um fascínio destruidor sobre ela.

Annie se concentrou na refeição, remexendo o garfo no macarrão e enfiando uma garfada de fios desarrumados na boca. Era a melhor comida que já tinha provado. Substanciosa e cheia de queijo, saborosa com alho e com bacon. Completamente satisfatória.

– Quando você aprendeu a cozinhar?

– Quando comecei a escrever. Descobri que cozinhar era uma ótima maneira de desfazer problemas de enredo na minha cabeça.

– Nada tão inspirador quanto uma faca de açougueiro, certo?

Ele ergueu a sobrancelha sem cicatriz para ela. Ela estava começando a se sentir um pouco irritável demais, por isso se acalmou.

– Acho que esta é a refeição mais deliciosa que já comi.

– Só se compararmos com o que você e a Jaycie têm feito.

– Não tem nada de errado com nossa comida. – Ela não conseguiu demonstrar muita convicção.

– Também não tem nada de muito certo. O melhor que dá para dizer é que presta.

– Eu aceito o que presta. O que presta é bom. – Ela pegou um pedaço de bacon com o garfo. – Por que não cozinha sozinho?

– Dá muito trabalho.

Não foi uma resposta totalmente satisfatória já que ele parecia gostar de cozinhar, mas ela não demonstraria interesse suficiente para perguntar mais.

Theo se recostou na cadeira. Diferentemente dela, ele não estava engolindo a comida, mas saboreando-a.

– Por que não comprou mantimentos para você?

– Eu comprei – disse ela enquanto mastigava mais uma garfada. – Mas parece que alguém deixou uma mensagem para cancelar o meu pedido.

Ele pegou a taça de vinho.

– Não entendo... Você está aqui há menos de duas semanas. Como conseguiu irritar alguém assim tão rápido?

Annie daria qualquer coisa para saber se ele tinha conhecimento ou não de que ela podia ter algo valioso escondido ali no chalé.

– Não faço a menor ideia – ela disse, enrolando um fio de macarrão com o garfo.

– Tem alguma coisa que você não está me contando.

Ela limpou a boca.

– Tem um monte de coisas que não estou contando.

– Você tem uma teoria sobre isso, não tem?

– Sim, mas infelizmente não posso provar que você está atrás desse problema.

– Para de bobagem – disse ele, curto e grosso. – Você sabe que eu não estraguei as coisas da sua casa. Mas estou começando a acreditar que você pode ter uma ideia de quem fez isso.

– Nenhuma. Juro. – Essa parte, pelo menos, era verdade.

– Então por que aconteceu? Apesar de tudo, você não é burra. Eu acho que você tem suas suspeitas.

– Pode ser que eu tenha. E não, não vou contar.

Theo olhou para ela com cara de magoado, uma expressão impossível de decifrar.

– Você não confia mesmo em mim, não é?

Era uma pergunta tão ridícula, que Annie nem se deu ao trabalho de responder, mas não resistiu e revirou os olhos, e ele não achou graça.

– Não posso ajudar se você não jogar limpo comigo – ele disse num tom de voz de quem estava acostumado a ser atendido imediatamente.

De jeito nenhum ele conseguiria que ela lhe fosse obediente. Seria preciso mais do que uma comida ótima e um vinho bom para apagar suas lembranças.

– Conte-me o que está acontecendo – ele continuou. – Por que tem alguém atrás de você? O que essa pessoa quer?

Ela apoiou a mão no peito e disse:

– A chave para o meu coração.

Um músculo do rosto dele se contraiu.

– Pode ficar com seus segredos, então. Não me importo.

– E nem deveria.

Os dois terminaram de comer em silêncio. Annie levou seu prato e a taça de vinho para a cozinha. A porta do armário acima da pia ainda estava entreaberta exibindo as garrafas empilhadas ali dentro. A mãe dela sempre tinha bons vinhos por perto, graças aos presentes que as pessoas compravam para ela. Antiguidades raras. Unidades muito procuradas por colecionadores. Como saber o que ela podia ter guardado ali? Talvez...

O vinho! Annie se segurou à beira da pia. E se aquelas garrafas de vinho fossem sua herança? Esteve tão concentrada na arte do chalé que não pensou além delas. Garrafas raras de vinho rendiam quantias exorbitantes em leilões. Já ouvira sobre garrafas que eram vendidas por vinte ou trinta mil dólares. E se ela e Theo tivessem acabado de enxugar parte da herança?

O vinho começou a subir em sua garganta. Ela o ouviu entrar na cozinha atrás dela.

– Você precisa ir agora – disse, sem firmeza. – Agradeço pelo jantar, mas estou falando sério. Você precisa sair daqui.

– Por mim, tudo bem. – Theo colocou o prato no balcão, sem demonstrar emoção por ser expulso da casa, assim como não demonstrava emoção em situação nenhuma.

Ela pegou seu caderno, escreveu a informação do rótulo de cada garrafa de vinho e então, cuidadosamente, encaixotou todas. Encontrou uma caneta e escreveu "Roupas para doar" na tampa, e então guardou a caixa no fundo do armário. Se houvesse outra invasão, não facilitaria as coisas para quem estivesse tentando atrapalhá-la.

– Fico pensando que se este cômodo fosse mais bonito – disse Jaycie, apoiando-se com dificuldade nas muletas –, talvez o Theo quisesse relaxar aqui.

O que significava que Jaycie teria chance de passar mais tempo com ele, exatamente como ela queria. Annie virou as almofadas do sofá do solário. Jaycie não era mais uma adolescente retraída. Será que não tinha aprendido nada a respeito de escolher homens melhores?

– Theo não voltou para jantar ontem?

Annie notou o tom de pergunta na voz de Jaycie, mas decidiu que era melhor manter em sigilo a refeição da noite anterior.

– Ele ficou um pouco mais lá em casa para tentar me irritar. Mas acabei conseguindo expulsá-lo.

Jaycie passou o espanador de pó pelas estantes.

– Ah. Deve ter sido bom.

O vinho foi mais uma decepção. Annie pesquisou cada garrafa on-line. A mais cara delas era uma de cem dólares, bem cara, sim, mas todas juntas não bastavam para caracterizar uma herança. Quando fechou seu notebook, ouviu Jaycie à porta da cozinha.

– Lívia! Você não pode sair. Venha aqui agora mesmo!

– Vou buscá-la. – Annie suspirou.

Jaycie foi até o corredor.

– Vou ter que começar a castigá-la?

Annie notou o tom de pergunta na voz e sabia que Jaycie era muito boazinha. Além disso, as duas concordavam que não era certo manter uma criança ativa dentro de casa o dia todo. Enquanto Annie vestia o casaco e pegava Scamp, concluiu que ser uma pessoa decente era muito chato.

Encontrou Lívia agachada perto do tronco. A menininha havia acrescentado algo novo à fileira dupla de gravetos fincados no chão na frente do tronco oco. Um caminho pequeno de pedras agora formava uma passagem por baixo da cobertura de gravetos até a árvore.

Annie por fim se deu conta do que estava vendo. Lívia havia construído uma casinha de bonecas, ou de fadinhas. Casinhas assim eram comuns no Maine, moradias feitas à mão para qualquer criatura fantástica que vivesse na mata. Feitas de gravetos, limo, pedras, pinhas... O que estivesse disponível na natureza.

Annie se sentou de pernas cruzadas na pedra fria e apoiou Scamp no joelho.

– Sou eu – disse Scamp –, Genevieve Adelaide Josephine Brow, também conhecida como Scamp. O que está fazendo?

Lívia tocou o novo caminho de pedras, quase como se quisesse dizer alguma coisa. Não disse nada, mas Scamp falou:

– Parece que você construiu uma casinha de fadas. Gosto de construir coisas. Fiz letras do alfabeto com pirulitos, uma vez, e fiz flores de lenço de papel, e também fiz um peru no Dia de Ação de Graças recortando um papel com o formato de minha mão. Sou muito artística. Mas nunca construí uma casa de bonecas.

Lívia mantinha a atenção em Scamp, como se Annie não existisse.

– As fadinhas vieram visitar? – perguntou Scamp.

Os lábios de Lívia começaram a se entreabrir, como se ela quisesse dizer alguma coisa. Annie prendeu a respiração. A menina franziu o cenho. Fechou a boca, abriu de novo, e então tudo em sua reação pareceu murchar. Ela encolheu os ombros, abaixou a cabeça. Parecia tão triste que Annie se arrependeu de tentar insistir.

– *Segredo livre!* – gritou Scamp.

Lívia olhou para a frente, e seus olhos acinzentados ganharam vida de novo. Scamp pressionou uma das mãozinhas de pano na boca.

– Este é ruim. Lembre-se de que não pode ficar brava.

Lívia assentiu com seriedade.

– Meu segredo livre é... – Scamp começou a falar baixo, quase um sussurro. – Uma vez, eu tinha que recolher meus brinquedos, mas não queria, então decidi sair para explorar, apesar de Annie ter me dito para não sair. Mas eu saí mesmo assim, e ela não sabia onde eu estava, e ficou muito assustada. – Scamp parou para puxar o ar. – Eu te disse que era ruim. Você ainda gosta de mim?

Lívia balançou a cabeça de modo solidário. Scamp se recostou no peito de Annie.

– Não é justo. Eu te contei dois segredos livres, mas você não me contou nem unzinho.

Annie sentiu que Lívia queria se comunicar – a tensão crescia em seu corpo pequeno, a tristeza ficava clara em seus traços delicados.

– Deixe pra lá! – exclamou Scamp. – Tenho uma música nova. Eu te falei que sou uma ótima cantora? Agora vou me apresentar para você. Não cante junto, sou uma artista solo!, mas pode dançar.

Scamp se lançou em uma versão entusiasmada de "Girls Just Want to Have Fun". Durante a primeira estrofe, Annie ficou de pé e dançou junto, com Scamp se remexendo sobre seu braço cruzado. Lívia logo acompanhou. Quando Scamp chegou à parte final, Lívia e Annie estavam dançando juntas, e Annie não tinha tossido nem uma vez.

Annie não viu Theo naquele dia, mas na tarde do dia seguinte, enquanto ela e Jaycie continuavam arrumando o solário, ele deixou sua presença clara.

– É uma mensagem de texto de Theo. – Jaycie olhou para o telefone. – Ele quer todas as lareiras limpas. Ele se esqueceu de que não posso fazer isso.

– Ele não se esqueceu de nada – respondeu Annie. Theo encontraria uma nova maneira de torturá-la.

Jaycie olhou para Annie por cima do hipopótamo roxo amarrado em cima da muleta dela.

– É meu trabalho. Você não deveria ter que fazer esse tipo de coisa.

– Se eu não fizer, vou tirar a diversão de Theo.

Jaycie tombou contra as estantes, fazendo um livro de capa de couro cair de lado.

— Não entendo por que vocês dois não se dão bem. Sei lá... eu me lembro do que aconteceu, mas já faz tanto tempo. Ele era só um moleque. E eu não soube de nenhum outro problema em que ele tenha se metido desde então.

Porque Elliott teria se apressado em encobrir, Annie pensou.

— O tempo não muda o caráter de uma pessoa.

Jaycie olhou para ela diretamente, a mulher mais ingênua do mundo.

— Não há nada de errado com o caráter dele. Se houvesse, ele já teria me despedido.

Annie se controlou para não dar uma resposta malcriada, mas não infligiria seu próprio cinismo na única amiga de verdade que tinha ali. E talvez quem tivesse a falha de caráter era ela. Depois de tudo pelo que Jaycie tinha passado em seu casamento, era admirável que ainda conseguisse se manter otimista em relação aos homens.

Quando Annie entrou no chalé naquela noite, toda suja de cinza, deu de cara com Leo montado no encosto de seu sofá como um cavaleiro montado num cavalo. Dilly estava em uma cadeira, com a garrafa de vinho vazia de duas noites atrás em seu colo.

Crumpet estava deitada no chão na frente do exemplar aberto do livro de fotos pornográficas artísticas, e Peter estava atrás dela olhando por baixo de sua saia.

Theo saiu da cozinha com um pano de prato nas mãos. Annie olhou para os fantoches e depois para ele, que deu de ombros.

— Eles estavam entediados.

— *Você* estava entediado. Você não quis escrever e esta foi sua maneira de procrastinar. Não te disse para deixar meus bonecos em paz?

— Disse? Não me lembro.

— Eu poderia discutir com você sobre isso, mas preciso tomar um banho. Por algum motivo, parece que estou coberta de cinza de lareira.

Theo sorriu. Um sorriso sincero que não combinava bem em seu rosto sério. Ela caminhou em direção ao quarto.

— É melhor que você já tenha saído quando eu voltar.

— Tem certeza de que quer que eu vá embora? – ela o escutou dizer.
– Comprei algumas lagostas na cidade hoje.

Inferno! Ela estava faminta, mas não se venderia por comida. Não por qualquer comida, pelo menos. Mas lagosta...? Ela bateu a porta do quarto, e imediatamente se sentiu uma tola.

Não sei por que você se sente assim, disse Crumpet de modo petulante. *Eu bato portas o tempo todo.*

Annie tirou a calça jeans suja. *Exatamente o que eu quis dizer.*

Tomou um banho, tirou a sujeira dos cabelos e vestiu uma calça jeans limpa e uma das blusas de lã com gola rolê de Mariah. Tentou domar os cabelos molhados prendendo-os em um rabo de cavalo, sabendo, enquanto fazia isso, que seus cachos logo se espalhariam como molas soltas de um colchão. Olhou para a pouca maquiagem que tinha, mas se recusou a aplicar até mesmo um brilho labial.

Da cozinha vinha um cheiro incrível e Theo estava olhando dentro do armário acima da pia.

– O que aconteceu com o vinho que estava aqui?

Ela subiu as mangas da blusa de lã.

– Está encaixotado e esperando minha próxima ida ao correio. – O valor da caixa toda era cerca de 400 dólares; não era uma herança, mas ainda assim era bem-vindo. – Vou vendê-lo. A verdade é que estou pobre demais para beber centenas de dólares em vinho. Ou para oferecê-lo a um visitante indesejado.

– Vou comprar uma garrafa sua. Melhor ainda, troco pela comida que você roubou de mim.

– Não roubei nada. Eu te disse, vou repor tudo quando o barco de mantimentos vier na semana que vem. – Ela logo continuou. – Menos o que você comeu.

– Não quero que reponha. Quero seu vinho.

Scamp se intrometeu. *Dê seu corpo a ele em troca.*

Que droga, Scamp. Cale-se. Annie olhou para as panelas em cima do fogão. – Até mesmo a garrafa menos cara vale mais do que a comida que peguei emprestada.

– Você está se esquecendo da lagosta de hoje.

– Em Peregrine, hambúrguer é mais caro do que lagosta. Mas boa tentativa.

– Tudo bem. Compro uma garrafa sua.

– Ótimo. Vou pegar a lista de preços.

Ele murmurou algo enquanto ela seguia em direção ao quarto.

– Quanto você quer pagar? – perguntou ela.

– Me surpreenda – disse ele da cozinha. – E você não pode beber nada. Eu vou beber tudo sozinho.

Annie puxou a caixa do fundo do armário.

– Então terei que acrescentar uma taxa de rolha. Vai ser mais barato dividirmos.

Ela ouviu algo que não era nem uma tossida nem uma risada.

Theo havia feito purê de batatas para acompanhar a lagosta. Purê de batatas cremoso, com gosto de alho, uma prova irrefutável de que sua oferta de preparar o jantar foi premeditada, uma vez que não havia batatas no chalé de manhã. Por qual motivo ele queria ficar ali? Certamente não era altruísta.

Ela arrumou a mesa, vestiu uma blusa de moletom para se proteger do vento que entrava pela janela ampla, e ajudou a trazer os pratos da cozinha.

– Você limpou mesmo aquelas lareiras? – Theo perguntou quando eles começaram a comer.

– Limpei.

Annie reparou algo no canto dos lábios dele enquanto ele enchia a taça de vinho dela e erguia a sua em um brinde.

– Para todas as mulheres bondosas.

Não discutiria com ele – não enquanto tivesse uma lagosta vermelha e um recipiente com manteiga à sua frente, por isso fingiu que estava sozinha. Eles comeram em silêncio. Só depois de terminar a última mordida – um pedaço especialmente delicioso da cauda –, e secar a gota de manteiga em seu queixo, ela decidiu falar.

– Você fez um pacto com o diabo, não é? Trocou sua alma pela capacidade de cozinhar.

Ele deixou uma garra vazia dentro da travessa.

– E também pela capacidade de enxergar através das roupas das mulheres.

Aqueles olhos azuis tinham sido feitos para o cinismo, e as faíscas na íris a deixaram abalada. Ela embolou o guardanapo.

– Uma pena, essa capacidade. Não há muito por aqui que valha a pena ser visto.

Ele passou o polegar pela borda da taça de vinho, olhando para ela.

– Eu não diria isso.

Annie sentiu uma onda de arrepio percorrer seu corpo. Sua pele esquentou, e por um momento, foi como se ela tivesse 15 anos de novo. Foi o vinho. Ela empurrou o prato para longe da beira da mesa.

– Tem razão. A mulher mais linda da ilha está bem sob seu teto. Eu me esqueci da Jaycie.

Ele pareceu confuso por um momento – uma grande encenação da parte dele. Annie ajeitou o rabo de cavalo.

– Não parta para cima dela com seu fogo, Theo. Ela perdeu o marido, tem uma filha muda e, graças a você, não tem um emprego estável.

– Eu nunca pensei em demiti-la. Você sabia disso.

Ela não sabia de nada, e não confiava nele. Mas então, algo lhe ocorreu.

– Você não vai demiti-la enquanto puder fazer com que eu obedeça às suas ordens. Não é?

– Não acredito que você realmente limpou aquelas lareiras. – Uma sobrancelha quase se ergueu de modo indolente e ela se sentiu uma idiota na mão dele. – Se ela morasse na cidade e não no casarão, poderia vir limpar algumas vezes na semana. Eu posso fazer isso, sabia?

– Em que lugar da cidade? Num quarto na casa de alguém? É pior do que a situação dela agora.

– Não seria um problema contanto que eu possa trabalhar aqui. – Ele bebeu todo o vinho da taça. – E a filha de Jaycie vai falar quando estiver pronta para isso.

– Falou o grande psicólogo infantil.

– Tem alguém melhor do que eu para reconhecer uma criança problemática?

Ela se fingiu de inocente, arregalando os olhos.

– Mas a Lívia não é uma psicopata.

Você acha que eu não tenho sentimentos só porque sou um cara mau?

Ela certamente havia bebido demais, porque a voz pertencia a Leo.

– Eu tive alguns problemas naquele verão. Eu extrapolei.

A falta de emoção dele a deixou furiosa, e ela se levantou de uma vez.

– Você tentou *me matar*. Se Jaycie não estivesse andando pela praia naquela tarde, eu teria me afogado.

– Você acha que eu não sei disso? – ele perguntou com intensidade, meio alterado.

Annie detestava a incerteza que sentia em relação a ele. Deveria se sentir mais ameaçada quando eles estavam juntos, porém a única ameaça que ela sentia era causada pela confusão. Mas aquilo era muito diferente de quando tinha 15 anos? Naquela época, ela também não queria acreditar que corria perigo. Só acreditou depois de quase morrer afogada.

– Me conte sobre a Regan.

Theo embolou o guardanapo e ficou de pé.

– Não tem sentido.

Se ele fosse outra pessoa, a compaixão a teria feito parar. Mas ela precisava compreender.

– Regan sabia navegar. Por que ela levaria o barco para o mar se sabia que uma tempestade se aproximava? Por que ela faria isso?

Ele atravessou a sala e pegou seu casaco.

– Não falo sobre Regan. *Nunca*.

Segundos depois, ele saiu.

Annie terminou de beber o resto do vinho antes de ir para a cama e acordou com uma sede fortíssima e uma dor de cabeça mais forte ainda. Não queria ir à Harp House naquele dia. Theo não havia dito que não demitiria Jaycie? Mas ela não confiava nele. E mesmo se ele tivesse sido sincero, Jaycie ainda precisava de ajuda. Annie não podia abandoná-la.

Ao sair do chalé, ela prometeu que não obedeceria a Theo fazendo outras tarefas, como limpar lareiras. Só havia lugar para uma ventríloqua em Peregrine Island, e essa pessoa era ela.

Algo passou voando perto de sua cabeça. Arfando, ela se jogou no chão.

Ficou ali, com a respiração ofegante, o chão frio e áspero sob seu rosto, o mundo girando ao seu redor. Fechou os olhos com força. Sentiu a cabeça latejando.

Alguém tinha acabado de tentar atirar nela. Alguém que poderia, naquele momento, estar vindo para cima dela com uma arma.

Capítulo dez

Annie testou os braços e as pernas, movimentando-os o suficiente para ter certeza de que não tinha levado um tiro. Prestou atenção, mas não ouviu nada além do som forte de sua respiração e as ondas se quebrando. Uma ave marítima grasnou. Lentamente, com cuidado, levantou a cabeça.

O tiro tinha vindo da direção oeste. Ela não viu nada de incomum no meio dos abetos e da mata alta que havia entre o ponto onde ela estava deitada e a estrada. Ergueu mais o corpo, com o peso da mochila deslizando pelas costas, e espiou em direção ao chalé, então para o mar, e depois para a Harp House no topo do penhasco. Tudo parecia tão frio e isolado como sempre.

Annie se ajoelhou lentamente. Usando apenas a mochila como proteção, estava exposta demais. Não tinha experiência com armas de fogo. Como saber se tinha sido um tiro, mesmo?

Porque sabia.

Teria sido uma bala perdida? Em Peregrine Island, caça com arma não era prática comum, mas toda casa tinha armas. De acordo com Bárbara, vários moradores já tinham disparado em si mesmos ou em outras pessoas. De modo geral, tinham sido tiros acidentais, segundo ela, mas nem todos os casos.

Annie ouviu um barulho atrás de si – um barulho estranho – o som das patas de um cavalo. Tomada por uma onda de adrenalina, deitou-se novamente no chão.

Theo estava chegando para terminar o trabalho. Assim que o pensamento ganhou forma, ela se esforçou para ficar de pé. De maneira alguma permitiria que ele atirasse nela enquanto ela estivesse indefesa na terra. Se ele pretendia matá-la, teria que olhar dentro de seus olhos quando puxasse o gatilho. Quando ela se virou e viu o animal forte galopando em sua direção, vindo da praia, foi tomada por uma horrorosa sensação de traição, juntamente com a necessidade desesperada de acreditar que aquilo não estava acontecendo.

Theo se aproximou e apeou de Dançarino. Não segurava nenhuma arma. Nenhuma arma de nenhum tipo. Talvez ele a tivesse largado. Ou...

Seu rosto estava vermelho devido ao frio, mas o zíper da jaqueta não estava fechado, e a peça se abriu quando ele correu na direção dela.

– O que aconteceu? Vi você cair. Está bem?

Os dentes dela rangiam, e ela tremia sem parar.

– Você acabou de tentar *atirar* em mim?

– *Não!* Como assim? Alguém tentou atirar em você?

– Sim, alguém tentou atirar em mim! – gritou.

– Tem certeza?

– Nunca levei um tiro, mas sim, tenho certeza. Como é possível que você não tenha ouvido? – Ela falou entredentes.

– Eu estava perto demais da água para ouvir alguma coisa. Conte exatamente o que aconteceu.

Annie sentiu as palmas arderem embaixo das luvas. Fechou os dedos.

– Eu estava indo para o casarão quando um tiro passou de raspão pela minha cabeça.

– De onde veio?

– Acho que veio dali. – Annie apontou com a mão trêmula em direção à estrada, para a direção oposta ao lugar de onde ele havia acabado de sair.

Theo a observou como se tentasse ver a gravidade com que ela tinha sido ferida, mas analisou a paisagem depressa.

– Fique onde eu possa te ver. Vamos subir juntos para o casarão. – Momentos depois, ele a escoltava em direção às árvores.

Sentia-se vulnerável demais para ficar onde estava, mas estaria ainda mais exposta se voltasse caminhando pelo pântano em direção ao chalé. Esperou suas pernas se firmarem e então correu em direção às árvores à beira da estrada que levava à Harp House.

Theo não demorou muito para se aproximar dela. Annie pensou que ele fosse repreendê-la por não ter ficado parada, mas não fez isso. Só apeou e, puxando Dançarino pelas rédeas, foi caminhando ao lado dela.

– Você viu alguma coisa? – perguntou ela.

– Nada. Quem fez isso fugiu muito antes de eu chegar aqui.

Quando chegaram ao fim do caminho, Theo lhe disse que precisava levar Dançarino para se refrescar.

– Encontro você na casa – disse ele. – E então vamos conversar.

Annie não estava preparada para entrar e conversar com Jaycie. Então foi para o estábulo enquanto Theo dava a volta pelo quintal com Dançarino. O estábulo ainda tinha cheiro de animais e de terra, apesar de haver apenas um cavalo ali atualmente, e os odores serem menos pronunciados do que ela se lembrava. Uma luz fraca entrava pela janela acima do banco de madeira onde ela e Theo tinham conversado naquela tarde fatídica, pouco tempo antes de ela ter ido à caverna para encontrá-lo.

Annie tirou a mochila e ligou para aquele número da polícia do continente que havia registrado em seu telefone depois da invasão. O policial que a atendeu ouviu com atenção a informação que ela lhe deu, mas não pareceu interessado.

– Foram crianças. Peregrine é praticamente o Faroeste, uma terra de ninguém, mas acho que você já sabe disso.

– As crianças estão na escola – ela respondeu, tentando não transparecer a impaciência que sentia.

– Hoje, não. Os professores de todas as ilhas estão em Monhegan para a conferência de inverno. Os alunos têm o dia de folga.

Era levemente reconfortante pensar que o tiro podia ter sido disparado por uma criança brincando com armas e não por um adulto com propósitos mais sinistros. O policial prometeu que faria perguntas na próxima vez em que fosse à ilha.

– Se mais alguma coisa acontecer – disse ele –, não deixe de nos avisar.

– Por exemplo, se eu acabar levando um tiro de verdade?

O policial riu.

– Acho que você não precisa se preocupar com isso, senhora. Os moradores da ilha são meio grosseiros, mas não costumam matar uns aos outros.

– Idiota – murmurou ao desligar. Theo entrava com Dançarino no estábulo.

– O que eu fiz dessa vez? – perguntou Theo.

– Não você. Chamei o policial de idiota.

– Imagino que a conversa não tenha sido muito boa. – Ele levou Dançarino à única baia com espaço preparado para o cavalo descansar. Apesar de os estábulos não serem aquecidos, Theo tirou o casaco e o pendurou em um gancho, então começou a tirar a sela do cavalo. – Tem certeza de que alguém tentou atirar em você?

– Não acredita em mim? – Ela se levantou do banco.

– Por que eu não acreditaria?

Porque eu nunca acredito no que você me conta. Annie se aproximou da baia de Dançarino.

– Você não encontrou pegadas? Nem o cartucho da bala?

Ele tirou o cobertor da sela.

– Ah, sim, com toda aquela lama no chão, foi a primeira coisa que eu vi. O cartucho de uma bala.

– Não precisa ser tão sarcástico. – Como ela quase sempre era sarcástica com ele, esperava que ele descontasse nela, mas Theo só resmungou que ela assistia a muitos seriados policiais.

Enquanto ele terminava de tirar os apetrechos de cima do Dançarino, ela espiou dentro da baia ao lado, onde ela e Regan tinham encontrado os cachorrinhos. Agora, ali, só havia uma vassoura de piaçava, alguns baldes e lembranças ruins. Desviou o olhar.

Por fim, acalmou-se e simplesmente ficou observando Theo cuidar do cavalo – ele dava escovadas compridas, com o toque suave de seus dedos, atento para não deixar respingos de lama, e parava o que estava fazendo para coçar Dançarino atrás das orelhas e falar baixinho com ele. Vendo o carinho evidente que ele tinha pelo animal, ela disse algo do qual se arrependeu no mesmo instante:

– Não pensei que tinha sido você.

– Sim, provavelmente pensou. – Ele deixou de lado a escova e se ajoelhou para conferir os cascos de Dançarino. Depois de checar se o cavalo não tinha nenhuma pedra presa no casco, saiu da baia e mirou os olhos nela como se fossem *lasers*. – Chega de bobagem! Você precisa me dizer agora mesmo o que está acontecendo.

– Como eu vou saber? – Ela tirou a touca e a girou nas mãos.

– Você sabe mais do que está contando. Não confia em mim? Tudo bem! Mas vai ter que superar isso porque no momento sou a única pessoa em quem você pode confiar.

– Isso não faz muito sentido.

– Paciência.

Estava na hora de Annie lhe dar um lembrete.

– Quando voltei para a ilha... A primeira vez em que te vi, você estava carregando uma arma.

– Uma pistola antiga.

– Da coleção de armas de seu pai.

– Isso mesmo. Tem um armário cheio de armas na casa. Revólveres, rifles, pistolas. – Ele fez uma pausa, estreitando os olhos. – E eu sei atirar com todas.

– Isso faz com que eu me sinta muito, muito melhor. – Ela enfiou a touca no bolso.

No entanto, ironicamente, ela se sentiu melhor, mesmo. Se Theo de fato quisesse matá-la, seja lá qual fosse o motivo maluco que só ele saberia, já a teria matado. Quanto à sua herança... bem, ele era da família Harp, e ela não tinha visto nenhum indício de que ele precisava de dinheiro.

Então por que ele está morando na ilha?, perguntou Dilly. *A menos que ele não tenha para onde ir.*

Assim como você, disse Crumpet.

Annie reprimiu a voz dos bonecos. Podia não gostar do que eles diziam – e não gostava –, mas naquele momento Theo era a única pessoa com quem ela podia conversar.

Exatamente como era quando vocês tinham 15 anos, disse Dilly.

Ele segurou a porta da baia.

– Isso fugiu do controle. Me conte o que está escondendo.

– Pode ter sido uma criança. A professora da ilha está em uma conferência, por isso não teve aula hoje.

– Uma criança? Você acha que uma criança invadiu o chalé também?

– Talvez... – Não, definitivamente não era o que ela achava.

– Se uma criança tivesse feito aquilo, uma destruição muito maior teria sido causada.

– Não temos como saber. – Annie passou por ele. – Preciso ir. Jaycie está me esperando há mais de uma hora.

Ela mal conseguiu avançar um passo, porque ele se plantou na frente dela, e seu corpo era um paredão instransponível de músculos.

– Você tem duas opções – disse ele. – Ou sai da ilha...

Deixar o chalé? De jeito nenhum ela faria isso.

– ...ou – ele continuou – você pode ficar comigo e me deixar tentar ajudar.

A oferta parecia tão sincera, tão sedutora. Mas em vez de encostar o rosto na blusa de lã dele como queria fazer, Annie canalizou o lado mais cruel de Crumpet.

– Por que se importa com isso? Você nem gosta de mim.
– Eu gosto muito de você.
Theo disse aquilo com seriedade, mas ela não acreditou.
– Até parece.
Ele arqueou uma das sobrancelhas escuras.
– Não acredita em mim?
– Não acredito.
– Então, tá. – Ele enfiou as mãos no bolso da calça jeans. – Você é meio perdida. Mas... – Sua voz ficou suave e rouca. – É uma mulher, e preciso disso. Faz muito tempo.

Theo estava brincando. Annie viu nos olhos dele, mas isso não evitou a onda de calor que lhe percorreu. A sensação era indesejada e perturbadora, mas compreensível. Ele era uma fantasia sexual de olhos azuis e cabelos escuros saída diretamente dos livros que ela lia, e ela era uma mulher alta, magra, de 33 anos com um rosto peculiar, cabelos revoltos e uma atração fatal por homens que não eram tão nobres quanto faziam parecer. Annie se protegeu da magia negra dele com um sinal da cruz cheio de sarcasmo.

– Por que não disse antes? Vou tirar minhas roupas agora mesmo.
Ele era delicado e intenso ao mesmo tempo.
– Está frio demais aqui. Precisamos de uma cama quente.
– Não mesmo. – *Cala a boca! Cala a boca agora!* – Já sou bem quente. Pelo menos foi o que me disseram. – Ela jogou os cabelos, pegou a mochila e passou por ele.

Dessa vez, Theo a deixou passar.

Com uma mistura de sorriso e careta, Theo observou a porta do estábulo ser fechada com uma batida. Não deveria tê-la provocado, mesmo que ela estivesse a fim. Mas aqueles olhos grandes não paravam de encará-lo, e só faziam com que ele realmente quisesse fazer brincadeiras. Para se divertir com um pouco de sacanagem. E havia alguma coisa no cheiro dela, não o cheiro de perfumes caros com os quais ele estava acostumado, mas só sabonete e xampu com aroma de frutas, do tipo comum de farmácia.

Dançarino encostou o focinho no ombro dele.

– Eu sei, amigo. Ela me pegou. E é minha culpa. – O cavalo tocou sua mandíbula, concordando.

Theo guardou a sela e encheu o balde de Dançarino com água fresca. Na noite passada, quando tentou entrar no notebook que Annie havia deixado no casarão, não conseguiu acertar a senha. Por enquanto, os segredos dela eram só dela, mas não poderia permitir que continuasse assim por muito tempo.

Precisava parar de brincar com ela. Além disso, provocá-la como ele tinha acabado de fazer parecia desconcertar mais a ele do que a ela. A última coisa em que queria pensar agora era numa mulher nua, muito menos uma Annie Hewitt nua.

Vê-la em Peregrine de novo era como ser jogado de volta a um pesadelo, então por que queria ficar com ela? Talvez porque sentisse uma certa segurança bizarra em sua presença. Ela não era dona do tipo de beleza refinada que sempre o atraiu. Diferentemente de Kenley, Annie tinha um rosto extravagante. Também era muito esperta e, apesar de não ser carente, também não parecia indomável.

Eram seus pontos altos. Quanto aos baixos...

Annie encarava a vida como se fosse um show de fantoches. Não tinha experiência com noites doloridas nem com um desespero tão grande que permeasse tudo ao seu redor. Annie podia negar, mas ainda acreditava em finais felizes. Aliás, era essa ilusão que lhe despertava a vontade de ficar com ela.

Theo pegou seu casaco. Precisava começar a pensar na próxima cena que não conseguia escrever, e não no corpo nu escondido por baixo da blusa e do casaco pesado de Annie. Ela vestia roupas demais. Se fosse verão, ele a veria de maiô, e sua imaginação de escritor se satisfaria o suficiente para que ele pudesse ter pensamentos mais produtivos. Mas não conseguia parar de pensar no corpo de adolescente magricela do qual ele mal se lembrava, mas queria saber como estava agora. Idiota tarado.

Deu mais um tapinha em Dançarino.

— Você é mais sortudo do que pensa, amigo. Viver sem um par de bolas torna a vida muito menos complicada.

Annie passou algumas horas pesquisando os livros de arte mais antigos que encontrou na estante, mas nenhum deles era raro, nem o livro de David Hockney, nem a coleção de Niven Garr, nem o livro de Julian Schnabel. Depois de se frustrar bastante, ajudou Jaycie a limpar a casa.

Jaycie estava mais calada do que o normal o dia todo. Parecia cansada e, quando foram ao escritório de Elliott, Annie mandou que ela se sentasse. Jaycie apoiou as muletas no braço do sofá de couro e se sentou.

– Theo enviou uma mensagem de texto dizendo para eu te avisar que é para você não se esquecer de levar a Range Rover para o chalé à noite.

Annie não tinha contado a Jaycie a respeito do tiro, e não pretendia contar. Seu propósito era facilitar a vida da amiga, não aumentar suas preocupações. Jaycie prendeu uma mecha de cabelos loiros atrás da orelha.

– Ele também disse que não devo mandar o jantar para cima hoje. É a terceira vez esta semana.

Annie levou o aspirador de pó para as janelas da frente e disse escolhendo bem as palavras:

– Eu não o convidei, Jaycie. Mas o Theo faz o que quer.

– Ele gosta de você, não sei por quê. Você só diz coisas terríveis para ele.

– Ele não gosta de mim. – Annie tentou explicar. – Ele gosta de dificultar minha vida. É bem diferente.

– Eu acho que não. – Jaycie se ergueu de novo e mexeu nas muletas. – É melhor eu ver o que a Lívia está aprontando.

Annie olhou para ela incrédula. Estava magoando a última pessoa no mundo a quem pretendia chatear. A vida em uma ilha quase deserta ficava cada dia mais complicada.

Naquela noite, um pouco antes de pegar seu casaco, Annie viu Lívia empurrar um banquinho pelo chão da cozinha, subir em cima dele e enfiar um tubo de papel de desenho enrolado na mochila de Annie. Ela pretendia ver o que era assim que chegasse ao chalé, mas assim que abriu a porta deparou-se com Leo esparramado no sofá com um canudinho amarrado ao redor de seu braço como se fosse um torniquete de um viciado em drogas. Dilly estava do outro lado, com um cilindro pequeno de papel enrolado em formato de cigarro preso à sua mão, as pernas cruzadas como um homem costuma cruzar, com o tornozelo apoiado no joelho. Annie arrancou a touca.

– Quer parar de mexer nos meus bonecos?

Theo saiu da cozinha com um pano de prato lilás preso no passador de sua calça jeans.

– Até agora, eu não sabia que tinha um controle de impulsos tão ruim.

Annie detestou a onda de prazer que sentiu ao vê-lo. Mas que mulher de carne e osso não adoraria ver um colírio como ele, com pano de prato lilás e tudo? Ela o castigaria por ser tão absurdamente lindo sendo esnobe e altiva.

– Dilly nunca fumaria. Ela é especialista em prevenção ao uso de entorpecentes.

– Admirável.

– E você tem que sair daqui quando eu chego.

– Tenho? – Ele fez cara de ingênuo, como se sempre tivesse lapsos de memória. Hannibal saiu da cozinha e foi até os pés de Theo.

Ela olhou para o gato.

– O que seu parente está fazendo aqui?

– Preciso dele enquanto trabalho.

– Para ajudar a fazer feitiços?

– Os escritores gostam de gatos. Você não entenderia.

Theo a encarou com o nariz perfeitamente afilado tão empinado, com a expressão tão condescendente que ela sabia que ele estava lhe provocando. Annie simplesmente tirou os fantoches das poses em que estavam e os levou de volta ao estúdio.

As caixas não estavam mais sobre a cama, mas espalhadas pela parede embaixo do mural de táxi, cuja pesquisa não tinha sido frutífera, como muitas outras coisas. Ela havia começado a analisar o conteúdo das caixas, relacionando tudo o que havia dentro delas, mas os únicos itens interessantes encontrados até então tinham sido o livro de convidados do chalé e seu Livro dos Sonhos, o caderno de recortes e recordações que ela tinha na adolescência. Annie havia preenchido as páginas com desenhos, ingressos de shows a que tinha ido, fotos de suas atrizes preferidas e resenhas que tinha escrito sobre seus triunfos imaginários na Broadway. Era deprimente constatar como sua vida adulta era diferente da vida dos sonhos daquela menina, e então o guardou.

O cheiro de algo delicioso veio da cozinha. Depois de passar um pente pelos cabelos e um pouco de brilho labial porque estava com uma cara péssima, Annie voltou para a sala de estar onde viu Theo deitado no sofá no mesmo lugar onde havia colocado Leo antes.

– Eu tinha me esquecido de que você era uma artista tão boa – ele disse.

Vê-lo examinando algo que ela tinha feito para se distrair fez com que ela se sentisse desconfortável.

– Não sou boa. Faço para me distrair.

– Você está se subestimando. – Ele olhou para o desenho de novo. – Gosto desse menino. Ele tem personalidade.

Era um desenho que Annie tinha feito de um menino estudioso com cabelos escuros e lisos, e um topete lambido que parecia uma fonte no topo da cabeça. Tornozelos magros apareciam sob as barras da calça jeans, como se ele estivesse passando por um daqueles estirões da pré-adolescência. Usava óculos de armação quadrada no nariz com algumas sardinhas. Sua camisa estava abotoada do jeito errado, e ele usava um relógio de adulto que era grande demais para seu pulso. Definitivamente não era uma arte muito boa, mas ele tinha potencial como futuro fantoche.

Theo inclinou o papel, olhando para ele de outro ângulo.

– Quantos anos você acha que ele tem?

– Não faço ideia.

– 12, talvez. Passando pela fase difícil da puberdade.

– Se você acha...

Quando Theo colocou o desenho sobre a mesa, Annie notou que ele havia enchido uma taça de vinho para si. Ela começou a reclamar, mas ele fez um gesto em direção à garrafa aberta sobre o baú Luis XIV.

– Eu que trouxe. E você só pode tomar um pouco depois que responder a algumas perguntas.

Algo que ela não queria mesmo ter que fazer.

– O que vamos comer no jantar?

– *Eu* vou comer bolo de carne. E não é um bolo de carne qualquer. É um bolo de carne com um pouco de *pancetta* por dentro, dois queijos especiais, e uma cobertura de um ingrediente misterioso que pode estar no Guinness. Interessada?

Só de pensar, Annie sentiu a boca salivar.

– Pode ser que eu esteja.

– Ótimo. Mas você vai ter que falar primeiro. Isso quer dizer que o tempo acabou e que você está encurralada. Decida agora mesmo se vai ou se não vai confiar em mim.

Como ela poderia fazer isso? Theo não poderia ter atirado nela, não de onde estava. Mas isso não significava que ele era confiável, não com seu histórico. Annie demorou para se ajeitar na poltrona estilo assento de avião e encolheu as pernas embaixo do corpo.

– Uma pena os críticos terem odiado seu livro. Fico imaginando o que aquelas resenhas brutais causaram em sua autoconfiança.

Ele tomou um gole de vinho, tão indolente quanto um *playboy* relaxando na Costa del Sol.

– Fiquei arrasado. Tem certeza de que não leu o livro?

Era o momento de dar o troco pela atitude dele.

– Prefiro uma literatura mais sofisticada.

– Sim, eu vi uns livros bem sofisticados em seu quarto. Definitivamente intimidante para um charlatão como eu.

– O que você estava fazendo em meu quarto? – Ela falou brava.

– Vasculhando. Tive mais sucesso do que quando tentei acessar seu computador. Qualquer dia desses, você vai ter que me dar sua senha. É apenas justo.

– Não vai acontecer.

– Então vou ter que continuar espionando até você cooperar comigo. – Ele apontou na direção dela com a taça de vinho. – A propósito, você precisa de umas calcinhas novas.

Levando em conta que ela também tinha bisbilhotado as coisas dele na torre, Annie teve dificuldade para demonstrar indignação como deveria.

– Não há nada de errado com minhas calcinhas.

– Diz uma mulher que não transa há muito tempo.

– Transo, sim!

– Não acredito em você.

Ela sentiu um desejo contraditório de fazer joguinho e de ser sincera.

– Para a sua informação, já transei e fui safada com um monte de namorados fracassados.

Não tinha sido um monte, mas como Theo começou a rir, Annie decidiu não explicar. Quando finalmente ficou sério, ele balançou a cabeça fingindo pesar.

– Dá para ver que você ainda está se subestimando. A propósito, por que faz isso e quando vai parar?

Pensar que ele a via como alguém melhor do que ela mesma às vezes se via a surpreendeu.

Confie nele, disse Scamp.

Não seja tola, disse Dilly.

Esqueça dele!, Peter exclamou. *Eu vou salvar você!*

Cara, disse Leo. *Pare de ser tão idiota. Ela pode salvar a si mesma.*

Lembrar-se dos homens que não a apoiaram pode ter sido o que deu vantagem a Theo. Embora não parasse de dizer a si mesma que os psicopatas tinham um talento especial para ganhar a confiança de suas vítimas, Annie esticou as pernas e disse a verdade.

– Um pouco antes de Mariah morrer, ela me disse que tinha deixado algo valioso para mim no chalé. Uma herança. E que, quando eu a encontrasse, teria dinheiro.

Theo estava prestando atenção. Apoiou os pés no chão e se sentou mais ereto.

– Que tipo de herança?

– Não sei. Ela mal conseguia respirar. Entrou em coma logo depois e morreu antes do amanhecer.

– E você tem ideia do que pode ser?

– Pesquisei todas as obras de arte, mas ela passou anos vendendo peças da coleção e parece que o que restou não vale muito. Durante algumas horas, pensei que poderia ser o vinho.

– Escritores se hospedaram aqui. Músicos...

Annie concordou.

– Queria que ela tivesse sido mais específica.

– Mariah tinha o costume de dificultar as coisas para você. Nunca entendi isso.

– Era sua maneira de expressar amor – disse Annie sem qualquer amargura. – Eu era comum demais para ela, quieta demais.

– Os bons e velhos tempos – disse ele de modo seco.

– Acho que ela temia como a vida seria para mim porque eu era muito diferente dela. Como o bege em comparação ao vermelho. – Hannibal saltou em seu colo, e Annie acariciou a cabeça dele. – Mariah temia que eu não fosse capaz de enfrentar a vida. Acreditava que a crítica era a melhor maneira de me tornar mais durona.

– Esquisito – disse Theo –, mas parece que deu certo.

Antes que pudesse perguntar o que ele queria dizer com aquilo, ele prosseguiu.

– Você procurou no sótão?

– Que sótão?

– Naquele espaço acima do teto?

– Aquilo não é um sótão. É um... – Mas é claro que era um sótão. – Não tem como chegar lá.

– Claro que tem. Tem um alçapão que dá acesso no armário do estúdio.

Ela já tinha visto aquele alçapão várias vezes. Só nunca tinha pensado aonde ele levava. Colocou Hannibal no chão e levantou-se da cadeira.

– Vou olhar agora mesmo.

– Calma. Um passo em falso e você cai do telhado. Deixe que eu olho amanhã.

Não antes de ela própria olhar, mas, por ora, ela se recostou na cadeira de novo.

– Posso tomar um pouco de vinho agora? E comer o bolo de carne?

– Quem mais sabe sobre isso? – Theo se direcionou para a garrafa de vinho.

– Não contei a ninguém. Só a você. E espero não me arrepender.

Ele ignorou o comentário.

– Alguém invadiu o chalé, e atiraram em você. Vamos supor que a pessoa que fez essas coisas está atrás do que Mariah pode ter deixado aqui.

– Ninguém é mais suspeito do que você.

– Você vai continuar me acusando ou quer desvendar o que tá acontecendo?

Annie pensou por um momento.

– Vou continuar te acusando.

Theo nem se deu ao trabalho de responder, só esperou pacientemente. Ela ergueu as mãos.

– Está bem! Estou ouvindo.

– Puxa, que surpresa. – Ele levou o vinho até ela e o entregou. – Se você não contou a ninguém sobre isso...

– Não contei.

– Nem para a Jaycie? Nem para uma de suas amigas?

– Ou a um namorado fracassado? Ninguém. – Ela bebericou o vinho. – Mariah deve ter contado a alguém. Ou... E eu gosto mais dessa ideia... Um bandido qualquer entrou no chalé porque estava à procura de dinheiro e, em um acontecimento nada relacionado, algum moleque brincando com uma arma atirou em mim acidentalmente.

– Ainda estou procurando o final feliz.

– Melhor do que ficar por aí com cara de tristeza o tempo todo.

– Você quer dizer sendo realista?

– Realista ou cínico? – Ela franziu o cenho. – Vou dizer o que não gosto nos cínicos...

Claro que Theo não se importava com o que ela gostava ou não porque estava indo para a cozinha. Mas o cinismo era algo que realmente a irritava, e Annie foi atrás dele.

– Os cínicos são medrosos – ela disse, pensando em seu último ex-namorado, que escondia a insegurança como ator atrás de uma atitude de superioridade. – Ser cínica dá à pessoa uma desculpa para ficar em cima do muro. A pessoa não tem que sujar as mãos para resolver um problema, afinal para que faria isso, não é? Então dá para ficar na cama o dia todo e arrasar todos os tolos ingênuos que estão tentando fazer diferença. É muito manipulador. Os cínicos são as pessoas mais preguiçosas que conheço.

– Epa, não olhe para mim. Sou o cara que fez um baita bolo de carne para você. – Vê-lo inclinado para abrir a porta do forno fez com que ela parasse. Theo era esguio, mas não magricela. Musculoso, mas não bombado. De repente, o chalé pareceu pequeno demais, abafado demais.

Annie pegou os talheres e os levou à mesa. Enquanto fazia isso, Dilly, sempre sensata, gritava em sua mente. *Perigo! Perigo!*

Capítulo onze

O bolo de carne estava ainda melhor do que o divulgado, e as batatas assadas de acompanhamento estavam temperadas à perfeição. Já na terceira taça de vinho de Annie, o chalé tinha se tornado um lugar fora do tempo onde códigos adequados de comportamento eram suspendidos e segredos podiam se manter secretos. Um lugar em que uma mulher podia abrir mão das dúvidas e se entregar a todos os caprichos sensuais sem ninguém como testemunha. Tentou se livrar de seus devaneios, mas o vinho dificultava.

Theo girou a haste da taça entre o polegar e o indicador. A voz estava baixa, discreta como a noite.

– Você se lembra do que costumávamos fazer na caverna?

Ela ganhou tempo cortando um pedaço de batata pela metade.

– Quase nada. Faz muito tempo.

– Eu me lembro.

Annie cortou o pedaço mais uma vez.

– Não sei por quê.

Ele a encarou, demorada e fixamente, como se soubesse os pensamentos eróticos que rondavam a mente dela.

– Todo mundo se lembra da primeira vez.

– Não houve primeira vez nenhuma – disse ela. – Não chegamos a esse ponto.

– Mas foi quase. E achei que você não se lembrasse.

– Eu só me lembro disso.

Theo se recostou na cadeira.

– Nós passávamos horas no maior amasso. Você se lembra disso?

Como poderia se esquecer? Os beijos dele não paravam – bochechas, pescoço, boca e língua. Segundos... minutos... horas. E, então, eles começavam tudo de novo. Os adultos se interessavam demais pelo objetivo final para aproveitar as preliminares por tanto tempo. Só os adolescentes, com medo do próximo passo, é que trocavam beijos que não acabavam mais.

Annie não estava bêbada, mas estava alegrinha, e não queria continuar relembrando o passado.

– Beijar saiu de moda.

– Você acha?

– Uh-hum. – Ela tomou mais um gole do vinho encorpado e inebriante.

– Você provavelmente tem razão. Sei que sou ruim nisso.

Por pouco conseguiu conter a vontade de corrigi-lo.

– A maioria dos homens não admitiria isso.

– Fico ansioso demais para ir para o próximo passo.

– Você e todos os caras.

Uma cauda preta apareceu à beira da mesa. Hannibal havia saltado em seu colo. Theo acariciou o gato e então o colocou no chão de novo.

Ela remexeu um pedaço de bolo de carne no prato, já não estava mais com fome, já não estava mais desconfiada.

– Não entendo. Você ama os animais.

Ele não perguntou o que ela queria dizer com aquilo. Sabia que eles tinham voltado à caverna, sabia que a maré havia mudado e que o clima era traiçoeiro. Ele se levantou da mesa e caminhou em direção às estantes.

– Como você explica algo que não consegue entender?

Annie apoiou o cotovelo na mesa.

– Eram os filhotes? Era a mim? Quem você estava tentando machucar?

Theo demorou a responder.

– No fim das contas, acho que era a mim mesmo.

O que no fim das contas não revelava nada.

– Você deveria ter me contado sobre a herança de Mariah na noite em que invadiram a casa.

Ela se levantou e pegou a taça de vinho.

– Como se você me contasse tudo. Ou alguma coisa.

– Ninguém sai por aí atirando em mim.

– Eu não confio... eu não confiava em você.

Theo se virou para ela, com o olhar sedutor sem ser lascivo.

– Se você soubesse em que estou pensando agora, teria bons motivos para não confiar em mim porque alguns dos melhores momentos da minha vida aconteceram naquela caverna. Sei que você não sente a mesma coisa.

Se não fosse o que tinha acontecido naquela última noite, Annie poderia quase concordar. O vinho percorria seu corpo.

– É difícil se sentir nostálgica em relação ao lugar onde você quase morreu.

– Compreensível.

Annie estava cansada de ficar atenta o tempo todo, e adorava o modo como o vinho a fazia relaxar. Queria deixar o passado para trás, fingir que nunca tinha acontecido. Fingir que eles tinham acabado de se conhecer. Queria ser como as mulheres que ela conhecia que conseguiam ver um cara atraente em um bar, cair na cama com ele e sair algumas horas depois sem arrependimentos e sem culpa. "Basicamente, sou um cara", disse sua amiga Rachel, certa vez. "Não preciso de ligação emocional. Só quero me satisfazer".

Annie também queria ser um cara.

– Tenho uma ideia. – Theo se recostou na estante, esboçando um sorriso. – Vamos dar uns amassos. Em homenagem aos velhos tempos.

Como ela já tinha tomado três taças de vinho, não respondeu a ele com convicção suficiente.

– Acho que não.

– Tem certeza? – Ele se afastou da estante. – Não vamos fazer nada de novo, nós dois. E como você não consegue deixar de lado a ideia de que estou querendo te matar, nem vai precisar fingir ter carinho profundo por mim. E para ser sincero... seria bom praticar.

O vinho em sua corrente sanguínea não poderia resistir à travessura por baixo de toda aquela sedução e charme. Mas ainda que estivesse embriagada o suficiente para topar a ideia, não estava tão embriagada a ponto de não estabelecer algumas condições.

– Sem mãos.

Ele se aproximava dela lentamente.

– Não sei, não.

– Sem mãos – ela repetiu de modo mais firme.

– Está bem, sem mãos. Da cintura para baixo.

Ela inclinou a cabeça.

– Sem mãos do pescoço para baixo.

– Tenho certeza de que isso não é nada realista. – Ele parou diante dela e tirou a taça de vinho de sua mão de um jeito tão íntimo como se estivesse abrindo um fecho de sutiã.

Annie gostava da sua versão quase bêbada.

– É pegar ou largar.

– Você está me deixando um pouco nervoso. Eu te disse que não sou muito confiante na hora de beijar. Outras coisas, sim. Mas só beijar? Autoconfiança zero.

Os olhos dele riam dela. Theo Harp, malvado e ameaçador, estava lhe envolvendo em uma teia de caprichos eróticos. Annie tocou os próprios cabelos. Puxou o elástico que os prendiam.

– Peça ajuda ao seu eu interior de 17 anos. Ele beijava muito bem.

Theo olhou para os cabelos dela, bebeu o resto do vinho da taça dela, e se aproximou de Annie os poucos centímetros que faltavam.

– Vou tentar.

Theo nunca tinha sido nenhum garanhão, mas sempre conseguia as mulheres que desejava. Contudo, esse tipo de arrogância sexual era perigoso com alguém como Annie. Por que ela não o havia desafiado naquele jogo? Porque sabia que não deveria.

Nem se lembrava da última vez em que ele e Kenley tinham se beijado, mas se lembrava da última vez em que tinham transado. Uma transa de madrugada – ela transou detestando ele e fazendo questão de que ele soubesse. Ele transou detestando ela e tentando não demonstrar.

Olhou para as pálpebras fechadas de Annie, que lhe lembravam conchas claras levadas à praia pelas ondas. Ela tinha ficado um pouco mais arredia ao longo dos anos, mas não saberia se tornar durona nem se existisse manual para isso. Ela se agarrava aos seus fantoches e à sua terra dos sonhos das boas intenções e dos finais felizes. E ali estava ela, perfeita para beijar. E ali estava ele. Prestes a tirar vantagem quando deveria se afastar.

Theo passou os polegares pelo rosto dela. Annie entreabriu os lábios lentamente. Ela não esperava bom comportamento da parte dele. Conhecia seu pior lado, e não esperava que ele a salvasse, a protegesse, nem que agisse corretamente. Mais importante, ela não esperava que ele a amasse. Aquilo era do que ele mais gostava. Daquilo e da total descrença que ela tinha em sua capacidade de ser decente. Fazia muito tempo desde que ele tivera a liberdade de baixar a guarda e ser quem queria ser. Um homem sem qualquer decência.

Levou os lábios aos dela, mal os tocando. Os hálitos de vinho se misturaram. Ela arqueou o pescoço, procurando um contato mais firme. Ele se forçou a se afastar um pouco, um milímetro apenas. Os lábios se roçaram, mas nada além.

Annie entendeu o jogo que ele fazia e se afastou levemente, criando um espaço que ele logo preencheu, mas com o mais leve dos toques. Ela tinha todos os motivos para temê-lo e permitir que ele se aproximasse tanto era absurdo, mas ela mexeu a cabeça de modo que seus lábios tocaram os dele como uma pluma. Poucos segundos se passaram, porém ele já estava excitado. Theo encostou os lábios nos dela, entreabertos, e a língua surgiu, pronta para o ataque.

Annie apoiou as mãos espalmadas no peito dele e o empurrou de leve. Theo arregalou os olhos azuis, assustado.

– Você tem toda razão. Beija mal demais.

Ele? Beijava mal? De jeito nenhum deixaria aquilo passar batido. Resvalou a parte de dentro do braço nos cabelos dela quando apoiou uma mão na parede atrás de sua cabeça.

– Desculpa. Senti cãibra na perna e perdi o equilíbrio.

– Você perdeu sua chance, isso sim.

Conversa mole de alguém que não tinha se afastado nem um passo dele. Nunca admitiria derrota tão cedo. Não com Annie. Annie Hewitt, serelepe, de coração mole, que nunca exigiria um sacrifício por parte de um homem.

– As minhas mais sinceras desculpas. – Ele inclinou a cabeça e delicadamente soprou a pele delicada atrás da orelha dela.

Os cabelos dela se esvoaçaram.

– Assim é melhor.

Theo se aproximou, explorando o local suave com os lábios. A proximidade era angustiante, mas ele não permitiria que uma ereção o derrotasse. Annie escorregou as mãos ao redor da cintura dele e as enfiou dentro da blusa, violando sua própria regra, algo que ele não pretendia apontar. Ela virou a cabeça, aproximando os lábios dos dele, mas ele sempre foi competitivo e o jogo havia começado, por isso começou a beijar o queixo dela.

Annie arqueou o pescoço. Ele aceitou o convite e a beijou ali. As palmas de sua mão subiram ainda mais dentro da blusa. Era ótimo sentir o toque de uma mulher decente. Era algo pouco familiar. Lutou contra o impulso de aumentar a intensidade. Por fim, foi ela quem pressionou o corpo com força contra o dele, que abriu os lábios no contato com a boca de Theo.

Não sabia bem como acabaram no chão. Ele a havia puxado para lá? Ela o havia puxado? Só sabia que ela estava deitada de costas no chão, e que ele estava em cima dela. Exatamente como tinha sido naqueles dias doces e quentes na caverna.

Ele a queria nua, de pernas abertas, molhada e pronta. A respiração ofegante dela, o modo como suas mãos apertavam as costas nuas dele, indicavam que ela queria a mesma coisa. Mantendo o resto de autocontrole que lhe restava, ele voltou aos beijos. Testa, bochechas, boca. Beijos profundos e cheios de intensidade. Sem parar.

Annie estava gemendo, sons de súplica enquanto o envolvia com as pernas. As mãos dele estavam enroladas nos cabelos sedosos dela. Pressionou o corpo ainda mais no corpo dela, encaixado em suas pernas abertas. As calças jeans dos dois estavam em contato, e os gemidos dela ficavam cada vez mais profundos. Theo estava perdendo o controle. Não conseguiria aguentar nem mais um momento.

Puxou o zíper dela, e o dele. Annie arqueou as costas. Ele tirou a calça jeans dela desajeitadamente e desceu-a até o tornozelo. Ela segurou com força a blusa de lã dele, com os punhos cerrados. Ele se acomodou entre as coxas dela, livrou-se e a penetrou.

Ela gemeu alto e se soltou, seu gemido baixo e gutural agora forte, incontrolável. Ele foi mais fundo. Foi para trás. Fundo de novo. E acabou aí.

O universo se abriu ao redor dele.

Quando se deu conta, Annie estava xingando como louca.

– Seu desgraçado! Filho da puta! – Ela o empurrou para longe, puxando a calça jeans e colocando-se de pé no mesmo instante. – Meu Deus, eu me odeio. Eu odeio você! – Ela estava realizando algum tipo de dança demoníaca esquisita quando puxou seu zíper. Mexendo os cotovelos. Pisando duro. Theo se levantou, subiu o zíper, enquanto ela continuava o ataque.

– Eu sou uma idiota! Alguém deveria me internar. Juro por Deus! Pareço um animal burro, doente. A mais estúpida, idiota...

Ele se forçou a não dizer nada. Ela se virou para ele com o rosto vermelho, furiosa.

– Não sou fácil assim! Não sou!

– Meio fácil – ele disse antes de conseguir se calar a tempo.

Annie pegou uma almofada do sofá e atirou nele. Theo estava acostumado com ataques de mulheres, e aquilo foi tão insignificante que nem se deu ao trabalho de desviar.

Ela saiu pisando forte de novo. Mais do que furiosa, balançando os braços, com os cachos balançando.

– Sei exatamente o que vai acontecer agora! Assim que eu virar as costas, vou cair de cara na lama. Ou vou ser trancada dentro do elevador de comida. Ou vou morrer afogada naquela caverna! – Ela puxou o ar. – Não confio em você! Não gosto de você... Você...

– Vivi o melhor momento dos últimos tempos, não me lembro da última vez em que fiquei tão bem! – Ele nunca tinha sido sarcástico, mas algo em Annie trazia o pior dele à tona. Ou talvez fosse seu melhor.

Ela o fulminou com os olhos arregalados.

– Você gozou dentro de mim!

A ironia dele desapareceu. Nunca tinha sido descuidado e, naquele momento, se sentiu um idiota. E aquilo o deixou na defensiva.

– Eu não planejei que isso acontecesse.

– Deveria ter planejado! Neste momento, um de seus nadadorzinhos pode estar nadando de costas até meu... óvulo!

Embora ela tenha dito aquilo de um jeito muito engraçado, Theo não sentiu vontade de rir. Passou as costas da mão pela mandíbula.

– Você... você toma pílula, não é?

– É meio tarde para perguntar isso! – Ela se virou e saiu pisando duro. – E não, não tomo!

Theo sentiu um frio na barriga. Mal conseguia se mexer. Ele a ouviu no quarto, e depois no banheiro. Precisava se limpar, mas só conseguia pensar no que tinha feito e no terrível preço que poderia pagar por aquilo em que só poderia ter sido a relação sexual mais insatisfatória de sua vida.

Quando Annie finalmente reapareceu, vestia um roupão azul-marinho, pijama de Papai Noel e um par de meias. Seu rosto estava lavado, os cabelos estavam presos com uma faixa que deixava alguns cachos escaparem aqui e ali. Felizmente, ela parecia mais calma.

– Tive pneumonia. Perdi o controle da minha cartela de pílulas.

Ele sentiu um arrepio na espinha.

– Quando veio sua última menstruação?

– Você é quem? Meu ginecologista? Vá para o inferno. – ela vociferou.

– Annie...

– Olha só. Sei que isso é tanto minha culpa quanto sua, mas no momento estou furiosa demais para assumir minha parcela de responsabilidade.

– Isso mesmo, também é sua culpa! Sua e dessa brincadeira do beijo.

– Que você *perdeu*.

– Claro que perdi! Você acha que tenho sangue de barata?

– Você? E eu? E desde quando você acha que não tem problema em fazer sexo sem preservativo?

– Não acho, inferno! Mas não estou acostumado a levar preservativos no bolso.

– Pois deveria! Olha só para você! Não deveria ir a lugar nenhum sem uma dúzia deles! – Annie balançou a cabeça, fechou os olhos e, quando os abriu de novo, felizmente estava mais calma. – Vá embora. Não aguento mais olhar para a sua cara.

A esposa dele tinha dito quase as mesmas palavras umas dez vezes, mas ao contrário de Kenley que sempre falava com ódio, Annie só parecia cansada.

– Não posso ir, Annie – ele disse cuidadosamente. – Pensei que você tivesse se dado conta.

– Claro que pode. E é o que vai fazer. Agora!

– Você acha mesmo que vou te deixar aqui sozinha à noite depois de alguém ter tentado atirar em você?

Annie ficou olhando para Theo, que esperou que ela começasse a bater o pé de novo e jogasse mais uma almofada, mas ela não fez nada disso.

– Não quero você aqui.

– Eu sei.

Annie cruzou os braços e apoiou as mãos nas dobras dos cotovelos.

– Faça como quiser. Estou irritada demais para discutir. E durma no estúdio, porque não vou dividir minha cama. Entendeu? – Um momento depois, ela saiu, batendo a porta do quarto depois de entrar.

Theo usou o banheiro e, quando saiu, enfrentou a bagunça do jantar. Como ele tinha cozinhado, não deveria ter que lavar a louça, mas não se importava. Diferentemente da vida real, limpar uma cozinha era uma tarefa com começo, meio e fim bem definidos. Como um livro.

Annie praticamente nem evitou tropeçar em Hannibal ao sair da cama pela manhã. Além de todo o resto, parecia que agora ela tinha um gato por meio período. Adormecera na noite anterior contando e recontando os dias desde sua última menstruação. Provavelmente não havia perigo, mas "provavelmente" estava longe de ser uma garantia. Até onde sabia, podia, neste momento, estar incubando o espermatozoide do diabo. E se isso acontecesse... Bem, ela nem conseguia pensar.

Achou que tinha se livrado do poder que aqueles protagonistas lindos e ameaçadores tinham sobre ela. Mas não. Theo só precisou demonstrar um pouco de interesse e, pronto!, ela fechava os olhos, abria as pernas, como a mocinha mais idiota de todas as histórias já escritas. Era muito idiota. Por mais que a busca fosse infrutífera, ela queria um amor para sempre. Queria filhos e a vida familiar convencional que nunca teve, mas nunca teria isso com homens problemáticos e frios. Contudo ali estava ela, retomando antigos padrões, só que era muito pior agora. Estava presa na rede de Theo Harp – não porque ele a tivesse capturado diabolicamente –, mas porque ela tinha se enfiado nela com os braços esticados.

Precisava chegar ao sótão antes dele e, assim que ela o escutou dentro do banheiro, puxou a escada de madeira do armário e a levou para o estúdio. Ele já tinha arrumado a cama, e os fantoches dela ainda estavam dispostos na prateleira embaixo da janela. Assim que montou a escada, subiu e abriu o alçapão. Rapidamente enfiou a cabeça no espaço frio do sótão e acendeu a lanterna que havia levado consigo, mas só conseguiu ver as vigas de construção e o material de isolamento térmico.

Mais um beco sem saída.

Annie percebeu que ele havia desligado o chuveiro no banheiro e então foi para a cozinha preparar uma tigela de cereal, que levou de volta ao quarto para comer. Não gostava de se esconder dentro da própria casa, mas não suportava a ideia de vê-lo naquele momento.

Só depois que Theo saiu, ela se lembrou do papel que Lívia tinha colocado dentro de sua mochila. Pegou o rolo e o levou à mesa, onde o desenrolou. Lívia tinha usado a caneta preta para desenhar três bonequinhos, dois grandes e um bem pequeno. O menor, desenhado mais para o lado na folha, tinha cabelos bem lisos. Embaixo dele, Lívia escreveu o próprio nome com letras-bastão tortas. Os outros dois não tinham nomes. Um estava inclinado com uma camiseta com estampa de flores, e o outro estava de pé com os braços abertos. Na parte inferior, Lívia tinha escrito cuidadosamente com letras tortas:

Cegretolive

Annie analisou o desenho com mais atenção. O bonequinho pequeno não tinha boca, ela notou.

Cegretolive

Finalmente, entendeu. "Segredo Livre". Não sabia exatamente o que estava vendo, mas sabia por que Lívia tinha lhe dado aquilo. Aquele desenho era o segredo livre da menina.

Capítulo doze

Annie estacionou o Range Rover na garagem da Harp House. Pensar no desenho de Lívia seria uma boa maneira de se distrair para não ficar pensando no medo de engravidar, se não houvesse algo muito perturbador no que a menininha tinha desenhado. Queria mostrar o desenho para Jaycie para ver se ela conseguia decifrá-lo, mas Annie tinha feito um pacto e, apesar de ter sido com uma criança de 4 anos, não o quebraria.

Fechou o portão da garagem e caminhou em direção à beira da rua. Havia chegado à Harp House antes de Theo e, quando olhou para baixo, ela o viu no caminho da praia, uma figura solitária em contraste com a vastidão do mar. Ele não usava touca, como sempre, só vestia uma jaqueta de veludo para se proteger do vento. Ele se agachou para olhar dentro de uma poça de maré. Por fim, apoiou-se nos calcanhares e ficou contemplando a água. Em que estaria pensando? Em um enredo assustador? Na esposa falecida? Ou talvez agora estivesse pensando em como se livrar de uma mulher inconveniente a quem ele podia ter engravidado sem querer.

Theo não a mataria. Tinha certeza disso. Mas podia feri-la de muitas outras maneiras. Annie sabia da sua tendência a romantizar homens como Theo, e precisava ficar atenta. Fizera sexo com uma fantasia na noite passada. A fantasia de uma leitora voraz e romântica.

Annie lavou a louça do café da manhã de Jaycie e de Lívia e ajeitou a cozinha. Quando terminou, ainda não tinha visto Jaycie e foi procurá-la.

Elas moravam na casa antiga de caseiros do outro lado do torreão. Annie seguiu pelo corredor dos fundos até chegar à porta no fundo. Estava fechada, e ela bateu.

– Jaycie?

Ninguém atendeu, ela bateu de novo. Quando estava prestes a girar a maçaneta, Lívia abriu a porta. Estava adorável com uma coroa de papel, tão afundada em sua cabecinha que deixava as orelhas em destaque.

– Oi, Liv. Gostei da sua coroa.

Lívia só estava interessada em ver se Annie havia trazido Scamp, e ficou claramente decepcionada quando não viu a boneca no braço de Annie.

– Scamp está tirando um cochilo – Annie explicou. – Mas tenho certeza de que ela vai querer te visitar mais tarde. Sua mamãe está?

Lívia abriu a porta toda para deixar Annie entrar.

A casa do caseiro tinha sido construída com um formato de L para abrigar uma sala de estar e uma área para dormir. Antes de quebrar o pé, Jaycie havia transformado a sala de estar no quarto de Lívia. Seu próprio quarto era simples – uma cama, cadeira, cômoda, uma luminária, objetos que tinham sido descartados do casarão. O espaço de Lívia era mais alegre, com uma estante cor-de-rosa, mesa e cadeira pequenas, um tapete rosa e verde, e uma cama com edredom da Moranguinho.

Jaycie estava à janela, olhando para fora. O hipopótamo que ela tinha amarrado em cima da muleta havia se virado e agora olhava para baixo. Jaycie se virou lentamente, usava uma calça jeans e uma blusa vermelha grudados em seu corpo.

– Eu estava... ajeitando as coisas aqui.

Como os brinquedos de Lívia estavam espalhados e cerca de meia dúzia de bichos de pelúcia apareciam no meio dos cobertores da cama desarrumada, Annie não acreditou nela.

– Temi que você estivesse doente – disse Annie.

– Não, não estou doente.

Annie percebeu que não sabia nada de novo a respeito de Jaycie mesmo estando ali há três semanas. Na verdade, tinha a impressão de estar olhando para uma foto levemente desfocada. Jaycie se apoiou no pé não ferido.

– Theo não voltou para casa ontem à noite.

A pele do pescoço de Annie esquentou devido à culpa. Aquilo explicava por que a amiga estava se escondendo. Apesar de Annie não acreditar que Theo tivesse interesse pessoal em Jaycie, ela tinha a sensação de que estava quebrando o código das amigas. Tinha que contar a Jaycie pelo menos parte da verdade, mas não com Lívia ouvindo tudo o que elas diziam.

— Scamp gostou muito dos seus desenhos, Liv. Será que você pode fazer outro para prendermos na geladeira enquanto sua mamãe e eu conversamos?

Lívia não reclamou. Foi até sua mesa e abriu a caixa de gizes.

Annie foi para o corredor, e Jaycie a acompanhou. Annie não pretendia mentir para ela, mas seria crueldade contar tudo.

— Algumas coisas esquisitas têm acontecido — ela começou, consumida pela culpa. — Eu não queria te incomodar, mas acho que você precisa saber. Quando voltei para o chalé no sábado à noite, ele tinha sido invadido e revirado.

— Como assim?

Annie contou a ela o que tinha visto. E então, contou o resto.

— Ontem de manhã, quando eu estava vindo para cá, alguém atirou na minha direção.

— Atiraram na sua direção?

— A bala passou de raspão. Theo me encontrou logo depois. Por isso ele não voltou para casa ontem. Não quis me deixar sozinha, apesar de eu ter dito que ele não precisava ficar.

— Foi um acidente, tenho certeza. — Jaycie se recostou na parede. — Algum tonto atirando em pássaros.

— Eu estava sozinha em campo aberto. Está bem claro que eu não era um pássaro.

Mas Jaycie não estava prestando atenção.

— Aposto que foi Danny Keen. Ele sempre faz coisas assim. Provavelmente entrou no chalé com alguns de seus amigos. Vou ligar para a mãe dele.

Annie não achava que a explicação era tão simples, mas Jaycie já tinha saído do corredor, movimentando-se com as muletas com mais facilidade do que quando Annie tinha chegado. Annie lembrou a si mesma que Jaycie não tinha que saber o que havia acontecido no chalé. Ninguém precisava saber. Pelo menos não se ela realmente não estivesse grávida...

Para!, exigiu Dilly. *Você não vai ficar pensando nisso.*

Eu me caso com você, disse Peter. *Os mocinhos sempre fazem a coisa certa.*

Peter estava começando a irritá-la.

Lívia chegou à biblioteca usando o casaco cor-de-rosa, com a coroa de papel torta ainda na cabeça, arrastando a mochila de Annie. Não era preciso ser detetive para entender o que ela queria. Annie fechou o notebook e foi buscar o casaco.

A temperatura tinha subido e agora estava na casa dos cinco graus Celsius, e quando elas saíram, as calhas estavam pingando e a neve estava começando a desaparecer de quase todos os pontos, menos nos locais de maior acúmulo. Quando se aproximaram da casinha de bonecas, ela viu uma rocha do tamanho de um ovo coberta por musgo verde, uma cobertura confortável para uma criaturinha da mata. Ela ficou se perguntando se Jaycie sabia que Lívia tinha saído mais cedo.

– Parece que as fadinhas agora têm um novo lugar para visitar.

Lívia se agachou para analisar a pedra.

Annie começou a repreendê-la por sair sozinha, mas logo mudou de ideia. Aparentemente Lívia não ia além da árvore. Desde que Theo mantivesse o estábulo trancado, ela não corria nenhum risco. Annie se sentou na pedra e pegou Scamp.

– *Buon giorno*, Lívia. Sou eu, *Scamperino*. Estou praticando meu *italiano*. Você fala algum idioma estrangeiro?

Lívia balançou a cabeça em negativa.

– Que pena – disse Scamp. – O italiano é a língua da pizza, que eu simplesmente adoro. E do *gelato*, que significa sorvete. E de torres mal construídas. Por falar nisso... – Ela abaixou a cabeça. – Não tem nem pizza nem *gelato* em Peregrine Island.

Lívia parecia chateada por isso.

– Tenho uma ideia sensacional! – exclamou Scamp. – Talvez você e Annie possam fazer pizzas falsas hoje à tarde com bolinhos ingleses.

Annie pensou que Lívia se recusaria, mas ela concordou, balançando a cabeça. Scamp sacudiu a cabeça para fazer seus cachos ruivos balançarem.

– O desenho que você deixou para mim ontem à noite foi *eccellente*. Isso significa "excelente", em italiano.

Lívia abaixou a cabeça e olhou para os próprios pés, mas Scamp não se deteve.

– Sou inteligente como poucos e deduzi, quer dizer que eu concluí, eu deduzi... – Scamp começou a sussurrar. – ... que o desenho é seu segredo livre.

O rostinho de Lívia estava tenso, apreensivo. Scamp inclinou a cabeça e disse delicadamente:

– Não se preocupe. Não estou brava com você.

Lívia finalmente olhou para ela.

– É você no desenho, não é? Mas não sei bem quem são os outros... – Ela hesitou. – Talvez sua mãe?

Lívia assentiu rapidamente, quase não deu para perceber.

Annie tinha a impressão de estar tateando em um quarto escuro tentando não bater em nada.

– Parece que ela está vestindo uma roupa muito bonita. E tem uma flor? Você que deu a flor para ela?

Lívia balançou a cabeça, negando veementemente. Seus olhos ficaram marejados como se a boneca a tivesse traído. Com um soluço, ela saiu correndo de volta para casa.

Annie se retraiu quando a porta da cozinha foi fechada com força. As poucas aulas de psicologia que teve na faculdade não tinham lhe proporcionado conhecimento suficiente para desvendar algo como aquilo. Não era psicóloga infantil. Não era mãe...

Mas talvez se tornasse uma.

Sentiu uma dor no peito. Guardou Scamp e voltou para a cozinha, mas não conseguiu enfrentar mais uma hora dentro da Harp House.

A luz do sol forte daquele inverno era uma piada em comparação com seu estado de espírito sombrio quando saiu de novo. Com os ombros curvados, deu a volta até a frente do casarão e ficou parada no topo do penhasco. A varanda da frente se estendia atrás dela. À frente, degraus de granito entalhados na face do rochedo levavam à praia. Annie começou a descer.

Os degraus eram escorregadios e fundos, e ela se segurou na corda que servia de corrimão. Como sua vida havia se tornado aquela bagunça? Naquele momento, o chalé era a única casa que tinha, mas quando se reerguesse... *Se conseguisse se reerguer...* Assim que encontrasse um emprego estável não poderia se ausentar por dois meses para estar ali. Mais cedo ou mais tarde, o chalé voltaria para as mãos dos Harp.

Mas ainda não, disse Dilly. *No momento, você está aqui e tem um trabalho a fazer. Chega de resmungar. Vamos enfrentar. Mantenha-se positiva.*

Cale-se, Dilly, disse Leo. *Apesar de toda a sua suposta sensibilidade, você não faz ideia de como a vida pode ser árdua.*

Annie hesitou. Será que Leo tinha dito aquilo mesmo? As vozes estavam se misturando em sua mente. Peter era seu apoio. Leo só atacava.

Enfiou as mãos nos bolsos. O vento fez o casaco grudar em seu corpo e soprou as pontas de seus cabelos por baixo da touca de lã. Olhou para a água, imaginando-se no comando das ondas, das correntes, do subir e descer da maré. Imaginou ter poder quando se sentia mais incapaz do que nunca.

Por fim, ela se obrigou a virar.

Um deslizamento de pedras havia encoberto a entrada, mas ela sabia exatamente onde ficava. Em sua mente, a caverna eternamente seria um esconderijo secreto que sempre atrairia quem passasse. *Entre. Faça um piquenique aqui, venha brincar, traga seus desejos e suas fantasias. Reflita... explore... faça amor... morra.*

Uma rajada de vento tirou sua touca. Ela a segurou antes que voasse para o mar, e a enfiou no bolso. Não voltaria para o casarão naquele dia, não com o tornado emocional que estava acontecendo dentro dela. Passou por cima das pedras e caminhou de volta para o chalé.

Nem a Range Rover nem Theo estavam ali. Annie preparou uma xícara de chá para se esquentar e se sentou à mesa perto da janela, acariciando Hannibal e pensando na possibilidade de estar grávida. Se estivesse na cidade, poderia correr à farmácia mais próxima para comprar um teste. Agora, teria que encomendar um e esperar que a balsa o trouxesse.

Mas quando se lembrou das caixas de mantimentos abertas sendo passadas de um morador a outro, soube que não poderia fazer isso. Tinha visto embalagens de absorvente íntimo, garrafas de destilado e fraldas geriátricas. Será que ela queria mesmo que todo mundo na ilha soubesse que ela tinha encomendado um teste de gravidez? Queria o anonimato que a cidade grande lhe proporcionava.

Quando terminou de beber o chá, pegou seu caderno e seguiu para o estúdio. Precisaria analisar as caixas de modo mais metódico. Entrou e ficou paralisada.

Crumpet fora enforcada com uma corda que descia do teto.

Crumpet. Sua bonequinha princesa, boba, fútil e mimada... A cabeça da boneca estava dobrada num ângulo assustador, com os cachos cor de salsicha caídos para o lado. Suas perninhas de pano balançavam sem controle, e um de seus sapatinhos vermelhos de couro estava no chão.

Com um soluço, Annie atravessou o cômodo correndo e pegou uma cadeira para tirar Crumpet da corda que havia sido pregada ao teto.

– *Annie!* – A porta da frente foi aberta bruscamente.

Ela se virou e saiu correndo do estúdio.

– Seu *doente*! Seu cretino horroroso, feio e insensível!

Theo partiu para a sala de estar como um leão correndo atrás da presa.

– Você enlouqueceu?

– Você achou isso engraçado? Não mudou nada! – Ela sentiu os olhos marejados.

– Por que não esperou? Quer levar um tiro de novo?

– Isso é uma ameaça?

– Ameaça? Você é mesmo tão ingênua a ponto de achar que não pode acontecer de novo?

– Se acontecer de novo, juro por Deus que vou te matar!

Isso fez os dois pararem. Ela nunca se imaginou capaz de tamanha ira, mas tinha sido atacada do modo mais profundo. Por mais egoísta que Crumpet fosse, ela era parte de Annie, e Annie era sua protetora.

– Se o que acontecer de novo? – perguntou ele falando mais baixo.

– No começo, as posições em que você colocava meus bonecos eram engraçadas. – Ela apontou para o estúdio. – Mas aquilo é cruel.

– Cruel? – Theo passou por ela. Annie se virou e o viu olhar dentro do quarto e então, avançar para dentro do estúdio. – Filho da puta! – ele murmurou.

Annie foi atrás dele e parou na porta do cômodo, observando que ele esticava o braço para puxar o pedaço de corda. Tirou a forca da cabeça de Crumpet e entregou a boneca a Annie, aproximando-se. – Vou chamar um chaveiro para vir aqui assim que puder – disse, com severidade.

Ela continuou observando-o quando ele foi ao canto da sala. Abraçou Crumpet com mais força quando viu o que até então não tinha visto. Em vez de estarem na prateleira sob as janelas, os outros bonecos estavam enfiados dentro do cesto de lixo, cabeças e membros pendurados para fora.

– Não. – Ela correu até eles. Agachando-se ainda com Crumpet no colo, ela tirou todos, um por um. Ajeitou as roupinhas e cabelos. Quando terminou, olhou para Theo, analisando seu rosto, os olhos, não encontrando nada de que pudesse desconfiar.

Ele contraiu os lábios.

– Você deveria ter esperado pelo carro lá em casa. Eu não fiquei muito tempo fora. Não saia daqui sozinha de novo. – Ele saiu do estúdio.

Era por isso que Theo estava tão bravo quando chegou. Annie ajeitou Dilly, Leo e Peter na estante.

Obrigado, sussurrou Peter. *Não sou tão corajoso quanto pensava.*

Ela não estava pronta para deixar Crumpet, e a levou para a sala de estar onde Theo estava tirando o casaco.

– Não tenho dinheiro para pagar um chaveiro – ela disse, baixinho.

– Eu tenho – ele respondeu –, e vou mandar instalar uma trava nova. Ninguém vai mexer nas minhas coisas enquanto eu não estiver aqui.

Será que ele era mesmo tão egocêntrico ou aquela era a maneira que encontrou de livrar sua cara? Ela colocou Crumpet em seu braço. A sensação familiar do vestido da boneca a acalmou. Levantou o bracinho dela, sem pensar.

– Obrigada por me salvar – disse Crumpet com a voz rouca e sapeca.

Theo inclinou a cabeça, mas Annie se dirigiu à boneca, não a ele.

– É só o que você tem a dizer, Crumpet?

Crumpet olhou para Theo de cima a baixo.

– Você é um baita...

– Crumpet! – Annie a repreendeu. – Cadê seus modos?

Crumpet piscou com os cílios compridos para Theo e disse, toda dengosa:

– Você é um baita... cavalheiro.

– Já chega, Crumpet! – exclamou Annie.

A boneca jogou os cachos para trás, claramente contrariada.

– O que você quer que eu diga?

Annie falou com paciência.

– Quero que peça desculpas.

Crumpet se mostrou mais petulante.

– Pelo que tenho que me desculpar?

– Você sabe muito bem.

Crumpet se inclinou em direção à orelha de Annie, falando com um sussurro alto, sem intenção de esconder o que dizia.

– Prefiro perguntar quem cuida dos cabelos dele. Você sabe que minha última ida ao cabeleireiro foi um desastre.

– Só porque você ofendeu a moça que lavou seus cabelos – disse Annie.

Crumpet ergueu o nariz.

– Ela se achava mais bonita do que mim.

– Mais bonita do que "eu".

– Ela *era* mais bonita do que você – disse Crumpet, triunfante.

Annie suspirou.

– Pare de enrolar e diga o que precisa dizer.

– Ah, está bem. – Crumpet fez um *humpf* irritado. E então, ainda mais irritada, continuou. – Me desculpe por ter pensado que foi você quem me pendurou na corda.

– Eu? – Theo estava falando com a boneca.

– Para minha defesa... – Crumpet fungou. – Você tem um histórico. Ainda não me recuperei do jeito que você fez Peter olhar por baixo da minha saia.

– Você adorou aquilo, sabe disso – disse Annie.

Theo balançou a cabeça como se estivesse organizando as ideias.

– Como você sabe que eu não pendurei você na corda?

Annie falou diretamente com ele.

– Foi você?

Dessa vez, ele se lembrou de olhar para Annie.

– É como sua amiga disse... eu tenho um histórico.

– E eu não teria me surpreendido se tivesse chegado em casa e encontrado Crumpet e Dilly se pegando na minha cama. – Ela tirou o fantoche do braço. – Mas isso, não.

– Você ainda tem fé demais nas pessoas. – Ele disse com certo desdém. – Não faz nem um mês e você já se esqueceu de quem é o vilão do seu conto de fadas.

– Talvez sim. Talvez não.

Theo olhou para ela, e então foi para o estúdio.

– Tenho trabalho a fazer.

Ele saiu sem se defender e sem negar nada.

Não houve jantar gostoso a dois naquela noite, então Annie fez um sanduíche e depois levou algumas caixas do estúdio para a sala de estar. Sentada de pernas cruzadas no chão, abriu as abas da primeira caixa. Estava cheia de revistas, desde exemplares de edições chiques a cópias xerocadas de publicações populares que há muito não existiam mais. Em algumas delas, havia artigos que Mariah tinha escrito ou reportagens sobre ela. Annie relacionou o nome de cada revista em seu caderno, com a data de publicação. Parecia improvável que fossem itens de coleção, mas só saberia ao certo quando checasse.

Na segunda caixa havia livros. Ela os inspecionou à procura de autógrafos e para ter certeza de que nada de importante havia sido enfiado no meio deles, e então anotou cada um dos títulos em seu caderno. Demoraria muito tempo para conferir tudo aquilo, e ainda tinha mais duas caixas para abrir.

Apesar de se sentir fisicamente melhor do que quando tinha chegado à ilha, ainda tinha mais sono do que o normal. Foi para o quarto, vestiu um pijama masculino de Mariah e tirou as pantufas de macaco de baixo da cama. Mas quando enfiou o pé na primeira pantufa, sentiu algo...

Ela gritou e tirou o pé depressa. Um arrepio tomou seu corpo. A porta do estúdio foi aberta na mesma hora e Theo apareceu bruscamente.

– O que aconteceu?

– Aconteceu tudo! – Ela se abaixou e rapidamente levantou a pantufa com o indicador e o polegar. – Veja isto! – Ela virou a pantufa e um rato morto caiu no chão. – Que mente doentia faz isso? – Jogou a pantufa no chão. – Detesto este lugar! Detesto esta ilha! Detesto este chalé! – Olhou para ele. – E não pense que tenho medo de um ratinho. Já morei em muitos apartamentos cheios de ratos para ter medo disso. Mas não pensei que um doente fosse colocar um rato dentro da minha pantufa!

Theo enfiou as mãos nos bolsos da calça jeans.

– Talvez... talvez não tenha sido um doente.

– Você acha que fazer algo assim é normal? – Annie estava gritando de novo, e não se importava com isso.

– Talvez. – Ele passou a mão no rosto. – Se... se você for um gato.

– Você está me dizendo... – Ela arregalou os olhos para Hannibal.

– Veja isso como uma prova de amor – acudiu Theo. – Ele só dá presentes especiais às pessoas com quem se importa.

Annie se virou para o gato.

– Nunca mais faça algo assim, entendeu? É assustador!

Hannibal subiu o traseiro em um alongamento demorado, e então atravessou o quarto e tocou o pé descalço dela com o focinho.

– O dia de hoje vai ter fim? – Ela gemeu.

Theo sorriu, pegou o gato no colo e o colocou fora do quarto, então fechou a porta permanecendo ali dentro com Annie. Ela tinha pegado o roupão no gancho da porta do armário e, enquanto o vestia, lembrou-se de um incidente que tentara esquecer.

– Você deixou um peixe morto na minha cama uma vez.

– Sim, deixei. – Ele se aproximou para olhar a fotografia em tamanho real da cabeceira de madeira entalhada que servia de cabeceira de verdade da cama de Annie.

– Por quê? – perguntou ela, enquanto Hannibal miava do lado de fora.

– Porque eu achava engraçado. – Ele passou o polegar na beirada da fotografia, dando mais atenção àquilo do que merecia.

Ela passou pelo rato morto.

– A quem mais você torturava além de mim?

– Você não acha que uma vítima bastava?

Annie virou um cesto de lixo vazio sobre o rato, e então foi até a porta e deixou Hannibal entrar para que ele parasse de miar. Não precisava conversar à vontade com Theo naquela noite, ainda mais em seu quarto, mas tinha muitas perguntas.

– Estou começando a acreditar que você detesta a Harp House quase tanto quanto eu, então por que veio para a ilha?

Theo foi até a janela e olhou para fora, para o campo vazio.

– Tenho que terminar um livro, e precisava de um lugar para escrever onde ninguém me perturbasse.

Ela notou a ironia da situação.

– E como as coisas estão indo por enquanto?

A respiração dele embaçou o vidro.

– Não foi meu melhor plano.

– Ainda tem muito inverno pela frente – disse ela. – Você poderia alugar uma casa no Caribe.

– Estou bem onde estou.

Mas não estava. Annie estava cansada dos mistérios que o cercavam, cansada de como se sentia impotente por não saber mais sobre ele.

– Por que você veio para Peregrine? A história real. Quero entender.

Theo se virou para ela, com a expressão fria como a janela embaçada.

– Não sei bem por quê.

Essa atitude prepotente de senhor feudal não a intimidava, e ela reagiu com o que esperava parecer desdém.

– Digamos que eu tenho uma curiosidade sem fim sobre como funciona uma mente patológica.

Ele ergueu uma sobrancelha para ela, mas não parecia ofendido. Então disse:

– Não há nada mais desagradável do que ouvir uma pessoa com uma herança enorme e um contrato de livro reclamar de como a vida é dura.

– Verdade. Mas a verdade é que você perdeu sua esposa.

– Não sou a única pessoa que passou por isso. – Ele deu de ombros.

Ou ele estava escondendo, ou era tão desapegado emocionalmente como ela sempre pensou que fosse.

– Você também perdeu sua irmã gêmea. E sua mãe.

– Ela foi embora quando eu tinha 5 anos. Mal me lembro dela.

– Me conta sobre sua esposa. Vi uma foto dela on-line. Era bonita.

– Bonita e independente. Ela tinha todos os quesitos que me atraem em uma mulher.

Qualidades sobre as quais Annie entendia pouco.

– Kenley também era brilhante – Theo prosseguiu. – Inteligente como poucos. E ambiciosa. Mas o que mais me atraiu nela foi aquela independência inabalável.

No jogo da vida, o placar era claro. Kenley Harp, 4. Annie Hewitt, 0. Não que ela sentisse inveja de uma mulher morta, mas também desejava ser muito independente. E ter uma grande beleza e uma megainteligência também não seria nada mau.

Se fosse qualquer outra pessoa, Annie teria mudado de assunto, mas a relação entre eles era tão fora dos limites da normalidade que ela se sentia à vontade para dizer o que quisesse.

– Se sua esposa tinha todas essas qualidades, por que ela se matou?

Theo demorou a responder; afastou Hannibal do cesto de lixo virado, checou a trava da janela. Por fim, disse:

– Porque ela quis me punir por fazê-la infeliz.

A indiferença dele combinava perfeitamente com tudo o que ela já tinha acreditado saber seu respeito, mas não mais parecia verdade. Annie disse com delicadeza:

– Você também faz com que eu me sinta infeliz, mas não vou me matar.

– Isso me consola. Mas diferentemente de Kenley, a sua independência não é uma fachada.

Ela estava tentando absorver aquilo quando ele atacou.

– Agora chega desse papo. Tire a roupa.

Capítulo treze

— *Tirar a roupa*? Você está delirando!

Theo desviou do gato.

— Estou? Depois de ontem à noite, parece que não temos nada a perder. E você vai ficar feliz em saber que agora seu chalé está totalmente abastecido com preservativos. Todos os cômodos.

Ele era o diabo, mesmo. Annie olhou ao redor no quarto.

— Você colocou preservativos aqui dentro?

Ele indicou o criado-mudo com um gesto de cabeça.

— A primeira gaveta. Ao lado do ursinho de pelúcia.

— Aquilo é um ursinho colecionável.

— Peço desculpas. — Ele era tranquilo, um homem sem nada mais complicado do que a sedução em mente. — Também os coloquei no estúdio, na cozinha, no banheiro e nos meus bolsos. — Ele devorou o corpo dela com o olhar. — Mas... Nem tudo o que estou pensando em fazer com você exige o uso de preservativo.

Annie sentiu as terminações nervosas se atiçarem, e sua imaginação entrou numa viagem pornográfica, exatamente como ele pretendia. Ela se forçou a voltar à realidade.

— Pois você está pensando demais.

— Como você disse, temos um longo inverno pela frente.

Aquilo era sedução de quinta categoria, uma tentativa ridícula da parte dele de interromper as perguntas que ela queria fazer. Ou talvez não fosse. Annie amarrou a faixa do roupão com mais força.

– Acontece que... sem uma certa intimidade emocional, eu não consigo.

– Me lembre da intimidade emocional que tínhamos ontem à noite... porque você parecia bem à vontade.

– Aquele acontecimento foi uma aberração induzida pelo álcool. – Não era totalmente verdade, e Theo não parecia estar acreditando, mas era verdade até certo ponto. Hannibal deu mais uma patada no cesto de lixo, ameaçando virá-lo, e Annie o pegou no colo. – Deixe isso pra lá e me conte por que veio a Peregrine em vez de ir para um lugar mais agradável.

A sedução desapareceu.

– Pare de bisbilhotar. Não tem nada a ver com você.

– Se você quer que eu tire a roupa, tem a ver, sim. – Ela conseguiu emitir algo parecido com um ronronado. Estava mesmo tentando usar o sexo como moeda de troca? Deveria se sentir envergonhada, mas como Theo não estava morrendo de rir, ela nem corou. – Sexo em troca de sinceridade. É a minha oferta.

– Você não está falando sério.

Nem um pouco. Ela acariciou a cabeça do gato.

– Não gosto de segredos. Se quiser me ver nua, vai ter que me dar algo em troca.

– Não quero te ver nua tanto assim. – Ele arregalou os olhos.

– Azar o seu. – De onde ela tinha conseguido aquela autoconfiança? Aquela ousadia? Ela estava ali, desarrumada, usando pijama masculino, com um roupão velho, e – não se esqueceria – possivelmente grávida. Mas, ainda assim, agia como se tivesse acabado de atravessar a passarela num desfile da Victoria's Secret. – Segure seu gato enquanto eu cuido de nosso caro amigo falecido.

– Pode deixar, eu faço isso.

– Se você faz questão... fique à vontade. – Ela ergueu o gato até eles ficarem cara a cara. – Venha, Hannibal. Seu pai tem que se livrar de outro cadáver.

Annie saiu do quarto, com o gato nos braços e a satisfação esquentando o peito. Não tinha aprendido muito, mas pelo menos havia conseguido deixar a situação empatada. Quando colocou o gato no chão, pensou no que Theo tinha lhe dito a respeito de sua independência não ser uma fachada. E se ele tivesse razão? E se de fato ela não fosse o desastre que achava que era?

Era uma ideia nova, mas Annie tinha sofrido tanto ultimamente que no mesmo instante a rejeitou. Mas... Se fosse verdade, ela teria que reajustar a visão que tinha de si mesma.

"Coragem, Antoinette. É o que te falta. Muita coragem."

Não, mãe, ela pensou. O fato de eu não ser você não significa que eu não tenha muita coragem. Tive o suficiente para te dar tudo de que precisou antes de morrer, não tive?

E agora, estava pagando o preço.

A porta da cozinha se abriu e se fechou. Um instante depois, Theo entrou na sala de estar. Falou tão baixo que ela quase não ouviu o que ele disse.

– Eu não estava conseguindo escrever. Tive que me afastar de todo mundo.

Annie se virou. Alerta. Ele estava perto da estante, com os cabelos um pouco despenteados por ter saído para colocar o rato para fora.

– Não aguentava toda a piedade de meus amigos e o ódio dos amigos dela. – Theo soltou uma risada amarga. – O pai dela me disse que o que eu fiz foi o mesmo que obrigá-la a engolir aqueles remédios. E talvez ele tivesse razão... Já cansou de ouvir?

Quando ele se virou e seguiu para o estúdio, ela foi atrás dele.

– A questão é: se você queria se afastar, por que não foi para um lugar que não detestava? A Riviera Francesa. As Ilhas Virgens. Sei lá, você tem dinheiro. Mas veio para cá.

– Eu amo Peregrine. Só não amo a Harp House. Por isso me pareceu o lugar perfeito para começar a escrever de novo. Sem distrações. Pelo menos sem distrações até você aparecer. – Ele entrou no estúdio.

Aquilo fazia sentido, mas algo não se encaixava. Ela o seguiu porta adentro.

– Há algumas semanas, vi você saindo do estábulo. Aquele dia estava muito frio, mas você tirou a blusa. Por que fez aquilo?

Theo ficou olhando para um risco no chão. Annie achou que ele não responderia. Mas ele respondeu.

– Porque eu queria *sentir* alguma coisa.

Um dos sinais clássicos de um psicopata era a incapacidade de sentir emoções normais, mas a dor marcada nos traços do rosto dele eram prova de que ele sentia tudo. Ela foi tomada por uma onda de intranquilidade. Não queria ouvir mais, e se virou.

– Vou te deixar sozinho.

– No começo, éramos felizes – disse ele. – Pelo menos, eu achava que éramos.

Annie olhou para ele. Mas Theo mirou o mural pintado na parede, embora ela tivesse a impressão de que ele não estava vendo o táxi pintado entrando pela vitrine da loja.

— Depois de algum tempo, Kenley começou a me chamar com mais frequência no trabalho. A princípio, não achei anormal, mas em pouco tempo, recebia dezenas de mensagens todos os dias, toda hora. Mensagens de texto, ligações telefônicas, e-mails. Ela queria saber onde eu estava, o que estava fazendo. Se não respondesse na hora, ela tinha acessos de raiva e me acusava de estar com outras mulheres. Eu nunca fui infiel. Nunca.

Finalmente, ele olhou para Annie.

— Ela pediu demissão. Ou talvez tenha sido demitida. Nunca soube ao certo. Seu comportamento se tornava cada vez mais esquisito. Dizia aos familiares e aos amigos que eu lhe traía, que eu lhe ameaçava. Finalmente consegui levá-la a um psicanalista. Ele prescreveu uma medicação para ela, e as coisas melhoraram por algum tempo, até que ela parou de tomar os comprimidos alegando que eu estava tentando envenená-la. Tentei pedir ajuda à família dela, mas Kenley sempre fingia estar bem na frente deles, e eles se recusavam a acreditar que havia algo de errado. Ela começou a me atacar fisicamente; me socava e arranhava. Eu tinha medo de machucá-la e por isso saí de casa. — Ele cerrou os punhos ao lado do corpo. — Ela se matou uma semana depois. Isso dá um bom conto de fadas?

Annie estava chocada, mas tudo nele rejeitava a piedade, por isso se manteve tranquila.

— Culpa sua por ter se casado com uma maluca.

Ele pareceu desconcertado. E então, relaxou os ombros.

— Pois é, os malucos se reconhecem, não é?

— Dizem que sim. — Ela olhou para seus fantoches na estante, e de novo para ele. — Agora me ajuda a entender qual parte nisso é culpa sua. Além de ter se casado com ela.

A tensão voltou, juntamente com a raiva dele.

— Vamos, Annie, não seja ingênua. Eu sabia muito bem que ela estava doente. Não deveria ter saído de casa. Se eu tivesse me imposto para a família dela e a levado a um hospital psiquiátrico, que era onde ela deveria ficar, talvez ainda estivesse viva.

— É meio difícil obrigar alguém que não quer tratamento a se tratar.

— Eu poderia ter encontrado uma maneira.

— Talvez sim. Talvez não. — Hannibal se esfregou nela. — Eu não fazia ideia de que você era tão sexista.

– Do que está falando? – Ele a encarou.

– Qualquer mulher racional casada com um homem que a estivesse agredindo como sua esposa estava agredindo você teria ido embora, teria procurado um abrigo, o que fosse preciso para se livrar. Você, por ser homem, tinha que ficar perto dela? É assim que é?

Por um momento, ele pareceu confuso.

– Você não entende.

– Não entendo? Se você está determinado a entrar numa onda de culpa, faça isso por um pecado real! Por exemplo, por não ter feito o jantar hoje.

Ele esboçou um sorriso que suavizou a expressão sombria de seu rosto.

– Não sei o que eu vejo em você.

– Deve ser meu bom gosto para pijamas.

– Será porque você é decente? – E então, mais seriamente. – E tola. Prometa que nunca mais vai fazer trilhas. E quando estiver dirigindo, mantenha os olhos abertos.

– Arregalados. – Finalmente, sabia a verdade a respeito do casamento dele, mas agora preferia não saber. Enquanto satisfazia sua curiosidade, Annie havia permitido que mais uma rachadura se formasse no muro entre eles, que mais um tijolo caísse. – Boa noite. Até amanhã cedo.

– Ei, tínhamos um acordo. Você não tem que tirar a roupa agora?

– Seria sexo por pena – disse ela, fingindo confessar um segredo. – Não vou te humilhar desse jeito.

– Pode me humilhar à vontade.

– Você ainda precisa evoluir muito. Vai me agradecer depois.

– Duvido muito – murmurou quando ela o deixou sozinho.

No sábado à noite, era Noite da Lagosta, um evento mensal, e Jaycie pediu a Annie que a levasse.

– Não é nem tanto por mim – disse ela –, mas a Lívia quase nunca vê outras crianças. E eu poderei te apresentar a todo mundo que você ainda não conheceu.

Era a primeira saída de Jaycie à noite desde que havia quebrado o pé. Seu sorriso fácil enquanto ela assava o bolo de chocolate com noz-pecã para levar ao evento indicava o quanto estava ansiosa para ir por ela mesma, não só por Lívia.

O velho Chevy Suburban de Jaycie estava estacionado na garagem. Como muitos dos veículos velhos da ilha, havia partes enferrujadas na lataria, faltavam calotas e não tinha placa, mas possuía um assento adequado para Lívia, então elas iriam com ele.

Annie prendeu Lívia na cadeira, colocou a travessa de bolo no chão do carro atrás do banco do passageiro, e então ajudou Jaycie a se acomodar. Ventava muito naquela noite, mas não nevava e as ruas já não estavam mais tão cobertas de gelo, o caminho não estava tão difícil como já tinha sido. Ainda assim, Annie estava feliz por estar dirigindo o Suburban e não seu próprio carro.

Ela tinha vestido a única saia que trouxe na mala, uma saia-lápis justa e verde-escura com uma babado de lã que descia até seus joelhos. Vestiu também um dos *collants* brancos de Mariah, de manga comprida, meia-calça vermelhas e botas de grife que iam até o tornozelo. Ela as viu na vitrine de um brechó no inverno anterior, e pagou uma pechincha por elas. Com uma boa engraxada e cadarços novos, ficaram como novas. Quando pegaram a estrada, Annie falou com Lívia, olhando para trás.

– Scamp pediu desculpas por não poder vir hoje. Está com dor de garganta.

Lívia arregalou os olhos e bateu os pés com força contra o assento em que estava, fazendo as orelhas de gatinho de seu protetor de orelha de veludo marrom balançarem. Ela não precisou de palavras para comunicar como se sentia em relação à ausência da boneca.

– Talvez eu possa conhecer a Scamp, qualquer dia – disse Jaycie. Ela mexeu no zíper de seu casaco. – Como está o Theo?

Até mesmo à luz fraca, era possível notar que seu sorriso era forçado. Annie detestava vê-la daquele modo. Por mais bonita que fosse, Jaycie não tinha a menor chance com Theo. Ele se sentia atraído por mulheres lindas, brilhantes e malucas, três qualidades que nem Jaycie nem Annie possuíam. Para Annie, isso era uma vantagem, mas sua amiga não pensaria da mesma maneira. Annie contornou a verdade.

– Ele estava no estúdio trabalhando quando fui dormir ontem à noite, e mal o vi hoje cedo.

Mas ela tinha visto bastante. Vê-lo sair de seu banheiro com uma toalha enrolada na cintura, gotas de água ainda brilhando nos ombros, a deixou completamente sem reação. Exatamente o tipo de reação a ele que podia ter feito com que ela engravidasse. Controlou o nervosismo.

– Alguém invadiu o chalé ontem de novo quando não havia ninguém. – Ciente da presença de Lívia no banco de trás, não disse mais nada. – Eu te conto depois.

Jaycie retorceu as mãos no colo.

– Não consegui encontrar Laura Keen para conversar com ela sobre Danny. Talvez esteja no evento de hoje.

Elas entraram no salão de eventos da ilha, muito bem iluminado. A bandeira do mastro estava totalmente hasteada, balançando ao vento, e as pessoas entravam levando caixas de plásticos com *cupcakes*, engradados de cerveja e litros de refrigerante. Jaycie parecia nervosa, e Annie pegou a muleta que ela deixou cair ao sair do carro.

Elas enfrentaram o vento para chegar à entrada. Lívia segurava seu gatinho cor-de-rosa de pelúcia, e levou o polegar à boca. Talvez fosse apenas sua imaginação, mas Annie teve a nítida impressão de que as pessoas tinham se calado quando as três entraram. Segundos se passaram e então várias das mulheres mais velhas se aproximaram delas – Bárbara Rose, Judy Kester, e a capitã Naomi.

Bárbara abraçou Jaycie com carinho, envolvendo-a em uma nuvem de perfume floral.

– Temíamos que você não viesse hoje.

– Você não manda notícias há muito tempo – disse Naomi.

Judy se agachou na frente de Lívia.

– Olha só como você está grande – disse ela, com os cabelos vermelhos mais chamativos do que nunca. – Me dá um abraço?

Com certeza não. Lívia se escondeu atrás de Annie para se proteger. Annie tocou seu ombro. Adorava saber que Lívia a via como um porto seguro.

Judy se afastou rindo, pegou o bolo de Jaycie e o levou à mesa de sobremesas enquanto elas tiravam os casacos. A calça preta e a blusa azul-royal de Jaycie já tinham sido muito usadas, mas ainda vestiam bem. Seus cabelos loiros compridos estavam divididos de lado, e ela tinha passado rímel, sombra de olho e batom rosa com esmero.

O salão não era maior do que a sala de estar na Harp House, tomado por mesas compridas cobertas com papel branco. As paredes cinza sem acabamento mostravam os quadros de aviso, fotografias históricas amareladas e uma pintura a óleo amadora do porto, postos de primeiros socorros e um extintor de incêndio. Uma porta levava à biblioteca, que era pouco maior que um armário, e a outra ao escritório da recepção, à sala dos correios, e – a julgar pelos aromas deliciosos –, à cozinha.

A Noite da Lagosta, Jaycie explicou, era um termo errôneo para o evento mensal, já que não havia lagosta.

– Comemos tanta lagosta que cerca de vinte anos atrás, as pessoas decidiram mudar o cardápio para um jantar tradicional de New England.

Carne de vaca ou presunto durante o inverno, mariscos e milho no verão. Não sei por que ainda chamam de Noite da Lagosta.

– Que ninguém nunca acuse os moradores da ilha de não manter suas tradições – disse Annie.

Jaycie mordeu o lábio inferior.

– Às vezes acho que vou sufocar se passar mais um dia aqui.

Lisa McKinley passou pela porta da área da cozinha. Vestia calça jeans e uma blusa de decote V com gola de estilo vitoriano, um presente – ela se apressou em avisar – de Cynthia Harp. Annie se afastou para que ela e Jaycie pudessem conversar. Enquanto passava entre as mesas, ouviu trechos de conversas ao seu redor.

– ...250 quilos a menos este ano em relação ao ano passado.

– ...eu me esqueci de encomendar massa pronta para panqueca, então tive que fazer do zero.

– É mais caro do que uma bomba do leme nova.

Annie analisou uma impressão em preto e branco pendurada meio torta na parede. Mostrava pessoas com roupas do século XVII de pé à beira do mar. Naomi se aproximou por trás dela e assentiu em direção à impressão.

– As lagostas subiam à praia durante a época colonial. Eram tão abundantes que serviam de comida para os porcos e para os presos.

– Eu ainda adoro comer lagosta – disse Annie.

– A maioria das pessoas adora, e isso é bom para nós. Mas precisamos manter o cultivo sustentável, ou perdemos mercado.

– Como fazem isso?

– Com muitas leis a respeito de quando e onde as pessoas podem pescar. E os criadouros são protegidos. Se pegarmos uma fêmea reprodutora, cortamos um V em sua cauda para identificá-la e a jogamos na água de novo. Oitenta por cento das lagostas que pegamos têm que ser jogadas de volta porque ou são pequenas, grandes demais, têm a marca em V ou estão em procriação.

– Vida dura.

– A pessoa tem que amar o que faz, isso com certeza. – Ela levou a mão a um dos brincos de prata em suas orelhas. – Se tiver interesse, pode vir no meu barco. Parece que as condições climáticas serão boas no começo da semana, e poucas pessoas da cidade podem dizer que já trabalharam como marinheiros em um barco de pesca de lagosta no Maine.

O convite surpreendeu Annie.

– Eu adoraria.

Naomi parecia realmente satisfeita.

– Você vai ter que levantar cedo. E não vista roupas novas.

Elas haviam acabado de combinar que Annie encontraria Naomi na doca na segunda-feira de manhã quando a porta da frente se abriu, deixando uma rajada de ar frio entrar. Theo chegou.

O nível de barulho no salão diminuiu quando as pessoas perceberam a presença dele. Theo meneou a cabeça e as pessoas voltaram a conversar, mas a maioria dos presentes continuou observando-o discretamente. Jaycie fez uma pausa na conversa com Lisa para olhar para ele. Um grupo de homens com a pele do rosto desgastada pela ação das condições climáticas fez um gesto para que ele se aproximasse deles.

Annie sentiu um puxão na saia, e olhou para baixo, e viu Lívia tentando chamar sua atenção. A menina tinha se entediado com a companhia dos adultos, e prestava muito atenção ao grupo de crianças no canto, três meninos e duas meninas, e a mais nova delas Annie reconheceu da visita que fez à biblioteca. Era a filha de Lisa. Annie não teve dificuldade para interpretar o pedido na expressão de Lívia. Ela queria brincar com as crianças, mas era tímida demais para abordá-las sozinha.

Annie segurou sua mão e elas se aproximaram do grupo juntas. As meninas estavam colando figurinhas em um álbum, e os meninos brigavam por causa de um videogame portátil. Ela sorriu para as meninas, e o rosto redondo e os cabelos ruivos das duas indicavam que eram irmãs.

– Sou a Annie, e vocês conhecem a Lívia.

A mais velha olhou para cima.

– Há muito tempo não vemos você. Sou a Kaitlin e esta é minha irmã Alyssa.

Alyssa olhou para Lívia.

– Quantos anos você tem agora?

Lívia ergueu quatro dedos.

– Tenho 5. Qual é seu segundo nome? O meu é Rosalind.

Lívia abaixou a cabeça.

Quando ficou claro que Lívia não responderia, Alyssa olhou para Annie.

– O que ela tem? Por que não fala?

– Cala a boca, Alyssa – a irmã a repreendeu. – Você sabe que não pode perguntar isso.

Annie tinha se acostumado a achar que Jaycie e Lívia eram um tanto separadas da comunidade, mas não eram. Elas eram tão envolvidas quanto qualquer outra pessoa ali. A briga dos meninos por causa do videogame estava saindo do controle.

– É a minha vez! – gritou um deles.

– Não é! O jogo é meu. – O menino maior deu um soco no garoto que tinha reclamado, e em seguida, os três se levantaram prontos para brigar.

– Parem com isso, marujos de uma figa!

Os meninos pararam e olharam ao redor, tentando localizar de onde vinha a voz parecida com a do Capitão Jack Sparrow. Lívia que estava atenta, sorriu.

– Parem com a briga ou vou fazer todos andarem na linha.

Os meninos lentamente se viraram para Annie, que gesticulava com a mão direita como se fosse um boneco. Ela se agachou, movendo o polegar para fazer o "fantoche" falar.

– Vocês têm sorte por eu ter deixado minha espada no barco, seus marujos de merda.

Meninos eram meninos em qualquer lugar. Ela só precisou falar "merda" uma vez para ter todos eles na palma da mão. Direcionou o boneco improvisado para o menino menor, um garotinho loiro com olho roxo.

– E aí, meu jovem? Você me parece bem forte para navegar meu barco. Eu estou à procura do tesouro da Cidade Perdida em Atlantis, sabe? E quem vai querer ir comigo?

Lívia foi a primeira a levantar a mão, e Annie quase abandonou o Capitão Jack para abraçá-la.

– Tem certeza, minha boneca? Pode ser que tenha serpentes do mar bem agressivas. Vou levar uma moça corajosa. Você é uma moça corajosa?

Lívia assentiu balançando a cabeça.

– Eu também sou! – disse Kaitlin. – Sou uma moça corajosa.

– Você não é tão corajosa quanto eu, sua boba – disse o loirinho com cara de anjo.

– Cuidado com a língua, cara, ou vou cortá-la. – o Capitão Jack resmungou. E então, por hábito, disse: – Não haverá ofensa no barco. Quando estivermos lutando contra os dragões do mar, seremos um por todos e todos por um. Em meu barco, quem age como um valentão acaba sendo jogado ao mar para servir de comida para tubarão.

Todos pareceram assustados. Ela não tinha nada na mão – não tinha nem dois olhos desenhados com caneta –, mas as crianças ficaram encantadas. O menino maior, no entanto, não caiu na brincadeira.

– Você não me parece um pirata. Mais parece uma mão.

– Pois é. E você é esperto por ter notado. Meus inimigos lançaram um feitiço em mim, e só vou conseguir desfazê-lo quando encontrar o tesouro perdido. O que me dizem, meus chapas? São bem corajosos?

– Vou navegar com você, Capitão.

Não era a voz de uma criança. Mas era muito familiar.

Annie se virou. Um grupo de adultos tinha se reunido atrás dela para assistir ao show. Theo estava entre eles, com os braços cruzados à frente do peito, os olhos deixando claro que se divertia. Capitão Jack olhou para ele de cima a baixo.

– Vou levar só marinheiros pequenos. Vocês são meio compridos demais.

– Que pena – disse Theo, parecendo revoltado. – Eu estava ansioso para enfrentar aquelas serpentes do mar.

O sinal do jantar soou, e alguém chamou.

– O jantar está servido. Formem uma fila!

– Vamos lá, meus chapas. Está na hora de vocês comerem suas porções e de eu voltar para o meu barco. – Annie abriu os dedos de modo exagerado, fazendo o Capitão Jack desaparecer.

Tanto as crianças quanto os adultos aplaudiram. Lívia se aproximou dela. As crianças maiores começaram a enchê-la de perguntas e comentários.

– Como você fala sem mover os lábios?

– Pode fazer de novo?

– Eu saio para pescar no barco de lagosta com meu pai.

– Quero aprender a falar assim.

– Eu me fantasiei de pirata no Dia das Bruxas.

Os adultos começaram a chamar seus filhos e a levá-los para a fila do jantar que havia se formado no balcão do salão ao lado.

Theo se aproximou de Annie.

– Todas as peças que até o presente momento estavam soltas finalmente se encaixam.

– Até o presente momento?

– Um deslize de formalidade. Mas tem uma coisa que ainda não entendi. Como você fez com o relógio?

– Não faço ideia do que você está falando.

Theo lançou a ela um olhar que indicava que seu fingimento era ofensivo e que, se ela tivesse o mínimo de decência, diria a verdade.

O show claramente tinha terminado. Annie sorriu, aproximou-se dele, e então deu um de seus melhores gemidos de terror, mas tão discretamente que só ele podia ouvir.

– Ah, que bonitinha!

– Chame de "Vingança do elevador de comida".

Annie pensou que ele a ignoraria. Mas pareceu verdadeiramente arrependido.

– Te peço desculpas por aquilo.

Ela se deu conta, naquele momento, que nenhum de seus dois namorados anteriores já havia pedido desculpas por qualquer mancada que fosse.

Lívia saiu correndo até onde a mãe dela estava. Jaycie ainda estava com Lisa, mas prestava atenção em Theo. Quando Annie se aproximou delas, ouviu o que Lisa dizia.

– Você precisa voltar ao médico com ela, porque ela já deveria estar falando.

Annie não conseguiu escutar a resposta de Jaycie.

Todos formaram fila para encher os pratos. Marie e Tildy, do grupo de bingo puxaram Theo consigo e começaram a fazer perguntas sobre o que ele estava escrevendo, mas depois que ele encheu o prato, deixou as senhoras e se sentou com Annie à mesa na qual ela estava sentada com Jaycie e Lívia. Ele se sentou na cadeira ao lado de Annie e na frente de Lisa e de seu marido, Darren, que era pescador de lagosta e também eletricista da ilha. Lívia olhou atenta para Theo com atenção, e Jaycie parou de prestar atenção à conversa com Lisa.

Theo e Darren se conheciam de outros verões e começaram a falar sobre pesca. Annie notou a facilidade com que Theo conversava com todos, o que ela considerou interessante, já que ele era tão reservado.

Estava cansada de pensar nas contradições dele, e concentrou-se na refeição. Além da carne vermelha bem temperada, o cardápio incluía batatas, repolho, cebola e vários legumes. Com exceção do nabo, que ela e Lívia evitavam totalmente, o resto estava uma delícia.

Apesar de estar apaixonada por Theo, Jaycie não fez nada para tentar chamar a atenção dele além de lançar uns olhares mais demorados em sua direção. De repente, Theo se dirigiu a Annie.

– Você entrou na torre enquanto eu dormia e trocou a pilha do relógio. Eu deveria ter sacado isso há muito tempo.

– Tudo bem, não é sua culpa você ser tão lerdo. Tenho certeza de que quem cresce sendo muito mimado fica mais lentinho.

Ele pareceu surpreso com o atrevimento. Lívia cutucou Annie, ergueu o braço e fez um bonequinho com a mão, mexendo os dedinhos de um jeito esquisito para indicar que queria mais um show de fantoches.

– Mais tarde, querida – disse Annie, dando um beijo em sua cabeça, logo atrás das orelhas de gato.

– Parece que você ganhou uma amiga – disse Theo.

– Tem mais a ver com Scamp. Ela e Liv são melhores amigas, não é, mocinha?

Lívia fez que sim e tomou um gole de leite.

Os moradores da ilha tinham começado a formar fila na mesa da sobremesa, e Jaycie se levantou.

– Vou pegar um pedaço do meu bolo de chocolate com noz-pecã para você, Theo.

Era óbvio que Theo procurava uma desculpa para recusar, mas acabou aceitando.

– Estou surpresa por ver você aqui – provocou Annie. – Você não é exatamente o Sr. Sociável.

– Alguém precisa ficar de olho em você.

– Eu estava com Jaycie no carro, e estou no meio de uma multidão aqui.

– Ainda assim...

Um apito alto soou na sala, fazendo todos se calarem. Um homem barrigudo usando uma parca parou na porta da frente, tirando a mão da frente da boca.

– Prestem atenção, pessoal! A Guarda Costeira recebeu uma chamada de emergência há cerca de vinte minutos sobre um barco de arrastão a alguns quilômetros de Jackspar Point. Eles estão indo, mas podemos chegar lá mais depressa.

Ele meneou a cabeça em direção a um pescador de lagosta rechonchudo, de camisa de flanela na mesa ao lado e para o marido de Lisa, Darren. Os dois se levantaram. Para surpresa de Annie, Theo também se levantou. Ele apoiou a mão no encosto da cadeira e se inclinou para a frente.

– Não volte para o chalé hoje – disse ele. – Passe a noite na Harp House com Jaycie. Me prometa isso.

Ele não esperou a resposta dela, mas se uniu aos três homens à porta. Disse algo a eles. Um deles deu um tapinha em suas costas, e os quatro saíram. Annie se assustou. Jaycie parecia querer chorar.

– Não entendo. Por que o Theo vai com eles?

Annie também não entendia. Theo era navegador por lazer. Por que partiria em uma missão de resgate? Lisa mordeu o lábio inferior.

– Detesto isso – disse. – Os ventos devem estar chegando a 75 quilômetros por hora ali.

Naomi ouviu e se sentou ao lado dela.

– Darren vai ficar bem, Lisa. Ed é um dos melhores navegadores da ilha, e o barco dele é bom.

– Mas e o Theo? – perguntou Jaycie. – Ele não está acostumado com essas condições.

– Vou descobrir. – Naomi se levantou.

172

Bárbara se aproximou para confortar a filha. Lisa segurou sua mão.

– Darren está se recuperando agora da gastroenterite. O tempo está ruim hoje. Se o *Val Ann* encher de gelo...

– É um barco robusto – Bárbara a tranquilizou, apesar de parecer tão preocupada quanto a filha.

Naomi voltou e se dirigiu a Jaycie.

– Theo é técnico em emergências médicas. É por isso que vai com eles.

Técnico em emergências médicas? Annie não podia acreditar. O trabalho de Theo envolvia a decapitação de corpos, não sua cura.

– Você sabia disso? – perguntou ela a Jaycie, que negou balançando a cabeça.

– Não temos ninguém na ilha com conhecimento médico há quase dois anos – disse Naomi. – Desde que Jemmy Schaeffer foi embora com os filhos. Essa é a melhor notícia do inverno.

Mas Jaycie continuava agitada.

– Theo não tem experiência em sair nessas condições climáticas. Ele deveria ter ficado aqui.

Annie concordava totalmente. A preocupação dos moradores da ilha com os homens que partiram ao resgate e o barco desaparecido acabou com a alegria da reunião, e todo mundo começou a arrumar as coisas para ir embora. Annie ajudou as mulheres a recolher o lixo enquanto Jaycie permanecia sentada com Lívia e com as filhas de Lisa. Annie estava prestes a entrar na cozinha com uma pilha de pratos sujos quando ouviu uma conversa que fez com que parasse.

– ... não deveria se surpreender por Lívia ainda não estar falando – disse uma das mulheres. – Não depois do que ela viu.

– Pode ser que ela nunca mais fale – disse a outra. – E isso vai deixar a Jaycie arrasada.

A primeira mulher voltou a falar.

– Jaycie tem que se preparar para isso. Não é todo dia que uma menininha vê a mãe matar o pai.

Alguém abriu a torneira da cozinha, e Annie não conseguiu ouvir mais nada.

Capítulo catorze

*T*heo se segurou quando uma onda gigantesca quebrou na proa do *Val Jane*. Ele havia crescido em veleiros e já tinha navegado em vários barcos de pesca de lagosta. Já tinha passado por tempestades de verão, mas nunca por nada parecido àquilo. O casco grande de fibra de vidro passou por outra depressão, e sentiu uma forte onda de adrenalina tomar seu corpo. Pela primeira vez no que parecia ser muito tempo, ele se sentia totalmente vivo.

O barco de pesca de lagosta foi para trás com o movimento do mar revolto, e ali ficou por um tempo, até ter condições de avançar novamente. Mesmo com o pesado equipamento de proteção cor de laranja, ele sentia muito frio. A água salgada escorria por seu pescoço e todas as partes expostas de sua pele estavam molhadas e anestesiadas, mas o abrigo da casa do leme não o atraía. Ele queria viver aquilo. Se entregar à tempestade. Molhar-se. Precisava desse estímulo em sua pulsação, desse chacoalhão em seus sentidos.

Mais uma parede de água subiu à frente dele. A Guarda Costeira disse por rádio que o barco pesqueiro desaparecido, o *Shamrock*, havia perdido potência depois de seu motor ter se enchido de água, e que havia dois homens a bordo. Nenhum aguentaria por muito tempo se estivessem dentro da água, não com aquela temperatura baixa no mar. Nem mesmo macacões de sobrevivência os protegeriam. Theo repassou em sua mente tudo o que sabia sobre como tratar casos de hipotermia.

Tinha voltado a fazer o curso de paramédico enquanto escrevia *O Sanatório*. A ideia de conseguir trabalhar em situações de crise estimulava sua imaginação de escritor e acalmava sua sensação cada vez maior de asfixia. Havia começado a estudar apesar das objeções de Kenley.

"*Você precisa passar seu tempo comigo!*"

Quando se formou, trabalhou como voluntário no centro comunitário de Filadélfia, onde havia tratado de tudo, desde ossos quebrados de turistas a ataques cardíacos de corredores, passando por lesões de patinadores e mordidas de cães. Dirigiu até Nova York durante o furacão que havia atingido a cidade de modo tão devastador para ajudar a evacuar o hospital de veteranos em Manhattan e uma casa de repouso no Queens. Mas nunca tinha tratado pescadores no norte do Atlântico no meio do inverno. Esperava que não fosse tarde demais.

O *Val Jane* encontrou o *Shamrock* de repente. O pesqueiro quase não era mais visível, tombado a estibordo e aparecendo na água como se fosse uma garrafa de plástico vazia. Um homem segurava na amurada. Theo não conseguiu ver o outro.

Ouviu o barulho do motor a diesel enquanto Ed trazia o *Val Jane* para mais perto, ao mesmo tempo em que as ondas fortes tentavam separar os barcos. Darren e Jim Garcia, os outros tripulantes que Ed tinha escolhido para a missão daquela noite, se esforçavam no deque cheio de gelo na tentativa de prender o pesqueiro naufragado ao *Val Jane*. Assim como Theo, os dois usavam coletes salva-vidas por cima da roupa grossa.

Theo viu o rosto assustado do homem que mal conseguia se segurar à amurada, e então viu o segundo tripulante, que estava imóvel e preso nas cordas do barco. Darren estava começando a amarrar uma corda ao redor da própria cintura para poder entrar na embarcação que afundava. Theo se aproximou dele e puxou a corda de sua mão.

– O que está fazendo? – Darren gritou acima do som do motor.

– Preciso desse exercício! – respondeu Theo, e começou a envolver a corda em sua própria cintura.

– Você enlouqueceu...

Mas Theo já estava fazendo o nó e, em vez de perder tempo discutindo, Darren enrolou a ponta solta em um cunho do deque. Relutantemente, ele entregou sua faca a Theo.

– Não nos obrigue a resgatar você também – resmungou ele.

– Sem chance – disse Theo, com bastante arrogância, embora estivesse longe de se sentir assim. A verdade era: quem ficaria triste se ele não saísse dali? Seu pai. Alguns amigos. Todos superariam a perda. E Annie?

Annie comemoraria com uma garrafa de champanhe.

Não comemoraria, não. Era esse o problema com ela. Ela não era sagaz com pessoas. Ele esperava muito que ela tivesse ido para a Harp House como ele havia lhe orientado a fazer. Se Annie estivesse grávida...

Não! Não podia se permitir esse tipo de distração. O *Shamrock* estava naufragando. A qualquer minuto, eles teriam que abandonar o barco para trás ou colocariam o *Val Jane* em risco. Ao olhar para o espaço entre as duas embarcações, Theo torceu muito para que estivesse de volta ao barco antes que isso acontecesse.

Analisou as ondas, esperou pela melhor oportunidade e, confiante, saltou sem saber o que aconteceria. De algum modo, conseguiu atravessar o espaço entre as duas embarcações e subiu no casco escorregadio e meio submerso do *Shamrock*. O pescador que se segurava à amurada teve força suficiente para estender um dos braços.

– Meu filho... – ele arfou.

Theo olhou para baixo, para a cabine. O garoto preso ali devia ter 16 anos e estava inconsciente. Theo se concentrou no homem mais velho primeiro. Fazendo um sinal para Darren, ele ajudou a erguer o homem o suficiente para que Darren e Jim conseguissem pegá-lo e puxá-lo para o *Val Jane*. Os lábios do pescador estavam azulados, e ele precisava de cuidados imediatos, mas Theo tinha que liberar o menino primeiro.

Ele se enfiou na cabine, as botas de borracha afundadas na água do mar. Os olhos do garoto estavam fechados, e ele não estava se mexendo. Com o barco afundando, Theo não perdeu tempo tentando encontrar a pulsação. Havia uma regra básica ao lidar com a hipotermia extrema. *Ninguém morre enquanto não tiver calor para perder.*

Apoiando-se, ele cortou as cordas enroladas que prendiam as pernas do menino enquanto puxava o colete salva-vidas do garoto. Seria péssimo se conseguisse soltá-lo, mas ele fosse levado pela água.

Jim e Darren faziam o melhor que podiam para manter as embarcações próximas uma da outra. Theo ergueu o corpo pesado do garoto no casco. Uma onda cobriu sua cabeça, e o deixou momentaneamente cego. Segurou o menino com toda a força e piscou para clarear a visão, mas foi atingido de novo. Por fim, Darren e Jim conseguiram alcançar o garoto e puxá-lo para dentro do *Val Jane*.

Momentos depois, Theo subiu no *Val Jane* também, mas cada segundo tornava a morte mais próxima, e ele logo voltou a ficar de pé. Enquanto Jim e Ed lidavam com o pesqueiro que afundava, Darren o ajudou a colocar os homens dentro da cabine.

Diferentemente do garoto, que mal tinha idade para fazer a barba, o homem mais velho tinha uma barba cheia e a pele desgastada de alguém que tinha passado muito tempo da vida ao ar livre. Ele havia começado a tremer, um bom sinal.

– Meu filho...

– Vou cuidar dele – disse Theo, torcendo muito para que a Guarda Costeira os alcançasse depressa. Ele mantinha um kit de primeiro socorros no carro, mas não tinha o equipamento de ressuscitação de que aqueles homens precisavam.

Em outras circunstâncias, teria realizado o procedimento de ressuscitação cardíaca no garoto, mas tal medida poderia ser desastrosa em alguém com hipotermia extrema. Sem parar para se livrar de seu próprio equipamento, Theo tirou os equipamentos dos homens e os envolveu em cobertores secos. Pegou bolsas térmicas aquecidas e os colocou embaixo dos braços do menino. Por fim, sentiu uma leve pulsação.

Quando o barco da Guarda Costeira chegou, Theo já tinha coberto os dois homens e os aquecia com as bolsas térmicas. Para seu alívio, o garoto havia começado a se remexer, enquanto o pai tentava falar com ele.

Theo passou as informações à paramédica da Guarda Costeira quando ela começou a aplicar o soro e a administrar oxigênio umidificado e quente aos homens. Os olhos do garoto estavam abertos, e o pai tentava se sentar.

– Você salvou... a vida dele. Você salvou a vida do meu menino.

– Calma, calma – disse Theo, empurrando o homem para baixo delicadamente. – Estamos felizes por ter podido ajudar.

Já eram quase duas da manhã quando Theo chegou à Harp House. Mesmo com o aquecedor da Range Rover no máximo, estava batendo os dentes. Algumas semanas antes, havia desejado esse tipo de desconforto, mas algo havia mudado dentro dele naquela noite e, agora, só queria estar seco e quente. Ainda assim, parou no Chalé Moonraker. Para seu alívio, o lugar estava vazio. Difícil acreditar que Annie tinha feito o que ele havia orientado. Mais difícil ainda foi acreditar onde ele a encontrou.

Em vez de estar deitada em um dos quartos da Harp House, Annie estava adormecida no sofá da torre, com as luzes acesas, com um exemplar de *História de Peregrine Island* aberto no chão ao lado dela. Ela devia ter passado no chalé primeiro, porque estava vestindo a calça jeans e a blusa de lã de sempre. Por mais cansado que estivesse, foi ótimo ver aqueles cachos revoltos espalhados em cima da almofada cor de damasco do sofá antigo.

Ela rolou para o lado e piscou. Theo não conseguiu se conter.

– Amor, cheguei.

Ela havia usado a parca cinza dele para se cobrir, e a peça escorregou para o carpete quando ela se sentou, afastando os cabelos do rosto.

– Vocês encontraram o barco? O que aconteceu?

Theo tirou a jaqueta.

– Salvamos os homens. O barco afundou.

Ela ficou de pé, analisando os cabelos desgrenhados dele, a blusa molhada, a calça ensopada.

– Você está encharcado.

– Eu estava bem mais molhado há algumas horas.

– E está tremendo.

– Hipotermia. Estágio um. O melhor tratamento é contato pele com pele.

Annie ignorou sua tentativa ruim de ser engraçado, mas sinceramente preocupada com a fadiga evidente no rosto dele.

– O que acha de tomar um banho quente? Suba.

Theo não tinha energia para discutir. Ela foi na frente dele e quando chegou ao fim da escada, entregou o roupão dele. Annie o empurrou para dentro do banheiro e abriu o chuveiro como se ele não fosse capaz de fazer aquilo sozinho. Ele queria dizer para ela deixá-lo sozinho, que não precisava de uma mãe. Que ela não deveria estar ali. Esperando por ele. Confiando nele. A ingenuidade dela o deixava maluco. Ao mesmo tempo, queria agradecer a ela. A última pessoa de quem ele se lembrava que havia tentado cuidar dele tinha sido Regan.

– Vou preparar algo quente para você beber – disse quando se virou para sair dali.

– Uísque! – Exatamente a coisa errada a se beber estando gelado como ele estava, mas talvez Annie não soubesse disso.

Ela sabia. Quando saiu do banheiro, depois do banho e enrolado em seu roupão, ela esperava por ele à porta com uma caneca de chocolate quente. Ele olhou dentro da caneca com cara de nojo.

– Espero que tenha álcool aí dentro.

– Não tem nem *marshmallow*. Por que não me contou que é técnico em emergências médicas?

– Fiquei com medo de você pedir um exame pélvico gratuito. Acontece o tempo todo.

– Você é um depravado!

– Obrigado. – Theo foi para o quarto, tomando um gole do chocolate quente no caminho. O gosto estava ótimo.

Ele parou à porta. Ela havia dobrado os cobertores e até afofado os malditos travesseiros. Tomou mais um gole do chocolate e olhou para Annie, que estava parada no corredor. A blusa verde de lã estava amassada, e a barra de uma perna da calça jeans tinha sido coberta pela meia. Ela estava desgrenhada e corada, e ainda assim nunca parecera tão sensual.

– Ainda estou com frio – disse ele, ao mesmo tempo em que dizia a si mesmo para se afastar. – Muito, muito frio.

– Bela tentativa, mas não vou para a cama com você.

– Mas você quer, pode admitir.

– Ah, claro, por que não entrar de novo na cova do leão? – Seus olhos brilhavam. – Veja onde fui parar com essa história. Provavelmente grávida. Isso é um balde de água gelada suficiente para esfriar suas partes escaldantes, seu tarado?

Aquilo não tinha graça. Era assustador. Mas pelo modo como ela disse aquilo, com toda aquela ousadia... Theo sentiu vontade de beijá-la sem parar. Porém, em vez disso, apenas disse com mais firmeza do que de fato sentia:

– Você não está grávida. – E então, porque ela havia se recusado a dizer na primeira vez em que ele perguntou: – Quando vem sua menstruação?

– Isso é problema meu.

Ela adorava bancar a durona. Era seu jeito de distrair os dois do que ambos queriam fazer. Ou será que ele era o único que queria?

Annie colocou uma mecha de cabelos atrás da orelha.

– Você sabia que Jaycie matou o marido dela?

A mudança repentina de assunto o desconcertou por um momento. Olhou para a caneca. Ainda não conseguia acreditar que ela havia preparado chocolate quente para ele.

– Claro. O cara era um desgraçado. Por isso eu *nunca* a teria demitido.

– Pare de dar uma de certinho. Nós dois sabemos que você armou uma armadilha para mim. – Ela esfregou o braço por cima da blusa de lã. – Por que Jaycie não me contou?

– Duvido que ela tenha vontade de falar sobre isso.

– Mas estamos trabalhando juntas há semanas. Não acha que ela poderia ter dito alguma coisa?

– Não necessariamente. – Ele pousou a caneca na mesa. – Grayson era alguns anos mais velho do que eu. Um cara rabugento. Não era muito popular, e ninguém sente falta dele.

— Ela deveria ter me dito.

Theo não gostava de vê-la chateada, aquela mulher de cabelos cacheados que brincava com fantoches e confiava em pessoas pouco confiáveis. Queria levá-la para a cama. Até prometeria não encostar nela se, desse modo, ela desfizesse aquela carranca. Mas não teve a oportunidade. Annie apagou a luz e desceu a escada. Deveria ter agradecido por ela cuidar dele, mas ela não era a única durona por ali.

Annie não conseguiu voltar a dormir, por isso pegou seu casaco e as chaves da Range Rover e saiu. Não havia conversado com Jaycie a respeito do que tinha ouvido na volta para casa. Não tinha como fazer isso, não com Lívia no carro. E Jaycie não sabia que Annie tinha ido para a torre para esperar Theo.

O céu noturno estava claro, e o cobertor estrelado da Via Láctea se estendia acima dela. Não queria conversar nem com Jaycie nem com Theo de manhã, mas em vez de entrar no carro, caminhou até a beira da estrada e olhou para baixo. Estava escuro demais para ver o chalé, mas se havia alguém ali pronto para fazer alguma coisa, já devia ter ido embora. Semanas atrás, ela sentiria medo de ir para o chalé no meio da madrugada, mas a ilha lhe deixara mais forte. Agora, quase torcia para encontrar alguém. Pelo menos, assim, saberia quem era a pessoa que a atormentava.

Dentro da Range Rover, sentia o cheiro de Theo: o frio do inverno misturado ao aroma de couro. Suas defesas estavam caindo tão depressa que ela mal conseguia manter suas barreiras erguidas. E havia Jaycie ainda por cima. Ela e Annie estavam juntas havia quase um mês, mas Jaycie ainda não havia mencionado o mero detalhe de ter matado o marido. Tudo bem, não era o tipo de coisa fácil de enfiar em uma conversa, mas ela deveria ter encontrado uma maneira. Annie estava acostumada a trocar confidências com seus amigos, mas suas conversas com Jaycie nunca iam além do trivial. Era como se Jaycie tivesse uma placa de "Proibido entrar" pendurada no pescoço.

Annie estacionou na frente do chalé escuro e saiu do carro. O chaveiro pelo qual ela não podia pagar só viria na semana seguinte. Podia encontrar qualquer coisa ali dentro. Abriu a porta, entrou na cozinha e acendeu a luz. Tudo estava exatamente como ela havia deixado. Adentrou a casa, acendendo luzes, espiando dentro do armário da dispensa.

Medrosa, Peter riu dela.

– Cale a boca, cabeção – ela o repreendeu. – Estou aqui, não estou?
– Leo não a estava provocando ultimamente, enquanto Peter, seu herói, tornava-se cada vez mais agressivo. Mais uma aspecto se desequilibrando em sua vida.

Na manhã seguinte, a cabeça doía e ela precisava de café. Saiu do banho, enrolou-se em uma toalha e atravessou o piso frio em direção à cozinha. A luz do sol entrava pelas janelas da frente, fazendo as escamas da poltrona de sereia brilharem. Como Mariah tinha conseguido aquela coisa feia? A sereia fazia Annie se lembrar das esculturas cafonas e absurdamente caras de Jeff Koons. As estátuas que ele havia feito da Pantera Cor-de-Rosa, de Michael Jackson e os animais de aço escovado que pareciam balões coloridos gigantes... o tornaram famoso. A sereia poderia ter saído da imaginação de Koons se...

Ela arfou e atravessou correndo a sala de estar em direção às caixas que havia deixado ali. E se a sereia fosse uma das peças de Koons? Ajoelhando-se, ela soltou a toalha enquanto mexia nas caixas procurando o caderno de convidados do chalé. Mariah não teria dinheiro para comprar uma das estátuas de Koons, então teria que ter sido um presente. Encontrou o caderno de hóspedes e rapidamente virou as páginas procurando o nome de Koons. Não conseguiu encontrar, e começou tudo de novo.

Não estava ali. O fato de ele não ter visitado o chalé não significava que a poltrona não podia ser uma de suas criações. Ela havia pesquisado os quadros, as pequenas peças esculpidas e a maioria dos livros, e não havia encontrado nada. Talvez...

– Gosto muito mais daqui do que da Harp House – disse alguém com a voz aveludada atrás dela.

Annie se virou em direção à porta da cozinha. Theo estava ali, com as pontas dos dedos enfiadas nos bolsos da frente, usando a parca cinza-escura sob a qual ela havia cochilado na noite passada.

Apesar de terem feito algo que mal podia se chamar de sexo naquela mesma sala, ele não a vira nua, mas Annie lutou contra o ímpeto natural de pegar a toalha caída no chão e cobrir o corpo correndo como uma virgem vitoriana. Ela a pegou naturalmente, como se nada de mais estivesse acontecendo.

– Você é uma bela criatura. Algum de seus namorados fracassados já te disse isso?

Não com essas palavras. Não com nenhuma palavra, na verdade. E era bom ouvir, mesmo que fosse dito por Theo. Ela enrolou a toalha no corpo e – sendo quem era –, em vez de se erguer graciosamente, perdeu o equilíbrio e caiu sentada de novo.

– Felizmente – disse ele – sou praticamente médico, então nada do que estou vendo me é estranho.

Annie continuou segurando a toalha com força, controlando-se.

– Você não é praticamente um médico, e espero que tenha gostado do que viu porque não vai ver de novo.

– Altamente dubitável.

– É mesmo? Vamos discutir isso mesmo?

– É difícil acreditar que você se esqueceu do que fiz ontem à noite.

Ela inclinou a cabeça, sem entender. Ele balançou a cabeça pesaroso.

– O modo heroico com que enfrentei aqueles tubarões ameaçadores e ondas de trezentos metros... Os icebergs. E eu falei dos piratas? Mas acho que o heroísmo deveria ser a própria recompensa. Não se deveria esperar mais.

– Boa tentativa. Vá fazer café para mim.

Theo se aproximou dela devagar, estendendo o braço.

– Primeiro, vou te ajudar a ficar de pé.

– Afaste-se. – Ela se levantou sem cair de novo. – Por que está aqui tão cedo?

– Não é tão cedo assim, e você não deveria ter vindo para cá sozinha.

– Desculpa – disse ela, com toda a sinceridade.

Ele olhou para as pernas nuas dela e depois para a bagunça que ela tinha feito no chão.

– Invadiram de novo?

Annie começou a lhe contar sobre a poltrona de sereia, mas ele olhou para suas pernas de novo, e ser a única pessoa enrolada em uma toalha a deixava em desvantagem.

– Vou querer ovo *poché* e suco de manga fresco. Se não for pedir muito.

– Se soltar a toalha, eu abro um champanhe.

– Tentador. – Ela foi para o quarto. – Mas como pode ser que eu esteja *grávida*, não devo beber.

Ele suspirou longamente e declamou:

– E com essas palavras congelantes, o fogo que ele sentia nas partes baixas se expirou.

Enquanto Theo escrevia no estúdio, Annie fotografou a poltrona de sereia de todos os ângulos. Assim que chegasse à Harp House, enviaria por e-mail as fotos ao avaliador de Koons, estabelecido em Manhattan. Se a peça realmente fosse dele, vendê-la pagaria suas dívidas e ainda sobraria.

Fechou o zíper da mochila, pensando no homem fechado no estúdio.

"Você é uma bela criatura."

Apesar de não ser verdade, era bom ouvir.

Ela havia adquirido o hábito de olhar a casa de fadinhas todos os dias, e agora uma pena de gaivota estava presa entre dois gravetos para formar uma rede delicada. Enquanto Annie analisava a nova peça, pensou no desenho de Lívia, o do "segredo livre". A bola na ponta do braço estendido do adulto que estava em pé não tinha sido um erro. Era uma arma. E o corpo no chão? A mancha vermelha no peito não era uma flor nem um coração. Era sangue. Lívia desenhara o assassinato de seu pai.

A porta dos fundos se abriu e Lisa saiu. Viu Annie e a cumprimentou com um aceno de cabeça, e seguiu para sua SUV cheia de lama estacionada na frente da garagem. Annie se preparou ao entrar.

Na cozinha, sentiu o cheiro de torrada, e Jaycie estava com a expressão ansiosa de sempre.

— Por favor, não conte ao Theo que a Lisa veio aqui. Você sabe como ele é.

— Theo não vai te demitir, Jaycie. Eu garanto.

Jaycie se virou em direção à pia, e disse baixinho:

— Eu o vi partir em direção ao chalé hoje cedo.

Annie não falaria sobre Theo. O que poderia dizer? Que podia estar esperando um filho dele? De uma única transa?

Você acredita mesmo nisso?, disse Dilly, com um *tsc, tsc*.

Nossa Annie está virando uma periguete. Peter, antes seu herói, estava se voltando contra ela.

Quem pratica bullying aqui mesmo?, perguntou Leo. *Cuidado com o que diz, amigo.* Ele disse com o desdém de sempre, mas ainda assim... Ela não sabia o que estava acontecendo em sua cabeça. E com Jaycie na frente dela naquele momento, não era hora de entender.

— Soube como seu marido morreu – resolveu arriscar.

Jaycie foi até a mesa e se sentou em uma cadeira, sem olhar para ela.

— E agora você acha que sou uma pessoa horrível.

— Não sei o que pensar. Queria que você tivesse me contado.

– Não gosto de falar sobre isso.

– Entendo. Mas somos amigas. Se eu soubesse, teria entendido desde o começo por que Lívia não fala.

Jaycie se retraiu.

– Não tenho certeza de que é por esse motivo.

– Pare, Jaycie. Eu fiz uma pesquisa sobre mudez.

Jaycie escondeu o rosto com as mãos.

– Você não faz ideia de como é saber que feri a filha que amo tanto.

Annie não conseguia nem imaginar tamanha tristeza, e voltou atrás.

– Você não tinha nenhuma obrigação de me contar.

– Eu não... – Jaycie olhou para ela. – Não sou boa com amizades. Não havia muitas meninas da minha idade por perto quando eu era criança e eu não queria que ninguém soubesse como as coisas eram ruins com meu pai, por isso afastava todo mundo que tentava se aproximar demais. Até mesmo a Lisa... Ela é minha amiga mais antiga, mas não fala muito sobre coisas pessoais. Às vezes acho que ela só vem aqui para ver como as coisas estão e contar para Cynthia.

Pensar em Lisa como informante de Cynthia era algo em que Annie não tinha pensado. Jaycie esfregou a mão na perna.

– Eu gostava de ficar com a Regan porque ela nunca fazia perguntas. Mas ela era muito mais inteligente do que eu, e vivia em outro mundo.

Annie se lembrava de Jaycie como uma coadjuvante naquele verão, alguém que provavelmente não seria nem lembrada, não fosse o que havia ocorrido na caverna.

– Eu poderia ter sido presa – disse Jaycie. – Todas as noites, agradeço a Deus por Booker Rose ter ouvido meus gritos e corrido até a casa a tempo de ver tudo pela janela. – Ela fechou os olhos e os abriu de novo. – Ned estava bêbado. Ele veio para cima de mim com a arma na mão, me ameaçando. Lívia estava brincando no chão. Ela começou a chorar, mas Ned não se importou com isso. Ele encostou a arma na minha cabeça. Acho que ele não ia mesmo atirar em mim. Só queria que eu entendesse que era ele quem mandava. Mas não aguentei ouvir Lívia chorando tão desesperada, então segurei o braço dele e... Foi terrível. Ele pareceu muito chocado quando o tiro foi dado, como se não conseguisse acreditar que não estava mais no controle.

– Ah, Jaycie...

– Nunca soube falar sobre isso com a Lívia. Sempre que tentei, ela se esforçou para sair de perto, então parei de tentar, esperando que ela se esquecesse.

– Ela precisa ver um terapeuta – disse Annie delicadamente.

– Como vou fazer isso? Não temos nenhum aqui na ilha e, ainda que eu conseguisse levá-la às consultas no continente, não tenho como pagar. – Ela parecia derrotada, muito mais velha do que a idade que tinha. – A única pessoa com quem ela se conectou desde o ocorrido foi você.

Não sou eu, Annie pensou. Lívia havia se afeiçoado a Scamp.

– Não acredito que magoei você também. Depois de tudo o que fez por mim. – Jaycie falou com os olhos marejados.

Lívia correu para dentro da sala, e sua presença pôs fim à conversa.

Quando Annie partiu para a Harp House, Theo foi para a sala de estar para escrever, mas a mudança de local não havia ajudado muito. A maldita criança não morria.

Theo se reconheceu no desenho de Annie. Ele adorava o relógio adulto grande no braço do menino, o topete que o garoto não conseguia controlar, aquelas linhas claras de preocupação em sua testa. Annie ignorava seu talento como artista e, ainda que não fosse um mestre renascentista, era uma baita ilustradora.

O garoto o havia conquistado na hora, tornando-se tão vívido em sua mente quanto qualquer um dos personagens que ele havia criado. Sem planejar, ele havia acabado colocando-o em seu livro como um personagem sem importância, um menino de 12 anos chamado Diggity Swift que tinha sido transportado da era moderna, da cidade de Nova York, para as ruas da Londres do século XIX. Diggity deveria ser a próxima vítima do dr. Quentin Pierce, mas até aquele momento o garoto havia conseguido fazer o que os adultos não conseguiam: frustrar os planos de Quentin. Agora, o vilão estava tendo um acesso de psicopatia e decidira acabar com o moleque do modo mais doloroso.

Theo havia decidido não mostrar a morte do menino, algo que teria feito muito bem no livro *O Sanatório*, mas dessa vez não teve estômago para isso. Uma breve referência ao cheiro vindo do forno do padeiro seria mais do que suficiente.

Mas o menino era sagaz. Apesar de ter sido levado a um ambiente que não teria como lhe ser mais desconhecido – um ambiente que transcendia tanto o tempo quanto o espaço –, ele conseguiu se manter vivo. E estava fazendo isso sem ajuda de assistentes sociais, leis de proteção ao menor ou de um adulto que lhe desse auxílio, sem falar que também não tinha telefone celular nem computador.

No começo, Theo não conseguia entender como o menino estava conseguindo empreender tantas fugas milagrosas, mas então se deu conta. Pelos videogames. Jogar horas e mais horas de videogame enquanto seus pais viciados em trabalho e ricaços conquistavam Wall Street proporcionara a Diggity reflexos rápidos, boas habilidades de dedução e um certo nível de familiaridade com o bizarro. Diggity estava morrendo de medo, mas não desistiria.

Theo nunca tinha escrito um personagem infantil em um livro, e de jeito nenhum repetiria a experiência. Apertou a tecla *delete*, apagando duas horas de trabalho. Aquela não era a história do menino, e Theo tinha que voltar a ter controle antes que o pestinha tomasse conta de tudo.

Esticou as pernas e passou a mão no rosto. Annie havia fechado as caixas que estavam no chão, mas não as havia guardado. Ela vivia em outro mundo. Ele não acreditava que Mariah havia deixado algo para ela.

Mas Annie não vivia em outro mundo no que dizia respeito a ele. Theo queria que ela parasse de assustá-lo com a possibilidade de estar grávida ou que lhe desse uma ideia de quando saberia com certeza. Kenley nunca quis filhos, o que era uma das poucas coisas que eles tinham em comum. Só de pensar em voltar a ser responsável por um ser humano de novo o fazia suar frio. Era mais fácil pensar em se suicidar.

Mal havia pensado em Kenley desde a noite em que contou a Annie sobre ela, e não gostou de perceber isso. Annie queria libertá-lo da culpa pela morte da esposa, mas isso só dizia algo a respeito de Annie, e nada a respeito dele próprio. Ele precisava da culpa. Era tudo o que o mantinha vivo.

Capítulo quinze

Na segunda-feira de manhã, ainda estava escuro quando Annie saiu da cama para se preparar para zarpar no barco de Naomi, mas deu três passos para atravessar o quarto e então parou, arregalando os olhos, desperta. *Zarpar no barco de Naomi?* Ela gemeu e escondeu o rosto nas mãos. Onde estava com a cabeça? Não tinha mais o controle de sua cabeça, esse era o problema. Não podia ir para a água com Naomi. Qual parte de seu cérebro não havia conseguido processar isso? Assim que o *Ladyslipper* deixasse o porto, ela estaria oficialmente fora da ilha. Mas como o barco estava ancorado em Peregrine, partindo e voltando todos os dias – porque Naomi morava na ilha – Annie não tinha feito a conexão, porque andava distraída demais nos últimos tempos. Só podia estar grávida. De que outro modo poderia explicar um lapso tão grande?

Se você não passasse tanto tempo pensando em Theo Harp, teria seu cérebro de volta, disse Crumpet.

Nem mesmo Crumpet era tão desligada assim. Annie tinha que encontrar Naomi no cais, e não podia não ir sem dar uma explicação. Vestiu uma roupa qualquer e pegou o carro de Jaycie emprestado para ir à cidade.

A estrada estava coberta pela lama congelada de fevereiro depois da tempestade da noite de sábado, e ela dirigiu com cuidado, ainda assustada por ter sido tão displicente. Durante vinte e dois dias, havia ficado presa em uma ilha que existia por causa do mar, mas não podia se aventurar naquele mar. Nunca mais poderia cometer um erro tão básico como aquele.

O céu havia acabado de clarear quando Annie encontrou Naomi no cais, colocando uns equipamentos dentro do bote que a levaria ao *Ladyslipper*, que estava ancorado no porto.

– Você chegou! – disse Naomi acenando com simpatia. – Fiquei com receio de você ter mudado de ideia.

Antes que Annie pudesse responder, Naomi começou a falar sobre a previsão do tempo daquele dia. Por fim, Annie conseguiu interromper.

– Naomi, não posso ir com você.

Naquele instante, um carro em alta velocidade chegou freando e cantando pneu em uma vaga de estacionamento ao lado do cais, espalhando cascalho para todos os lados. A porta se abriu e Theo pulou para fora.

– Annie! Fique onde está!

Todos se viraram e ficaram olhando enquanto ele caminhava na direção delas. Seus cabelos desgrenhados estavam jogados para trás e havia uma marca de travesseiro no rosto.

– Desculpa, Naomi – ele disse quando parou ao lado da capitã do barco. – Annie não pode sair da ilha.

Outro erro. Annie havia se esquecido de rasgar o bilhete que deixara para Theo na noite anterior, e agora ele estava ali. Naomi pousou a mão espalmada no quadril, mostrando o físico que fizera dela uma pescadora de lagosta bem-sucedida.

– E posso saber por quê?

Quando Annie começou a dizer que não estava bem do estômago, improvisando uma explicação, Theo apoiou a mão em seu ombro e disse:

– Annie está cumprindo prisão domiciliar.

Naomi levou a outra mão ao outro lado do quadril.

– Do que você está falando?

– Ela se meteu em encrenca antes de vir para cá. Nada sério. Foi por ter feito shows com os bonecos sem autorização. Nova York tem leis severas a respeito dessas coisas. Para o azar dela, foi uma desobediência recorrente.

Annie arregalou os olhos para ele, mas Theo estava empolgado.

– Em vez de prendê-la, o juiz deu a ela a opção de deixar a cidade por alguns meses. Ele concordou que ela viesse para cá, mas sob a condição de que não saísse da ilha. Meio como uma prisão domiciliar. Algo de que ela obviamente se esqueceu.

A explicação de Theo a deixou fascinada e surpresa. Annie se desvencilhou da mão que ele mantinha em seu ombro.

– O que isso tem a ver com você?

A mão voltou ao seu ombro.

– Ora, Annie. Você sabe muito bem que o juiz me designou como seu guardião. Vou deixar esse deslize passar, mas só se você jurar que não vai acontecer de novo.

– Vocês, pessoas da cidade, são um bando de malucos! – resmungou Naomi.

– Principalmente as pessoas de Nova York – Theo concordou com seriedade. – Vamos, Annie. Fique longe da tentação.

Naomi não estava acreditando.

– Calma, Theo. É só um dia no meu barco. Ninguém vai fazer nada de mais.

– Desculpa, Naomi, mas eu levo muito a sério meu compromisso com a justiça.

Annie se dividiu entre a vontade de rir e o desejo de jogá-lo na água.

– Esse tipo de coisa não vale nada aqui – Naomi rebateu.

Naomi estava brava de verdade, mas Theo não voltou atrás.

– O que é certo é certo! – Ele afundou os dedos no ombro de Annie. – Vou fazer vista grossa para esse pequeno incidente, mas não permita que se repita. – Ele a levou do cais.

Assim que estavam longe das pessoas, Annie olhou para ele.

– Fiz shows com os bonecos sem autorização?

– Quer mesmo que todo mundo saiba a verdade?

– Não. Assim como não quero que as pessoas pensem que sou uma condenada.

– Não exagere. O lance do show de fantoches é só uma contravenção.

Ela ergueu as mãos.

– Você não podia inventar algo melhor? Como um telefonema urgente de minha agente?

– Você tem uma agente?

– Não, mas Naomi não sabe disso.

– Aceite minhas mais sinceras desculpas – disse ele com um sotaque do século XIX. – Acabei de acordar e estava sob pressão. – E então, ele continuou o ataque. – Você ia mesmo subir feliz naquele barco e sair navegando por aí? Juro por tudo, Annie, você precisa de um cuidador.

– Eu não ia. Estava justamente dizendo a ela que não poderia ir quando a cavalaria chegou.

– Então por que você aceitou quando ela te chamou?

– Tem muita coisa na minha cabeça ultimamente, tá?

– Nem me fale. – Ele a guiou pelo estacionamento em direção ao prédio da prefeitura.

– Preciso de café.

Alguns pescadores ainda estavam reunidos ao redor da cafeteira comunitária do lado de dentro. Theo acenou para eles enquanto enchia dois copos de isopor com algo que parecia óleo de máquina, e tampou ambos.

Quando saíram de novo, seguiram na direção dos carros. O carro dele estava estacionado meio torto a poucos metros do carro dela. Quando Theo bebericou um gole do café, o vapor serpenteante que subiu chamou a atenção de Annie para o contorno dos lábios dele. Com aqueles lábios perfeitos, os cabelos despenteados, a barba por fazer e o nariz um pouco vermelho por causa do frio, ele parecia um modelo desleixado de uma campanha da Ralph Lauren.

– Está com pressa de voltar? – ele perguntou.

– Não muita. – Não enquanto não entendesse por que ele não a havia enfiado naquele barco e a despachado todo feliz e contente.

– Então, entre no carro. Tenho que te mostrar uma coisa.

– Isso envolve uma câmara de tortura ou uma vala comum?

Theo olhou para ela com uma cara de asco. Annie lançou a ele um sorrisinho malicioso recém-patenteado. Ele revirou os olhos e abriu a porta do passageiro.

Em vez de dirigir de volta para o casarão, ele seguiu na direção oposta. O velho trailer amarelo que servia de escola ficava ao lado do monte ao lado das ruínas da antiga construção. Eles passaram por uma galeria de arte fechada e por alguns restaurantes também fechados, anunciando rolinhos de lagosta e mariscos no vapor. A casa de pesca ficava próxima à Christmas Beach, aonde os pescadores levavam seus barcos para fazer manutenção.

Beber algo quente, mesmo com tampa, naquela estrada esburacada era uma tarefa difícil, e Annie bebericou o café amargo com cuidado.

– Peregrine precisa de uma boa Starbucks.

– E de uma delicatéssen. – Ele colocou os óculos estilo aviador. – Eu venderia minha alma para comer um pão decente.

– Quer dizer que você ainda tem uma?

– Já acabou?

– Desculpa. Minha língua foge do meu controle. – Ela semicerrou os olhos sob o sol forte do inverno. – Uma pergunta, Theo...

– Mais tarde. – Ele entrou em uma rua muito mal pavimentada que logo se tornou intransitável. Estacionou em um vale de abetos. – A partir daqui, temos que andar.

Algumas semanas antes, até mesmo uma caminhada curta era um pesadelo, mas agora ela nem conseguia se lembrar de seu último acesso de tosse. A ilha havia restabelecido sua saúde. Pelo menos até alguém tentar atirar nela de novo.

Theo dava passos mais curtos e segurou o cotovelo dela enquanto eles atravessavam o chão congelado. Ela não precisava do apoio, mas gostava da gentileza de seus modos tradicionais. Dois sulcos marcavam o que restou de um caminho que passava pela floresta de pinheiros. Dali, a trilha descia levemente e passava por uma árvore seca, um pouco curvada, e então se abria no que, no verão, era um campo lindo. No centro, havia uma casa de fazenda abandonada, construída com pedras e com telhas cinzas e duas chaminés. Havia arbustos do que pareciam ser pés de mirtilo na frente de um depósito de gelo, também feito de pedra. O mar ficava à distância – perto o suficiente para uma vista esplendorosa, mas longe o bastante para infligir o pior de sua fúria. Mesmo em um dia frio de inverno, o campo reservado e protegido parecia encantado. Annie suspirou lenta e longamente.

– Isto é uma fantasia de como deveria ser uma ilha do Maine – ela disse.

– Bem mais acolhedora do que a Harp House.

– Até uma cripta é mais acolhedora do que a Harp House.

– Não vou discutir com você a esse respeito. Esta é a fazenda em funcionamento mais antiga da ilha. Ou era, pelo menos. Eles criavam carneiros aqui, cultivavam alguns grãos e legumes. Está abandonada desde o início dos anos 1980.

Annie observou o telhado firme e as janelas não quebradas.

– Tem alguém cuidando daqui.

Theo deu um gole demorado no café, e não disse nada.

Ela inclinou a cabeça para ele, mas seus olhos estavam escondidos atrás das lentes de seus óculos escuros.

– Você – ela disse. – É você quem está cuidando daqui.

Ele deu de ombros, como se não fosse nada demais.

– Comprei este lugar. Foi uma pechincha.

Annie não se deixou enganar pelo tom modesto. Ele podia detestar a Harp House, mas adorava aquela casinha. Ele continuou olhando para o campo e para o mar.

– Não tem calefação, nem eletricidade. Tem um poço, mas o encanamento não funciona. Não vale muito.

Mas era valiosa para ele. Nos pontos onde havia sombra no campo, ainda se viam trechos com neve. Annie olhou para além deles, em direção à água na qual o sol da manhã surgia, iluminando a crista das ondas com um brilho prateado.

— Por que você não queria que eu entrasse no barco da Naomi? Quando eu saísse do porto, o chalé seria seu.

— O chalé seria de meu pai.

— E então?

— Consegue imaginar o que a Cynthia faria com ele? Ela o transformaria em uma casa de caseiro ou o demoliria para construir um vilarejo inglês. Como saber o que ela faria ali?

Mais um ponto que ela pensava saber sobre ele e que estava errada. Theo queria que ela mantivesse o chalé. Annie teve que reorganizar os pensamentos.

— Você sabe que é só questão de tempo até eu perder o chalé. Assim que eu conseguir um emprego estável, não vou poder passar dois meses do ano aqui.

— Nós vamos pensar nisso quando for a hora certa.

Nós. Não só ela.

— Vamos – disse ele. – Vou te mostrar a casa.

Ela o acompanhou em direção à construção. Estava tão acostumada com o som das ondas que o silêncio profundo do bosque cortado apenas pelos grasnados dos pássaros do campo era encantador. Quando se aproximaram da porta da frente, Annie se ajoelhou para admirar as campânulas-brancas. As pétalas pequenas em forma de sino se curvavam como se pedissem desculpa por mostrarem sua beleza quando havia tanto inverno pela frente. Ela tocou uma das florzinhas.

— Ainda há esperança no mundo.

— Há?

— Tem que haver. Caso contrário, qual é o sentido?

Ele soltou uma risada alta, mas não era de alegria.

— Você me faz lembrar de uma criança que conheço. Não tem como vencer, mas não para de lutar.

— Está falando de si mesmo? – Ela inclinou a cabeça sem entender.

— De mim? – Ele pareceu assustado. – Não! A criança é... esqueça. Os escritores costumam borrar o limiar entre a realidade e a ficção.

Os ventríloquos também, ela pensou.

Não faço ideia do que você está falando, Scamp fungou.

Theo encontrou a chave que procurava e a enfiou na fechadura, que girou com facilidade.

— Pensei que ninguém na ilha trancasse portas – disse ela.

– Você tira o homem da cidade grande, mas não tira a cidade grande do homem...

Annie entrou com ele na sala vazia com piso de madeira de tábuas amplas e com uma grande lareira de pedra. Partículas de poeira, perturbadas pelas correntes de ar, dançaram na frente da janela ensolarada. Na sala, ela sentiu o cheiro de madeira e de mofo, mas não de coisas abandonadas. Não havia montes de lixo, não havia buracos na parede, que eram cobertas por um papel com estampa desbotada e antiga de flores, com as pontas começando a se soltar.

Ela desceu o zíper do casaco. Ele permaneceu no meio da sala, com as mãos nos bolsos de sua parca cinza, quase como se estivesse com vergonha de que ela visse o lugar. Annie passou por ele e entrou na cozinha. Os eletrodomésticos tinham sido retirados, e só havia restado uma pia de pedra e armários de metal com algumas partes amassadas. Uma antiga lareira ocupava a parede mais distante. Tinha sido limpa e havia lenha nova na grelha. *Adorei este lugar*, Annie pensou. A casa era na ilha, mas ficava afastada dos conflitos.

Ela tirou a touca e a enfiou no bolso. Havia uma janela acima da pia que dava para uma clareira onde antes provavelmente havia uma horta. Ela imaginou a área em plena florescência: malva-rosa e gladíolo coexistindo com vagem, repolho e beterraba, tudo carregado.

Theo entrou na cozinha atrás de Annie e a observou olhando pela janela, com o casaco aberto escorregando levemente de um dos ombros. Ela não havia se dado ao trabalho de passar maquiagem e, de pé naquela cozinha antiga, parecia uma fazendeira dos anos 1930. Os olhos intensos e os cabelos indomáveis e fartos não condiziam com os padrões contemporâneos de beleza produzida. Ela era uma criatura diferente.

Ele conseguia imaginar a transformação que Kenley e suas amigas *fashionistas* teriam feito se tivessem tido a oportunidade. Alisariam os cabelos de Annie com procedimentos químicos, fariam preenchimento labial para que sua boca ganhasse proporções de estrelas pornôs, silicone nos seios e um pouco de lipoaspiração, embora ele não soubesse dizer em qual parte. Mas a única coisa que havia de errado com a aparência de Annie era...

Absolutamente nada.

– Seu lugar é aqui. – Assim que disse aquelas palavras, quis engoli-las. Tentou disfarçar falando de um jeito que pretendia ser zombeteiro. – Toda pronta para arar os campos, arrancar as ervas daninhas e pintar a casa.

— Puxa, obrigada. — Ela deveria ter se ofendido. Mas só olhou ao redor e sorriu. — Gostei da sua casa.

— É, acho que é bonita.

— Mais do que bonita. Você sabe exatamente como ela é especial. Por que sempre tem que fingir ser tão durão assim?

— Não preciso fingir.

Ela pensou naquela resposta.

— Acho que está fingindo, sim. Mas da maneira errada.

— Na sua opinião. — Theo não gostava quando ela tocava em seus pontos fracos, da opinião que ela tinha a respeito de seu relacionamento com Kenley, de sua disposição a deixar de lado tudo o que havia acontecido naquele verão tantos anos antes. Isso fazia com que ele sentisse medo dela.

Um raio de sol iluminou a ponta dos cílios de Annie, e ele sentiu um desejo primitivo de dominá-la. Provar a si mesmo que ainda estava no controle. Ele foi até ela, sem pressa, olhando bem no fundo de seus olhos.

— Pare! — ela disse.

Ele pegou um cacho ao lado de sua orelha e o enrolou nos próprios dedos.

— Parar o quê?

Ela empurrou a mão dele.

— Pare de dar uma de Heathcliff para cima de mim.

— Se eu fizesse ideia do que você está falando...

— Esse jeito mole de falar. Os olhos semicerrados, o ar arrogante e sisudo.

— Nunca falei de um jeito mole na vida. — Apesar dos protestos, ela não havia se afastado nem um centímetro. Theo acariciou o rosto dela com o polegar...

Ele estava lançando um feitiço do diabo nela. Ou talvez fosse a casa da fazenda. Independentemente da causa, Annie não conseguia se afastar dele, apesar de haver algo perturbador em seu olhar. Algo de que ela não gostava totalmente.

Só precisava dar as costas para ele. Mas não se virou. E também não o deteve quando ele desceu seu casaco por seus ombros, nem quando tirou o próprio casaco. Os dois estavam numa poça de luz de sol de inverno que se esparramava pela janela.

Ali parados, braços soltos nas laterais do corpo, olhares fixos, Annie tomou consciência de cada centímetro de sua própria pele. Sua sensibilidade era tão intensa que ela sentia o sibilar de suas veias e artérias. Ela não tinha nascido para fazer sexo sem sentido. Não conseguia aceitar o que um homem tinha a oferecer e se esquecer dele depois.

Ele acariciou seu rosto.

Não me toque assim. Não me toque em lugar nenhum. Me toque em todos os lugares.

Foi o que ele fez. Com um beijo que parecia quase faminto. Por que ela não era tão linda quanto ele? Tão privilegiada? Tão bem-sucedida?

A língua dele invadiu sua boca, e Annie segurou seus braços. Entreabriu os lábios. Entregou-se ao poder sedutor do beijo. Theo se encostou nela. Ele era mais alto, e eles não deveriam se encaixar tão bem, mas seus corpos se combinavam perfeitamente.

Ele enfiou a mão embaixo da blusa de lã dela, espalmada em suas costas. Com os polegares, delineando a linha de sua coluna. Ele havia assumido o controle, e Annie precisava impedi-lo. Dar um passo à frente e se impor como a mulher de hoje deveria fazer. Usá-lo, e não o contrário. Mas era tão bom ser desejada.

– Quero ver você – murmurou ele, contra os lábios dela. – Seu corpo. dourado à luz do sol.

As palavras de escritor dele a cobriam como poesia, e Annie não conseguia encontrar uma piadinha para colocar entre elas e quebrar o clima. Até ergueu os braços quando ele puxou sua blusa para cima. Ele abriu o fecho do sutiã. A luz do sol banhava o corpo de Annie e, apesar de a casa estar fria, ela estava aquecida. Quente.

Ela queria mais da poesia. Mais dele. Curvou-se para a frente e tirou os sapatos. Ao tirar as meias, as pontas dos dedos dele percorreram os nós de sua coluna.

– Parece um colar de pérolas – sussurrou ele.

A pele dela se arrepiou. Os homens não falavam desse jeito durante o sexo. Mal falavam. Quando falavam, costumava ser alguma bobagem sem imaginação, que acabava com o desejo.

Annie manteve os olhos cravados nos dele ao descer o zíper de sua calça jeans. Esboçando um sorriso, Theo se ajoelhou. Beijou a pele da barriga dela logo acima do elástico de sua calcinha. Annie deslizou as mãos pelos cabelos dele, sentindo a textura, o toque. Agarrou as mechas, mas não puxou.

Theo aproveitou cada segundo, em contato com o quadril e com o umbigo dela, roçando a barba por fazer na pele de Annie. Ela apoiou as mãos nos ombros dele à medida que ele foi ficando impaciente e começou a puxar sua calcinha, seu jeans para baixo, até os tornozelos, cheirando e tocando com o rosto tudo o que era exposto.

Mas Theo queria mais, e tentou afastar as pernas dela, que queriam se abrir, mas eram impedidas pela calça jeans presa nos tornozelos, algo que ele resolveu depressa. Annie segurou os ombros dele com mais força quando Theo agarrou a parte de trás das coxas dela, afastando-as como queria, e mergulhou fundo.

Ela jogou a cabeça para trás, sem fôlego. Tentou encontrar o oxigênio de que precisava. Seus joelhos ameaçavam fraquejar. E fraquejaram. Annie se deitou sobre os casacos de ambos. Ele se posicionou entre as pernas dela e admirou sua total e completa nudez.

– Um jardim inebriante em flor.

Ele estava lhe matando com sua poesia excitante. Ela queria matá-lo também. Conquistá-lo. Mas era tão bom receber.

Ainda entre as pernas dela, ele colocou-se de pé e tirou as roupas que ainda vestia, revelando-se, grande, nu. Provocando-a? *Ah, sim...*

Ele se ajoelhou novamente. Posicionou as pernas dela em seus ombros. Então a abriu com os polegares, e a encontrou com a boca. Annie fechou os olhos, com o pescoço arqueado.

Ah, ele foi meticuloso. Muito meticuloso. Parando. Começando de novo. Tocando com os dedos. Com a língua. Soprando, beijando. Ela era tomada por uma onda de prazer furiosa. E então se abrandava. Então voltava ainda mais impiedosa. Subindo... crescendo... preparando... E então a explosão intensa e deliciosa. Theo não permitiu que ela fechasse as pernas.

– Não terminei. Calma. Shhh... Não lute contra.

Ele se apossou do corpo dela.

Quantas vezes? A subida, o latejar, o ardor... Ela estava exposta em seu momento mais vulnerável, em seu momento com menos defesa. E estava permitindo.

Annie só resistiu quando não aguentava mais tanto prazer. Ele deu uma breve pausa e então começou a abaixar o corpo sobre o dela, totalmente concentrado em tomar o que era dele, claramente. Por cima. Ainda dominante. No controle de sua própria satisfação.

Eles não eram namorados de verdade, e ela não podia permitir aquilo. Annie saiu de baixo dele antes que ele pudesse prendê-la no chão. Agora, era ele em cima dos casacos. Theo rolou para o lado e esticou o braço para puxá-la para baixo dele de novo. Mas com o orgasmo que ele havia lhe proporcionado, ela ganhou uma energia que ele não tinha. Annie espalmou as mãos no peito dele e o empurrou com força, colocando-o deitado de costas para que ela pudesse fazer sua mágica.

Ela admirou a musculatura do peito dele, o abdome firme. E mais para baixo. Ela se curvou sobre ele. Seus cabelos resvalaram na pele dele. Theo levantou as mãos e juntou as mechas encaracoladas entre os punhos, sem puxar. Quase... saboreando-as.

Ela fez com ele do mesmo jeito que ele havia feito com ela. Brincando. Parando. Brincando de novo, a pele pálida dela em contraste com a pele mais escura dele. Luz do sol e poeira, o cheiro de sexo, dela e dele. Theo pressionou a nuca de Annie, mas ela resistiu, recusando-se a permitir que ele a dominasse. Era a cortesã mais bem treinada do mundo. Capaz de dar prazer. Ou de retê-lo.

Há muito ele havia fechado os olhos. Arqueou as costas. Seu rosto rendido de prazer. Estava à mercê dela.

Finalmente, ela deu a ele o orgasmo que ele desejava.

Não acabou ali. Annie sentiu o zíper de um dos casacos em suas costas e, quando se deu conta, estava por baixo. Depois, por cima. Em seguida, por baixo de novo. Em determinado momento, Theo se afastou apenas o necessário para acender a lareira. Ele não estava brincando em relação aos preservativos. Estava com eles, e parecia querer usar todos.

Conforme o fogo crepitava na velha casa de fazenda, eles exploravam um ao outro mais lentamente. Theo parecia adorar os cabelos dela, e ela esfregava o corpo dele com suas madeixas. Annie adorava os lábios dele. Mais uma vez, ele a chamou de "bela criatura", e ela sentiu vontade de chorar.

O sol estava alto no céu quando eles pararam.

– Considere isto como sexo de reconciliação – ele murmurou no ouvido dela.

Aquilo desfez o feitiço que a havia envolvido. Annie ergueu a cabeça e olhou para ele.

– Como assim? Reconciliação? Pela primeira vez não estamos brigando.

Theo se virou de lado e deslizou o dedo em uma mecha ao lado do rosto dela.

– É uma reconciliação, ou compensação por toda a minha falta de jeito aos 16 anos. É um milagre que você não tenha ficado com trauma de sexo depois daquela época.

— Claro que não! — Um feixe de luz iluminou o rosto de Theo, destacando a cicatriz no canto da sobrancelha. Annie a tocou e disse de modo mais áspero do que pretendera:

— Não me desculpo por isto.

— Nem teria por que se desculpar. — Ele se levantou. — Não foi você que fez isso.

Ela se ergueu. Havia uma marca vermelha causada pelos casacos — ou pelas unhas dela — nas costas dele.

— Fiz, sim. Bati em seu rosto com a chibata.

— Você não causou essa cicatriz. — Ele disse enquanto vestia a calça jeans. — Foi um acidente de surfe. Burrice minha.

— Não é verdade. — Ela ficou de pé. — Eu causei essa cicatriz.

— É meu rosto. — Ele puxou o zíper. — Não acha que eu saberia?

Theo estava mentindo. Ela tinha pegado a chibata e o acertado com raiva, punindo-o pelos cachorrinhos, pelo que ele tinha feito com ela, pela caverna, pelo bilhete que ele tinha escrito e por ter despedaçado seu coração.

— Por que está dizendo isso? — Annie pegou o casaco e cobriu o corpo nu. — Você sabe o que aconteceu.

— Você me bateu. Eu me lembro disso. Mas me acertou em algum lugar por aqui. — Ele apontou a outra sobrancelha, que não tinha marca, exceto uma minúscula linha branca.

Por que ele estava mentindo? Estar naquele chalé encantado fez Annie baixar a guarda. Um erro e um lembrete claro de que o sexo não era a mesma coisa que confiança nem intimidade. Ela pegou suas roupas.

— Vamos sair daqui.

O trajeto de volta foi feito em silêncio. Theo entrou no estacionamento do porto para que Annie pudesse pegar o Suburban, e quando ele parou, uma mulher de meia-idade com um boné cobrindo os cabelos loiros correu até a porta do motorista. Ela começou a falar antes mesmo de Theo descer o vidro totalmente.

— Acabei de sair da casa do meu pai. Les Childers. Vocês se lembram dele? É dono do *Lucky Charm*. Ele cortou a mão. Está sangrando muito, e é profundo. Vai precisar de pontos.

Theo apoiou o cotovelo na janela.

— Vou dar uma olhada, Jessie, mas não tenho autorização para fazer esses procedimentos. Enquanto eu não terminar meu curso de paramédico, só posso fazer um curativo. Ele vai ter que ir ao continente.

Theo estava estudando para ser paramédico? Mais uma coisa que ele não tinha contado. Jessie se preparou para rebater.

– Estamos em Peregrine, Theo. Você acha que alguém aqui liga para saber se você tem autorização para fazer procedimentos ou não? Você sabe como são as coisas.

E Annie também sabia. Os moradores da ilha cuidavam de si mesmos e, para eles, o treinamento médico que Theo tinha era algo que eles esperavam que fosse colocado em prática.

Jessie não tinha terminado de falar.

– Também gostaria que você passasse para ver minha irmã. Ela precisa aplicar injeções para diabetes no cachorro dela, mas está com medo de usar a agulha, e precisa de ajuda para começar. Uma pena que eu não sabia que você tinha treinamento médico no mês passado, quando Jack Brownie sofreu um ataque cardíaco.

Querendo ou não, Theo havia sido sugado pela vida da ilha.

– Vou ver os dois – ele cedeu, com relutância.

– Sigam minha caminhonete. – Jessie assentiu de modo brusco a Annie e seguiu na direção do esqueleto enferrujado do que já tinha sido uma caminhonete vermelha.

Annie abriu a porta da Range Rover.

– Parabéns, Theo. Parece que você virou o novo médico da ilha. E veterinário.

Ele tirou os óculos escuros com uma das mãos e passou a outra pelo nariz.

– Eu fui puxado para o olho do furacão.

– Parece que sim – disse ela. – É melhor você revisar como tirar vermes de cães. E como fazer parto de vacas.

– Não há vacas em Peregrine.

– Agora não há. – Annie saiu do carro. – Mas espere até todo mundo saber que há um novo veterinário na área.

Capítulo dezesseis

Algo de muito errado estava acontecendo. A porta da frente do chalé estava aberta, e Hannibal estava debaixo de um degrau não muito longe das armadilhas de pesca de lagosta, parcialmente expostas pela neve que derretia. Annie saiu depressa do Suburban e atravessou a área da frente até a porta aberta. Estava irritada demais para tomar cuidado. Queria que houvesse alguém ali dentro para que pudesse acabar com a raça dele.

Os quadros estavam tortos nas paredes e os livros estavam espalhados pelo chão. O mais assustador foi a ameaça rabiscada na parede com tinta vermelha.

Vou te pegar.

– Até parece que vai! – Annie saiu vasculhando o chalé. A cozinha e o estúdio estavam como ela os havia deixado. Seus fantoches estavam intactos. As coisas de Theo estavam intocadas, mas as gavetas tinham sido arrancadas da cômoda do quarto, e o conteúdo delas havia sido revirado no chão.

Estava furiosa com a violação de sua privacidade, irada por saber que alguém se sentia livre para invadir seu espaço sempre que queria, revirar seus pertences, deixar uma mensagem idiota na parede. Aquilo era demais.

Ou alguém da família Harp queria afugentá-la ou um dos moradores da ilha sabia da herança de Mariah e queria que Annie saísse dali para poder vasculhar a casa até encontrar o que queria.

Apesar de Elliott ter mau gosto para esposas, Annie nunca o enxergou como alguém sem ética. Cynthia Harp, no entanto, era mais problemática. Tinha dinheiro, motivo e conexões na região. O fato de estar morando no sul da França não a impediria de estar orquestrando tudo aquilo. Mas ela se daria a tanto trabalho por um chalezinho sendo que já tinha a Harp House à sua disposição? Quanto à herança de Mariah... Com Annie fora do chalé, o invasor poderia passar todo o tempo que quisesse vasculhando sem temer um flagrante.

Contudo, Annie teve todo o tempo do mundo e ainda não tinha encontrado o que procurava. Mas ainda não havia olhado embaixo das tábuas do piso nem feito buracos nas paredes, e talvez fosse isso o que o invasor quisesse fazer. Quem quer que estivesse por trás de tudo aquilo não devia saber da herança antes da chegada de Annie, caso contrário já teria procurado. Quando Hannibal se escondeu embaixo da cama, ela deu a volta pelos lençóis que tinham sido arrancados do colchão e voltou para a sala de estar.

Vou te pegar.

A tinta vermelha ainda estava úmida. Alguém queria assustá-la e, se ela não estivesse tão furiosa, talvez tivesse dado certo.

Havia outra possibilidade, que ela estava relutando para considerar, mas que não mais podia ignorar, não enquanto continuasse ouvindo o som daquele tiro passando de raspão pela sua cabeça. E se não tivesse nada a ver com a herança? E se alguém simplesmente a detestasse?

Annie encontrou uma lata com resto de tinta no armário da dispensa, cobriu a mensagem de ódio, e então foi para a Harp House com o Suburban. Quase sentia saudade de caminhar. Três semanas antes, a subida até a casa tinha sido como escalar o Monte Everest, mas sua tosse finalmente havia desaparecido, e o exercício começava a parecer bom.

Quando Annie saiu do veículo, Lívia correu para fora só de meias na direção dela, com um sorrisão aberto.

— Lívia! Você está sem sapatos! — Jaycie gritou. — Volte aqui agora, sua sapeca.

Annie fez um carinho no rosto de Lívia e a acompanhou para dentro da casa. Jaycie caminhou desajeitada em direção à pia.

– A Lisa ligou. Ela viu você e Theo passando de carro pela cidade hoje cedo.

Annie desviou da pergunta implícita de Jaycie.

– Uma mulher o abordou e pediu que ele desse uma olhada no pai dela. Jessie alguma coisa. Parece que a notícia de que Theo é técnico em emergências médicas se espalhou.

Jaycie abriu a torneira da pia e deu água para Lívia.

– Jessie Childers. Não temos auxílio médico na ilha desde que Jenny Schaeffer se mudou.

– Foi o que eu ouvi por aí.

Annie foi ao escritório de Elliott para checar seus e-mails. Recebeu um convite para um chá de bebê de uma ex-colega de quarto, uma mensagem de outra amiga e uma resposta de uma linha do avaliador de Jeff Koons.

Essa peça não é dele.

Sentiu vontade de chorar. Disse a si mesma para não criar expectativas, mas tinha certeza de que a poltrona de sereia era de Koons. Porém, de novo, estava num beco sem saída.

Ouviu uma batida vinda da cozinha e se obrigou a levantar para verificar. Encontrou Jaycie tentando levantar uma das cadeiras de encosto reto.

– Chega de correr, Lívia. Vai acabar quebrando alguma coisa.

Lívia chutou o pé da cadeira com o tênis. Jaycie se recostou na mesa com um suspiro de derrota.

– Não é culpa dela. Ela não tem lugar onde extravasar sua energia.

– Vou dar uma volta com ela – disse Annie. – O que acha, Liv? Quer dar uma voltinha?

Lívia fez que sim com tanta força que sua tiara de plástico lilás escorregou à frente de seus olhos.

Annie decidiu levá-la para a praia. O sol estava brilhando e a maré estava baixa. Lívia era uma criança da ilha. Precisava ficar perto da água.

Annie segurou a mão dela com firmeza enquanto desciam os degraus de pedra. Lívia tentou se soltar, ansiosa para chegar lá embaixo, mas Annie a segurou. Quando chegaram ao último degrau, Lívia parou, olhando para tudo ao redor, quase como se não acreditasse que tinha tanto espaço para correr livremente. Annie apontou a praia.

– Vamos ver se você consegue pegar aquelas gaivotas.

Lívia não precisou de mais incentivo. Começou a correr com as perninhas curtas, os cabelos esvoaçando embaixo de seu chapéu de pompom cor-de-rosa. Correu pelas pedras em direção à areia, mas se manteve afastadas as ondas que quebravam na praia.

Annie encontrou uma pedra lisa longe da entrada da velha caverna. Deixou a mochila ali e observou Lívia subir nas rochas, correr atrás de aves costeiras e cavar a areia. Quando a menina finalmente se cansou, aproximou-se de Annie e se sentou ao lado dela e da mochila. Annie sorriu, pegou Scamp e escorregou a boneca por seu braço. Scamp não perdeu tempo.

– Segredo livre?

Lívia concordou.

– Estou com medo. – E então, de modo mais dramático, acrescentou: – Morrendo de medo.

Lívia franziu a testa.

– O mar é tão grande – sussurrou Scamp –, e não sei nadar. Isso é assustador.

Lívia balançou a cabeça.

– Você não acha a água assustadora? – perguntou Scamp.

Lívia não achava.

– Acho que coisas diferentes assustam pessoas diferentes. – Scamp levou a mão ao rosto. – Por exemplo, é bom ter medo de algumas coisas... como entrar no mar quando não há adultos por perto. E não é bom ter medo de outras coisas, porque elas não existem de verdade, como os monstros.

Lívia pareceu concordar.

Enquanto observava Lívia brincar, Annie refletiu sobre o que agora sabia do trauma da menina. Não sabia se era ou não uma boa ideia, mas queria tentar.

– Como ver seu pai tentando machucar sua mãe – disse Scamp. – Isso é muito, muito assustador.

Lívia enfiou o dedo em um furinho na sua calça jeans. Annie não era psicóloga de crianças, e o que sabia sobre o tratamento de traumas infantis era o que tinha lido na internet. Aquela situação era complicada demais, e ela precisava parar bem ali. Mas... Jaycie não conseguia conversar com Lívia a respeito do que tinha acontecido. Talvez Scamp conseguisse tornar o assunto menos proibido.

– Bem mais assustador do que o mar – Scamp continuou. – Se eu visse minha mamãe tendo que atirar no meu pai com uma arma, ficaria tão assustada que talvez também não quisesse mais falar.

Com os olhos arregalados, Lívia parou de mexer no furo de sua calça e deu atenção total à boneca.

Annie voltou um pouco atrás e deixou Scamp falar com a voz mais feliz:

– Mas depois de um tempo, eu ficaria entediada por não falar. Principalmente se eu tivesse algo importante a dizer. Ou se quisesse cantar. Eu já te disse que sou uma cantora maravilhosa?

Lívia assentiu vigorosamente.

Annie teve uma ideia maluca. Uma ideia com a qual não deveria se meter. Mas e se... Scamp começou a cantar, balançando os cabelos de palha enrolados no ritmo da música improvisada por Annie naquele momento.

Uma coisa muito, muito assustadora me aconteceu.
Uma coisa que quero esquecer.
Há momentos bons e momentos ruins.
Aquele foi o pior de todos!
Ah... aquele foi o pior de todos!

Lívia permaneceu atenta, não parecia incomodada, então Annie continuou com sua letra ridícula e improvisada.

Alguns papais são bons e outros são ruins
A gente não pode escolher.
O papai da Lívia era mau, o pior de todos
Mas... ela não queria que ele morresse!
Não queria que ele morresse.

Meu Deus do céu! Perceber o que tinha acabado de fazer embrulhou seu estômago. Era como uma piada sem graça de um programa de humor duvidoso. A musiquinha feliz, a letra horrorosa... Ela havia acabado de tratar o trauma de Lívia como se fosse um número de um show de *stand up*.

Lívia parecia estar esperando para ouvir mais, mas Annie estava abismada, e perdeu a coragem. Por melhores que fossem suas intenções, podia estar prejudicando seriamente o psicológico daquela adorável menininha. Scamp abaixou a cabeça.

– Acho que não deveria cantar uma música sobre algo tão terrível.

Lívia a analisou, depois desceu da pedra e saiu correndo atrás de uma gaivota.

Theo a encontrou no chalé enquanto ela terminava de servir a refeição noturna de Hannibal.

– Você não deveria estar aqui sozinha. – Ele parecia mais mal-humorado do que o normal. – Por que estou sentindo cheiro de tinta fresca?

– Dei uma retocada na parede. – Ela respondeu de modo frio, determinada a estabelecer uma distância entre eles. – Como foram os pontos no ferimento?

– Não foi nada legal. Dar pontos em alguém sem aplicar anestesia não é algo que considero divertido.

– Não conte a seus leitores. Eles vão ficar desapontados.

Ele resmungou.

– Quando eu não estiver aqui, você precisa ficar na Harp House.

Bom conselho, mas ela sentia cada vez mais vontade de estar ali na próxima vez em que seu agressor aparecesse. Aquela brincadeira de gato e rato já tinha durado tempo demais. Ela queria que terminasse.

"Eu me recuso a criar uma criança tímida, Antoinette."

Em quantas críticas de Mariah Annie havia acreditado?

"Você é naturalmente tímida..."; *"Você é naturalmente desajeitada..."*; *"Precisa parar de ser tão sonhadora..."*

E então: *"Claro que te amo, Antoinette. Se não te amasse, não me preocuparia com você."*

Viver naquela ilha distante da vida na cidade naquele inverno inóspito estava fazendo Annie pensar em si mesma de maneiras diferentes. De maneiras...

– Mas que merda é essa?

Ela se virou e viu Theo examinando a parede que ela tinha pintado antes. Ela fez uma careta.

– Preciso aplicar uma segunda demão.

Ele apontou as letras vermelhas desbotadas, mas ainda visíveis por baixo da camada de tinta branca.

– Está tentando dar uma de engraçadinha? Isso não é engraçado!

– Decida-se. Posso ser engraçada ou gritar. Escolha. – Mas ela não sentia vontade de gritar. Preferia socar alguém.

Theo murmurou uma obscenidade, e então perguntou exatamente o que ela havia encontrado. Quando ela terminou de contar, ele anunciou:

– Muito bem. Você vai passar a morar na Harp House. E eu vou ao continente falar com a polícia.

– Perda de tempo. Mesmo quando atiraram em mim, ninguém se interessou. Vão se importar ainda menos com isso.

Theo pegou o telefone e se lembrou de que não tinha sinal.
– Faça suas malas. Você vai sair daqui.
– Por mais que eu valorize sua preocupação, vou ficar bem aqui. E quero uma arma.
– Uma arma?
– É só um empréstimo.
– Você quer que eu empreste uma arma a você?
– E que me mostre como usá-la.
– Não é uma boa ideia.
– Você prefere que eu enfrente quem está fazendo isso desarmada?
– Prefiro que você não enfrente *quem* está fazendo isso.
– Não vou fugir.
– Droga, Annie. Você continua tão descuidada agora quanto era aos 15 anos.

Ela ficou olhando para ele. Nunca tinha pensado em si mesma como descuidada, e gostou disso. Pensou nisso ao avaliar o hábito que tinha de se apaixonar pelos homens errados, a crença de que poderia ser uma ótima atriz, sua determinação em levar Mariah a Londres para mais uma visita. E – não se esqueceu – de quando deixou Theo Harp possivelmente engravidá-la.

Mariah, você não me conhecia nem um pouco.

Ele parecia abalado, e a surpresa que ela sentiu com aquela reação fez com que insistisse.
– Quero uma arma, Theo. E quero aprender a atirar.
– É perigoso demais. Você ficará segura no casarão.
– Não quero ficar na Harp House. Quero ficar aqui.

Theo a encarou por um bom tempo, com intensidade, e então apontou o dedo para ela.
– Certo. Prática de tiro ao alvo amanhã à tarde. Mas é melhor prestar atenção a tudo o que eu disser. – Ele foi para o estúdio.

Annie preparou um sanduíche para o jantar e voltou a mexer nas caixas, mas o dia tinha sido longo, e ela estava cansada. Ao escovar os dentes, olhou para a porta fechada do estúdio. Apesar de tudo o que vinha dizendo a si mesma a respeito de manter distância, ela queria Theo deitado ao seu lado. Queria tanto que pegou um bloquinho de Post-it da cozinha, rabiscou algo no primeiro deles e o colou na porta do quarto. Em seguida, entrou no quarto e foi dormir.

Diggity Swift estava morto. Theo havia conseguido. O garoto finalmente cometeu um deslize, o dr. Quentin Pierce o pegou e Theo, desde então, não conseguiu escrever mais nem uma linha.

Fechou o notebook e esfregou os olhos. Seu cérebro estava fritando, era só o que conseguiria fazer naquele dia. No dia seguinte, recomeçaria com a mente descansada. Até lá, o nó em seu peito teria desaparecido e ele conseguiria assumir o controle. O meio de qualquer livro era a parte mais difícil de escrever, mas, sem Diggity, agora ele conseguiria retomar o fio narrativo sem a confusão que ele havia criado e teria uma solução para os capítulos seguintes. Desde que não começasse a pensar em Annie e no que havia acontecido na casa da fazenda naquela manhã...

Ele não a despertaria à noite quando se deitasse na cama com ela. Não era um animal sem autocontrole, apesar de se sentir dessa maneira. A novidade de fazer amor com uma mulher a quem não havia começado a detestar o fascinava. Uma mulher que não caía no choro logo depois. Uma mulher que não o atacava por uma ofensa imaginária.

Como Annie era tão diferente das mulheres de seu passado, Theo se perguntava se a teria notado se ela passasse por ele na rua. Com certeza teria notado, sim. A singularidade daquele rosto travesso teria chamado sua atenção, o modo como ela andava, como se pretendesse conquistar o solo em que pisava. Ele gostava da postura dela, do modo engraçado com que ela olhava para as pessoas como se realmente as visse. Gostava das pernas dela – gostava muito das pernas dela. Annie era original. E ele precisava protegê-la melhor.

Tinha conversado com Jessie e com o pai dela naquele dia, tentando entender como as pessoas viam Annie, mas não percebeu nada que levantasse suspeitas. As pessoas estavam curiosas para saber como ela tinha chegado à ilha, mas estavam mais interessadas em contar histórias sobre Mariah. Depois que os barcos chegassem no dia seguinte, pretendia passar um tempo na casa de pesca. Pagaria umas cervejas para os caras, para ver o que poderia ouvir. Também faria questão de avisar a eles que Annie começaria a andar armada, uma ideia perturbadora, mas necessária.

Tinha ido para a ilha porque não aguentava mais ficar perto das pessoas, mas ali estava ele, envolvido em tudo. Fazia mais de uma hora desde que a ouvira entrar no quarto. Provavelmente vestindo aquele pijama horroroso. Ou talvez não.

As boas intenções dele desapareceram. Deixou de lado o notebook e saiu do estúdio. Mas ao ver o Post-it na porta, parou de repente. Havia uma palavra escrita nele.

Não.

Theo não comentou sobre o Post-it com ela no dia seguinte. Não disse muita coisa além de que precisava de seu carro naquele dia. Só mais tarde Annie descobriu que ele tinha ido até o cais buscar o chaveiro. Saber que não tinha dinheiro para pagar a conta a deixava extremamente envergonhada.

Theo estava no estúdio quando ela voltou para o chalé, pegou a caixa de vinho do armário e a levou para o carro dele. Ele abriu a porta da cozinha para que ela entrasse de novo.

– O que você colocou dentro do meu carro?

– Uns vinhos excelentes. De nada. E obrigada por cuidar das travas.

Ela não precisou dizer mais nada, ele entendeu o que estava acontecendo.

– Eu troquei as travas por mim. Não posso correr o risco do meu ser roubado enquanto eu estiver fora.

Ele estava tentando fazer com que ela não se sentisse em dívida, mas só piorou a situação.

– Claro.

– Annie, não quero seu vinho. Não é nada de mais para mim.

– Mas é para mim.

– Está bem. O que acha de acertarmos assim: você não coloca mais Post-its na sua porta, e ficamos quites.

– Aproveite seu vinho. – Ela não conseguia pensar direito com Theo tão perto dela, derramando todos os seus feromônios masculinos, não depois do que tinha acontecido na casa da fazenda. – Você trouxe uma arma?

Ele não insistiu.

– Estou com ela. Pegue seu casaco.

Eles foram para a mata. Depois de passar as regras básicas sobre segurança com armas, mostrou a ela como carregar e atirar com a pistola automática que tinha escolhido para ela. A arma deveria ter sido repulsiva para Annie, mas ela gostou de atirar. Só não gostou do erotismo inesperado de ter Theo tão perto. Eles mal conseguiram entrar no chalé e já estavam arrancando as roupas um do outro.

– Não quero falar sobre isso – ela resmungou para ele mais tarde naquela noite, enquanto estavam deitados na cama.

– Por mim, tudo bem. – Ele bocejou. – Tudo ótimo.

– Você não pode dormir aqui. Tem que dormir na sua cama.

Ele tentou aninhá-la em seu corpo nu.

– Não quero dormir na minha cama.

Ela também não queria que ele dormisse na cama dele, mas, por mais nebulosas que algumas coisas fossem, aquela era bem clara.

– Quero sexo, não quero intimidade.

Ele apertou o bumbum dela.

– Vamos de sexo, então.

Annie se remexeu para se afastar.

– Você tem duas opções: pode dormir sozinho ou pode ficar aqui pelas próximas três horas e ouvir os detalhes de todo relacionamento merda que eu tive, por que eles foram uma merda e por que os homens são uns idiotas. Alerta: eu fico feia chorando.

Ele afastou os cobertores.

– Até amanhã.

– Foi o que pensei.

Annie tinha conseguido o que queria de Theo: o melhor sexo de sua vida, mas também havia estabelecido limites.

Muito sensata, disse Dilly. *Finalmente aprendeu a lição.*

Na tarde do dia seguinte, Annie voltou a sair com Lívia. Estava ventando demais para irem à praia, por isso ficaram sentadas nos degraus da varanda. Annie precisava saber se tinha causado algum trauma no dia anterior, e apoiou Scamp no joelho. A boneca foi direto ao ponto.

– Você ficou brava comigo por ter falado do seu pai quando fomos à praia?

Lívia contraiu os lábios, pensando, e lentamente balançou a cabeça para negar.

– Ótimo – disse Scamp –, porque fiquei com medo de você ter ficado brava.

Lívia balançou a cabeça de novo, e então trepou na balaustrada de pedra e montou de costas para Annie.

Deveria esquecer o assunto ou tocar nele de novo? Precisava fazer mais pesquisas sobre mudez e trauma infantil. Até lá, confiaria em sua intuição.

– Eu detestaria ter um papai que fizesse coisas ruins com minha mamãe – disse Scamp. – Principalmente se eu não pudesse falar sobre isso.

Lívia começou a brincar fingindo que a balaustrada era um cavalo.

– E se não pudesse cantar sobre isso. Acho que já comentei que sou uma ótima cantora. – Scamp começou a cantar em escalas. Annie levou anos para aprender a cantar direito com os registros vocais de todos os bonecos, algo que a diferenciava da maioria dos ventríloquos. Por fim, Scamp parou.

– Se quiser que eu cante outra música sobre o que aconteceu, me avisa.

Lívia parou de brincar de cavalo e se virou. Olhou para Annie, depois para Scamp.

– Sim ou não? – perguntou Scamp. – Eu vou obedecer à sua sábia decisão.

Lívia abaixou a cabeça e ficou cutucando um resto de esmalte cor-de-rosa na unha do polegar. Um não, definitivamente. O que Annie pensou que ela responderia? Pensou mesmo que sua interferência desajeitada poderia desfazer um trauma tão profundo?

Lívia mudou de posição na balaustrada de modo a ficar de frente para Annie. Ela mexeu a cabeça devagar. Um sim hesitante. Annie teve a sensação de que seu coração se acelerava.

– Muito bem – disse Scamp. – Chamarei a música de "A Balada da Terrível Experiência de Lívia". Annie enrolou para ganhar tempo pigarreando de modo exagerado. O melhor que podia esperar conseguir era trazer o assunto da escuridão à luz. Talvez isso o tornasse menos tabu. Também precisava contar a Jaycie sobre aquilo. Começou a cantar baixinho.

> *Menininhas não deveriam ver coisas ruins*
> *Mas às vezes elas veem...*

Ela continuou a música, inventando a letra como tinha feito no dia anterior, mas dessa vez, mantinha o tom mais sério e evitava muitos floreios. Lívia ouviu cada palavra, e então assentiu ao final e voltou a cavalgar o cavalo-balaustrada.

Annie ouviu um barulho atrás de si e se virou.

Theo estava recostado no canto da casa no lado mais afastado da varanda. Mesmo de onde ela estava, Annie viu que ele franzia a testa. Ele tinha ouvido e agora a julgava por aquilo.

Lívia também o viu e parou de brincar. Ele se aproximou, com a gola do casaco erguida, os passos silenciosos no piso de pedra.

Que se dane o que ele pensa, Annie pensou. *Pelo menos, ela estava tentando ajudar Lívia. O que ele tinha feito além de assustá-la?*

Scamp ainda estava no braço dela, e ela inclinou a boneca para a frente.

– Parado! Identifique-se!

Ele parou.

– Theo Harp. Eu moro aqui.

– É o que você diz. Prove.

– Bom... Minhas iniciais estão marcadas no chão do gazebo.

As iniciais dele e também a de sua irmã gêmea.

Scamp ergueu o queixo.

– Você é bom ou mau, sr. Theo Harp?

Ele ergueu uma das sobrancelhas escuras, mas manteve o foco na boneca.

– Tento ser bom, mas nem sempre é fácil.

– Você come legumes?

– Todos, menos nabo.

Scamp se virou na direção de Lívia e disse com um sussurro:

– Ele também não gosta de nabo. – E então para Theo de novo: – Você toma banho sem reclamar muito?

– Eu tomo banho. E gosto.

– Você anda fora de casa só de meias?

– Não.

– Você pega doces escondido quando ninguém está olhando?

– Só chocolate.

– Seu cavalo é assustador.

Ele olhou para Lívia.

– É por isso que as crianças precisam ficar longe do estábulo quando eu não estiver por perto.

– Você grita?

Ele voltou a atenção para Scamp.

– Tento não gritar. A menos que meu time esteja perdendo.

– Você sabe pentear os cabelos sozinho?

– Sei.

– Você rói as unhas?

– De jeito nenhum.

Scamp respirou fundo, abaixou a cabeça e falou mais baixo.

– Você bate em mamães?

Theo não hesitou.

– Nunca. Nunquinha. Ninguém deveria bater nas mamães.

Scamp se virou para Lívia e inclinou a cabeça.

– O que você acha? Ele pode ficar?

Lívia assentiu concordando, sem hesitação, um meneio firme de cabeça, e desceu da balaustrada.

211

– Posso conversar com a Annie agora? – Theo perguntou a Scamp.

– Acho que sim – respondeu Scamp. – Eu vou inventar umas músicas na minha cabeça.

– Combinado.

Annie guardou Scamp na mochila. Ela pensou que Lívia entraria na casa agora que a boneca não estava mais participando da conversa, mas a menina permaneceu na varanda e desceu os três degraus. Annie começou a dizer para ela voltar, mas Lívia não avançou. Ficou cutucando a terra congelada perto da casa.

Theo indicou com a cabeça na direção do outro lado da varanda, sinalizando claramente que eles precisavam conversar a sós. Annie se aproximou dele, ainda de olho em Lívia. Ele falou baixinho para que a menina não pudesse escutar.

– Há quanto tempo isso está acontecendo?

– Ela e Scamp são amigas há algum tempo, mas só comecei a falar sobre o pai dela há poucos dias. E não, não sei o que estou fazendo. E sim, eu sei que estou mexendo em um problema que é complicado demais para alguém que não é profissional. Você acha que sou louca?

Ele pensou um pouco.

– Ela definitivamente não está tão arredia quanto antes. E parece gostar de ficar perto de você.

– Ela gosta de ficar perto de Scamp.

– Scamp foi quem começou a conversar com ela sobre o ocorrido, certo? Foi a Scamp, não você?

Annie fez que sim.

– E ela quer ficar com a Scamp? – perguntou ele.

– Parece que sim.

Ele franziu o cenho.

– Como você faz isso? Sou um homem adulto. Sei muito bem que é você quem faz os bonecos falarem, mas ainda assim eu só consigo olhar para o fantoche.

– Sou boa no que faço. – Ela pretendia ser sarcástica, mas não foi o que pareceu.

– É muito boa, sim. – Ele inclinou a cabeça na direção da mananinha. – Acho que você deve continuar. Se ela se cansar, vai demonstrar.

A confiança de Theo fez Annie se sentir melhor.

Ele se virou para se afastar, mas Lívia subiu os degraus atrás dele. Trazia algo nas mãos. Olhando para Theo, a menina abriu as mãos, mostrando algumas pedras pequenas e algumas conchas. Os dois se olharam.

Lívia contraiu os lábios em um meio sorriso que lhe era característico e estendeu as mãozinhas. Theo sorriu e pegou o que ela lhe deu, e então fez um carinho na cabeça dela.

– Até mais tarde, pequena. – Ele desceu os degraus em direção à praia.

Que esquisito. Lívia tinha medo de Theo, então por que ela tinha dado a ele o que havia pegado? *Pedras, conchas...*

Então Annie compreendeu. Lívia havia dado a ele aquelas coisas porque era ele quem estava construindo a casinha de fadinhas dela.

Annie estava tendo muita dificuldade para relacionar o Theo de quem ela se lembrava no passado com o homem que agora conhecia. Compreendia que as pessoas mudavam conforme envelheciam, mas o comportamento perturbador que ele tinha quando adolescente parecia arraigado demais na psicose para ser consertado tão facilmente. Ele disse que fez terapia. Aparentemente, funcionou, embora ele se recusasse a falar sobre Regan, e continuasse se fechando quando a conversa se tornava pessoal demais. Não podia se esquecer do fato de que ele ainda era profundamente problemático.

Mais tarde, enquanto tirava o lixo, olhou na direção do chalé e viu algo que a fez parar no mesmo momento. Um carro passando lentamente, quase sorrateiramente em direção à casa. Theo escrevia no estúdio. Às vezes, ouvia música em um volume alto enquanto trabalhava. Nem sequer se daria conta de que havia visitas chegando.

Ela correu para dentro da casa, pegou a chave do carro e acelerou colina abaixo.

Capítulo dezessete

— Você pretendia me defender com um raspador de gelo? – Theo jogou o casaco no encosto do sofá de veludo cor-de-rosa. Duas horas tinham se passado desde o infeliz incidente, e ele estava voltando de sua segunda ida à cidade.

— Foi o que consegui encontrar em seu carro – disse Annie. – Nós, ninjas, temos que usar o que estiver ao nosso alcance.

— Você quase provocou um ataque cardíaco em Wade Carter.

— Ele estava vindo todo sorrateiro pela parte de trás do chalé. O que eu deveria ter feito?

— Não acha que pular em cima dele foi meio exagerado?

— Não se ele estivesse se preparando para invadir e, falando sério, Theo, você o conhece tanto assim?

— Conheço bem o suficiente para saber que a esposa dele não fraturou o braço só para ele ter uma desculpa para entrar no chalé. – Ele deixou as chaves do carro sobre a mesa e seguiu em direção à cozinha. – Você tem sorte por não ter causado uma concussão nele.

Annie estava mais do que um pouco orgulhosa de si mesma. Sim, estava feliz por não ter ferido o homem, mas depois de se sentir desolada por tanto tempo, gostou de saber que não tinha medo de agir.

— Da próxima vez, ele vai bater à porta – disse ela, e o seguiu.

Theo abriu as abas da caixa com as garrafas de vinho que tinha trazido para dentro de novo.

– Temos novas trancas. E ele bateu, sim, lembra?

Mas Theo não tinha atendido, por isso Carter deu a volta pelo chalé, tentando descobrir se havia alguém do lado de dentro. Annie não sabia disso.

– A partir de agora, chega de música alta enquanto trabalha – ela declarou. – Qualquer pessoa poderia entrar e você só saberia quando já fosse tarde demais.

– Por que eu me preocuparia se a Mulher Maravilha está no controle?

– Ah, eu fui ótima! – Ela sorriu.

A risada dele ainda era um pouco tensa.

– Pelo menos a notícia de que você não é um alvo fácil está se espalhando.

Annie pensou em lhe perguntar sobre a casinha de bonecas, mas falar sobre isso acabaria com a magia. Além disso, o assunto era entre ele e Lívia. – Como foi a imobilização do osso?

– Imobilizei o braço dela. Wade prometeu que vai levá-la ao continente amanhã. – Ele analisou o rótulo da garrafa de vinho. – E, depois, Lisa McKinley viu meu carro e me pediu para dar uma olhada em sua filha mais nova.

– Alyssa?

– Sim, a *Alyssa* enfiou alguma coisa dentro do nariz, e não saía de jeito nenhum. Agora, alguém me diz, por favor, o que eu sei sobre tirar uma jujuba de dentro do nariz de uma criança? – Ele encontrou o saca-rolhas. – Canso de falar para eles que sou apenas um técnico em emergências médicas, não um médico, mas eles agem como se eu fosse formado em medicina pela Harvard.

– E você conseguiu tirar?

– Não, e a Lisa está bem irritada comigo. – Diferentemente da jujuba, a rolha do vinho saiu com um estalo baixo. – Não ando por aí com um espéculo, e poderia ferir a menina se começasse a cutucar. Ela vai ao continente com os Carter. – Ele pegou duas taças de vinho.

– Não quero vinho – ela disse depressa. – Vou tomar chá. De camomila.

Os sulcos familiares e profundos tinham reaparecido nos cantos da boca de Theo, não sorridente.

– Você não menstruou.

– Não. – Ela estava se recusando a beber vinho não só pela possibilidade de uma gravidez, mas também por causa da decisão dele de levar o vinho de volta ao chalé. Se tomasse do vinho, não seria mais um presente.

Ele apoiou as duas taças no balcão.

– Pare de brincar comigo e me diga quando deve vir sua próxima menstruação.

Ela não podia mais brincar.

– Semana que vem, mas me sinto bem. Tenho certeza de que não estou... Você sabe.

– Você não tem certeza de nada. – Ele se virou para encher a própria taça, sem olhar para ela. – Se você estiver grávida, vou consultar um advogado para estabelecer uma pensão. Vou cuidar para que você tenha o que... o que você e a criança precisarem.

Nenhuma menção a se livrar "da criança".

– Não quero falar sobre isso agora.

Theo se virou para ela, pegando a taça de vinho pelo bojo.

– Também não é meu assunto preferido, mas você precisa saber...

– Pare de falar sobre isso! – Annie fez um gesto na direção do fogão. – Fiz o jantar. Não vai estar tão bom quanto o seu, mas é comida.

– Primeiro vamos fazer a aula de tiro.

Dessa vez, ele falou muito sério.

O clima pesado entre eles só melhorou na hora do jantar. O barco semanal de mantimentos havia trazido as compras do chalé, a maioria das quais Theo havia encomendado, e Annie preparou sua especialidade: espaguete com almôndegas caseiras. Não era alta culinária, mas ele estava se deliciando, era nítido.

– Por que não fez isso para mim quando estava ajudando a Jaycie com o jantar?

– Queria que você sofresse – ela admitiu.

– Missão cumprida.

Ele pousou o garfo na mesa e foi direto ao ponto:

– O você quer fazer a partir de agora? Vai colocar mais Post-its na porta do quarto ou vamos agir como adultos e fazer o que nós dois queremos?

– Eu já te disse. Não sei me desapegar emocionalmente do sexo. Sei que isso me torna uma pessoa antiquada, mas é assim que eu sou.

– Tenho uma notícia para te dar, Annie. Você não sabe se desapegar emocionalmente de nada.

– Sim, é bem por aí.

– Eu me lembrei de agradecer? – Ele ergueu a taça na direção dela.

– Por eu ser uma deusa do sexo?

– Por isso também... Mas... – Ele pousou a taça na mesa e abruptamente se afastou. – Droga, não sei. Não consigo mais escrever, não faço ideia do que fazer para te proteger das merdas que estão acontecendo aqui e, daqui a pouco, alguém vai me pedir para fazer a porra de um transplante de coração... Mas a verdade é que não estou exatamente infeliz.

– Nossa! Com esse progresso, você vai ganhar seu especial num programa humorístico logo, logo.

– Que sensível da sua parte. – Ele quase sorriu. – Mas e agora? Já chega dos Post-its ou não?

Será que já chega? Annie levou o prato sujo para a cozinha e pensou no que era certo para ela. Não para ele. Só para ela. Foi até a porta da cozinha.

– Ok, vou dizer o que eu quero: sexo, muito sexo.

– Ah, meu mundo acaba de ficar colorido!

– Mas impessoal. Nada de carinho depois, e com certeza nada de dormir na mesma cama. – Annie voltou para a mesa. – Assim que você me satisfizer, pronto. Nada de conversinha. Durma na sua cama.

Ele inclinou a cadeira para trás.

– Difícil, mas eu dou um jeito.

– Totalmente impessoal – Annie insistiu. – Como se você fosse um garoto de programa.

Theo arregalou um pouco os olhos.

– Você não acha que isso é meio... humilhante?

– Não é problema meu. – Era uma fantasia deliciosa... e perfeita para a mensagem que ela queria passar. – Você é um garoto de programa trabalhando em um bordel dedicado à clientela feminina. – Ela foi até às estantes, deixando a fantasia se desenrolar, sem se importar com os sentimentos dele em relação àquilo nem se estava sendo julgada. – O lugar é simples, mas luxuoso. Só tem paredes brancas e cadeiras de couro preto. Nada daquelas estofadas e grandes. As mais esguias com estrutura cromada.

– Algo me diz que você já tinha pensado nisso antes – ele disse de modo seco.

– Os homens estão todos espalhados pela sala, vestindo diferentes tipos de *négligés* masculinos. E ninguém diz nada.

– *Négligés?*

– Pesquise na internet.

– Sei o que é. É só que...

– Um homem mais lindo do que o outro – ela prosseguiu sem lhe dar ouvidos. – Caminho pela sala. – Ela caminhou pela sala. – Sem pressa.

Tudo está no mais absoluto silêncio. Estou indo com calma. – Ela parou. – Há uma plataforma redonda de 15 centímetros de altura bem no meio da sala...

Theo arqueou as sobrancelhas.

– Você realmente já tinha pensado nisso.

– É aqui que os homens entram. – Ela o ignorou. – Para serem inspecionados.

Ele arrastou a cadeira um pouco para a frente.

– Ok, estou ficando bem excitado.

– Escolho os três que me dão mais tesão. Um por um, faço um gesto para que eles subam à plataforma.

– A plataforma redonda no meio da sala?

– Eu os inspeciono cuidadosamente. Passo as mãos pelo corpo deles, confiro se têm algum defeito...

– Analisa os dentes?

– ...vejo se são fortes e, mais importante, se têm vigor.

– Ah...

– Mas já sei quem eu quero. Eu o levo à plataforma por último.

– Nunca me senti tão excitado e tão amedrontado ao mesmo tempo.

– Esse homem é maravilhoso. Exatamente o que eu preciso. Forte, tem cabelos escuros; um perfil marcante, músculos rígidos. Melhor de tudo, consigo ver pela inteligência em seus olhos que ele é mais do que apenas um garanhão. Eu o escolho.

Theo se levantou da cadeira e fez um aceno de cabeça para ela.

– Obrigado!

– Não, não é você. – Ela o dispensou com um movimento da mão. – Infelizmente, o meu escolhido já está reservado para a noite. *Então* eu escolho você. – Ela lançou um sorriso triunfante. – Você não é tão caro, e quem consegue resistir a uma pechincha?

– Parece que você não consegue. – A voz levemente rouca arruinou sua tentativa de ser engraçado.

Annie se sentia como Sherazade. Começou a falar mais baixo, chegando à beira da sensualidade.

– Estou usando uma peça transparente de renda preta. E, por baixo, só uma calcinha vermelha minúscula.

– Para o quarto! – disse ele. – Agora mesmo. – Era uma ordem, mas ela fingiu analisar a sugestão; por cerca de três segundos até ele segurá-la pelo braço e arrastá-la para lá.

Quando entraram, ela se impôs, ainda não estava pronta para abrir mão do controle.

– O quarto tem uma cama grande com algemas de tecido penduradas na cabeceira e nos pés.

– Quando a gente pensa que conhece uma pessoa...

– E uma parede de armários com portas transparentes exibindo todos os brinquedos sexuais imagináveis.

– Estou bem deslocado aqui. – Mas a intensidade em seu olhar, misturada ao bom humor, indicava que aquilo não era bem verdade.

– Menos aquelas coisas de enfiar na boca – ela disse depressa. – Você sabe quais são.

– Acho que não sei.

– Bom, aquilo é péssimo.

– Vou acreditar, se você está dizendo.

Annie apontou para os armários imaginários.

– Tudo está organizado com muito bom gosto.

– E por que não? É um estabelecimento de primeira linha.

Ela deu alguns passos para se afastar dele.

– Abrimos as portas de vidro e analisamos cada item juntos.

– Sem pressa...

– Pegamos vários de uma vez – ela disse.

– Quais?

– Os que você notou que eu analisei por mais tempo.

– Que seriam...

Ela semicerrou os olhos para olhar para ele.

– Faço um gesto na direção dos chicotes.

– Não vou chibatar você!

Annie ignorou a reação dele, que podia ser falsa ou não.

– Você pega o chicote que escolhi e o traz para mim. – Ela mordeu o lábio inferior. – Eu o pego de sua mão.

– Até parece! – O diabo dentro dele tomou conta da situação. – O que você não sabe – disse Theo, diminuindo a distância entre eles – é que eu não sou um garoto de programa qualquer. Sou o *rei* dos garotos de programa. E agora eu vou dominar.

Annie não sabia muito bem como se sentia em relação àquilo.

Theo enrolou uma mecha comprida dos cabelos dela em seus dedos.

– Tiro uma faixa de couro do chicote.

Ela prendeu a respiração.

– E a uso para amarrar seus cabelos...

Annie sentiu um arrepio descer por suas costas.

– Não sei se gosto do rumo de tudo isso... – Ela adorava o rumo de tudo aquilo.

Ele acariciou sua nuca com os lábios, e então mordiscou a pele levemente.

– Ah, você gosta sim. Você gosta muito. – Ele soltou os cabelos dela. – Principalmente quando uso a ponta do chicote para abrir suas pernas.

As roupas dela estavam queimando em seu corpo. Tinha que tirá-las. Naquele momento.

– Passo o chicote por sua panturrilha, subindo... – Ele passou os dedos pela costura interna da calça jeans dela. – E então pelo lado de dentro da sua coxa...

– Tire a roupa!

Ela tirou a blusa de lã. Ele cruzou os braços à frente do peito e fez a mesma coisa, e então olhou fixamente para ela.

– Eu faço você tirar a roupa.

– Seu sem-vergonha.

Annie se despiu primeiro, o que lhe deu tempo de analisar o corpo dele. Os músculos, as depressões e protuberâncias. Ele era perfeito, e se ela não era, não se importava. Aparentemente, nem ele.

– O que aconteceu com aquele chicote? – ela perguntou, só para garantir que ele não tinha esquecido...

– Que bom que você perguntou. – Ele inclinou a cabeça. – Você. Na cama.

Era só uma brincadeira, mas ela nunca tinha se sentido tão desejada. Ela foi para a cama, sentindo-se a Rainha Universal do Sexo, e se ajoelhou no colchão para observá-lo se aproximando.

Todo lindo e glorioso...

O brilho nos olhos dele indicava que Theo estava gostando daquilo tanto quanto ela. Mas estaria gostando demais? Afinal, ele era um homem que havia construído uma vida no sadismo.

Ele a empurrou delicadamente para que se deitasse. Enquanto explorava o corpo dela, sussurrava todas as coisas pervertidas, sujas... e totalmente excitantes que pretendia fazer com ela. Annie se esforçou para conseguir fôlego suficiente para sussurrar em resposta:

– E eu não digo nada. Deixo você fazer o que quiser, tocar onde quiser. Sou totalmente submissa. – Ela apertou as nádegas dele com as unhas. – Até mudar de ideia.

E a Rainha Universal do Sexo dominou. E foi glorioso.

A interpretação de papéis os liberou. Tirou a seriedade do momento. Permitiu que eles brincassem, explorassem, ameaçassem e provocassem. Não tinham escrúpulo nenhum e tinham todos eles. Os lençóis se enrolaram ao redor deles conforme as ameaças foram se tornando mais extremas, conforme as carícias ficaram mais ousadas.

Do lado de fora da caverna erótica, a neve começou a cair de novo. Do lado de dentro, eles estavam perdidos na loucura que tinham criado.

Theo nunca tinha se soltado tanto com uma mulher. Quando se deitou nos travesseiros, experimentou a ideia desconhecida de que o sexo poderia ser divertido. Annie cutucou as costelas dele com o cotovelo.

– Cansei de você – disse ela. – Cai fora.

Kenley nunca se cansava dele. Ela o queria ao seu lado o tempo todo. E ele só queria se afastar.

– Estou cansado demais para me mexer – ele murmurou.

– Tudo bem. – Ela saiu da cama e do quarto. Estava falando sério quando disse que não queria que eles dormissem juntos. Ele deveria ter sido um cavalheiro e feito o que ela havia pedido, mas estava se sentindo cansado e ficou onde estava.

Muito mais tarde, quando ele ainda não tinha voltado a dormir, a encontrou encolhida em sua cama no estúdio. Resistiu à vontade de se deitar com ela e só pegou seu notebook. Levou-o para a sala de estar e se sentou para escrever, mas não parava de pensar em Diggity Swift. Tinha matado o garoto na história, mas não em sua mente, e não gostava nada disso. Irritado consigo mesmo, deixou o notebook de lado, olhou pela janela e ficou observando a neve cair.

Depois de tomar um banho e se vestir com uma calça jeans e a blusa de lã verde, Annie encontrou Theo na cozinha.

– Quer outra xícara de café? – perguntou ele.

– Não, obrigada. Mas obrigada por oferecer.

– É um prazer.

Ele havia tomado banho antes dela e também estava totalmente vestido. Os dois estavam agindo de modo muito educado, compensando as safadezas da noite passada com a cortesia tradicional, como se precisassem resgatar a dignidade e provar que eram civilizados, sim.

Quando ele foi para a mesa com seu café, ela pegou uma grande folha de papel, encontrou uma lata de tinta preta no armário da dispensa e levou tudo para o estúdio, onde havia manchas em número suficiente no chão a ponto de não fazer diferença. Meia hora depois, Theo estava de pé na neve e olhava para a placa que ela havia pendurado na frente do chalé.

INVASORES SERÃO BALEADOS NO ATO.

Ela desceu da escada e fez uma cara feia para ele, desafiando-o a tirar sarro daquilo, mas ele só deu de ombros.
– Acho bom.

Ao longo dos dias seguintes, Annie tomou uma decisão. Não em relação a Theo. O relacionamento com ele era muito claro. Ela adorava ser a Rainha do Sexo, e insistir para que dormissem em camas separadas a impedia de se apegar demais. Sua decisão tinha a ver com a herança. Não havia encontrado nada e estava na hora de enfrentar a realidade. Mariah estava sob efeito de tantos analgésicos que não sabia o que estava dizendo. Não havia herança, e Annie podia se arrasar com os problemas financeiros que não desapareceriam como mágica ou podia seguir em frente, um passo por vez.

A balsa de inverno chegaria no primeiro dia de março, dali a poucos dias, e ela começou a embalar tudo no chalé que tivesse valor para mandar para o continente. Combinou que uma van transportaria à balsa tudo a ser levado a Manhattan. O nome de sua mãe ainda tinha seu valor, e os itens iriam para a melhor loja de usados da cidade.

Annie tinha enviado fotos de tudo ao dono da loja, incluindo quadros, litografias, livros de arte; o baú Luís XIV, a travessa com arame farpado. Ele concordou em pagar o frete e descontaria o valor das vendas que faria.

A peça principal da coleção e o artigo que o avaliador tinha certeza de que renderia mais dinheiro era aquela que ela praticamente havia ignorado: o livro de hóspedes do chalé. Alguns dos autógrafos eram de artistas conhecidos, e algumas assinaturas traziam pequenos rabiscos ao lado dos nomes. O avaliador esperava conseguir até dois mil dólares por ele, mas tiraria uma comissão de 40%. Ainda que tudo fosse vendido, Annie não conseguiria quitar suas dívidas, mas as aliviaria bastante. Ela também estava saudável de novo. Quando os sessenta dias terminassem, tentaria conseguir um novo trabalho e recomeçar. Uma ideia deprimente.

E então, algo aconteceu no último dia de fevereiro, e ela ficou animada.

Theo passou mais tempo do que o normal fora de casa, cavalgando, e ela não parava de ir às janelas da Harp House esperando por ele. Já estava quase anoitecendo quando ela o viu subindo o caminho até a casa. Saiu correndo porta afora, pegou o casaco, mas não se preocupou com a touca nem com as luvas.

Ele puxou as rédeas ao vê-la correndo na direção dele.

– O que aconteceu?

– Nadinha. Pode ficar feliz. Minha menstruação desceu!

Ele balançou a cabeça.

– Que alívio.

Não abriu um sorrisão. Não a cumprimentou nem disse "graças a Deus". Ela olhou para ele com curiosidade.

– Eu estava esperando um pouco mais de entusiasmo, não sei por quê.

– Pode acreditar, eu não poderia estar mais entusiasmado.

– Não parece.

– Diferentemente de você, não tenho o hábito de ficar pulando como uma criança de 12 anos. – Ele partiu em direção ao estábulo.

– Você deveria tentar fazer isso de vez em quando – ela gritou quando ele se virou.

Quando Theo sumiu de vista, ela balançou a cabeça, irritada. Mais um lembrete de que a única ligação entre eles era física. Ele deixava alguém ver o que acontecia em sua mente?

Claro que ele estava aliviado. Annie tinha sido muito atrevida sugerindo que ele não estava. Se ela estivesse grávida, sua vida teria sido arruinada de todas as maneiras que ele conseguia imaginar. Era irascível por causa do trabalho. Sempre ficava tenso quando não conseguia escrever direito e, de fato, não estava conseguindo. Ele havia matado Diggity Swift uma semana antes e desde então enfrentava um bloqueio.

Não conseguia entender. Nunca havia enfrentado problemas para matar um personagem antes, mas agora não conseguia tornar Quentin Pierce interessante, tampouco seu grupo de comparsas. Naquele dia, havia se sentido feliz ao receber uma ligação de Booker Rose para falar de sua hemorroida. Não era ridículo?

Annie manteve o sofá de veludo cor-de-rosa e as camas, mas mandou para a cidade a maioria dos outros móveis, incluindo a poltrona de sereia. Enrolou os quadros maiores com os cobertores velhos e colocou os itens menores nas caixas trazidas da Harp House. O filho de Judy Kester, Kurt, teve que fazer duas viagens de caminhonete para levar tudo ao cais. Ela pagou a ele com a poltrona cinza, que ele queria dar à esposa grávida em seu aniversário.

Desde que as travas tinham sido instaladas, pouco mais de uma semana antes, não havia acontecido mais nenhum incidente no chalé, embora não tivesse certeza se o responsável por isso eram as travas ou a placa pendurada. Quando Theo se convenceu de que ela conseguiria lidar com uma arma, tomou o cuidado de avisar a todos na cidade que ela estava armada, e ela então começou a se sentir segura de novo.

Theo não estava feliz com o fato de a mobília estar sendo despachada.

– Preciso de um lugar para escrever – reclamou ao observar a sala de estar quase vazia.

– Você pode voltar para a torre. Vou ficar bem aqui agora.

– Não vou a lugar nenhum antes de descobrirmos quem está por trás disso. É incrível o que as pessoas me contam enquanto faço curativos nelas. Sempre acho que se fizer a pergunta certa, vou descobrir alguma coisa.

Annie se sentia comovida com as tentativas dele de ajudá-la. Mas, ao mesmo tempo, não queria que ele pensasse que ela dependia dele, esperando que desempenhasse o papel de herói para sua mocinha indefesa.

– Você já teve muitas mulheres carentes. Não é responsável por mim.

Ele agiu como se não a ouvisse.

– Vou trazer mobília da Harp House. Tem muita coisa no sótão que ninguém está usando.

– Mas eu preciso mesmo de um cadáver mumificado?

– Vai ser uma ótima mesa de centro.

Ele mais do que cumpriu o que prometeu. Annie esperava que ele aparecesse com uma mesa e talvez uma espreguiçadeira, mas Theo também levou a mesa redonda dobrável que agora ficava perto da janela da frente com as cadeiras de encosto alto. Havia uma pequena cômoda de três gavetas entre as duas poltronas estofadas com mantas xadrez, em tons de azul-marinho e branco. Ele havia até comprado uma luminária de metal com formato de berrante.

Mariah teria detestado tudo – principalmente a lamparina de berrante. Não havia nada de moderno, nem combinando, mas o lugar finalmente parecia o que era: um chalé simples do Maine, e não uma sala de estar artística de Manhattan.

– Peguei a caminhonete de Jim Garcia emprestada em troca de meus préstimos médicos – disse Theo. – Ele sofreu um pequeno acidente com a serra elétrica. Esses pescadores de lagosta são teimosos demais. Preferem correr o risco de terem uma gangrena a irem ao continente consultar um médico.

– Lisa foi à casa de novo – disse Annie. – Ela ainda está brava com você por não ter tirado a jujuba do nariz de Alyssa. Fiz uma pesquisa na internet e mostrei para ela o que poderia ter acontecido se você tivesse tentado resolver sozinho.

– Há outras pessoas irritadas comigo, mas já estou fazendo mais do que tenho qualificação para fazer, e elas precisam aceitar esse fato.

Independentemente de querer admitir ou não, Theo estava cada vez mais envolvido na vida da ilha, o que parecia estar sendo bom para ele, já que apresentava estar rindo mais e não era mais tão tenso quanto antes.

– Você ainda não matou ninguém – disse ela. – Isso é bom.

– Só porque tenho alguns colegas médicos me ajudando pelo telefone.

Annie estava tão acostumada a pensar em Theo como um lobo solitário que mal conseguia imaginá-lo tendo amigos.

Depois de mais uma sessão de sexo bem depravado, eles adormeceram em camas separadas, algo que parecia incomodar Theo mais e mais a cada noite. Uma batida na porta fez Annie se sentar na cama, assustada. Afastando os cabelos do rosto, ela jogou os cobertores de lado.

– Não atirem! – gritou uma voz desconhecida. Ela ficou satisfeita por alguém estar levando o cartaz a sério, mas ainda assim pegou a arma que estava sobre o criado-mudo.

Theo já estava na porta quando ela chegou à sala de estar. Os ventos do começo de março tinham ganhado velocidade e agora batiam com força na janela da frente. Ela manteve a arma ao lado do corpo quando ele girou a maçaneta. O filho de Judy Kester, Kurt, aquele que a havia ajudado com a mobília, estava do outro lado.

– É a Kim – ele disse desesperadamente. – Ela entrou em trabalho de parto prematuro e o helicóptero de emergências médicas caiu. Precisamos de você.

– Merda! – Não era a reação mais profissional, mas Annie não julgava Theo por isso. Ele fez um gesto para que Kurt entrasse. – Espere aqui. – Ele passou por Annie quando foi pegar algumas roupas. – Vista-se, você vai comigo.

Capítulo dezoito

Theo segurava o telefone com uma das mãos o volante com a outra.

— Sei que as condições climáticas estão ruins. Acha que não consigo ver? Mas precisamos de um helicóptero aqui, e tem que ser *agora*!

O vento golpeava a Range Rover, e os faróis da caminhonete de Kurt brilhavam como olhos demoníacos na estrada à frente enquanto eles o seguiam. Kurt disse que o bebê só nasceria dali a duas semanas, e que ele e a esposa tinham planejado ir para o continente na sexta-feira.

— Pretendíamos deixar as crianças com minha mãe e ficar com a prima de Kim perto do hospital. Não era para ser assim.

Theo deve ter percebido que estava sendo pouco razoável com a pessoa do outro lado da linha, porque se acalmou.

— Sim, eu compreendo... sim, eu sei... Tudo bem.

Quando deixou o celular de lado, Annie olhou para ele de modo solidário.

— Estou vindo porque você não quer que eu fique sozinha no chalé ou porque você precisa de apoio moral?

— As duas coisas. — Ele apertou os dedos no volante.

— Excelente. Meu receio era de que você estivesse me trazendo por minhas habilidades como parteira. Pois não tenho nenhuma.

Ele só soltou um resmungo.

– Tudo o que sei sobre parto é o que já vi na televisão – ela continuou.
– E que parece doer demais.

Ele não respondeu.

– *Você* sabe alguma coisa sobre parto? – Annie insistiu.

– Porra nenhuma.

– Mas...

– Fiz um treinamento, se é o que você quer saber. Mas não tenho experiência prática.

– Você vai se sair muito bem.

– Você não tem como saber. Esse bebê está nascendo duas semanas antes do esperado.

Algo que Annie já tinha notado, mas queria encorajá-lo.

– É o terceiro filho da Kim. Ela já deve saber o que está fazendo. E a mãe do Kurt vai poder ajudar.

Judy Kester, com sua risada pronta e a atitude positiva, seria a pessoa perfeita para se ter por perto em uma crise. Mas Judy não estava na casa. Assim que eles tiraram os casacos, Kurt contou que Judy estava visitando a irmã no continente.

– E por que eu pensei que seria diferente? – murmurou Theo.

Eles seguiram Kurt por uma sala de estar confortavelmente desarrumada com bagunça de criança.

– Desde que a escola foi destruída num incêndio, Kim tem insistido comigo para nos mudarmos da ilha – disse ele, afastando para o lado dois bonecos Transformer com o pé. – Isso com certeza não vai fazer com que ela mude de ideia.

Theo parou na cozinha para lavar mãos e braços. Quando fez um gesto para Annie fazer o mesmo, ela lançou a ele um olhar de *Você ficou doido?* para que ele se lembrasse de que ela estava ali apenas pelo apoio moral. Ele semicerrou os olhos para ela, com a expressão tão intensa que ela fez o que ele pediu, mas não sem argumentar.

– Não é melhor eu ficar aqui para ferver água ou coisa assim?

– Para quê?

– Não faço ideia.

– Você vai comigo.

Kurt saiu dali para ver os filhos. Como eles pareciam estar dormindo durante todo o tempo, Annie supôs que ele estava fazendo todo o possível para evitar a esposa.

Ela seguiu Theo até o quarto. Kim estava deitada em meio aos lençóis com flores cor de laranja e amarelas, todos embolados. Vestia uma camisola fina de verão, azul-clara. Seu corpo estava inchado, os cabelos ruivos estavam armados. Ela estava toda redonda e inchada: o rosto, os seios e, principalmente, a barriga. Theo colocou na mesa seu kit de primeiros socorros envolvido em uma lona vermelha.

– Kim, sou o Theo Harp. E esta é Annie Hewitt. Como você está?

Ela rangeu os dentes em meio a uma contração.

– Como parece que eu estou?

– Parece que você está indo bem – disse ele, como se fosse o obstetra mais experiente do país. Começou a abrir o kit de primeiros socorros. – Qual é o intervalo entre as contrações?

A dor diminuiu e ela relaxou nos travesseiros.

– Cerca de quatro minutos.

Ele pegou uma caixa de luvas cirúrgicas e um bloco de anotação de folhas azuis.

– Avise quando vier a próxima e veremos quanto tempo dura.

A calma dele pareceu contagiá-la, e ela assentiu.

Havia algumas revistas de celebridades, alguns livros infantis e vários frascos de creme sobre o criado-mudo do lado dela. Sobre o outro, havia um alarme digital, um canivete e um potinho de plástico com moedas. Theo desembrulhou um forro para a cama.

– Vamos deixar você mais confortável.

A voz dele era tranquilizadora, mas o olhar que lançou a Annie indicava que se ela sequer pensasse em sair do quarto, estaria fadada a um destino terrível seguido por outro pior ainda, finalizado com a aniquilação completa. Relutantemente, Annie foi até a cabeceira da cama, sem vontade alguma de ver o que estava acontecendo ou suspeitar do que Theo estivesse fazendo.

Kim já tinha deixado a vergonha de lado, e Annie duvidava que ela tinha notado a delicadeza com que ele havia escorregado o forro para a cama embaixo de seu quadril e ajeitado o lençol sobre os joelhos dela. Ela gemeu quando sentiu uma contração bem forte. Enquanto Theo marcava o tempo de duração, deu algumas instruções a Annie, falando baixo, detalhando o que imaginava que aconteceria e o que queria que ela fizesse.

– Fezes? – sussurrou ela quando ele terminou.

– Acontece – disse ele. – E é normal. Esteja preparada com um forro limpo.

– E um saco para enjoo – sussurrou ela. – Para mim.

Theo sorriu e voltou a olhar para seu relógio. Enquanto Kim estava em trabalho de parto, Annie permaneceu à cabeceira da cama, acariciando seus cabelos e sussurrando palavras de incentivo. Entre as contrações, Kim se desculpou por tirar Theo de casa no meio da madrugada, mas nem uma vez sequer questionou as habilidades obstétricas dele.

Cerca de uma hora depois, as coisas ficaram sérias.

– Preciso fazer força – disse ela, afastando o lençol que a cobria com um chute, fazendo Annie ver mais do que queria.

Theo já tinha vestido as luvas cirúrgicas.

– Vamos dar uma olhada.

Kim gemeu enquanto ele a examinava.

– Não faça força ainda – disse ele. – Aguente.

– *Porra!* – Kim gritou.

Annie deu um tapinha em seu braço.

– Isso, menina. Você está se saindo muito bem. – Esperava que aquilo fosse verdade.

Theo se concentrou no que estava fazendo. Na contração seguinte, ele a incentivou a fazer força.

– Está coroando – disse ele, calmo como se estivesse dando a previsão do tempo. Ao mesmo tempo, Annie viu as gotas de suor na testa dele. Não imaginava que algo pudesse fazer Theo Harp suar, mas ele estava suando, sim.

A contração passou, mas não por muito tempo. Kim arfou.

– Consigo ver a cabeça do bebê – disse Theo.

Kim deu um gemido gutural. Ele deu um tapinha em seu joelho e a incentivou.

– Agora faça força... Está ótimo. Você está ótima.

A relutância de Annie em ver o parto sumiu. Depois de mais duas contrações fortes e com mais incentivo por parte de Theo, a cabeça do bebê apareceu. Theo a segurou.

– Vamos tirar o cordão umbilical do caminho – disse ele baixinho, enfiando o outro dedo por dentro e escorregando-o ao redor do pescoço do bebê. – Annie, deixe um cobertor pronto. Certo, pequeno... Deixe-me ver esse ombro... Vire. É assim. Muito bem.

O bebê escorregou em suas palmas fortes e competentes.

– É um menino! – anunciou. Inclinou o recém-nascido pequeninho e sujo para limpar as vias nasais. – Você ganhou um oito, cara.

Annie demorou um pouco para se lembrar do que ele havia dito a respeito de dar uma nota ao bebê na escala de Apgar no primeiro minuto depois do nascimento, e de novo no quinto minuto para avaliar as condições da criança. O bebê começou a chorar, um gemidinho baixo.

Theo o colocou em cima do abdome de Kim, pegou a toalha de Annie, e o limpou com cuidado.

Kurt finalmente entrou no quarto, foi até a esposa e ambos começaram a chorar juntos enquanto observavam o filho recém-nascido. Annie teria batido em Kurt por não estar presente durante o parto, mas Kim foi mais compreensiva. Enquanto segurava o recém-nascido para ela, Theo massageou seu abdome. Não demorou muito para ela ter outra contração, e a massa da placenta escorregou para fora.

Annie tentou não olhar ao entregar o saco vermelho dentro do qual estava o kit de Theo. Ele prendeu o cordão umbilical e trocou o forro sujo por um limpo. Até que para um cara com uma herança gorda e um contrato de livro lucrativo, ele não se incomodava em meter a mão na massa e se sujar.

O bebê era um pouco pequeno, mas como já tinha a experiência de outros dois, Kim o segurou com confiança e logo o estava amamentando. Theo passou o resto da noite em uma espreguiçadeira e Annie dormiu um sono inquieto no sofá. Ela o escutou se levantar várias vezes e, em uma delas, quando abriu os olhos, ele estava acalentando o bebê em seus braços.

Ele mantinha os olhos fechados, e o recém-nascido estava aconchegado em seu peito, protegido. Annie se lembrou do modo delicado como ele havia tratado Kim, viu sua delicadeza com o bebê. Theo havia sido jogado em uma situação assustadora e soube lidar com ela com maestria.

Felizmente, não houve qualquer complicação, mas, se tivesse ocorrido alguma, ele teria mantido a cabeça fria e faria o que fosse preciso. Ele foi um verdadeiro herói, e ela tinha uma quedinha por heróis... Mas ela quase foi morta por aquele herói específico.

Pela manhã, Kim e Kurt agradeceram efusivamente a Theo quando seus filhos mais velhos – a quem Annie havia servido o café da manhã – subiram na cama para conhecer seu irmão recém-nascido. Com o parto feito em segurança e Kim se sentindo bem, não havia mais a necessidade de pedirem um helicóptero-ambulância, mas Theo queria que Kurt levasse a esposa e o recém-nascido para o continente naquela manhã para serem examinados. Kim se recusou totalmente.

– Você fez um trabalho tão bom quanto o de qualquer médico, não vamos a lugar algum.

Por mais que Theo insistisse, Kim não mudou de ideia.

– Conheço meu corpo, e eu entendo de bebês. Estamos bem. E Judy já está vindo me ajudar.

– Está vendo com o que tenho de lidar? – disse Theo enquanto eles dirigiam de volta ao chalé, com o rosto marcado pelo cansaço. – Eles confiam demais em mim.

– Aja com menos competência – sugeriu Annie, em vez de dizer que ele devia ser o cara mais confiável que ela conhecia. Ou talvez não fosse. Ela nunca se sentira tão confusa.

Ainda estava pensando nele no dia seguinte ao subir os degraus para o sótão da Harp House. Theo disse que ela podia levar o que quisesse para o chalé, e Annie queria saber se os quadros de paisagens marítimas dos quais se lembrava ainda estavam ali. As dobradiças da porta do sótão rangeram quando ela a abriu. O lugar parecia um cenário de filme de terror. Havia um manequim de costureiro assustador como sentinela ao lado de um móvel quebrado, caixas de papelão empoeiradas e um monte de boias desbotadas. A única luz vinha do vidro embaçado de uma janela coberta por teias de aranha e de duas lâmpadas pendentes de vigas do teto.

Você não está achando que eu vou entrar aqui, está?, perguntou Crumpet, assustada.

Infelizmente, não posso ficar aqui, disse Peter.

Que bom que alguém aqui tem coragem, Leo resmungou.

Sua coragem é meu braço, Annie relembrou, desviando a atenção da coleção assustadora de bonecos que já tinham sido de Regan.

Exatamente, Leo resmungou. *E você está aqui.*

No sótão, havia pilhas de jornal, revistas e livros velhos que ninguém leria. Ela desviou de um saco de lona cheio de equipamentos para velejar, um guarda-sol quebrado e uma mochila empoeirada que servia de apoio para alguns quadros encostados na parede. Caixas de papelão cobertas de insetos mortos bloqueavam os quadros. Quando começou a puxá-los para o lado, viu uma caixa de sapatos na qual estava escrito "Propriedade particular de Regan Harp". Curiosa, Annie quis espiar.

A caixa estava repleta de fotos de Theo e de Regan quando crianças. Annie estendeu uma toalha de praia no chão e se sentou para ver as fotos. A julgar pela qualidade ruim, os dois irmãos é que tinham feito muitos dos cliques. Eles apareciam usando fantasias de super-heróis, brincando na neve, fazendo careta para a câmera. As imagens eram tão emocionantes que ela sentiu um nó no peito.

Abriu o fecho de um envelope de papel pardo e encontrou muitas outras fotos dentro dele. A primeira era de Theo e Regan juntos. Ela reconheceu a camiseta de Regan com a estampa *"No fear"* do verão que todos eles passaram juntos, e se lembrava vagamente de ter tirado aquela foto. Ao olhar para o sorriso doce de Regan, o modo com que ela abraçava o irmão, mais uma vez sentiu a tristeza pela morte da amiga. Sentiu tristeza por todas as perdas que Theo havia enfrentado, a começar pelo abandono da mãe e terminando com a morte de uma esposa que um dia ele amou.

Ela observou os cabelos fartos caindo em sua testa e o braço apoiado de qualquer modo sobre os ombros da irmã. *Regan, queria que você estivesse aqui para explicar seu irmão para mim.*

Todas as fotos do envelope pareciam ser daquele verão. Havia fotos de Theo e de Regan na piscina, na varanda da frente, e no barco da família – o mesmo barco com o qual Regan tinha zarpado no dia em que morreu afogada. Annie foi tomada por nostalgia e por dor.

E depois... surpresa.

Ela analisou as fotos com mais rapidez. Seu coração acelerou. Uma a uma, as fotos caíram de seu colo e se espalharam a seus pés como folhas secas. Ela escondeu o rosto nas mãos.

Sinto muito, sussurrou Leo. *Eu não sabia como contar para você.*

Uma hora depois, Annie encarava o vento gelado, ao lado da piscina vazia. Havia rachaduras compridas nas paredes de concreto da piscina, e montes de neve suja e lodo tomavam o fundo. De acordo com Lisa, Cynthia pretendia encher a piscina. Annie a imaginou enchendo-a com ruínas de alguma construção inglesa.

Theo não viu Annie quando saiu do estábulo onde estava cuidando de Dançarino. Ele era o amor da sua vida, aquele homem incrivelmente sedutor a quem ela conhecia tão bem e ao mesmo tempo tão pouco. Flocos cinzentos de neve caíam como cinzas no ar frio. Uma mocinha sensata de uma história não o confrontaria antes de se acalmar. Mas Annie não era sensata. Ela era um caos.

– Theo...

– O que está fazendo aqui fora? – Ele se virou para ela e não esperou uma resposta, aproximando-se com passadas grandes daquelas pernas compridas que tinham se tornado tão familiares. – Vamos dar o dia por encerrado e vamos juntos para o chalé. – Seu olhar sensual indicava o que ele pensava que os dois podiam fazer quando chegassem lá.

– Fui ao sótão. – Ela encolheu os ombros.

– Encontrou o que precisava?

– Sim. Sim, encontrei. – Ela enfiou a mão no bolso do casaco. A mão tremia levemente quando ela pegou as fotografias. Cinco delas, apesar de ter trazido uma dúzia além daquelas.

Theo subiu no deque rachado da piscina para ver o que ela segurava. E quando viu... a dor o transfigurou. Ele se virou e se afastou.

– Não *ouse* se afastar de mim – ela gritou enquanto ele atravessava o quintal. – Não *ouse*!

Ele diminuiu o ritmo, mas não parou.

– Deixe isso para lá, Annie.

– *Não se afaste*. – Ela disse as palavras com clareza. Não se mexeu. Permaneceu onde estava.

Por fim, Theo se virou e olhou para Annie, as palavras tão simples quanto as dela eram veementes.

– Isso foi há muito tempo. Estou te pedindo para deixar para lá.

A expressão dele era séria, assustadora, mas ela tinha que saber a verdade.

– Não foi você. Nunca foi você.

Ele cerrou as mãos em punho ao lado do corpo.

– Não sei do que você está falando.

– Está mentindo – ela disse, não com raiva, apenas afirmando. – Aquele verão. Durante todo esse tempo pensei que tinha sido você. Mas não foi.

Theo se lançou na direção dela, usando o ataque como defesa.

– Você não sabe de nada! Aquele dia em que você foi atacada pelas aves... fui eu quem mandou você para o naufrágio. – Ele estava no deque da piscina, se impondo a ela. – Coloquei o peixe morto na sua cama. Insultei você, te persegui, te excluí. E fiz tudo de propósito.

Ela assentiu lentamente.

– Estou começando a entender o porquê. Mas não foi você quem me enfiou no elevador de comida nem que me empurrou na lama. Não foi você que levou os filhotinhos para a caverna nem escreveu o bilhete que me mandou para a praia. – Ela passou o polegar sobre as fotos que segurava. – E não era você quem queria que eu me afogasse.

– Você está enganada. – Ele olhou diretamente nos olhos dela. – Eu te disse. Eu não tinha a menor consciência.

– Isso não é verdade. Você tinha consciência até demais. – Ela sentiu um nó na garganta, e ficou difícil falar. – Foi a Regan o tempo todo. E você ainda está tentando protegê-la.

A prova estava nas fotos que ela segurava. Em cada uma delas, Annie tinha sido cortada. O rosto, o corpo – cada corte da tesoura era um pequeno assassinato. Theo não se mexeu, permaneceu tão composto como sempre, mas, mesmo assim, parecia se retrair por dentro, escondendo-se naquele lugar no qual ninguém conseguia alcançá-lo. Annie pensou que ele se afastaria de novo e ficou surpresa por ele não ter feito isso. Ela se apegou a isso.

– Jaycie está em algumas fotos – ela prosseguiu. – Inteira.

Annie pensou que ele iria embora ou que se explicaria, mas Theo permaneceu imóvel e calado, e então ela concluiu o que ele não foi capaz de fazer.

– Porque Jaycie não era uma ameaça a Regan. Jaycie não tentava chamar sua atenção como eu fazia. Você nunca deu atenção a ela.

Annie sentiu que ele travava uma batalha interna. Sua irmã gêmea havia morrido mais de uma década antes, mas ele ainda queria protegê-la das evidências nas fotos. Porém, Annie não permitiria.

– Me conta.

– Você não vai querer saber.

Ela riu, mas estava séria.

– Ah, se quero. Você fez aquilo para me proteger dela.

– Você era inocente na história.

Ela pensou nos castigos aos quais ele foi submetido por causa da irmã.

– Assim como você.

– Vou entrar – ele disse com seriedade. Estava se afastando dela, retraindo-se como sempre.

– Fique bem aí. Eu me tornei uma parte importante dessa história, e mereço saber de tudo agora mesmo.

– É uma história feia.

– Você acha que eu já não percebi isso?

Theo se afastou dela e caminhou até a ponta do deque onde o velho trampolim já tinha ficado no passado.

– Nossa mãe nos abandonou quando tínhamos 5 anos, você sabe disso. Meu pai escapava disso se afundando no trabalho, então éramos Regan e eu contra o mundo. – Cada palavra dita parecia lhe causar dor. – Nós só tínhamos um ao outro. Eu a adorava e ela fazia qualquer coisa por mim.

Annie mal respirava. Theo passou a ponta da bota de montaria por um parafuso enferrujado. Ela pensou que ele não diria mais nada, mas ele prosseguiu, mal dando para ouvir sua voz.

– Ela sempre foi possessiva, mas eu também era, e isso nunca foi problema até completarmos 14 anos e eu começar a prestar atenção às meninas. Ela detestava isso. Me interrompia quando eu fazia um telefonema, contava mentiras sobre a menina por quem eu estivesse interessado.

Eu achava que era só chatice da parte dela até que as coisas começaram a ficar mais sérias. – Ele se agachou, olhando fixamente para a sujeira no fundo da piscina, mas Annie duvidava que ele estivesse vendo algo além de seu passado. Theo prosseguiu com frieza, sem emoção. – Regan começou a espalhar boatos. Fez um telefonema anônimo aos pais de uma menina, dizendo que a filha deles usava drogas. Outra menina acabou com o ombro fraturado quando Regan fez com que ela tropeçasse na escola. Todo mundo achou que tinha sido um acidente porque todo mundo adorava a Regan.

– Você não achou que tinha sido acidente.

– Eu queria acreditar. Mas houve mais incidentes. Uma garota com quem eu só tinha conversado algumas vezes estava andando de bicicleta e levou uma pedrada. Ela caiu e foi atropelada por um carro. Felizmente, não se machucou muito, mas poderia ter se machucado, e eu confrontei a Regan. Ela admitiu que tinha feito aquilo, e então chorou e prometeu que nada daquele tipo voltaria a acontecer. Eu queria acreditar nela, mas Regan parecia não se controlar. – Ele deu um passo para trás. – Eu me sentia preso.

– Por isso desistiu das garotas.

Finalmente, ele olhou para ela.

– Não logo de cara. Tentei esconder as coisas de Regan, mas ela sempre descobria. Logo depois de tirar habilitação, tentou atropelar uma de suas melhores amigas. Depois que isso aconteceu, vi que eu não podia mais correr riscos.

– Você deveria ter contado a seu pai.

– Sentia medo de fazer isso. Eu havia passado muitas horas na biblioteca lendo sobre doença mental, e sabia que havia algo de muito grave com ela. Até cheguei a um diagnóstico: distúrbio compulsivo-obsessivo com base em relacionamentos. Não errei muito. Ela teria que passar por tratamento.

– E você não podia deixar que isso acontecesse.

– Teria sido o melhor para ela, mas eu era um menino, e não via as coisas assim.

– Porque eram vocês dois contra o mundo.

Theo não concordou com o que ela disse, mas Annie sabia que era verdade. Viu o menino indefeso que ele já tinha sido.

– Eu achava que se tomasse cuidado para que Regan não tivesse a impressão de que alguém estava entre nós, ela ficaria bem. E eu acertei até certo ponto. Quando ela não se sentia ameaçada, comportava-se normalmente. Mas qualquer comentário inocente a tirava do sério. Eu torcia para que ela arranjasse um namorado para que tudo aquilo parasse. Todo mundo queria sair com ela, mas Regan não tinha interesse em ninguém, só em mim.

– Você não passou a odiá-la?

– Nosso elo era forte demais. Você passou um verão com ela, viu como ela era doce. Aquela doçura era real. Até a escuridão tomar conta.

Annie enfiou as fotos no bolso do casaco.

– Você queimou o caderno de poesia dela. Devia estar com muita raiva para ter feito aquilo.

Ele contraiu os lábios.

– Não havia poesia naquele caderno. Tinha todas as ilusões mais obsessivas dela, além de páginas cheias de maldade direcionadas a você. Fiquei com medo de alguém ter acesso àquilo.

– Mas e o oboé dela? Ela o adorava e você o destruiu.

Os olhos escuros dele demonstravam sua tristeza.

– Ela mesma o queimou quando ameacei contar ao meu pai o que ela vinha fazendo com você. Ela viu aquilo como um tipo de sacrifício para me acalmar.

De tudo o que Theo havia contado, aquilo parecia o mais triste: o amor doentio de Regan a fez destruir o que lhe dava muito prazer.

– Você quis protegê-la naquele verão, mas também quis impedi-la de me machucar. Ficou em uma posição muito complicada.

– Pensei que tivesse tudo sob controle. Eu havia me tornado um monge adolescente; não conversava com meninas, mal olhava para elas com medo do que Regan faria. E você estava aqui, vivendo na mesma casa. Eu via você andando por aí de short vermelho, ouvia sua risada, observava o modo como mexia nos cabelos enquanto lia um livro. Não conseguia evitar ficar perto.

– Jaycie era muito mais bonita do que eu. Por que não ela?

– Ela não lia os mesmos livros, não escutava a mesma música de que eu gostava. Eu não me sentia à vontade com ela. Não que me permitisse baixar a guarda. Eu falava mal dela para Regan. Tentei fazer a mesma coisa com você, mas Regan lia minha mente.

– Tinha tudo a ver com disponibilidade, não é? Isso é o mais irônico. Se você tivesse me conhecido na cidade, não teria reparado. – Theo se envolvia com belas mulheres. Os dois namoraram só porque estavam próximos. Ela enfiou as mãos frias nos bolsos da frente do casaco. – Depois de tudo o que passou com sua irmã, como pôde se apaixonar por Kenley?

– Ela irradiava independência e autoconfiança. – Ele riu do que disse. – Tudo o que eu estava procurando em uma mulher. Tudo o que Regan não tinha. Estávamos juntos havia menos de seis meses quando ela me pressionou para nos casarmos. Eu era maluco por ela, então ignorei alguns sinais e fui em frente.

– O que te colocou quase na mesma situação em que você vivia com Regan.

– Com a diferença de que Kenley não tentava matar ninguém além de si mesma.

– Como uma maneira de te castigar.

Ele encolheu os ombros.

– Estou sentindo frio. Vou entrar.

O homem que já tinha tirado a blusa de lã e que ficava de peito nu na neve de repente estava sentindo frio?

– Ainda não. Termine a história.

– Já terminei. – Ele se afastou dela e entrou na torre.

Annie pegou as fotos do bolso. Faziam seus dedos frios arderem. Ela olhou para elas sob a neve, e então abriu as mãos. Uma rajada de vento soprou as fotos para longe de suas mãos. Uma a uma, elas caíram no lodo do fundo da piscina.

Assim que Annie entrou, Lívia quis sua atenção. Annie fez desenhos para ela por um tempo enquanto pensava no que tinha descoberto e tentava imaginar o que ainda não sabia. Previsivelmente, Theo não tinha contado nada além do necessário de sua história. Ela teria que insistir para entender o resto. Talvez, se ele falasse, conseguiria derrubar a parede de gelo atrás da qual se mantinha.

Ela deu um beijo na cabeça de Lívia.

– Por que não vai fazer um show de fantoches com seus bichinhos de pelúcia? – Annie fingiu não notar a carranca de Lívia quando se levantou da mesa.

Antes mesmo de entrar na torre, ouviu o som de rock. Entrou na sala de estar. A música vinha do escritório de Theo. Ela subiu os degraus até o terceiro andar e bateu, mas ninguém atendeu. A música estava alta, mas não tão alta que ele não pudesse ouvir. Ela bateu de novo, e ele não respondeu, por isso ela girou a maçaneta. Não se surpreendeu ao ver que estava trancada. A mensagem era clara: Theo não queria mais conversar naquele dia.

Ela pensou. Arcade Fire parou de tocar, e The White Stripes começou. De repente, o berro de um gato assustado ecoou no ar, seguido pelo som agonizante que só um animal em grandes apuros emitiria.

A porta se abriu com tudo. Theo apareceu procurando o gato. Annie entrou no quarto quando ele desceu a escada correndo. Ele havia largado o casaco em cima do sofá de couro preto que ficava na frente de sua cadeira de trabalho. A mesa estava mais arrumada do que da última vez em que ela esteve ali, mas ele também estava passando a maior parte do tempo no chalé. Havia algumas caixas de CD espalhadas pelo chão ao lado da espreguiçadeira. O telescópio ficava perto da janela que dava vista para o chalé, mas agora ela achava a vista tranquilizadora, e não assustadora. Theo, o protetor. Tentando proteger a irmã com problemas mentais, salvar sua esposa de si mesma, e manter Annie segura.

Ouviu passos subindo a escada, movendo-se de modo mais lento e decidido. Ele surgiu à porta. Parou ali. Olhou para ela do outro lado da sala.

– Você não...

Ela enrugou o nariz, tentando ser engraçadinha.

– Não me aguento. Sou meio doida.

Ele franziu o cenho. Avançou pela sala.

– Juro... se fizer isso comigo de novo...

– Não vou. Pelo menos acho que não. Provavelmente não. – *A menos que seja preciso*, pensou.

– Só para tranquilizar minha mente... – disse ele, rangendo os dentes. – Onde está meu gato?

– Não sei muito bem. Provavelmente dormindo embaixo da cama do estúdio. Você sabe que ele adora ficar ali.

– O que vou fazer com você, inferno? – Theo pareceu perceber que, por mais que quisesse esganá-la só um pouquinho, jamais seria capaz de causar danos físicos a ela.

Ela prosseguiu com o ataque.

– Vou dizer o que você não vai fazer. Não vai se prejudicar tentando cuidar de mim. Valorizo o cuidado, mas sou capaz, relativamente sadia e cuido de mim mesma. Pode ser que o jeito como estou fazendo isso não seja legal, mas estou fazendo e vou continuar. Você não precisa bancar o herói.

– Não faço ideia do que você está falando.

E talvez não fizesse mesmo. Ele parecia se ver como o vilão e não como o protetor, mas se ela o via desse jeito, ele é que não desmancharia essa imagem.

Annie se sentou na cadeira de trabalho dele.

– Estou com fome. Vamos acabar logo com isso.

Capítulo dezenove

— A cabar com isso? – Mais uma vez, ele franziu o cenho. – Quer saber se eu matei a Regan.

A única maneira de fazer Theo contar o resto seria insistindo.

– Não brinque comigo. Você não a matou.

– Como pode ter tanta certeza?

– Porque eu te conheço, grande construtor de casinhas de fadas. – E conhecia, mesmo, de tantas maneiras que não sabia até aquele momento.

Ele hesitou. Annie o interrompeu antes que ele pudesse negar o que havia feito por Lívia.

– Você coloca seu horror nos livros. Agora pare de tentar me distrair com esse jeito ameaçador falso, e me conte o que aconteceu.

– Talvez eu tenha contado o que queria contar – ele resmungou como Leo, mas ela não se deixou abater.

– Você e a Regan tinham acabado de se formar na faculdade – ela continuou. – E não era a mesma faculdade. Como conseguiu isso?

– Eu ameacei não fazer faculdade nenhuma se ela não concordasse com a nossa separação. Disse que cairia no mundo fazendo mochilão e não contaria a ninguém onde estava.

Annie adorou saber que ele tinha conseguido fazer aquilo para se proteger.

– Então vocês fizeram faculdades diferentes... – Não era preciso ter bola de cristal para saber o que havia acontecido depois. – E você conheceu uma garota.

– Mais de uma. Você não tem nada melhor para fazer?

– Nadinha. Pode continuar.

Theo pegou o casaco do sofá, e o pendurou em um gancho ao lado da porta, e o ajeitou – não por ser superorganizado –, mas por não querer olhar para ela.

– Eu mais parecia um morto de fome no supermercado, mas apesar de o meu *campus* ser bem longe do dela, continuava sendo discreto. Até meu último ano, quando me apaixonei perdidamente por uma garota de uma das aulas a que eu assistia.

Annie se recostou na cadeira, tentando parecer relaxada para que ele não se fechasse.

– Vou adivinhar. Ela era linda, inteligente e maluca.

– Duas dessas três coisas. – Ele esboçou um sorriso. – Agora ela é diretora financeira de uma empresa de tecnologia de Denver. Casada e tem três filhos. Definitivamente, não é maluca.

– Mas você tinha um grande problema...

Ele reposicionou um bloco de folhas amarelas alguns centímetros para a esquerda.

– Eu ia visitar a Regan no *campus* dela com o máximo de frequência possível, e ela parecia bem. Normal. No último ano, ela até tinha começado a namorar. Pensei que tivesse superado seus problemas. – Ele se afastou da mesa. – Nossa família se reuniria na ilha para o 4 de Julho. Deborah não pôde vir, mas queria conhecer Peregrine, então eu a trouxe uma semana antes de todos os outros chegarem. – Theo foi até uma janela dos fundos, que tinha vista para o mar. – Eu pretendia contar sobre ela para Regan no fim de semana seguinte, mas minha irmã também apareceu antes.

Annie segurou os braços da cadeira com força. Não queria ouvir o que ele diria em seguida, mas sabia que precisava escutar.

– Deborah e eu estávamos caminhando pela praia. Regan nos viu do alto da colina. Estávamos de mãos dadas. Só isso. – Ele espalmou as mãos dos dois lados do batente da janela, olhando para fora. – Tinha chovido mais cedo, e as pedras estavam escorregadias, então eu ainda não sei como ela conseguiu descer os degraus tão depressa. Eu nem sequer vi sua aproximação, mas quando me dei conta, ela tinha se lançado contra Deborah. Eu a segurei e a puxei para trás. Deborah correu até a casa para escapar.

Theo se virou de costas para a janela, mas não olhou para Annie.

– Fiquei furioso. Disse à Regan que precisava viver minha vida, e que ela precisava se tratar com um psicólogo. – Ele indicou a cicatriz perto da sobrancelha. – Foi a Regan quem me causou isto, não você. – Ele apontou uma marca bem menor logo abaixo daquela que Annie mal tinha visto. – Esta é a sua.

Ela sempre se sentiu muito bem por ter lhe dado uma cicatriz, mas agora olhar para ela a deixava mal.

– Regan ficou doida – ele continuou. – Ela me ameaçou, ameaçou Deborah. Eu explodi. Disse que a odiava. Ela olhou bem no fundo dos meus olhos e disse que se mataria. – Um músculo se contraiu em sua mandíbula. – Eu estava tão furioso que respondi que não me importava.

Annie foi invadida por uma onda de pena. Theo foi até a janela do telescópio, sem olhar para ela, sem ver nada.

– Uma tempestade se aproximava. Quando cheguei em casa, já tinha me acalmado o suficiente para saber que devia voltar e me desculpar, explicar que tinha falado tudo da boca para fora, ainda que parte de mim se sentisse daquele jeito, sim. Mas era tarde demais, ela já tinha ido para o deque da praia e estava entrando em seu barco à vela. Dos degraus, gritei para que ela voltasse. Não tenho certeza se ela ouviu. Antes que eu pudesse me aproximar, ela já tinha levantado as velas.

Annie conseguia imaginar como se estivesse presente naquele momento, e queria afastar aquela imagem da cabeça.

– O barco a motor estava fora da água para ser consertado, por isso entrei na água, pensando que de alguma forma conseguiria impedi-la. O mar estava agitado. Ela me viu e gritou para que eu voltasse. Continuei nadando. As ondas quebravam em cima de mim, mas eu ainda via o rosto dela, de relance. Ela parecia arrependida, como se pedisse desculpas. Uma louca pedindo desculpas. Então, ela ajeitou as velas e se meteu na tempestade. – Ele abriu a mão. – Foi a última vez em que a vi com vida.

Annie cerrou os punhos. Era errado odiar alguém com problemas mentais, mas Regan não havia apenas destruído a si mesma e quase matado Annie, mas também fez o melhor que pôde para destruir Theo também.

– A Regan te pegou direitinho, não é? A vingança perfeita.

– Você não entendeu – ele disse com uma risada irônica. – A Regan não se matou para me castigar. Ela se matou para me libertar.

– Você não sabe se foi isso! – Annie se levantou da cadeira.

– Sei, sim. – Finalmente, Theo olhou para ela. – Às vezes, conseguíamos ler a mente um do outro, e aquele momento foi uma dessas ocasiões.

Annie se lembrou de Regan chorando por causa de uma gaivota de asa quebrada. Em seus momentos sãos, ela devia odiar aquela parte de si mesma. Sabia que não podia demonstrar a pena que sentia dele, mas o que Theo tinha feito consigo mesmo estava errado.

– O plano de Regan não funcionou. Você ainda acha que é responsável pela morte dela.

Ele ignorou a solidariedade dela balançando a mão.

– Regan. Kenley. Procure o elemento em comum e vai me encontrar.

– O que se encontra são duas mulheres com problemas mentais e um homem com um senso de responsabilidade exagerado. Você não poderia ter salvado a Regan. Mais cedo ou mais tarde, ela teria se destruído. A questão mais problemática é Kenley. Você disse que se sentia atraído por ela ser o contrário de Regan, mas será que era isso mesmo?

– Você não entendeu. Ela era brilhante. Parecia tão independente.

– Entendo isso, mas você deve ter sentido a carência dela por baixo de tudo.

– Não senti.

Theo estava bravo, mas Annie insistiu.

– É possível que você enxergasse seu relacionamento com ela como uma maneira de compensar o que tinha acontecido com Regan? Você não tinha conseguido salvar sua irmã, mas talvez pudesse salvar Kenley?

Ele fez uma cara feia.

– Aquele seu diploma de psicóloga obtido pela internet é bem útil.

Annie havia estudado um pouco de psicologia em oficinas de interpretação dedicadas a compreender as motivações mais profundas de um personagem.

– Agir como um protetor é algo nato para você, Theo. Já pensou que escrever pode ser seu ato de rebeldia contra esse impulso dentro de você que faz com que se sinta responsável pelas outras pessoas?

– Você está indo fundo demais – disse ele, com seriedade.

– Pense nisso, tá? Se você estiver certo em relação a Regan, imagine como ela detestaria o modo como você fica se castigando.

A hostilidade que ele mal conseguia esconder mostrava que ela não podia insistir mais. Havia plantado as sementes. Agora, tinha que recuar um passo para ver se algo brotaria. Foi até a porta.

– Ah, se por acaso você começar a se questionar... Você é um cara ótimo e um amante razoável, mas eu nunca me mataria por você.

– É consolador.

– Nem perderia um minuto do meu sono.

– Vagamente ofensivo, mas... obrigado pela clareza.

– É assim que as mulheres sãs se comportam. Guarde isso para referência futura.

– Vou fazer isso, com certeza.

O aperto repentino que ela sentiu no peito contradizia seu discurso eloquente. Annie sentia o coração apertado por ele. Theo não tinha ido à ilha para escrever. Tinha ido para se castigar por duas mortes que ele acreditava terem sido sua responsabilidade. A Harp House não era seu refúgio. Era seu castigo.

Na manhã seguinte, enquanto tirava uma caixa de cereal do armário, Annie olhou para o calendário que tinha pendurado na parede: trinta e quatro dias passados, vinte e seis a passar. Theo entrou na cozinha e disse que precisava ir para o continente.

– Minha editora está vindo de Portland. Vou me encontrar com ela em Camden e cuidar de alguns assuntos. Ed Compton vai me trazer de volta no barco dele amanhã à noite.

– Sorte sua. – Ela pegou uma tigela. – Luzes da rua, estradas pavimentadas, Starbucks... não que eu teria dinheiro para ir ao Starbucks.

– Vou lá por você. – Ele ergueu as mãos como se soubesse que ela não concordaria com o que ele estava prestes a dizer. – Sei que você está armada e é perigosa, mas estou te pedindo para ficar na Harp House enquanto eu estiver fora. É um pedido educado, não uma ordem.

Theo tentou cuidar de Regan e de Kenley, e agora estava tentando cuidar dela.

– Você é uma mulherzinha – disse ela.

A resposta dele foi dar um passo para trás e olhar para ela, e seu corpo todo deixou claro que sua masculinidade tinha sido ofendida.

– Isso foi um elogio. Mais ou menos. Essa história toda de tomar conta... Por mais que eu goste de sua atitude de cão de guarda, não sou uma das mocinhas carentes que você costuma resgatar.

Ele reagiu com o máximo de desdém.

– Aquela ideia do chicote que você teve... gosto dela cada vez mais.

Annie queria arrancar as roupas dele e devorá-lo ali mesmo. Mas só fungou.

– Vou ficar na Harp House, lindinha, para você não se preocupar.

A provocação dela teve o efeito desejado. Theo possuiu Annie ali, no chão da cozinha. E foi incrível.

Por mais que Annie não gostasse de pensar em dormir na Harp House, concordou para que ele ficasse tranquilo. Enquanto estava indo, parou para analisar a casa de fadinhas. Theo havia feito uma varanda com ripas perto da porta. Também havia colocado algumas conchas nas laterais e espalhado algumas das pedras pelo caminho, evidências de uma visita das fadinhas na calada da noite. Ela se virou e olhou para o sol. Depois de aguentar um clima tão frio, nunca mais deixaria de valorizar um dia ensolarado no inverno.

Ao entrar na cozinha, sentiu o cheiro de pão de banana recém-assado. Jaycie se saía melhor assando pães do que cozinhando, e ela vinha fazendo aqueles pequenos quitutes desde que Annie a havia confrontado a respeito da morte do marido. Era sua maneira de se desculpar por não ter contado sobre seu passado.

Havia restos de papelão de um dos projetos de arte de Lívia em cima da mesa ao lado do pão. Annie havia passado horas na internet pesquisando artigos a respeito de traumas infantis profundos. Ao encontrar informação sobre a terapia com fantoches, sentiu-se especialmente curiosa. Mas era um campo especializado com terapeutas capacitados, e os artigos tinham deixado ainda mais claro o quanto ela não sabia.

Jaycie entrou na cozinha. Estava de muleta havia semanas, mas ainda se movia com muita dificuldade.

– Recebi uma mensagem de texto de Theo. Ele está indo para o continente. – A voz dela ganhou um tom diferente. – Aposto que você vai sentir saudade dele.

Annie havia criticado Jaycie por não ser sincera, mas estava sendo igualmente misteriosa. Só que não conseguia se imaginar contando para ela que estava ficando com Theo. Nada havia mudado o fato de que ela tinha uma dívida com Jaycie pela vida toda.

Conforme a tarde passava, o humor de Annie mudou. Ela já tinha se acostumado a esperar para ver Theo no fim do dia. E não era só pelo sexo incrível. Simplesmente gostava de estar com ele.

Acostume-se com isso, disse Dilly, com sua maneira direta de sempre. *Seu caso amoroso torto vai acabar em breve.*

Caso sexual, Annie a corrigiu. *E você acha que não sei disso?*

Nem me fala, disse Dilly.

Quer Annie gostasse ou não, aquela dor sentida na ausência dele foi um alerta. Ela se obrigou a se concentrar na noite que teria pela frente, que estava determinada a curtir. Os artigos sobre terapia com fantoches eram fascinantes. Fez mais um pouco de pesquisa, e então voltou a ler o romance gótico antigo que trouxera consigo. Haveria lugar melhor para ler uma de suas histórias de terror preferidas do que na Harp House?

Mas, à meia-noite, a história do duque cínico e da dama virginal não tinha operado seu efeito, e Annie ainda não havia conseguido dormir. O jantar tinha sido simples, e havia pão de banana na cozinha. Ela saiu da cama e enfiou os pés nos tênis.

A lâmpada do corredor do andar de cima lançava uma sombra comprida e amarela na parede, e a escada rangeu quando ela se direcionou para a saleta. A lua cheia lançava uma luz prateada pelos painéis de vidro acima da porta da frente – não era o suficiente para iluminar a área, só para enfatizar a escuridão. A casa nunca parecera tão assustadora. Deu a volta e entrou no corredor dos fundos... E parou. Jaycie estava seguindo em direção a seu apartamento, e Annie não viu as muletas em lugar nenhum.

O pânico a paralisou. Jaycie caminhava perfeitamente bem. Não havia nada de errado com seu pé. Nadinha.

Os ouvidos de Annie zuniram quando ela se lembrou do tiro que passou de raspão por sua cabeça. De Crumpet pendurada como se estivesse enforcada, da ameaça pintada de vermelho na parede. Jaycie possuía um motivo para querer que ela fosse embora. Será que Annie tinha deixado de ver o óbvio? Será que Jaycie havia vandalizado o chalé? Disparado aquele tiro?

Jaycie tinha quase chegado à porta do apartamento quando parou. Olhou para cima, inclinando a cabeça lentamente, quase como se estivesse prestando atenção a qualquer movimento no andar de cima. E como Annie era a única pessoa no andar de cima...

Jaycie começou a se movimentar, não para dentro de seu apartamento, mas de volta pelo caminho de onde tinha vindo. Annie entrou na cozinha escura e se encostou na parede logo depois da entrada. Sua paralisia sumiu. Sentia vontade de chacoalhar Jaycie e arrancar a verdade dela. Jaycie passou pela cozinha.

Annie foi para o corredor a tempo de vê-la seguir para a saleta da frente. Permanecendo bem para trás, Annie a seguiu, quase pisando em um dos bonequinhos da coleção Meu Pequeno Pônei, que Lívia deixou espalhados pelo chão. Enquanto Annie observava, ela lentamente começou a subir os degraus.

A traição de Jaycie ardia dentro de seu peito. Encostou a cabeça na parede. Não queria acreditar. Não queria encarar a verdade que estava bem diante de seus olhos. Tinha sido Jaycie desde o começo. Sua raiva se intensificou. Não permitiria que ela se safasse.

Começou a se afastar da parede, e ouviu a voz revoltada de Scamp. *Você vai atrás dela agora? Como a heroína mais maluca. É madrugada. Existe um arsenal nesta casa e, até onde você sabe, Jaycie tem uma arma. Ela já matou o marido. Você não aprendeu nada com os romances?*

Annie rangeu os dentes. Por mais que detestasse, o confronto teria que esperar até o amanhecer, quando ela estivesse mais calma. E armada. Ela se forçou a voltar para a cozinha, pegou o casaco do gancho e saiu da casa.

Um relincho baixo veio de dentro do estábulo. Os abetos estalaram, e uma criatura noturna se embrenhou nos arbustos. Apesar do luar intenso, a descida foi difícil. Annie escorregou nas pedras soltas. Uma coruja piou como se a alertasse. Durante todo aquele tempo, ela achou que alguém estava atrás da herança, mas estava enganada. Jaycie queria afastar Annie para poder ficar com Theo só para si. Era como se toda a escuridão de Regan tivesse encontrado morada dentro de Jaycie .

Quando chegou ao pântano, Annie estava batendo os dentes de frio. Olhou para trás, para o casarão. Havia uma luz acesa na torre, em uma das janelas. Estremeceu, imaginando Jaycie olhando para ela, e então se lembrou de que ela própria tinha deixado a luz acesa ao subir ali, mais cedo.

Quando mirou a enorme sombra da Harp House e a janela da torre com a luz acesa, teve um instante de humor negro. Aquilo mais parecia a capa de um dos romances góticos que lia. Mas em vez de fugir da mansão assombrada na madrugada vestindo uma camisola esvoaçante e transparente, Annie estava fugindo vestindo um pijama de Papai Noel.

Sentiu um frio na espinha ao se aproximar do chalé escuro. Será que Jaycie já tinha descoberto que Annie tinha fugido? A raiva dela reapareceu. Falaria com Jaycie no dia seguinte, antes que Theo voltasse e tentasse intervir. Aquela era uma briga que só dizia respeito a ela.

Mas não era, não. Pensou em Lívia. O que aconteceria com ela?

A náusea contra a qual vinha lutando desde que vira Jaycie andando voltou. Procurou a chave da porta no bolso e a enfiou na fechadura. A porta rangeu assustadoramente. Quando entrou no chalé, procurou o interruptor. Nada aconteceu.

Booker havia mostrado a ela como acionar o gerador, mas ela não pensou que teria que fazer aquilo no escuro. Pegou a lanterna que mantinha perto da porta e se virou para sair de novo quando um som baixo, quase imperceptível fez Annie parar.

Algo havia se movimentado do outro lado da sala.

Os dedos dos pés ficaram tensos dentro dos tênis. Ela parou de respirar. O revólver estava no quarto dela. Ela só tinha a lanterna. Levantou o braço e iluminou a sala.

Os olhos amarelos de Hannibal olhavam para ela, com o rato de pelúcia preso entre suas patas.

– Seu gato idiota! Quase me matou de susto.

Hannibal ergueu o focinho e jogou o rato no meio da sala.

Annie manteve o olhar fixo nele enquanto esperava os batimentos cardíacos voltarem ao normal. Quando teve certeza de que tinha se recuperado o suficiente para se mexer, saiu da casa. Não tinha nascido para viver na ilha.

Você está se saindo muito bem com isso, disse Leo.

Sua torcida organizada tem me assustado, ela disse para ele.

Você está repreendendo um boneco, Dilly fez com que ela se lembrasse.

Ela se aproximou do gerador e tentou se lembrar das instruções que Booker havia lhe passado. Quando começou a repassar os passos, ouviu o som baixo de um motor se aproximando da estrada principal. Quem poderia estar chegando? Podia ser alguém com algum problema de saúde à procura de Theo, mas todo mundo já devia saber que ele não estava na ilha. E Annie estava ali sozinha...

Deixou o gerador de lado e correu para dentro para pegar o revólver do criado-mudo. Não tinha certeza absoluta de que sabia atirar em alguém, mas também não tinha certeza de que não sabia.

Quando voltou para a sala de estar escura, estava segurando a arma. Estava ao lado da janela da frente e ouviu o barulho do cascalho do lado de fora. Faróis iluminaram o pântano. Quem quer que estivesse dirigindo não parecia se esforçar para se aproximar em silêncio. Talvez Theo tivesse conseguido uma carona no meio da noite.

Mantendo a mão firme no revólver, Annie olhou pelo canto da janela e viu uma picape parar na frente do chalé. Uma caminhonete que ela reconheceu.

Quando abriu a porta da frente, Bárbara Rose estava saindo do carro, e deixou o motor ligado. Pela luz que vinha da porta aberta do motorista, Annie viu a barra de uma camisola cor-de-rosa por baixo do casaco.

Bárbara correu na direção dela. Annie não conseguiu ver sua expressão, mas sentiu que ela estava tensa.

– O que aconteceu?

– Ai, Annie... – Bárbara levou a mão à frente da boca. – É o Theo...

Um abismo pareceu se abrir no peito de Annie, interrompendo o fluxo sanguíneo. Bárbara segurou o braço dela.

– Ele sofreu um acidente.

Ela arfou, mas se manteve de pé.

– Está passando por uma cirurgia – disse Bárbara.

Não estava morto. Ainda estava vivo.

– Como... como você sabe?

– Alguém ligou do hospital. A ligação estava péssima. Não sei se tentaram falar com você primeiro. Só entendi metade do que disseram. – Bárbara ofegava como se tivesse acabado de correr uma maratona.

– Mas... Ele está vivo?

– Sim, isso eu entendi. Mas é grave.

– Ai, meu Deus... – As palavras saíram altas. Uma oração.

– Liguei para Naomi. – Bárbara estava contendo as lágrimas. – Ela vai levar você no *Ladyslipper*.

Bárbara nem perguntou se Annie queria ir vê-lo, e ela também não hesitou. Não havia decisão a tomar. Pegou as primeiras roupas que encontrou e, em poucos minutos, elas estavam indo para a cidade. Annie poderia viver sem o chalé, mas pensar em viver sem Theo era insuportável. Ele era tudo o que um homem deveria ser. Tinha uma mente brilhante e um caráter irretocável. Era um homem de consciência: confiável, inteligente e carinhoso. Tão carinhoso que assumia os demônios dos outros como se fossem dele. E ela o amava por isso.

Ela o amava. Pronto. O que jurou que nunca aconteceria. Ela amava Theo Harp. Não só seu corpo nem seu rosto. Não só pelo sexo nem só pela companhia. Definitivamente não era por seu dinheiro. Ela o amava por quem ele era. Por sua alma linda, sofrida e gentil. Se ele sobrevivesse, Annie permaneceria ao seu lado. Não fazia diferença se ele ficasse deficiente, paralítico ou se tivesse sequelas cerebrais. Ela estaria ao lado dele.

Que ele viva. Por favor, Deus, permita que ele sobreviva.

As luzes do cais estavam acesas quando elas chegaram à doca. Annie correu na direção de Naomi, que estava esperando ao lado do bote que as levaria ao *Ladyslipper*. Ela estava tão séria quanto Bárbara. Pensamentos malucos e terríveis tomaram conta da mente de Annie. Elas sabiam que Theo estava morrendo, e não queriam contar para ela.

Annie entrou no bote. Em pouco tempo, elas estavam partindo. Annie ficou de costas para a praia da qual se afastavam.

Capítulo vinte

—**M**eu marido está em cirurgia. – A palavra parecia errada nos lábios de Annie, mas se ela não se identificasse como alguém da família, os médicos não falariam com ela. – Theo Harp.

A mulher atrás do balcão de atendimento olhou para o computador. Annie apertou as chaves do Honda Civic que Naomi mantinha no continente, um carro muito melhor do que a geringonça que ela dirigia na ilha. A mulher desviou os olhos do computador.

– Como se soletra o sobrenome?

– H-A-R-P. Como "harpa", mas sem o último "A".

– Não há ninguém com esse sobrenome aqui.

– Há, sim! – gritou Annie. – Ele sofreu um acidente grave. O hospital ligou. Está em cirurgia.

– Vou checar de novo. – A mulher pegou o telefone e virou a cadeira.

Annie esperou, sentindo o medo crescer a cada segundo. Talvez ele não estivesse nos registros do computador por já estar...

A mulher pousou o telefone.

– Não temos nenhum registro dele, senhora. Ele não está aqui.

Annie sentiu vontade de gritar com ela, dizer que ela precisava aprender a ler. Mas procurou o telefone na bolsa.

– Vou ligar para a polícia.

– É uma boa ideia – disse a mulher, com gentileza.

Mas nem a polícia da região nem a polícia estadual tinham registros de um acidente envolvendo Theo. Sentiu um alívio tão grande que começou a chorar. Mas, aos poucos, o alívio deu espaço à compreensão.

Não havia acontecido acidente nenhum. Theo não estava ferido. Não estava morrendo. Estava dormindo em um quarto de hotel em algum lugar.

Annie ligou para o celular dele, mas caiu na caixa postal. Porque Theo tinha o hábito de desligar o telefone à noite, mesmo no chalé onde não havia sinal. Quem entrou em contato com Bárbara, fez isso com a intenção clara de tirar Annie da ilha.

Jaycie.

Bárbara disse que a ligação estava ruim e que foi difícil entender. Claro que sim. Mas não por causa da ligação. Mas porque Jaycie havia tomado o cuidado de não deixar Bárbara identificar sua voz. Porque Jaycie queria tirar Annie da ilha antes do fim de março para que Theo fosse só dela.

O céu havia começado a clarear quando Annie dirigiu de volta para a doca onde Naomi a esperava. As ruas estavam vazias, as lojas estavam fechadas, as luzes dos semáforos estavam amarelas, piscando. Podia lutar – afirmar que as circunstâncias tinham sido excepcionais –, mas Cynthia queria o chalé, Elliott era um empresário turrão e o acordo era claro. O chalé seria devolvido à família Harp, e o que a madrasta dele quisesse fazer com ele seria problema de Theo. O problema de Annie seria voltar para a cidade e encontrar um lugar onde pudesse viver. Theo, salvador de mulheres carentes, provavelmente ofereceria um quarto para ela na Harp House, mas ela recusaria. Por mais difíceis que fossem as circunstâncias, não permitiria que Theo a visse como outra mulher precisando ser salva.

Se ao menos tivesse ligado para o hospital, mas, tomada pelo pânico, nem sequer havia pensado nisso. Tudo o que queria era castigar Jaycie pelo mal que havia feito.

Naomi estava sentada na popa do *Ladyslipper* bebericando uma caneca de café quando Annie voltou à doca. Os cabelos curtos de Naomi estavam jogados de lado, e ela parecia tão cansada quanto Annie se sentia. Annie fez um resumo para que ela entendesse o que tinha acontecido. Até aquele momento, não tinha falado com nenhuma das mulheres – nem mesmo com Bárbara –, a respeito das condições relacionadas à propriedade do chalé, mas logo todos tomariam conhecimento, e não havia mais necessidade de esconder. O que Annie não contou a Naomi foi que Jaycie tinha feito o telefonema. Antes de contar essa parte, ela pretendia lidar com Jaycie.

O *Ladyslipper* se aproximou do porto ainda de madrugada enquanto os barcos de pesca zarpavam para o mar iniciando mais um dia de trabalho. Bárbara e sua picape esperavam Annie na doca, estacionada não muito longe da Range Rover de Theo. Naomi havia telefonado para Bárbara de seu barco, e quando Bárbara se aproximou de Annie, a culpa era visível em seu semblante.

– Annie, sinto muito. Eu deveria ter feito mais perguntas.

– Não é sua culpa – disse Annie, desanimada. – Eu deveria ter desconfiado.

Os pedidos de desculpa de Bárbara durante o trajeto de volta ao chalé só fizeram Annie se sentir pior, e ela ficou aliviada quando chegaram. Apesar de mal ter dormido, sabia que não conseguiria descansar enquanto não confrontasse Jaycie. Vandalismo, tentativa de assassinato, e agora isso. Qualquer hesitação que Annie podia ter sentido em relação à polícia havia desaparecido. Queria olhar Jaycie bem dentro dos olhos quando dissesse que sabia o que ela tinha feito.

Annie se obrigou a beber uma xícara de café e a comer uns pedacinhos de torrada. A arma estava onde ela a havia deixado na noite anterior. Enfiou-a no bolso do casaco e saiu do chalé.

Não havia qualquer sinal de primavera no vento. Quando atravessou o pântano, viu a casa de pedra de Theo do outro lado da ilha. O campo que se estendia verdejante. A vista distante do mar. A paz dali que envolvia tudo.

A cozinha estava vazia. Ainda de casaco, Annie foi até a casa do caseiro. Durante todo aquele tempo, ela vinha tentando pagar a dívida que tinha com Jaycie, sem saber que a dívida já tinha sido totalmente paga na primeira vez em que Jaycie invadiu o chalé.

A porta da casa do caseiro estava fechada. Annie a abriu sem bater. Jaycie estava sentada perto da janela na velha cadeira de balanço, com Lívia aconchegada em seu peito. O rosto de Jaycie estava encostado na cabeça da filha, e ela não pareceu indignada quando Annie entrou.

– Lívia machucou o polegar na porta – ela explicou a Annie. – Estamos fazendo carinho. Está melhor agora, docinho?

Annie sentiu o estômago revirar. Independentemente do que Jaycie tinha feito, ela amava a filha, e Lívia amava a mãe. Se denunciasse Jaycie à polícia...

Lívia se esqueceu do polegar machucado e ergueu a cabeça para ver se Scamp estava escondida atrás das costas de Annie. Jaycie tocou uma mecha dos cabelos de Lívia.

– Detesto quando ela se machuca.

Com Lívia na sala, o peso da arma dentro do bolso do casaco de Annie parecia mais obsceno do que prudente.

– Lívia – disse Annie –, a mamãe e eu precisamos ter uma conversa de adultos. Pode fazer um desenho para mim? Que tal um desenho da praia?

Lívia concordou, saiu do colo de Jaycie e foi até a mesinha onde mantinha seus gizes. Jaycie franziu o cenho, preocupada.

– Aconteceu alguma coisa?

– Vamos conversar na cozinha. – Annie teve que se virar quando Jaycie pegou as muletas.

Com uma batida irregular das muletas, Jaycie seguiu Annie pelo corredor. Annie pensava em como os homens historicamente acertavam as contas nas arenas públicas: o espaço para duelos, o ringue de luta e o campo de batalha. Mas as disputas das mulheres costumavam ser feitas em áreas domésticas, como aquela cozinha.

Esperou Jaycie se posicionar atrás dela antes de se virar para confrontá-la.

– Eu fico com elas. – Tirou as muletas de forma tão abrupta que Jaycie teria caído se seus dois pés não estivessem bons para mantê-la de pé.

Jaycie se assustou.

– O que está fazendo? – Muitos segundos se passaram até ela se lembrar de equilibrar o peso contra a parede. – Preciso delas.

– Não precisou delas ontem à noite – disse Annie com seriedade.

Jaycie parecia chocada. Ótimo. Annie queria desestruturá-la. Jogou as muletas no chão e as afastou com o pé.

– Você mentiu para mim.

Jaycie empalideceu. Annie finalmente sentiu que ela estava olhando através do véu de invisibilidade que ela mantinha.

– Eu... eu não queria que você descobrisse – disse Jaycie.

– Obviamente.

Jaycie se afastou da parede, mancando levemente a ponto de Annie duvidar de que notaria se não estivesse prestando atenção. Jaycie segurou o encosto da cadeira na ponta da mesa, com os dedos pálidos.

– Foi por isso que você saiu da casa ontem à noite – Jaycie falou.

– Vi você subindo a escada. O que estava pensando em fazer?

Jaycie segurou o encosto da cadeira com mais força, como se ainda precisasse de apoio.

– Eu... não quero te contar.

A mágoa de Annie veio à tona.

– Você me enganou. E fez isso da pior maneira possível.

A tristeza tomou os traços de Jaycie. Ela se sentou na cadeira.

– Eu... eu estava desesperada. Não é desculpa, sei que não é. E eu tentei te dizer que meu pé estava melhor. Mas... tente entender. Eu estava me sentindo muito solitária.

O medo que ela sentiu ao pensar que Theo poderia estar morto fez Annie endurecer por dentro.

– Uma pena que Theo não tenha se disponibilizado a fazer companhia para você.

Em vez de hostilidade, Jaycie só demonstrou uma aceitação resignada.

– Isso jamais aconteceria. Sou mais bonita que você e, por algum tempo, quis acreditar que isso bastaria. – As palavras de Jaycie não foram ditas de modo a se gabar, eram apenas a constatação de um fato. – Mas não sou interessante como você é. Não tenho educação formal. Você sempre sabe o que dizer a ele, e eu, nunca. Você se impõe a ele, e eu não consigo. Sei de tudo isso.

Annie não esperava tamanha franqueza, mas não diminuiu a sensação de traição que tomava conta dela.

– Por que você estava indo ao meu quarto ontem à noite?

– Não quero parecer ainda mais frágil do que estou agora. – Jaycie abaixou a cabeça.

– Não é bem a palavra que eu usaria.

Jaycie olhou para as próprias mãos.

– Detesto passar a noite nesta casa sozinha. Não era tão ruim quando eu sabia que Theo estava na torre, mas agora... só consigo dormir depois de percorrer todos os quartos e, mesmo assim, tenho que trancar a porta de meu quarto. Sinto muito por ter mentido para você, mas se eu tivesse dito a verdade... se eu tivesse dito que meu pé estava curado e que conseguia andar sem muletas, que não precisava de sua ajuda, você não continuaria vindo aqui. Você está acostumada com suas amigas da cidade que sabem falar de livros e teatro. Eu não passo de uma moça da ilha.

Naquele momento, Annie se sentiu desequilibrada. Tudo o que Jaycie dizia parecia verdade. Mas e tudo o que não estava dizendo? Annie cruzou os braços.

– Saí da ilha ontem à noite. Mas com certeza você já sabe disso.

– Saiu da ilha? – Ela fingiu estar chocada, como se aquela informação fosse uma novidade. – Mas não pode fazer isso. Alguém te viu? Por que você sairia da ilha?

Uma leve dúvida começou a se misturar à raiva que Annie sentia. Mas ela sempre se via confusa diante de bons mentirosos.

— Sua ligação deu certo.
— Que ligação? Annie, de que está falando?
Annie se manteve firme em sua determinação.
— A ligação que Bárbara recebeu de alguém dizendo que Theo estava no hospital. Essa ligação.
— Hospital? — Jaycie deu um salto da cadeira. — Ele está bem? O que aconteceu?
Não permita que ela engane você, Dilly alertou. *Não seja ingênua.*
Mas... Scamp se intrometeu. *Eu acho que ela está dizendo a verdade.*
Só podia ser Jaycie por trás daqueles ataques. Ela mentiu, tinha motivo, e estava ciente de todos os atos de Annie.
— Annie, me conte! — ela insistiu.
Jaycie foi tão intensa, tão exigente como nunca era, que Annie se sentiu ainda mais desestruturada. E ganhou algum tempo.
— Bárbara Rose recebeu um telefonema, supostamente do hospital... — Annie contou a Jaycie a respeito de sua ida ao continente, a respeito do que tinha, e não tinha, encontrado. Despejou os detalhes de modo frio e calculista enquanto observava a reação de Jaycie com atenção.
Quando terminou, os olhos de Jaycie estavam marejados.
— Você acha que eu estava por trás desse telefonema? Você acha que, depois de tudo o que fez por mim, eu faria isso com você?
Annie se fortaleceu.
— Você é apaixonada por Theo.
— Theo é uma fantasia! Sonhar com ele me impedia de reviver tudo o que passei com Ned. Não era real. — Lágrimas escorriam por seu rosto. — Não sou cega! Você acha que eu não sei que vocês estão juntos? Machuca? Sim. Há momentos em que invejo você? Muitos. Você é tão boa em tudo. Tão competente. Mas não é boa quando se trata de julgar as pessoas. — Jaycie deu as costas para Annie e saiu da cozinha.
Annie se sentou em uma cadeira, sentindo-se enjoada. Como as coisas podiam ter ficado tão ruins? Ou talvez não. Mesmo naquele momento, Jaycie poderia estar mentindo para ela.
Mas não estava. Annie sabia que não estava.

Annie não conseguia permanecer na Harp House e voltou andando para o chalé. Hannibal a recebeu na porta e a seguiu para dentro do quarto, onde ela deixou a arma. Pegou o gato no colo e o levou ao sofá.

– Vou sentir saudade, amiguinho.

Seus olhos ardiam devido à falta de sono, e seu estômago estava embrulhado. Quando acariciou o gato em busca de consolo, olhou ao redor. Não havia restado quase nada para ela levar quando deixasse a ilha. A mobília era de Theo e, como não tinha uma casa e muito menos uma cozinha, não precisava dos pratos e utensílios do chalé. Queria alguns cachecóis da mãe e também o casaco vermelho, mas deixaria o resto das roupas de Mariah na ilha. Quanto às lembranças de Theo... Também encontraria uma maneira de deixá-las para trás.

Piscou para afastar a dor. Acariciando Hannibal embaixo do queixo de novo, Annie colocou o gato no chão e foi até as estantes, vazias exceto por alguns livros velhos e seu antigo Livro dos Sonhos. Ela se sentia derrotada. Vazia. Ao pegar o caderno de recordações, um dos ingressos que ela tinha guardado ali caiu, assim como algumas fotos de modelos de revista com penteados bem lisos que, num acesso de ilusão adolescente, ela tinha pensado que conseguiria fazer em si.

O gato se enrolou em seus tornozelos. Ela virou as páginas e encontrou uma resenha que tinha escrito de uma peça na qual ela era a estrela imaginária. Quanto otimismo juvenil.

Annie se abaixou para pegar o restante dos papéis que tinham caído, incluindo dois envelopes pardos nos quais ela guardava vários certificados que conquistara. Espiou dentro de um deles e viu um pedaço de papel de desenho. Puxou e viu esboços feitos com caneta-tinteiro dos quais não se lembrava. Abriu o segundo envelope e encontrou um desenho que combinava com o anterior. Levou-os em direção à janela da frente. Os dois tinham uma assinatura no canto inferior direito. Ela hesitou. N. Garr.

Seu coração se acelerou. Analisou as assinaturas com mais atenção, observou os desenhos, viu as assinaturas de novo. Não havia erro. Aqueles desenhos tinham sido assinados por Niven Garr.

Ela começou a buscar em sua memória o que conhecia sobre ele. Tinha deixado sua marca como pintor pós-moderno, e então se aventurou no fotorrealismo alguns anos antes de morrer. Mariah sempre criticou o trabalho dele, o que era esquisito, considerando que Annie havia encontrado três livros de fotos dos quadros dele bem ali no chalé.

Colocou os esboços sobre a mesa onde a luz era mais forte. Aqueles desenhos só podiam ser a herança da qual Mariah havia falado. E que herança!

Annie se sentou em uma das cadeiras de encosto reto. Como Mariah tinha conseguido aquilo, e por que todo o mistério? Sua mãe nunca havia dito que o conhecia, e ele certamente não fizera parte do círculo social de Mariah na época em que ela ainda fazia parte de um. Annie analisou os detalhes. Os desenhos tinham dois dias de diferença um do outro. Os dois eram retratos detalhados de uma mulher nua, mas, apesar dos traços claros e da precisão do sombreado, a profundidade da delicadeza na expressão da mulher enquanto olhava para o artista davam aos desenhos uma qualidade meio romântica. Ela estava oferecendo tudo a ele.

Annie compreendia as emoções daquela mulher como se fossem suas. Sabia exatamente como era aquele tipo de amor. A modelo tinha pernas e braços compridos – bonitos, mas não lindos –, um rosto de traços marcantes e cabelos compridos. Ela fazia Annie se lembrar das fotografias antigas que tinha visto de Mariah. Tinham o mesmo...

Annie levou a mão à frente dos lábios. Aquela era Mariah. Como não a reconheceu logo de cara?

Porque Annie nunca tinha visto a mãe daquele modo – tranquila, jovem e vulnerável, sem os traços fortes.

Hannibal pulou no colo de Annie, que ficou sentada em silêncio, e as lágrimas escorriam de seus olhos. Se ao menos tivesse conhecido a mãe naquela época. Se ao menos... Mais uma vez, analisou as datas nos desenhos: o ano, o mês. E fez as contas. Foram obras feitas sete meses antes de ela nascer.

Seu pai era um homem casado. Foi um caso, nada mais. Eu não gostava dele.

Mentira. Aqueles eram desenhos de uma mulher profundamente apaixonada pelo homem que capturava a imagem. Um homem que, de acordo com as datas, só podia ter sido pai de Annie.

Niven Garr.

Annie afundou os dedos nos pelos de Hannibal. Ela se lembrava de fotos que tinha visto de Garr. Os cabelos muito encaracolados eram sua marca registrada – cabelos muito diferentes dos de Mariah, muito parecidos com os de Annie. A concepção de Annie não tinha sido o resultado de um caso, como sua mãe dissera, e Niven Garr não era casado na época. Seu único casamento aconteceu muitos anos depois, com seu parceiro de longa data.

Tudo ficou claro. Mariah tinha sido apaixonada por Niven Garr. O carinho evidente no desenho sugeria que ele havia sentido o mesmo. Mas não o suficiente. Por fim, ele teve que ficar em paz com sua natureza e deixou Mariah.

Annie ficou tentando imaginar se ele sabia que tinha uma filha. Será que o orgulho de Mariah – ou talvez sua amargura – havia feito com que ela escondesse a verdade dele? Mariah não ligava para os desenhos que Annie fazia na infância, era muito agressiva ao falar dos cachos da filha e de sua timidez infantil. Eram lembranças doloridas que ela mantinha de Niven. A acidez de Mariah em relação aos quadros de Garr nada tinham a ver com o trabalho dele e tudo a ver com o fato de que ela o amou mais do que ele tinha sido capaz de amá-la.

Hannibal tentou se desvencilhar das mãos de Annie. Aqueles desenhos bonitos de uma mulher apaixonada resolveria todos os seus problemas. Eles renderiam a Annie dinheiro mais do que suficiente para pagar suas dívidas quantas vezes fosse necessário. Ela teria tempo e dinheiro para se preparar para a próxima parte de sua vida. Os desenhos resolveriam tudo.

Mas não podia abrir mão deles.

O amor irradiando do rosto de Mariah, sua mão apoiada de modo protetor sobre a barriga, toda a delicadeza. Aqueles desenhos eram a verdadeira herança de Annie. Eram a prova concreta de que Annie tinha sido gerada com amor. Talvez fosse aquilo que sua mãe queria que ela visse.

Nas últimas vinte e quatro horas, Annie tinha perdido muito, mas também havia encontrado sua herança. O chalé não era mais dela, sua situação financeira estava pior do que nunca, e ela precisava encontrar um lugar para viver, mas tinha descoberto a parte que faltava de si mesma. Também havia traído uma amiga. A lembrança da expressão abalada de Jaycie não saía de sua mente. Precisava voltar e se desculpar.

Não seja tonta, disse Peter. *Você é tão mole.*

Ela o ignorou e, apesar de estar precisando dormir, fez a segunda caminhada do dia até o topo do penhasco. Enquanto subia, pensou em como era ser filha de Mariah e de Niven Garr. Mas, no fim das contas, a única pessoa que ela sabia ser era si mesma.

Jaycie estava em sua casa, sentada perto da janela olhando o quintal lateral. A porta estava aberta, mas Annie bateu no batente.

– Posso entrar?

Jaycie deu de ombros. Annie recebeu isso como uma permissão. Enfiou as mãos nos bolsos do casaco.

– Jay, sinto muito. De verdade. Não há nada que eu possa fazer para retirar o que disse, mas estou aqui para pedir perdão. Não sei quem está por trás do que tem acontecido comigo, mas...

– Pensei que fôssemos amigas! – disse Jaycie, muito magoada.

– Nós somos.

Jaycie se levantou da cadeira e passou por Annie.

– Preciso ver como Lívia está.

Annie não tentou impedi-la. O prejuízo que havia causado ao relacionamento era profundo demais para um conserto simples. Voltou para a cozinha, pretendendo permanecer ali até Jaycie estar pronta para uma conversa. Jaycie apareceu quase imediatamente, mas passou por ela. Sem nem sequer olhar na direção de Annie, ela abriu a porta dos fundos.

– Lívia! Lívia, onde você está?

Annie estava tão acostumada a sair procurando Lívia, que partiu em direção a porta, mas Jaycie já tinha saído.

– Lívia Christine! Volte aqui agora mesmo!

Annie seguiu Jaycie.

– Vou dar a volta pela frente.

– Não se preocupe – disse Jaycie, asperamente. – Eu mesma vou.

Annie a ignorou e checou a varanda. Lívia não estava ali. Ela voltou para falar com Jaycie.

– Tem certeza de que ela não está aqui dentro? Pode ser que esteja se escondendo em algum lugar da casa.

A preocupação de Jaycie com a filha por um momento escondeu a raiva que sentia de Annie.

– Vou olhar.

A porta do estábulo estava bem trancada. Annie não a encontrou na mata atrás do gazebo, e deu a volta à frente da casa de novo. A varanda ainda estava vazia, mas quando olhou para a praia, viu algo cor-de-rosa contra as rochas. Desceu os degraus correndo. Apesar de Lívia ficar bem longe da beira da água, ela não deveria estar ali sozinha.

– Lívia!

Lívia olhou para cima. A jaqueta cor-de-rosa estava com o zíper aberto, os cabelos caindo ao redor do rosto.

– Fique exatamente onde está. – Annie deu a ordem ao se aproximar do fim das rochas. – Eu a encontrei! – gritou, sem saber se Jaycie conseguiria escutar.

Lívia fazia cara de teimosa. Segurava o que parecia ser uma folha de papel com um desenho e gizes de cera na outra. Mais cedo, Annie havia pedido para que ela fizesse um desenho da praia. Aparentemente, a menininha de 4 anos decidiu que precisava fazê-lo *in loco*.

– Ah, Liv... Você não pode vir aqui sozinha. – Ela se lembrou de histórias que tinha ouvido sobre ondas fortes que arrastavam adultos para dentro do mar. – Vamos com a mamãe. Ela não vai ficar feliz por saber que você veio até aqui.

Quando estendeu a mão para segurar a de Lívia, viu uma pessoa caminhando pela praia, vindo do chalé. Alto, esguio e de ombros largos, com o vento despenteando seus cabelos escuros. Annie sentiu o coração acelerar e se deixou perder no amor que sentia por ele, juntamente com a determinação de não demonstrar sentimentos. Sabia que Theo se importava com ela, assim como sabia que não a amava. Mas ela o amava o suficiente para garantir que seus sentimentos por ele não se tornassem mais um peso de culpa. Pela primeira vez na vida de Theo Harp, uma mulher cuidaria de seu bem-estar, e não o contrário.

– Oi, bonito! – disse quando ele parou ao seu lado.

Ele ergueu as sobrancelhas meio irritado.

– Não venha dar uma de engraçadinha pra cima de mim. Soube o que aconteceu. Você enlouqueceu? O que te deu para partir daquele jeito?

Me deu amor. Ela forçou os músculos tensos de sua mandíbula a relaxarem. – Era madrugada, e eu estava sonolenta. Pensei que você estivesse machucado. Me perdoe por ter me preocupado.

Ele ignorou a ironia.

– Ainda que eu estivesse morrendo, a última coisa que você deveria ter feito era sair da ilha.

– Somos amigos, seu tonto! Está me dizendo que se pensasse que eu tivesse sofrido um acidente horroroso, não teria feito a mesma coisa?

– Não se isso acabasse por me fazer perder o lugar onde moro!

Que mentira. Ele teria feito exatamente a mesma coisa por qualquer um de seus amigos. Era o jeito dele.

– Vá embora – disse ela. – Não quero falar com você. – *Quero te beijar. Te bater. Fazer amor com você.* Mas mais do que isso, ela queria salvá-lo de quem ele era.

Ele ergueu as mãos.

– Você só tinha que fazer *uma* coisa neste inverno. *Ficar onde estava.* Mas conseguiu fazer isso? Não.

– Pare de gritar comigo.

Ele não estava gritando, como fez questão de dizer imediatamente.

– Não estou gritando.

Mas tinha aumentado a voz, então ela aumentou a dela.

– Não me importo com o chalé – mentiu. – O melhor dia da minha vida será quando eu deixar este lugar.

– E exatamente para onde você pretende ir?

– Para a cidade, onde é meu lugar!

– Para fazer o quê?

– Para fazer o que eu faço!

Eles continuaram discutindo assim por alguns minutos, aumentando a voz cada vez mais, até se cansarem.

– Droga, Annie! Eu me preocupo com você.

Theo finalmente tinha se acalmado, e ela não conseguiu resistir, teve que tocá-lo. Encostou a mão espalmada em seu peito, sentindo seu coração.

– É seu jeito de ser, mas agora pare.

Ele passou o braço pelos ombros dela, e eles se viraram na direção das escadas.

– Tenho algo...

Annie viu o papel com o desenho voando acima das pedras. Lívia tinha sumido.

– *Liv!*

Não obteve resposta.

– *Lívia!* – Instintivamente, ela se virou na direção do mar, mas ela estava de pé em um ângulo que certamente teria permitido que visse se a menina tivesse se aproximado da água.

– Você a encontrou? – Jaycie apareceu no topo do penhasco. Estava sem casaco, a voz esganiçada à beira da histeria. – Ela não está na casa. Já procurei por todos os cantos.

Theo havia começado a caminhar na direção da descida de pedras que bloqueava a caverna, mas demorou um pouco para Annie ver o que ele tinha visto, um pedaço de tecido cor-de-rosa em uma fissura entre as pedras. Annie correu até ele. A entrada da caverna tinha sido bloqueada anos antes, mas havia uma abertura no meio das pedras, um espaço angular amplo o bastante para que uma criança passasse. E quatro gizes de cera estavam ali perto.

– Pegue uma lanterna! – Theo gritou para Jaycie. – Acho que ela entrou na caverna.

A maré subiria em algumas horas, mas não havia como saber a profundidade da água do lado de dentro. Annie se agachou na frente de Theo e se inclinou para dentro da caverna.

– Lívia, você está aí dentro?

Ouviu o eco de sua própria voz, o barulho da água contra as paredes da caverna, mas nada mais.

– Lívia! Querida, você tem que responder para eu saber que você está bem. – Ela realmente achava que podia exigir que uma criança muda falasse?

Theo se colocou ao lado dela.

– Liv, é o Theo. Encontrei umas conchas bem bonitas para a casa das fadas, vou precisar de ajuda para fazer os móveis. Pode vir me ajudar?

Theo olhou nos olhos de Annie enquanto eles esperavam. Não ouviram nada. Annie tentou de novo.

– Se estiver aí dentro, pode fazer um barulho para a gente? Ou pode jogar uma pedra para ouvirmos? Para sabermos que você está aí.

Eles se esforçaram para escutar. Alguns segundos depois, ouviram. O barulhinho leve de uma pedra acertando a água.

Theo começou a afastar as pedras desesperadamente, sem se deixar deter pelo fato de que até mesmo as menores eram grandes demais para serem retiradas por uma única pessoa. Jaycie estava descendo os degraus, com a lanterna na mão, ainda sem casaco. Por um momento, Theo parou o que estava fazendo para olhar para ela, que passava pelas pedras sem muletas. Não era obrigação de Annie explicar, e ele voltou ao trabalho.

– Ela está lá dentro. – Annie saiu do caminho para que Jaycie pudesse se ajoelhar na frente da abertura.

– Lívia, é a mamãe! – Jaycie virou a lanterna para dentro. – Está vendo a luz?

Só as ondas responderam.

– Lívia, você precisa sair. Agora mesmo! Não vou ficar brava, prometo. – Ela se virou na direção de Annie. – Ela pode se afogar ali.

Theo pegou um pedaço de madeira que estava boiando. Ele o jogou por baixo da pedra de cima para fazer uma base improvisada, mas hesitou.

– Não posso me arriscar. Se eu movimentar as pedras, não tenho como garantir que elas não fechem ainda mais a entrada.

O rosto de Jaycie estava pálido. Ela apertou o tecido cor-de-rosa do casaco da filha.

– Por que ela entrou ali?

– Não sei – disse Annie. – Ela gosta de explorar. Talvez...

– Ela tem medo do escuro! Por que faria isso?

Annie não teve o que responder.

– Lívia! – gritou Jaycie. – Você precisa sair agora!

Theo havia começado a cavar na areia dura do fundo da abertura.

– Vou entrar para pegá-la, mas precisamos alargar a abertura.

– Você é grande demais – disse Jaycie. – Vai demorar muito.

A ponta de uma onda passou por cima das pedras e quebrou aos pés dele, devolvendo um pouco da areia que Theo tinha tirado. Jaycie tentou afastá-lo.

– Eu vou entrar.

Theo a impediu.

– Você não vai passar. Precisamos tirar mais areia.

Ele tinha razão. Apesar de ter alargado a abertura, a água do mar não parava de tentar devolver a areia, e o quadril de Jaycie era largo demais.

– Preciso entrar – ela protestou. – Agora mesmo, ela poderia estar...

– Eu vou – disse Annie. – Saiam da frente.

Empurrou Jaycie para o lado, mas não tinha certeza de que conseguiria entrar, mesmo tendo mais chance do que os dois. Theo olhou em seus olhos.

– É perigoso demais.

Em vez de discutir, ela lançou a ele um sorriso sarcástico.

– Sai da frente, cara. Vou ficar bem.

Theo sabia tão bem quanto ela que Annie era a única deles que tinha uma chance de conseguir, mas isso não pareceu acalmar a dúvida em seu olhar.

– Tome cuidado, está ouvindo? – disse ele com intensidade. – Não ouse fazer nenhuma maluquice.

– Não pretendo. – Ela tirou o casaco e o entregou a Jaycie. – Vista isto.

Observou a abertura apertada, e então tirou a blusa de moletom e a jogou de lado, ficando só de calça jeans e de camiseta fina cor de laranja. O frio fez sua pele se arrepiar.

Theo cavava a areia sem parar, tentando dar mais espaço para ela. Annie se agachou e fez uma careta quando sentiu a água gelada.

– Liv, é a Annie. Estou entrando com você. – Ela arfou quando se debruçou na areia gelada. Ao passar os pés para o lado de dentro, ela se imaginou presa na entrada da caverna como o ursinho Pooh no jarro de mel.

– Calma. – A voz de Theo estava tensa, o que não era normal. – Vá com calma. – Ele fez o melhor que pôde para ajudá-la a se passar, mas ao mesmo tempo, ela detectou uma resistência quase imperceptível, como se ele não quisesse que ela entrasse. – Cuidado. Tome cuidado.

Foi uma palavra que ele repetiu mais umas dez vezes enquanto ela passava as pernas pela abertura, e então virou o corpo de modo que o quadril ficasse numa linha paralela com a abertura. Mais uma onda a tomou. Theo mudou de posição, tentando protegê-la.

Os tênis dela se afundaram na água dentro da caverna, aumentando seu medo em relação à profundidade. Ela passou o quadril entre as rochas.

– Você não vai passar – disse ele. – Saia de novo. Vou cavar mais.

Annie o ignorou e murchou a barriga. Com a parte de cima do corpo ainda do lado de fora, ela se empurrou com força.

— Annie, pare!

Ela não parou. Mordeu o lábio ao sentir a rocha áspera e enfiou os pés na areia. Girando os ombros de novo, ela entrou.

Quando Annie entrou na caverna, Theo teve a impressão de que também tinha sido puxado com ela. Passou a lanterna para ela pela abertura. Ele deveria estar ali dentro. Era mais forte para nadar, mas desejava muito que a profundidade da água não fosse um fator importante.

Jaycie permaneceu ao lado dele, impotente. Ele não parava de cavar a areia. Ele deveria ter partido para o resgate, não Annie. Tentou não pensar no resultado daquela cena se a estivesse escrevendo, mas o cenário ruim se desenrolou em sua mente como um filme. Se aquela fosse uma cena de um de seus livros, Quentin Pierce estaria dentro daquela caverna esperando Annie, desavisada, para torná-la a vítima de seu próximo assassinato sádico. Theo nunca escrevia com detalhes as mortes brutais de suas personagens do sexo feminino, mas deixava pistas que bastassem para que os leitores pudessem completar sozinhos. E, naquele momento, era o que fazia pensando em Annie.

O motivo pelo qual ele se sentia atraído a escrever romances de terror era irônico. Ao criar seus contos assustadores de mentes doentias, ele havia alcançado um senso de controle. Em seus livros, ele tinha o poder de punir o mal e cuidar para que houvesse certa justiça. Na ficção, pelo menos, ele podia colocar ordem em um mundo perigoso e caótico.

Mentalmente, mandou Diggity Swift para ajudá-la. Diggity, que era pequeno o suficiente para passar pela abertura e esperto também para proteger Annie. Diggity, o personagem que ele tinha matado duas semanas antes.

Cavou mais rápido e mais fundo, ignorando os cortes sangrando de suas mãos, e chamava por ela.

— Pelo amor de Deus, tome cuidado.

Dentro da caverna, Annie ouvia as palavras de Theo, mas ela tinha adentrado seu antigo pesadelo. Acendeu a lanterna. A erosão havia deixado a água na parte da frente da caverna mais funda do que antes, já em seus tornozelos. Sua garganta estava seca por causa do medo.

— Liv?

Ela iluminou as paredes da caverna, e então se forçou a iluminar a água. Não havia nenhum pano cor-de-rosa boiando na superfície. Não havia nenhuma menininha de cabelos lisos na água. Mas isso não significava necessariamente que ela não estivesse ali... Ela conseguiu falar:

– Lívia, faça um barulho, querida, para eu saber onde você está.

Só a batida da água ecoava nas paredes de granito. Ela entrou ainda mais na caverna, criando uma imagem mental de Lívia agachada e longe, em um dos cantos.

– Lívia, por favor... Faça um barulho para mim... qualquer um.

O silêncio ressoava nos ouvidos dela.

– A mamãe está do lado de fora à sua espera. – Sua lanterna iluminou a pedra da qual ela se lembrava tão bem. E ela meio que esperava ver uma caixa de papelão molhada. A água batia acima de seus joelhos. Por que Lívia não respondia? Ela sentia vontade de gritar, frustrada.

E, então, uma voz sussurrou *Deixe eu tentar*.

Annie piscou a lanterna.

– Volte a acender a lanterna! – exclamou Scamp com uma voz trêmula. – Se você não acender a lanterna de novo agora, pode ser que eu grite, e isso vai ser desconfortável para todos. Vou demonstrar...

– Não demonstre, Scamp! – Annie lutou contra a possibilidade de estar apresentando um show de fantoches a uma menina que já poderia ter se afogado. – Eu desliguei para economizar pilha.

– Economize alguma outra coisa – declarou Scamp. – Tipo caixa de cereal ou gizes de cera vermelho. Liv e eu queremos a lanterna acesa. Não é, Liv?

Um soluço baixo e abafado foi ouvido. O alívio de Annie foi tão enorme que ela mal conseguiu fazer a voz de Scamp de novo.

– Viu? A Lívia concordou! Não ligue para a Annie, Lívia. Ela está meio esquisita. Agora acenda a lanterna de novo, por favor.

Annie acendeu a lanterna e adentrou mais a caverna, procurando desesperadamente qualquer sinal movimento.

– Não estou esquisita, Scamp – disse ela com a própria voz. – E se acabar a pilha, não é culpa minha.

– Liv e eu pretendemos sair daqui bem antes da sua pilha idiota acabar – respondeu Scamp.

– Você não pode dizer "idiota" – disse Annie, com a voz ainda trêmula. – É grosseiro, não é, Lívia?

Ela não respondeu.

– Eu peço desculpas – disse Scamp. – Só estou sendo grosseira porque estou assustada. Você entende, não é, Lívia?

Mais um som abafado foi ouvido do fundo da caverna. Annie direcionou o feixe da lanterna para a direita e iluminou uma depressão estreita logo acima da linha da água e que se encontrava com a superfície de uma pedra. Lívia podia ter passado por ali?

– Está muito escuro aqui dentro – a boneca reclamou. – E isso quer dizer que estou com muito medo, então vou cantar uma musiquinha para poder me sentir melhor. Vai se chamar "Sentada em uma Caverna Escura". Composta por mim, Scamp.

Annie passou pela água que chegava a suas coxas quando Scamp começou a cantar.

> *Eu estava sentada em uma caverna escura*
> *Em uma pedra.*
> *Escondida*
> *Mas não queria ficar-ar-ar-ar.*
> *Estava com frio, e suas pernas começavam a ficar dormentes.*
> *De repente veio uma aranha*
> *E se sentou ao meu lado*
> *E disse...*
> *Minha nossa! O que uma aranha legal como eu está fazendo em uma caverna escura assim?*

Annie deu a volta pela ponta da pedra e olhou para a mancha cor-de-rosa na ponta. Queria se lançar à frente e segurá-la. Mas só se escondeu e direcionou a lanterna para a água escura.

– Annie – disse Scamp. – Ainda estou com medo. Preciso ver a Lívia agora mesmo. A Lívia vai fazer eu me sentir melhor.

– Compreendo, Scamp – disse Annie –, mas não consigo encontrá-la em lugar nenhum.

– Você tem que encontrar! Preciso conversar com uma criança, não com um adulto. Preciso da Lívia! – Scamp foi ficando cada vez mais brava. – Ela é minha amiga, e os amigos se ajudam quando estão com medo. – Scamp começou a chorar com soluços curtos ridículos. – Por que ela não me diz onde está?

Uma onda bateu nas coxas de Annie, e o teto da caverna pingava gotas gélidas que escorriam por sua espinha.

Scamp começou a chorar mais alto, e seus soluços se tornaram mais pronunciados. Até que três palavras baixinhas e suaves surgiram acima da água.

– Estou bem aqui.

Capítulo vinte e um

Annie nunca tinha ouvido nada mais lindo do que aquelas palavras baixinhas e hesitantes. *Estou bem aqui.* Ela não podia estragar o momento...

– Lívia – sussurrou Scamp. – É você mesmo?

– Uh-huh.

– Pensei que eu estivesse sozinha, só com a Annie.

– Eu também estou aqui. – A voz recém-encontrada de Lívia parecia um pouco rouca pela falta de uso.

– Assim eu me sinto melhor – Scamp fungou. – Você está com medo?

– Uh-huh.

– Eu também. Estou feliz por não ser a única.

– Não é, não. – Ela não pronunciava as palavras claramente, e o som era tão bonitinho que Annie sentiu o coração derreter.

– Quer ficar mais tempo aqui ou já podemos sair? – perguntou Scamp. Uma pausa comprida.

– Não sei.

Annie controlou a apreensão e se forçou a esperar. Longos segundos se passaram.

– Scamp? – disse Lívia, por fim. – Você ainda está aí?

– Estou pensando – disse Scamp. – E eu acho que você precisa conversar sobre isso com um adulto. Tudo bem se eu mandar a Annie te pegar?

Annie esperou, temendo ter ido longe demais. Mas Lívia respondeu com um "tudo bem" discreto.

– Annie! – Scamp gritou. – Venha aqui, por favor. A Lívia precisa conversar com você. Lívia, estou com muito frio e vou tomar um chocolate quente. E picles. Falo com você depois.

Annie apareceu no canto da pedra, torcendo para que sua presença não deixasse Lívia muda de novo. Lívia mantinha os joelhos dobrados contra o peito. Estava com a cabeça baixa, com os cabelos escondendo seu rosto.

Annie não sabia ao certo se Jaycie conseguia ouvir que Lívia estava segura, mas tinha medo de gritar, pois não queria regredir em sua situação com Lívia.

– Ei, sapequinha – disse ela.

Lívia finalmente levantou a cabeça.

O que havia levado uma criança que tinha medo do escuro a entrar ali? Só podia ser algo profundamente traumático. Mas quando Annie a encontrou na praia, Lívia estava mais petulante do que traumatizada. Algo devia ter acontecido depois daquilo, mas além do surgimento de Theo...

E naquele momento, Annie compreendeu.

Apesar de seus dentes estarem batendo de frio, e de a depressão na qual ela estar apoiada ser muito curta para oferecer conforto, ela se impulsionou para cima. Segurando-se da melhor maneira que conseguiu, passou o braço ao redor do corpo da menina. Lívia tinha cheiro de mar, suor de criança e xampu.

– Você sabia que a Scamp está brava comigo? – perguntou Annie.

Lívia negou balançando a cabeça.

Annie esperou, ignorando a rocha cutucando seu ombro, e segurou Lívia perto do corpo, mas não explicou.

Por fim, a mandíbula de Lívia se movimentou contra o braço de Annie.

– O que você fez?

Aquela voz! Aquela vozinha linda.

– Scamp disse que você veio aqui porque ouviu Theo e eu discutindo. Por isso ela está brava comigo. Porque nós brigamos na sua frente, e as discussões entre adultos assustam você.

Ela balançou a cabeça de um jeito quase imperceptível.

– É por causa do jeito com que seu pai machucava sua mãe e pelo modo com que seu pai morreu. – Annie fez a explicação do modo mais tranquilo que conseguiu.

– Eu me assustei. – E fungou de um jeito de partir o coração.

– Claro que você se assustou. Eu também teria me assustado. A Scamp me disse que eu deveria ter explicado para você que o fato de adultos discutirem nem sempre significa que algo ruim vai acontecer. Como quando o Theo e eu discutimos. Nós gostamos de discutir. Mas nunca machucaríamos um ao outro.

Lívia inclinou a cabeça para Annie, prestando atenção.

Annie podia tê-la pegado no colo para sair com ela, mas hesitou. O que mais podia dizer para diminuir o estrago? Passou o polegar pelo rosto de Lívia.

– Às vezes, as pessoas discutem. Crianças e adultos. Por exemplo, sua mamãe e eu discutimos hoje. Foi tudo minha culpa, e vou me desculpar com ela.

– Você e a mamãe? – perguntou Lívia.

– Eu me confundi com uma coisa. Mas olha só, Lívia. Se você se assustar sempre que alguém discutir, vai se assustar muito, e ninguém quer que você se sinta assim.

– Mas a voz do Theo estava bem alta.

– A minha também. Eu estava muito brava com ele.

– Você poderia ter dado um tiro nele com uma arma – disse Lívia, tentando entender a situação que era complicada demais para ela.

– Ah, não, eu nunca faria isso. – Annie tentou encontrar outra maneira. Hesitou. – Posso ter um segredo livre?

– Uh-huh.

Annie encostou o rosto no topo da cabeça de Lívia.

– Eu amo o Theo – sussurrou. – E eu nunca conseguiria amar quem tentasse me machucar. Mas isso não quer dizer que eu não possa ficar brava com ele.

– Você ama o Theo?

– É meu segredo livre, lembra?

– Lembro. – O som delicado de sua respiração ressoava nos ouvidos de Annie. Ela se remexeu. – Posso ter um segredo livre?

– Claro. – Annie se preparou, com medo do que viria em seguida.

Lívia virou a cabeça para olhar para Annie.

– Não gostei da música da Scamp.

Annie riu e beijou sua testa.

– Não vamos contar para ela.

O feliz reencontro entre mãe e filha teria emocionado Annie se ela não estivesse sentindo tanto frio. Theo a levou a uma parte das pedras onde o sol fraco batia e examinou seus ferimentos. Ela ficou de pé na frente dele, apenas de camiseta cor de laranja e calcinha branca, com as meias de lã molhadas parecendo dobraduras ao redor dos tornozelos. Depois de passar Lívia pela abertura para os braços de Theo, ela percebeu que sua calça jeans estava pesando demais e a impediria de passar pela entrada, por isso teve que tirá-la.

Theo examinou o arranhão comprido no abdome dela, que se unia a outros cortes e hematomas. Com a mão direita, ele apertou as nádegas dela para impedi-la de se afastar, não que ela quisesse.

– Você está cheia de cortes. – Ele tirou o casaco e a envolveu com ele. – Juro que estou dez anos mais velho do que estava quando você entrou ali. – Ele a puxou contra o peito, um lugar no qual Annie adorou repousar.

A gratidão de Jaycie fez com que ela se esquecesse da raiva que estava sentindo de Annie, e finalmente afastou o olhar de Lívia por tempo suficiente para dizer:

– Nunca serei capaz de agradecer o suficiente pelo que você fez.

Annie tentou, sem sucesso, fazer com que seus dentes parassem de bater.

– Talvez não queira me agradecer quando souber... por que Lívia entrou na caverna. – Relutantemente, ela se afastou do conforto do peito de Theo e deu alguns passos mais para perto de Jaycie e de Lívia, mas ele se colocou atrás dela.

– Pode conversar com Jaycie depois – disse ele. – Agora, você precisa se aquecer.

– Vou fazer isso já, já. – Jaycie estava sentada em uma pedra com Lívia em seu colo, o casaco de Annie cobrindo as duas. Annie olhou para a menina.

– Liv, acho que não vou saber contar, é melhor você explicar para a sua mãe.

Jaycie não tinha ouvido a filha falando, e ficou visivelmente confusa. Lívia escondeu o rosto no peito da mãe.

– Tudo bem – disse Annie. – Pode contar para ela. – Mas ela contaria? Agora que tinham saído da caverna, será que Lívia ainda sentia necessidade de falar? Annie ajeitou o casaco com mais cuidado ao redor de si e esperou, torceu, rezou...

As palavras que finalmente saíram estavam abafadas, ditas contra o peito da mãe.

– Eu senti medo.

Jaycie arfou. Segurando o rostinho da filha, ela o virou para olhar nos olhos da menina, encantada.

– Liv...

– Porque a Annie e o Theo estavam brigando – disse Lívia. – Isso me deixou assustada.

Theo sussurrou um palavrão, mas deu para ouvir claramente.

– Ai, meu Deus... – Jaycie puxou Lívia contra si de novo, em um abraço forte.

As lágrimas de felicidade que encheram os olhos de Jaycie fizeram Annie desconfiar de que ela não tinha entendido o teor das palavras de Lívia, apenas o milagre da voz da filha. Naquele momento, enquanto as emoções estavam fortes, era a hora de tirar o curativo que escondia o segredo do que Jaycie tinha feito no passado, e abrir a ferida que ainda existia.

Annie conseguiu coragem graças ao corpo de Theo posicionado de modo a proteger suas costas.

– Pode ser que você não saiba, Jaycie, mas ao ouvir adultos discutindo, Lívia se lembra do que aconteceu com você e o pai dela.

A felicidade de Jaycie se desfez. Retorceu os lábios com dor, mas Annie insistiu.

– Quando ela ouviu Theo e eu discutindo, sentiu medo de que eu pudesse tentar atirar nele, por isso entrou na caverna para se esconder.

Theo falou veementemente:

– Lívia, Annie nunca faria isso.

Jaycie pousou uma mão sobre a orelha da filha, simbolicamente isolando-a. A tensão ao redor de seus lábios indicava que a gratidão que ela tinha sentido por Annie estava desaparecendo.

– Não temos que falar sobre isso.

– A Lívia precisa falar – disse Annie, com delicadeza.

– Escute a Annie – disse Theo, arriscando-se de modo admirável. – Ela sabe das coisas.

Lívia balançou a cabeça, um gesto automático. Theo apertou os ombros de Annie atrás dela. Seu incentivo era importantíssimo.

– Lívia, Scamp e eu temos conversado sobre como o pai dela a assustava – Annie continuou – e que você atirou nele, mesmo sem querer. – O frio havia afastado o receio que ela sentia. – Lívia pode até sentir um pouco de alívio por você ter atirado no pai dela – sei que Scamp está aliviada –, e precisa conversar com você sobre isso.

– Scamp? – perguntou Jaycie.

– Scamp também é criança – disse Annie –, então ela entende de coisas sobre Lívia que os adultos às vezes não notam.

Jaycie agora estava mais surpresa do que irada. Analisou o rosto da filha, tentando entender, mas não conseguiu. Sua impotência fazia Annie lembrar que Jaycie estava tão ferida quanto Lívia.

Sem um psicoterapeuta por perto, uma atriz fracassada com o conhecimento adquirido em oficinas teatrais para entender o comportamento humano teria que servir. Annie recostou o corpo levemente no peito de Theo, sem usá-lo como muleta, mas sim como conforto.

– Scamp também gostaria de entender algumas coisas – disse ela. – Talvez ela pudesse se reunir com vocês duas amanhã, e conversaríamos sobre o ocorrido, todos nós. – Annie relembrou que seus "amanhãs" em Peregrine Island eram poucos.

– Sim! Quero ver a Scamp! – Lívia demonstrou todo o entusiasmo que faltava em sua mãe.

– Ótima ideia – disse Theo. – Agora acho que está na hora de todo mundo se aquecer.

Lívia tinha se recuperado mais depressa do que os adultos, e desceu do colo da mãe.

– Vai me mostrar as conchas que pegou para a casa de fadinhas? – perguntou a Theo.

– Vou. Mas preciso cuidar da Annie primeiro. – Ele inclinou a cabeça em direção ao topo do penhasco. – Quer uma carona?

Lívia acabou nos ombros dele enquanto todos subiam os degraus até o topo.

Quando Annie e Theo voltaram ao chalé, ele encheu a banheira que não era mais dela e a deixou sozinha. Havia cortes em todo o seu corpo, e ela fez uma careta ao entrar na água, mas quando saiu e vestiu o roupão, estava aquecida. Theo também tinha vestido roupas secas – uma calça jeans com um rasgo no joelho e uma camiseta preta de mangas compridas que ele havia deixado de usar porque Jaycie a havia encolhido ao lavá-la na máquina, e a peça marcava todos os músculos de seu peito de um jeito que ele não gostava, mas que Annie adorava. Ele fez curativo nos cortes com toques impessoais. No intervalo de um dia, muita coisa tinha mudado. Ela havia perdido o chalé, acusado uma mulher inocente de tentar feri-la, descoberto suas raízes e ajudado a salvar uma menininha. Além de tudo isso, tinha admitido que amava aquele homem que não podia ter.

Theo fez queijo quente para eles. Enquanto colocava um bom pedaço de manteiga na frigideira quente, um pêndulo de relógio tiquetaqueou na cabeça dela, marcando o tempo que ainda tinha para ficar com ele.

– Liguei para o Elliott – disse ele. – Assim que soube que você tinha recebido a mensagem para sair da ilha.

Annie amarrou o cordão do roupão com mais força.

– Deixe-me adivinhar. Cynthia já sabia – graças a Lisa McKinley – e eles estavam festejando com um coquetel.

– Bem isso, por um lado, mas nada disso por outro. Lisa tinha ligado, mas ninguém comemorou.

– É mesmo? Estou surpresa por Cynthia não ter desenhado a planta baixa para transformar o chalé em uma réplica de Stonehenge.

– Eu pretendia pressioná-lo a mudar de ideia. Pretendia ameaçá-lo. Fazer o que pudesse para que você continuasse com o chalé por quanto tempo quisesse. Mas, no fim, Elliott tinha feito uma alteração da qual ninguém sabia.

– Que tipo de alteração?

– O chalé não é devolvido à família. – Ele deixou os sanduíches de lado para olhar para ela. – Vai para o fundo imobiliário de Peregrine Island.

Annie olhou para ele confusa.

– Não entendi.

Theo se virou e pressionou os sanduíches na manteiga derretida com uma força desnecessária.

– A questão é que você perdeu o chalé, e sinto ainda mais por isso do que você pode imaginar.

– Mas por que ele fez a alteração?

– Não sei os detalhes... Cynthia estava por perto... Mas parece que ele não ficou muito feliz com o que ela fez com a Harp House. Eu acho que ele quis garantir que o chalé continuasse como estava e, então, em vez de enfrentá-la, consultou o advogado dele sem que ela soubesse e fez a alteração.

Annie se surpreendeu.

– Mariah nunca disse nada a respeito.

– Ela não sabia. Aparentemente ninguém além dos consignatários da ilha sabia.

O barulho de um veículo se aproximando os interrompeu. Ele entregou a espátula para ela.

– Fique de olho nos sanduíches.

Enquanto ele caminhava até a porta da frente, Annie tentou unir as informações, mas seus pensamentos foram interrompidos por uma voz masculina desconhecida na porta. Momentos depois, Theo espiou dentro da cozinha.

– Preciso ir. Mais uma emergência. Você não precisa se preocupar com invasores agora, mas deixe as portas trancadas, de qualquer modo.

Quando ele saiu, ela se sentou à mesa com um dos sanduíches. Ele havia usado um bom queijo cheddar com um toque da mostarda de que ela mais gostava, mas Annie estava cansada demais para comer ou pensar. Precisava dormir.

Na manhã seguinte, ela se sentiu muito calma. Estava com o Suburban de Jaycie, e dirigiu até a cidade. O número de caminhonetes sujas na frente da casa de Bárbara Rose indicava que o grupo de tricô que se reunia às segundas de manhã estava reunido de novo. Antes de pegar no sono na noite anterior, Annie teve muito tempo para pensar, e entrou na casa sem tocar a campainha.

Móveis estofados e bugigangas enchiam a sala de estar. Havia quadros de pinturas a óleo amadoras, retratando barcos e boias, pendurados nas paredes, além de meia dúzia de pratos de porcelana com estampa de flores. Em cima de todas as superfícies, havia fotos da família: Lisa soprando velas de aniversário, Lisa e seu irmão abrindo presentes de Natal. Mais fotos ainda mostravam os netos de Rose.

Bárbara comandava a interação na sala de uma cadeira marrom e dourada sobre uma plataforma. Judy e Louise Nelson estavam no sofá. Naomi, que deveria estar no mar àquela hora, ocupava a poltrona dupla. Marie, com a cara azeda de sempre, ocupava uma cadeira à frente de Tildy, que havia trocado as roupas mais chiques por uma calça de moletom. Nenhuma delas estava tricotando.

Bárbara se levantou tão depressa que a cadeira sobre a plataforma bateu na parede, fazendo tremer um prato de porcelana que exibia dois filhotes de golden retriever.

– Annie! Que surpresa. Acho que você soube de Phyllis Bakely.

– Não, não soube nada.

– Ela teve um derrame ontem à noite – disse Tildy. – Ben, o marido dela, a levou ao continente, e Theo foi com eles.

Aquilo explicava por que Theo não tinha voltado ao chalé. Mas Annie não tinha ido à cidade para encontrá-lo. Ela olhou para as mulheres, sem pressa, e finalmente fez a pergunta que tinha ido até ali para fazer:

– Quem de vocês tentou atirar em mim?

Capítulo vinte e dois

Um engasgo coletivo tomou conta do círculo de tricô. Louise se inclinou para a frente como se não tivesse a idade que tinha. Judy soltou um gemido, assustada, Bárbara ficou tensa, Naomi contraiu a mandíbula, e Tildy retorceu as mãos no colo. Marie se recuperou mais depressa do que todas. Contraiu os lábios e semicerrou os olhos pequenos.

— Não fazemos ideia do que você está falando.

— Ah, é mesmo? — Annie entrou na sala, sem se preocupar se marcaria o carpete. — Por que não acredito nisso?

Bárbara enfiou a mão na sacola de tricô ao lado da cadeira e se recostou.

— Acho melhor você ir embora. Claramente está chateada com algo que aconteceu, mas não é motivo...

Annie a interrompeu.

— Chateada não basta nem para começar a descrever como me sinto.

— Francamente, Annie. — Tildy bufou indignada.

Annie se virou na direção de Bárbara, que havia começado a mexer na sacola de tricô.

— Você é uma das consignatárias da ilha. Mas há outros seis. Eles sabem o que você fez?

— Não fizemos nada — disse Naomi com sua voz de capitã.

Marie pegou sua sacola de tricô.

274

– Você não tem o direito de entrar aqui e fazer acusações desse tipo. Saia daqui.

– Isso é exatamente o que vocês queriam desde o começo: que eu saísse daqui. E você, Bárbara, fingindo ser minha amiga, mas só queria se ver livre de mim.

As agulhas de Bárbara se moveram mais depressa.

– Não fingi nada. Gosto muito de você.

– Claro que gosta. – Annie adentrou ainda mais a sala, para que elas entendessem que não sairia. Examinou o grupo, procurando o elo mais fraco e o encontrou. – E seus netos, Judy? Sabendo o que você fez, como vai olhar para o rosto daquele menininho cujo parto Theo realizou sem se lembrar de tudo isso?

– Judy, não dê ouvidos a ela. – A ordem de Tildy era meio desesperada.

Annie se concentrou em Judy Ketser com seus cabelos ruivos, boa disposição e espírito generoso.

– E seus outros netos? Você acha mesmo que eles nunca descobrirão nada disso? Você deu o exemplo. Eles vão aprender com você que não tem problema fazer o que for preciso para conseguir o que se quer, independentemente de quem você machuque pelo caminho.

Judy tinha disposição para sorrir, não para ser confrontada. Escondeu o rosto com as mãos e começou a chorar, e as cruzes em suas orelhas encostaram em seu rosto. Annie notou vagamente que a porta da frente se abria, mas não se deteve.

– Você é uma mulher religiosa, Judy. Como reconcilia sua fé com o que fez para mim? – Ela se dirigiu ao grupo todo. – Como vocês fazem isso?

– Não sei o que você acha que fizemos... – Tildy girou a aliança de casamento no dedo e sua voz falhou. – Mas está enganada.

– Todas sabemos que não estou enganada. – Annie sentiu a presença de Theo atrás dela. Não o viu, mas sabia que ele tinha entrado ali.

– Você não pode provar nada. – A atitude desafiadora de Marie não parecia sincera.

– Cale-se, Marie – disse Judy com uma veemência nada comum. – Isso já tem durado tempo demais. Tempo demais mesmo.

– Judy... – A voz de Naomi parecia um alerta. Ao mesmo tempo, ela encolheu os cotovelos nas laterais do corpo como se estivesse sentindo dor.

Louise falou pela primeira vez. Aos 83 anos, sua coluna era curvada devido à osteoporose, mas ela mantinha a cabeça erguida.

– Foi minha ideia. Só minha. Eu fiz tudo. Elas estão tentando me proteger.

– Que nobre – disse Annie.

Theo se posicionou ao lado dela. Ele estava descabelado e com a barba por fazer, mas se mantinha ali com uma elegância firme que chamava a atenção de todas.

– A senhora não vandalizou o chalé sozinha, sra. Nelson – disse ele. – E, perdoe-me, mas a senhora nunca conseguiria atirar em ninguém.

– Não quebramos nada – gritou Judy. – Fomos muito cuidadosas.

– *Judy!*

– Pois não quebramos! – disse Judy de modo defensivo.

Elas estavam derrotadas, e sabiam disso. Annie via na expressão delas. Tinham sido vencidas pela consciência de Judy, e talvez pela própria consciência. Naomi abaixou a cabeça, Bárbara deixou o tricô de lado, Louise se encolheu no sofá, e Tildy pressionou a mão contra os lábios. Só Marie parecia desafiadora, mesmo que essa atitude não fizesse mais sentido.

– E a verdade vem à tona – disse Annie. – De quem foi a ideia de colocar meu fantoche em uma forca? – A imagem de Crumpet pendurada na corda ainda a assombrava. Fantoche ou não, Crumpet fazia parte dela.

Judy olhou para Tildy, que esfregou o rosto.

– Vi isso uma vez em um filme – ela confessou, baixinho. – Seu fantoche não sofreu nenhum dano.

Theo mantinha o braço firme ao lado do dela.

– Uma pergunta mais importante... Quem de vocês atirou em mim?

Ninguém respondeu, e Theo mirou o olhar frio na direção da mulher na cadeira de balanço em cima da plataforma.

– Bárbara, por que não responde à essa pergunta?

Bárbara segurou os braços da cadeira com força.

– Claro que fui eu. Acha que eu permitiria que outra pessoa corresse esse risco? – Ela olhou para Annie, com expressão de súplica. – Você nunca correu perigo. Sou uma das melhores atiradores do nordeste. Já ganhei medalhas.

A resposta de Theo foi contundente.

– Que pena que Annie não teve o conforto de saber disso.

Judy enfiou a mão no bolso à procura de um lenço de papel.

– Sabíamos que o que estávamos fazendo não era certo. Sabíamos desde o começo.

Marie fungou, como se não achasse que o que elas tinham feito era ruim, mas Tildy estava na beirada da cadeira.

– Não podemos continuar perdendo nossas famílias. Nossos filhos e netos.

– Não posso perder meu filho. – As mãos enrugadas de Louise apertaram seu cajado. – Ele é tudo o que tenho, e se Galeann o fizer partir...

– Sei que vocês não entendem – disse Naomi –, mas não se trata apenas das nossas famílias. É do futuro de Peregrine Island que estamos falando e de nossa própria sobrevivência.

Theo não se impressionou.

– Expliquem direito. Expliquem exatamente por que roubar o chalé de Annie era tão importante a ponto de transformar mulheres decentes em criminosas.

– Porque eles precisam de uma escola nova – Annie respondeu.

Theo resmungou um palavrão. Judy soluçou com um lenço de papel amassado contra o nariz, e Bárbara desviou o olhar. A capitã assumiu.

– Não temos dinheiro para construir uma escola do zero. Mas sem ela, vamos perder o restante de nossas jovens famílias. Não podemos permitir que isso aconteça.

Bárbara se esforçou para se recompor.

– As mulheres mais jovens não estavam tão inquietas até a escola ser incendiada. Aquele trailer é péssimo. Lisa só fala que quer ir embora daqui.

– E vai levar seus netos com ela – Annie completou.

A bravata de Marie diminuiu.

– Um dia você vai saber como é isso.

Bárbara implorava por compreensão com o olhar.

– Precisamos do chalé. Não há nenhum outro lugar como aquele.

– Não foi algo impulsivo. – Tildy falou com um entusiasmo desesperado que parecia querer que Annie compreendesse. – O chalé é especial por causa de sua vista. E, nos verões, podemos transformá-lo de novo em uma propriedade residencial.

– Não há casas de veraneio em número adequado para satisfazer a demanda no período de férias – disse Naomi. – O dinheiro do aluguel nos proporcionará uma renda que nunca tivemos para manter a escola durante o resto do ano.

Louise concordou e acrescentou:

– E fazer os reparos da estrada de modo que não seja tão difícil sair daqui.

O dinheiro do aluguel era uma renda que Annie jamais poderia ter porque o acordo assinado por Mariah a havia proibido de obtê-lo. Não era de surpreender que Elliott tivesse sido mais bonzinho com as moradoras da ilha do que com a mãe de Annie. Um toque de súplica substituiu a empáfia de Naomi.

– Tivemos que fazer tudo aquilo. Foi por um bem maior.

– Com certeza não foi para o bem de Annie – Theo interveio. Voltando a vestir a jaqueta, ele apoiou a mão no quadril. – Você sabe que ela vai levar esse caso à polícia.

– Eu disse que isso aconteceria. – Judy assoou o nariz. – Durante todo o tempo eu disse que acabaríamos sendo presas.

– Vamos negar – disse Marie. – Não há provas.

– Não nos denuncie, Annie – Tildy implorou. – Vai ser o fim do mundo. Eu posso perder minha loja.

– Você deveria ter pensado nisso antes – disse Theo.

– Se isso se espalhar... – disse Louise.

– *Quando* isso se espalhar – rebateu Theo. – Vocês estão encurraladas. Entendem isso, não é?

Marie se endireitou na cadeira, mas as lágrimas marejaram seus olhos. Elas se recostaram em seus assentos, deram as mãos umas às outras, levaram os lenços ao rosto. Sabiam que tinham sido derrotadas. Bárbara parecia ainda mais idosa.

– Vamos corrigir tudo. Por favor, Annie. Não conte a ninguém. Vamos corrigir. Vamos consertar tudo para que você fique com o chalé. Prometa que não vai dizer nada.

– Ela não vai prometer nada – Theo respondeu.

A porta foi aberta bruscamente e duas menininhas ruivas entraram correndo. Atravessando a sala, elas correram para os braços de sua avó.

– Vovó, o sr. Miller se sentiu mal, e ele vomitou. Foi bem nojento!

– Ele não conseguiu um professor substituto! – disse a mais nova. – Então todo mundo foi para casa, mas a mamãe foi visitar a Jaycie, por isso viemos para cá.

Enquanto Bárbara abraçava as meninas, Annie viu as lágrimas escorrendo por suas faces pálidas. Theo também notou. Ele fez uma carranca para Annie e cutucou seu braço.

– Vamos embora daqui.

O carro de Theo bloqueou a passagem do Suburban.

– Como você descobriu tudo? – perguntou enquanto eles desciam os degraus da frente da casa.

– Perspectiva feminina. Quando você me contou sobre o fundo imobiliário, eu soube que só podia ser uma delas.

– Você percebe que as deixou em uma sinuca de bico, não é? Vai conseguir reaver o chalé.

– Parece que sim. – Annie suspirou.

Ele notou a falta de entusiasmo.

– Annie, não faça isso.

– O quê?

– O que está pensando em fazer.

– Como sabe o que estou pensando em fazer?

– Eu te conheço. Você está pensando em abrir mão.

– Não abrir mão, exatamente. – Ela subiu o zíper do casaco. – Quero seguir em frente, na verdade. A ilha... não é boa para mim. – *Você não é bom para mim. Eu quero tudo... tudo o que você não está preparado para me dar.*

– A ilha é ótima para você. Você não apenas sobreviveu ao inverno, você se desenvolveu aqui.

De certo modo, era verdade. Ela pensou em seu Livro dos Sonhos e em como, ao chegar ali, tão doente e tão arrasada, tinha visto o chalé como um símbolo de fracasso, um lembrete claro de tudo o que não tinha conseguido alcançar. Mas sua perspectiva vinha mudando sem que ela se desse conta. Talvez a carreira teatral que havia imaginado não tivesse se tornado real, mas, por causa dela, uma menininha muda voltara a falar, e isso era alguma coisa.

– Vamos para a fazenda – ele convidou. – Quero que você veja o novo telhado.

Annie se lembrou do que tinha acontecido na última vez em que eles visitaram a fazenda, e não ouviu os bonecos em sua mente, mas seu próprio instinto de sobrevivência.

– O sol apareceu – disse ela. – Vamos caminhar em vez de ir à fazenda.

Theo não protestou. Eles desceram o caminho até a estrada. Os barcos no porto estavam no mar desde o amanhecer, e as boias vazias se balançavam como brinquedos de banho. Ela procurou ganhar tempo.

– Como está a mulher a quem você ajudou?

– Nós a levamos ao continente a tempo. Tem que passar por uma reabilitação, mas deve se recuperar. – O cascalho fazia barulho sob os pés deles e ele a direcionou para o outro lado da estrada pelo cotovelo.

– Antes de ir embora, vou me encarregar para que alguns moradores da ilha façam um curso de emergências médicas. É perigoso não ter socorro médico aqui.

– Eles já deveriam ter feito isso.

– Ninguém queria essa responsabilidade, mas, com um grupo deles em treinamento, todos se apoiarão. – Theo lhe deu a mão para ajudá-la a desviar de um buraco. Annie se afastou dele assim que eles chegaram do outro lado. Enquanto ela fingia ajeitar a luva, ele parou de caminhar e olhou para ela, com a expressão confusa. – Não estou entendendo. Não acredito que você está pensando em abrir mão do chalé e ir embora.

Como ele conseguia compreendê-la tão bem? Ninguém a havia compreendido antes. Ela retomaria o negócio de passear com cachorros; trabalharia de novo na Coffee, Coffee, e agendaria mais shows de fantoches. O que não faria seria participar de mais testes. Graças a Lívia, tinha descoberto um novo rumo, que vinha tomando forma dentro de si tão gradualmente que ela mal notou.

– Não tenho motivos para ficar.

Uma caminhonete sem uma das portas e sem silenciador de motor passou a toda velocidade.

– Claro que tem! O chalé é seu. Neste momento, aquelas mulheres estão quebrando a cabeça para encontrar uma maneira de devolvê-lo a você em troca de seu silêncio. Nada mudou.

Tudo tinha mudado. Ela estava apaixonada por ele, e não podia continuar no chalé onde o veria todos os dias, fazendo amor com ele toda noite. Precisava arrancar o curativo. E para onde iria? Estava saudável agora, forte o bastante para pensar em alguma coisa.

Eles começaram a caminhar na direção do cais. À sua frente, a bandeira dos Estados Unidos hasteada no mastro entre as casas de barco balançava à brisa da manhã. Annie deu a volta por um monte de armadilha de lagosta e subiu a rampa.

– Preciso parar de postergar o inevitável. Desde o começo, o chalé foi só algo temporário. Está na hora de voltar para a minha vida real em Manhattan.

– Você ainda está sem dinheiro. Onde vai morar?

A maneira mais fácil de conseguir dinheiro para pagar o aluguel depressa seria vendendo um dos desenhos de Garr, mas não faria isso. Entraria em contato com seus antigos clientes, os donos dos cachorros. Eles estavam sempre viajando. Ela já tinha cuidado de casas. Se tivesse sorte, um deles poderia estar precisando de alguém para ficar com os animais enquanto estivessem fora. Se isso não desse certo, seu ex-chefe da Coffee, Coffee provavelmente permitiria que ela ocupasse o futon na sala de estoque. Estava mais forte física e emocionalmente agora do que cinco semanas antes, e daria um jeito.

— Já estou recebendo dinheiro da loja de usados — ela disse —, então não estou totalmente dura. E, agora que minha saúde está restabelecida, posso voltar a trabalhar.

Eles passaram por uma corrente presa a um dos postes de granito. Theo se inclinou para a frente para pegar uma pedra do chão.

— Não quero que você vá embora.

— Não quer? — ela perguntou com tranquilidade, como se ele tivesse revelado algo sem importância, mas seus músculos ficaram tensos à espera do que viria em seguida.

Theo lançou a pedra na água.

— Se você tiver que sair do chalé enquanto a máfia da ilha conserta o erro que cometeu, pode ficar no casarão. Ocupe quanto precisar dele. Elliott e Cynthia só chegam em agosto e, até lá, você estará de volta ao seu lugar.

Aquele era o lado protetor de Theo falando, nada mais, e o lugar dela era na cidade, retomando a vida. A bandeira da casa de barcos balançou ao sabor da brisa. Annie semicerrou os olhos contra o sol que refletia na água. Seu tempo na ilha naquele inverno tinha sido um período de restabelecimento. Agora, ela via a si mesma com uma visão mais clara, via onde já estivera e para onde queria ir.

— Tudo é incerto demais para você na cidade — disse ele. — Precisa ficar aqui.

— Onde você possa ficar de olho em mim? Acho que não.

Ele enfiou as mãos nos bolsos do casaco.

— Você fala como se isso fosse algo terrível. Somos amigos. Você deve ser a melhor amiga que eu já tive.

Annie quase estremeceu, mas não podia ficar brava por ele não amá-la. Não era para acontecer. Se Theo voltasse a se apaixonar, não seria por ela. Não seria por ninguém tão ligado a seu passado.

Ela tinha que pôr um fim àquilo naquele momento, e disse da maneira mais firme que conseguiu:

— Somos amantes. E isso é muito mais complicado do que uma amizade.

— Não tem que ser. — Ele jogou mais uma pedra na água.

— Nosso relacionamento sempre teve uma data de validade, e acho que chegamos à ela.

— Você fala como se fôssemos duas caixas de leite azedo. — Ele parecia mais irritado do que triste.

Annie precisava fazer aquilo direito. Precisava se libertar, mas também precisava evitar despertar os sentimentos de culpa e de responsabilidade dele.

– Nada de azedo. Você é lindo. Rico e inteligente. E sensual. Ah, e eu mencionei que você é rico?

Ele não sorriu.

– Você me conhece, Theo. Sou romântica. Se eu ficar mais tempo aqui, vou acabar me apaixonando por você. – Ela estremeceu. – Já pensou em como seria feio?

– Não vai se apaixonar – ele rebateu com uma sinceridade de matar. – Você me conhece bem demais.

Como se o que ele tinha revelado sobre si fizesse dele alguém impossível de se amar. Annie cerrou os punhos dentro dos bolsos do casaco. Quando aquilo terminasse, teria vontade de se despedaçar em milhões de pedaços, mas ainda não. Conseguiria enfrentar aquele momento. Tinha que conseguir.

– Vou ser sincera. Quero uma família. Isso quer dizer que enquanto eu ficar na ilha sem precisar, enquanto eu continuar me divertindo com você, basicamente estarei perdendo tempo. Preciso de mais disciplina.

– Você não me disse nada disso. – Ele parecia contrariado, talvez magoado, mas definitivamente não inconsolável.

– E por que diria? – Ela fingiu não entender.

– Porque contamos as coisas um ao outro.

– É o que estou fazendo, estou contando. E não é tão complicado.

– Acho que sim. – Ele deu de ombros.

Ela sentiu o coração ainda mais apertado. Ele encolheu os ombros contra o vento.

– Acho que estou sendo egoísta querendo que você fique.

Ela já tinha sofrido o suficiente por um dia.

– Estou ficando com frio. E você passou a noite acordado. Precisa dormir um pouco.

Theo olhou para o cais, e então para ela.

– Agradeço por tudo o que você fez por mim neste inverno.

A gratidão dele era mais uma facada em seu coração. Annie se virou para o vento para que ele não percebesse sua voz trêmula.

– E eu também te agradeço, cara. – Endireitou os ombros. – Agora preciso mijar. Até mais.

Ao deixá-lo no cais, ela piscou com força para segurar as lágrimas que não podia chorar. Theo havia desistido fácil demais dela. O que não a surpreendia. Ele não era um duas-caras. Era um herói, e os heróis de verdade não fingiam oferecer o que não estavam preparados para dar.

Atravessou a estrada até seu carro. Tinha que sair da ilha agora. Naquele dia. Naquele minuto. Mas não podia. Precisava de seu Kia, e a balsa de transporte de veículos só viria em oito dias. Oito dias, durante os quais Theo poderia aparecer no chalé quando quisesse. Insuportável. Tinha que corrigir isso.

Enquanto dirigia de volta ao chalé, disse a si mesma que seu coração continuaria batendo, independentemente de ela querer ou não. O tempo curava todas as feridas – todo mundo sabia disso –, e por fim curaria as dela também. Annie se manteria concentrada no futuro e se consolaria sabendo ter feito a coisa certa.

Mas, por enquanto, ela estava completamente arrasada.

Capítulo vinte e três

*P*ara o alívio de Annie, Lívia não voltou a se calar e, com alegria, a menininha mostrou a ela uma tartaruga que tinha feito com massinha de modelar.

– Não sei o que dizer para ela – sussurrou Jaycie enquanto Lívia estava ocupada. – Sou a mãe dela, mas não sei como conversar com minha filha.

– Vou pegar a Scamp – disse Annie.

Annie pegou o fantoche, contente por ter uma distração que a afastasse de seus pensamentos dolorosos, e torcendo fervorosamente para que Scamp pudesse guiar a conversa que Jaycie precisava ter com a filha. Colocou o fantoche sobre a mesa da cozinha na frente das duas e se direcionou a Jaycie.

– Você é a bela mãe da Lívia. Acho que nunca nos apresentaram. Sou a Scamp, também conhecida como Genevieve Adelaide Josephine Brown.

– Mmm... Oi – disse Jaycie, sem saber exatamente o que fazer.

– Agora, vou contar tudo sobre mim. – Scamp começou a relatar suas conquistas, dizendo ser uma cantora, dançarina, atriz, pintora de casas e piloto de carro de corrida de sucesso. – Também consigo pegar vagalumes e abro a boca bem grande.

Lívia riu quando Scamp demonstrou, e Jaycie começou a relaxar. Scamp continuou falando sem parar e por fim jogou os cachos de palha para trás e disse:

– Eu, Scamp, adoro segredos livres porque eles me ajudam a falar de coisas ruins. Como as coisas ruins que aconteceram com você, Lívia, e com sua mamãe. Mas... sua mamãe não conhece o segredo livre.

Como Annie esperava, Lívia se ofereceu para explicar.

– O segredo livre é quando você pode contar algo a alguém e essa pessoa não pode ficar brava com você.

Scamp se inclinou para Jaycie e disse, com um suspiro teatral:

– Lívia e eu queremos muito que você nos conte um segredo livre. Queremos saber mais sobre aquela noite horrível, horrorosa, terrível em que você deu um tiro no pai da Lívia e ele morreu bem morrido. E, por ser um segredo livre, ninguém pode ficar bravo.

Jaycie estava insegura.

– Tudo bem, mamãe. – Lívia falava como se fosse uma adulta. – Os segredos livres são muito seguros.

Jaycie abraçou a filha, com lágrimas enchendo seus olhos.

– Ah, Liv... – Ela se recompôs. A princípio, estava hesitante, mas depois foi ganhando confiança e falou sobre o alcoolismo de Ned Grayson. Usando uma linguagem compreensível para uma menina de 4 anos, Jaycie explicou que ele bebia e se tornava violento.

Lívia ouvia atenta. Jaycie, temendo o efeito de suas palavras, parava várias vezes para perguntar se a filha compreendia, mas Lívia parecia mais curiosa do que traumatizada. Quando elas terminaram, a menina estava no colo da mãe recebendo beijos e pedindo para almoçar.

– Primeiro, vocês devem prometer que conversarão uma com a outra a respeito disso sempre que precisarem – disse Scamp. – Prometem?

– Prometemos – disse Lívia com seriedade.

Scamp olhou bem de frente para Jaycie, que deu risada.

– Eu prometo.

– Excelente! – exclamou Scamp. – Meu trabalho aqui terminou.

Depois do almoço, quando Lívia quis andar de motoca na varanda da frente, Annie saiu com Jaycie e elas se sentaram no primeiro degrau.

– Eu deveria ter conversado com ela desde o começo – Jaycie falou, enquanto a motoca passava por cima das tábuas do piso de madeira e Lívia se esforçava para manter o equilíbrio. – Mas ela era tão pequena. Eu torcia para ela se esquecer. Tolice minha. Você soube do que ela precisava logo de cara.

– Não foi logo de cara. Tenho feito muita pesquisa. E é mais fácil ser objetiva estando de fora.

– Não é uma boa desculpa, mas obrigada.

– Eu é que agradeço – disse Annie. – Graças à Lívia, sei o que quero fazer da vida. – Jaycie inclinou a cabeça e Annie contou a ela o que ainda não tinha contado a ninguém. – Vou começar a estudar para ser terapeuta lúdica, usando os fantoches para ajudar crianças traumatizadas.

– Annie, que incrível. É perfeito para você.

– Você acha? Conversei ao telefone com alguns terapeutas lúdicos, e me parece o mais adequado. – Aquela carreira combinava mais com ela do que a interpretação. Teria de voltar a estudar, algo que por enquanto não tinha condições de pagar, mas tinha um bom histórico acadêmico e sua experiência trabalhando com crianças poderia ajudá-la a conseguir uma bolsa. Se não conseguisse, tentaria um financiamento estudantil. De um jeito ou de outro, pretendia fazer dar certo.

– Eu te admiro muito. – O olhar de Jaycie estava distante. – Eu me fechei tanto quanto Lívia, sentindo pena de mim mesma, sonhando com Theo em vez de seguir com a minha vida.

Annie sabia bem como era aquilo.

– Se você não tivesse vindo para cá... – Jaycie balançou a cabeça como se estivesse se livrando de teias de aranha. – Não estou pensando só na Lívia, mas no modo como você assumiu o controle de sua vida. Quero um recomeço, e finalmente vou fazer algo a esse respeito.

Annie sabia bem como era aquilo também.

– O que você vai fazer em relação ao chalé?

Annie não queria contar a Jaycie o que as vovós tinham feito nem admitir que tinha se apaixonado por Theo.

– Vou embora, vou deixar a ilha na balsa de transporte de veículos na próxima semana. – Hesitou. – As coisas com o Theo ficaram... complicadas demais. Tive que pôr um ponto final.

– Ah, Annie, sinto muito. – Jaycie não demonstrava felicidade com a tristeza dela, mas preocupação sincera. Ela tinha dito a verdade ao explicar que Theo era apenas uma fantasia. – Não pensei que você fosse embora tão rápido. Você sabe que vou sentir muito a sua falta.

Annie deu um abraço nela por impulso.

– Eu também.

Jaycie se manteve firme quando Annie contou a ela que precisava encontrar um lugar até a balsa chegar.

– Não posso ficar encontrando o Theo no chalé. Eu... preciso de um espaço reservado.

Annie pretendia conversar com Bárbara para arranjar um lugar temporário. Sabia que poderia pedir um unicórnio dourado que as vovós dariam um jeito de arrumar um para ela. Qualquer coisa para comprar seu silêncio.

Mas, no fim das contas, Annie não precisou de Bárbara. Com um único telefonema, Jaycie conseguiu uma casa para ela.

O barco de lagosta de Les Childers, o *Lucky Charm*, estava temporariamente ancorado no pesqueiro enquanto seu dono esperava a chegada de uma peça crucial do motor, que estaria na mesma balsa que levaria Annie de volta ao continente na semana seguinte. Les cuidava muito bem do *Lucky Charm*, mas ainda assim tinha cheiro de isca, de corda e de óleo diesel. Annie não se importava. O barco tinha uma pequena galeria com um micro-ondas e até um chuveiro. A cabine estava seca, um aquecedor proporcionava um pouco de calor e, o mais importante, ela não teria que cruzar com Theo. Para o caso de não ter sido clara o bastante no dia anterior, ela havia deixado um bilhete para ele no chalé.

Querido Theo,

Eu me mudei para a cidade por alguns dias para, entre outras coisas, me ajustar à ideia deprimente (credo) de não fazer mais sexo alucinante com você. Tenho certeza de que você conseguirá me encontrar se tentar bastante, mas tenho coisas para fazer e estou te pedindo para me deixar em paz, inferno. Seja parceiro, tá? Eu cuido das Bruxas de Peregrine Island, então fique longe delas.

A.

O bilhete tinha o tom descontraído que ela queria que tivesse. Não havia nada de piegas nele, nada que o fizesse desconfiar de quanto tempo ela havia demorado para escrevê-lo, e absolutamente nada que desse indícios de que ela estava perdidamente apaixonada por ele. De Manhattan, enviaria um e-mail para se despedir definitivamente. *Você não vai acreditar, mas conheci um cara incrível. Blá... blá... blá...* Desce a cortina. Nada de bis.

Em meio ao conflito emocional, ao ranger barulhento das cordas contra a amurada e ao balanço nada familiar do barco, Annie teve dificuldade para adormecer. Arrependeu-se de ter deixado seus fantoches com Jaycie na Harp House para que ficassem seguros. Saber que eles estavam perto dela teria sido reconfortante.

Seus cobertores escorregaram durante a noite e ela acordou tremendo de frio no meio da madrugada. Saiu da cama e enfiou os pés nos tênis. Depois de enrolar-se no casaco de lã vermelha de Mariah, subiu à cabine e foi para o deque.

O céu da alvorada raiava em tons de lavanda e pêssego acima de um mar cinza-escuro. As ondas batiam no casco do barco, e o vento ergueu seu casaco, tentando transformá-lo em asas. Ela viu algo na popa que não estava ali na noite anterior. Uma cesta de piquenique amarela, de plástico. Segurando os cabelos para que não cobrissem seu rosto, ela foi investigar.

Na cesta havia um jarro de suco de laranja, dois ovos cozidos, uma fatia ainda morna de bolo de café com canela e uma garrafa térmica antiga e vermelha. Ela sabia reconhecer um suborno: as vovós estavam tentando comprar seu silêncio com comida.

Desrosqueou a garrafa térmica, que soltou uma nuvem de vapor. O café recém-passado era forte e delicioso. Bebericá-lo lhe despertou saudades de Hannibal. Tinha se acostumado com o gato se acomodando a ela enquanto bebia o café da manhã. Acostumada com Theo...

Pare!

Ficou na popa observando os pescadores com suas roupas amarelas e cor de laranja começando mais um dia de trabalho. A água marinha que crescia das torres do cais flutuava na água como cabelos de sereia. Dois patos nadavam em direção ao cais. O céu ficou mais claro, um azul cristal brilhante, e a ilha da qual ela tanto se ressentia ficou bonita.

O *Lucky Charm* estava ancorado no cais do pesqueiro, mas Theo viu Annie de pé no fim do cais da balsa, vestindo o casaco vermelho e olhando para a água como a viúva de um capitão esperando o retorno do marido morto. Ele a havia deixado em paz o dia anterior todo, e tinha sido tempo suficiente.

Ela poderia ter ficado na Harp House. Ou no chalé, na verdade, já que as bruxas da ilha não tinham nem se aproximado dele. Mas não. Por baixo de toda a bondade de Annie, existia um pouco de maldade que ela poderia usar como quisesse, mas que decidiu empregar se mudando para o barco de Les Childers para ficar longe *dele!*

Theo desceu pelo cais. Por um lado, um lado maluco, gostava da raiva que sentia. Pela primeira vez na vida, podia se irritar totalmente com uma mulher sabendo que ela não ficaria arrasada. Claro, ele tinha se sentido aliviado por perceber que as coisas não se complicariam entre eles, mas tinha sido uma reação instintiva, não a realidade. O relacionamento deles não tinha expirado, como ela dissera. Aquele tipo de proximidade não desaparecia do nada. Annie havia deixado claro que aquilo não era um caso de amor sério, então qual era o problema? Entendia o fato de ela querer uma família – mais força para ela –, mas o que aquilo tinha a ver com os dois? Mais cedo ou mais tarde, eles não poderiam mais ficar arrancando as roupas a toda hora, mas, como ela não encontraria mesmo o pai de seus filhos ali na ilha, não havia motivos para terminar o caso agora, ainda mais quando a relação significava tanto para os dois.

Ou talvez significasse só para ele. Theo sempre tinha sido reservado, mas suas reservas caíram por terra com Annie. Ele nunca sabia o que ela diria ou faria, só que ela era muito mais durona do que frágil – e ele não tinha que ficar medindo as próprias palavras nem fingindo ser alguém que não era. Quando estava com ela, ele tinha a sensação de que... tinha se encontrado.

Ela não estava usando um chapéu, e suas madeixas estavam armadas, como sempre. Ele estava confiante.

– Gostando da casa nova?

Annie não havia percebido sua aproximação, e se sobressaltou. Ótimo. Em seguida, franziu o cenho. Não estava feliz por vê-lo, e isso o feriu de um jeito que fez com que quisesse feri-la também.

– Como é a vida em um barco de pesca de lagosta? – perguntou com um tom que esperava parecer desdém. – Aposto que é superconfortável.

– A vista é bonita.

Ele não deixaria que o assunto morresse ali.

– Todo mundo da ilha sabe que você está morando no barco do Les. Você praticamente entregou o chalé para aquelas mulheres de mão beijada. Aposto que elas já estão sem voz de tanto comemorar a vitória.

Ela empinou o nariz delicado.

– Se você veio aqui para gritar comigo, vá embora. Na verdade, mesmo que não tenha vindo gritar, vá embora. Eu disse que tenho coisas para fazer e não vou me deixar distrair pela sua... – Ela balançou a mão para ele num gesto para afastá-lo – ...lindeza absurda. Tem algum dia que você parece não ter saído da capa de um romance?

Theo não fazia ideia do que ela estava falando, mas parecia ser uma ofensa. Controlou a vontade de emaranhar as mãos nos cabelos dela.

– Como está a busca pelo amor da sua vida? – Ele voltou a testar o desdém improvisado.

— Não sei do que está falando.

Ele queria pegá-la e levá-la de volta ao chalé, onde era seu lugar. Onde era o lugar dos dois.

— O motivo pelo qual você me deu um pé, lembra? Para poder ficar livre e encontrar alguém para se casar. Les Childers é solteiro. E daí que ele tem 70 anos? O barco dele está quitado. Por que não tenta com ele?

Ela suspirou, como se ele não fosse nada além de um incômodo.

— Ah, Theo... pare de ser idiota.

Sim, ele estava sendo idiota, mas não conseguia evitar.

— Acho que a minha definição de amizade é diferente da sua. Na minha concepção, os amigos não desistem um dia qualquer e colocam fim em tudo.

Annie enfiou as mãos dentro do casaco.

— Amigos que cometem o erro de dormir juntos fazem isso.

Não tinha sido um erro. Não para ele, pelo menos. Theo enfiou um polegar no bolso da calça jeans.

— Você está tornando tudo muito complicado.

Ela olhou para o mar e então para ele de novo.

— Só estou tentando fazer as coisas direito...

— Então pare! — ele exclamou. — E me faça entender por que, do nada, você decidiu ir embora. Quero saber. Diga de uma vez.

E ela disse. Da maneira que ele deveria ter esperado. Dizendo a verdade.

— Theo, te desejo o melhor, mas... eu preciso me apaixonar... e não posso fazer isso com você.

Por que não, inferno? Por um momento terrível, ele achou que tivesse dito aquilo em voz alta.

O olhar dela estava firme. Decidido. Annie tocou o braço dele e disse com uma gentileza que o fez ranger os dentes.

— Você tem bagagem demais.

Não deveria ter insistido para que ela dissesse. Devia saber... sabia. Ele balançou a cabeça de modo brusco.

— Entendi.

Ele só precisava ouvir aquilo. A verdade.

Theo a deixou no cais. Quando chegou em casa, colocou a sela em Dançarino e foi além dos limites do cavalo. Depois, passou muito tempo no estábulo escovando-o, cuidando dele, concentrado em tirar a sujeira e limpar os cascos. Por muito tempo, ele se sentiu congelado por dentro, mas Annie havia mudado aquilo. Ela tinha sido sua amante, sua incentivadora, sua psicóloga. Ela o forçou a olhar para sua incapacidade de fazer Kenley feliz de uma nova maneira – para Regan, que tinha se matado para libertá-lo. De alguma maneira, Annie tinha conseguido derrubar as barreiras da escuridão dele.

Segurou as rédeas de Dançarino, perdido em pensamentos, repassando as últimas seis semanas. Seus pensamentos foram interrompidos pelo som da voz de Lívia.

– Theo!

Ele saiu do estábulo. Lívia se afastou da mãe e correu até ele. Quando ela se agarrou às pernas dele, ele sentiu uma vontade enorme de segurá-la no colo e abraçá-la. E foi o que fez. Mas a menina não aceitou aquilo. Apoiando as duas mãos no peito dele, ela se empurrou para trás e arregalou os olhos para ele.

– A casa de fadinhas não mudou!

Finalmente, um erro que ele podia consertar.

– Porque tenho um tesouro para te mostrar primeiro.

– Tesouro?

Ele falou sem pensar, mas soube no mesmo instante o que tinha que ser.

– Joias de praia.

– Joias? – Lívia parecia surpresa.

– Fique bem aqui. – Ele subiu a escada até seu antigo quarto.

O jarro grande onde guardava a coleção de pedras e conchas de Regan estava no fundo de seu armário, onde tinha sido colocado anos antes porque, como tantos outros objetos naquela casa, trazia lembranças ruins. Mas quando o pegou e o levou para o andar de baixo, sentiu o humor melhorar pela primeira vez naquele dia. O lado doce e generoso de Regan teria adorado entregar a Lívia suas preciosas pedras da praia, de uma menininha para outra.

Enquanto descia a escada que sua irmã subia e descia correndo dezenas de vezes por dia, algo passou por ele. Algo quente. Invisível. Theo parou onde estava e fechou os olhos, com o jarro de vidro frio nas mãos, o rosto da irmã vívido em sua mente.

Regan sorrindo para ele. Um sorriso que dizia *Seja feliz*.

Jaycie deixou Lívia com Theo e, enquanto os dois levavam o jarro de pedras para a casa de fadinhas, eles conversaram, mas Lívia falava mais do que ele. Todas as palavras que ela vinha guardando nos últimos tempos pareciam querer sair de uma vez. Ele ficou surpreso ao perceber que ela era muito observadora e que entendia muito as coisas.

— Eu te contei meu segredo livre. — Ela pressionou a última pedrinha no novo telhado da casa. — Agora é sua vez de me contar.

À noite, ele voltou para sua torre, um príncipe solitário esperando que uma princesa escalasse a torre para libertá-lo. *"Você tem bagagem demais."*

Tentou escrever, mas se viu olhando para o outro lado do quarto e pensando em Annie. Não queria adentrar os caminhos sinuosos da mente de Quentin Pierce, e não podia mais negar a verdade. Os demônios nômades que ativavam sua imaginação tinham desaparecido, levando sua carreira com eles.

Fechou o arquivo do computador e se recostou na cadeira. Seu olhar pousou no desenho que ele tinha pegado dela. O garoto de cabelos despenteados e nariz com sardinhas.

Theo pousou as mãos no teclado. Abriu um novo arquivo. Por um momento, simplesmente ficou ali, imóvel, e então começou a digitar, e as palavras saíam dele, palavras que tinham ficado presas por tempo demais.

Diggity Swift vivia em um grande apartamento com vista para o Central Park. Diggity sofria de alergias, por isso, se houvesse pólen demais no ar e ele tivesse esquecido seu inalador, começava a espirrar e então Fran, que cuidava dele enquanto seus pais trabalhavam, o obrigava a sair do parque. Ele já se sentia esquisito. Era o menor aluno do sétimo ano. Por que também tinha que ter alergias?

Fran dizia que era melhor ser esperto do que forte, mas Diggity não acreditava que isso era verdade. Achava que era bem melhor ser forte.

Um dia depois de Fran obrigá-lo a voltar do parque, uma coisa esquisita aconteceu. Ele foi para seu quarto jogar seu videogame preferido, mas quando tocou o controle, um choque elétrico percorreu seu braço, desceu por seu peito e para as pernas, e quando ele se deu conta, tudo escureceu...

Theo escreveu noite adentro.

Toda manhã, ao acordar, Annie encontrava uma oferenda flamejante no deque do *Lucky Charm*. Os *muffins*, ovos mexidos e a granola caseira não estavam realmente em chamas, mas queimavam de culpa, imploravam por seu silêncio, e – no caso do suco de laranja recém-espremido – indicavam sacrifício.

Nem tudo era comestível. Um pote de creme hidratante para as mãos apareceu, e então uma blusa de moletom com zíper com estampa de Peregrine Island e uma etiqueta com preço da loja de presentes de Tildy ainda presa. Às vezes, ela conseguia adivinhar quem a presenteava: Naomi deixou uma tigela de ensopado, a sra. Nelson deixou uma loção perfumada. Até mesmo Marie deixou uma travessa de torta de limão.

Com sinal de telefone decente, Annie tinha começado a entrar em contato com seus antigos clientes, cujos cães ela levava para passear. Conversou com seu antigo chefe no Coffee, Coffee a respeito de retomar o antigo trabalho e sobre dormir no sofá da sala de estoque até arranjar um lugar para ficar quando voltasse a ser babá de animais de estimação. Mas ainda tinha muitas horas para preencher, e a dor não passava.

Theo estava furioso com ela e não tinha voltado mais. A dor de perdê-lo era um urubu que se recusava a ir embora. A dor, fez questão de lembrar a si mesma, que apenas ela sentia.

Pensou muito em Niven Garr, mas não conseguiria lidar com mais rejeição naquele momento. Queria localizar a família dele, mas teria que esperar até sair da ilha e até a dor que sentia por causa de Theo melhorar um pouco.

Duas mulheres jovens pararam perto do barco, curiosas para saber por que Annie tinha saído do chalé e então ela soube que a notícia a respeito da transferência de propriedade não tinha vazado. Ela inventou qualquer coisa a respeito de precisar estar perto da cidade, e elas pareceram satisfeitas.

Na quarta manhã de Annie no barco, Lisa apareceu a bordo e a abraçou. Como ela sempre tinha sido muito discreta, Annie não conseguia imaginar de onde havia surgido aquele entusiasmo repentino até Lisa finalmente soltá-la.

– Não acredito que você conseguiu fazer Lívia falar. Eu a vi hoje. Mais parece um milagre.

– Foi um esforço em grupo – disse Annie, mas Lisa voltou a abraçá-la e disse que ela tinha mudado a vida de Jaycie.

Lisa não foi sua única visitante. Annie estava na cabine lavando algumas roupas íntimas quando ouviu passos no deque.

– Annie?

Era Bárbara. Annie pendurou o sutiã no extintor de incêndio para secar, pegou seu casaco e subiu ao deque. Bárbara estava lá em cima segurando um pão doce caseiro envolto em plástico. Seu penteado bufante de cabelos loiros havia se desfeito, e tudo o que restava da maquiagem pesada de sempre era um traço vermelho-vivo de batom que havia borrado nos lábios. Ela colocou o pão ao lado do equipamento de pesca sonar.

– Faz seis dias. Você não chamou a polícia. Nem você nem o Theo. Não contaram a ninguém.

– *Ainda* não – disse Annie.

– Estamos tentando consertar o que fizemos. Quero que você saiba disso. – Era mais uma súplica do que uma afirmação.

– Que bom para vocês.

Bárbara apertou um botão em seu casaco.

– Naomi e eu fomos ao continente na quinta para conversar com um advogado. Ele está preparando a papelada para fazer com que o chalé seja seu para sempre. – Ela olhou para além de Annie, em direção ao pesqueiro, sem conseguir manter contato visual. – Só pedimos que você não conte a ninguém.

Annie se obrigou a se manter firme.

– Vocês não têm o direito de me pedir nada.

– Eu sei, mas... – Seus olhos estavam vermelhos. – A maioria de nós nasceu aqui. Tivemos nossos desacordos ao longo dos anos, e nem todo mundo gosta de todas nós, mas... As pessoas nos respeitam. Isso é valioso.

– Não tão valioso a ponto de vocês não se importarem em arriscar. E agora querem que Theo e eu fiquemos calados para vocês pegarem o *meu* chalé de volta.

O batom borrado fazia a pele dela parecer pálida.

– Não, você vai reavê-lo de qualquer modo. Só estamos pedindo que você...

– Me comporte melhor do que vocês se comportaram.

Bárbara encolheu os ombros.

– Isso mesmo. Melhor do que todas nós nos comportamos.

Annie não conseguia ser durona por muito tempo. Havia tomado a decisão no momento em que viu as duas menininhas de Lisa entrarem na sala de estar da avó e correrem para seus braços.

– Pode deixar o advogado de lado. O chalé é de vocês.

– Você não está falando sério. – Bárbara ficou boquiaberta.

– Estou, sim. – Não poderia voltar ali. Se mantivesse a propriedade do chalé seria apenas por maldade. – O chalé pertence à ilha. Eu, não. É seu. Totalmente. Façam o que quiserem com ele.

– Mas...

Annie não esperou para ouvir mais nada. Enrolou o casaco no corpo e pulou para o deque.

Um homem estava raspando o casco de um barco. Os pescadores levavam as embarcações para a Christmas Beach na maré alta, faziam seus consertos e então as levavam para a água de novo quando a maré descia. A vida na ilha era simples assim – dependia das marés e do tempo, dos peixes e dos caprichos da natureza. Annie atravessou a cidade, sentindo-se tão vazia quanto a armadilha de pescar lagosta pendurada na parede da loja de presentes de Tildy.

Seu celular tocou. Era o vendedor da loja de usados. Annie se recostou em uma placa desbotada que divulgava ensopado e bolinhos de lagosta e ficou ouvindo, mas o que ele lhe disse foi tão incompreensível que ela o fez repetir duas vezes.

– É verdade – disse ele. – É uma quantia exorbitante, mas o comprador é colecionador, algo assim, e a poltrona de sereia é uma peça única.

– Por um bom motivo! – exclamou ela. – Porque é feia.

– Felizmente, a beleza está nos olhos de quem vê.

E, assim, Annie conseguiu o dinheiro de que precisava para quitar a maior parte de suas dívidas. Com um único telefonema, tinha conseguido recomeçar.

A balsa passaria na tarde do dia seguinte – o quadragésimo quarto dia de Annie na ilha. Tinha que ir à Harp House de manhã e pegar tudo o que tinha deixado com Jaycie – seus bonecos, o resto de suas roupas, os lenços de Mariah. Depois de passar sete noites dormindo no barco de lagosta, estava mais do que pronta para viver em terra firme. Preferia que a terra firme não fosse um sofá nos fundos da Coffee, Coffee, mas não seria por muito tempo. Um de seus clientes já tinha dito que queria que ela ficasse com o cachorro na casa dele enquanto estivesse na Europa.

Um recado no quadro de avisos da comunidade anunciava uma reunião para aquela noite. Como era possível que a questão do chalé surgisse, Annie queria participar, mas precisava ter certeza de que Theo não estaria presente, por isso esperou até o início da reunião para poder entrar.

Lisa a viu e fez um gesto em direção à cadeira vazia ao lado dela. Os sete consignatários da ilha estavam sentados a uma comprida mesa dobrável no fim da sala. Bárbara não parecia melhor do que da última vez em que tinham se visto: os cabelos loiros ainda estavam murchos e ela ainda estava sem maquiagem. As outras avós estavam espalhadas pela sala, algumas reunidas, outras com seus maridos. Nem uma delas estabeleceu contato visual com Annie.

As pautas da reunião foram abordadas: o orçamento, os reparos no cais, como se livrar do acúmulo de ferro velho na ilha. Falaram sobre o clima incomumente quente e da tempestade que o acompanharia. Nada foi dito a respeito do chalé.

A reunião estava chegando ao fim quando Bárbara se levantou.

– Antes de terminarmos, tenho uma novidade.

Ela parecia menor sem o rímel que dava volume aos cílios e sem as faces coradas. Inclinou-se recostada na mesa dobrável como se precisasse de apoio.

– Sei que todo mundo vai ficar feliz em saber que... – Ela pigarreou. – Annie Hewitt doou o chalé Moonraker à ilha.

Todos começaram a falar ao mesmo tempo. Ouvia-se o som de cadeiras sendo arrastadas quando todos se viraram para olhar para Annie.

– Annie, você fez isso mesmo? – perguntou Lisa.

– Você não disse nada a esse respeito – comentou o marido de Bárbara da primeira fileira.

Um consignatário do outro lado da mesa interrompeu.

– Acabamos de tomar conhecimento, Booker.

Bárbara esperou a comoção diminuir e então continuou.

– Graças à generosidade de Annie, poderemos transformar o chalé em nossa nova escola.

O murmurinho recomeçou, com aplausos e um assovio. Um homem que Annie não conhecia se virou e deu um tapinha em seu ombro.

– Durante o verão, podemos alugar o chalé e destinar a renda à escola – disse Bárbara.

– Ah, Annie... – Lisa segurou a mão de Annie. – Isso vai fazer uma enorme diferença para as crianças.

Em vez de se recompor, Bárbara parecia cada vez mais emocionada.

– Queremos que nossos jovens moradores saibam o quanto nos importamos com eles. – Ela olhou para Lisa. – E o que estamos dispostos a fazer para mantê-los na ilha. – Então baixou a cabeça, olhando para a mesa, e Annie teve a sensação incômoda de que ela estava prestes a chorar, mas quando Bárbara olhou para a frente, seus olhos estavam secos. Ela acenou a cabeça para alguém na sala. E mais uma vez. Uma a uma, as avós com as quais ela tinha conspirado se levantaram e se aproximaram dela.

Annie se remexeu desconfortavelmente em seu assento. Os lábios de Bárbara tremeram.

– Temos que contar algo a todos vocês.

Capítulo vinte e quatro

A intranquilidade de Annie aumentou. Bárbara olhou para os outros, impotente. Naomi passou a mão pelos cabelos curtos e grisalhos e deu um passo a frente.

– Annie não abriu mão do chalé voluntariamente – disse ela. – Nós a forçamos.

Murmúrios confusos tomaram a multidão. Annie se levantou.

– Ninguém me forçou a fazer nada. Eu quis dar o chalé a vocês. E agora estou enganada ou estão fazendo café? Voto para suspendermos a reunião.

Ela não era proprietária de nada, e não podia votar para suspender nada, mas já não sentia necessidade de se vingar. As mulheres tinham feito algo errado, e estavam sofrendo por isso. Mas não eram mulheres más. Eram mães e avós que queriam tanto manter as famílias unidas que tinham perdido o senso de certo e errado. Apesar de seus defeitos, Annie se importava com elas, e sabia melhor do que ninguém que o amor podia fazer as pessoas perderem as estribeiras.

– Annie... – A autoridade natural de Bárbara começou a se tornar evidente. – Isto é algo que todas nós concordamos que precisamos fazer.

– Não precisam, não – Annie retrucou. E então disse de modo mais firme. – Não precisam mesmo.

— Annie, por favor, sente-se. — Bárbara estava no comando de novo.

Annie se afundou na cadeira. Bárbara explicou rapidamente o acordo entre Elliott Harp e Mariah. Tildy segurou as barras de sua jaqueta vermelha e disse:

— Somos mulheres decentes. Espero que todos vocês saibam disso. Pensamos que se tivéssemos uma escola nova, nossos filhos não iriam embora daqui.

— Fazer nossos filhos irem a um trailer para ter aula é um desastre — disse uma voz feminina no fundo do salão.

— Nós nos convencemos de que o fim justificaria os meios — explicou Naomi.

— A ideia toda foi minha. — Louise Nelson se apoiou no cajado com tudo e olhou na direção da nora na primeira fileira. — Gailann, você não achava tão ruim morar aqui até a escola pegar fogo. Eu não suportava pensar que você e Johnny partiriam. Vivi aqui a vida toda, mas sou inteligente o suficiente para saber que não posso ficar sem minha família por perto. — A idade havia enfraquecido sua voz e a sala ficou em silêncio. — Se vocês forem embora, terei que ir para o continente, e quero morrer aqui. Isso me fez começar a pensar em outras possibilidades.

Naomi passou a mão pelos cabelos de novo, puxando mais uma mecha.

— Estamos todos nos precipitando. — Ela tomou a dianteira, dizendo o que tinham feito, passo a passo, sem poupar ninguém. Descreveu a sabotagem à entrega de mantimentos de Annie, o vandalismo ao chalé. Tudo.

Annie se encolheu na cadeira. Elas estavam transformando-a em vítima e heroína, e ela não queria ser nenhuma das duas coisas.

— Tomamos o cuidado de não quebrar nada — interrompeu Judy, sem chorar, mas segurando um lenço.

Naomi detalhou como penduraram o fantoche numa forca, pintaram a ameaça na parede e, por fim, atiraram na direção de Annie. Bárbara olhou para baixo.

— Eu fiz isso. Foi o pior, e eu fui a responsável.

— Mãe! — Lisa arfou.

— Fui eu quem tive a ideia de contar a Annie que Theo Harp havia sofrido um acidente para que ela saísse da ilha com Naomi. — Marie confessou. — Sou uma mulher decente, e nunca me senti mais envergonhada na vida. Espero que Deus me perdoe porque eu não consigo.

Annie precisava admitir: Marie podia ser uma tola, mas era uma tola com consciência.

– Annie descobriu o que tínhamos feito e nos confrontou – disse Bárbara. – Imploramos para que ela se calasse para que nenhum de vocês descobrisse, mas ela não nos prometeu nada. – Bárbara levantou a cabeça. – No domingo, eu a procurei para implorar de novo que ela guardasse nosso segredo. Naquele momento, ela poderia ter me mandado para o inferno, mas não fez isso. Disse que o chalé era nosso, assim, simples. Que ele pertencia à ilha, não a ela.

Annie se encolheu na cadeira quando mais pessoas se viraram para olhar para ela.

– No começo, só sentimos um grande alívio – disse Tildy –, mas quanto mais fomos conversando, mais difícil foi ficando olharmos nos olhos umas das outras, e nos sentimos cada vez mais envergonhadas.

Judy assoou o nariz.

– Como íamos encarar todos vocês todos os dias, como encararíamos nossos filhos, sabendo, no coração, o que tínhamos feito?

Bárbara endireitou os ombros.

– Sabíamos que isso nos remoeria pelo resto da vida se não contássemos a verdade.

– A confissão faz bem para a alma – disse Marie de modo superior. – E foi o que decidimos que tínhamos que fazer.

– Não podemos mudar o que fizemos – disse Naomi. – Só podemos ser sinceras a esse respeito. Vocês podem nos julgar. Podem nos odiar, se for o caso.

Annie não aguentava mais, e se levantou de novo.

– A única pessoa que tem o direito de odiar vocês aqui sou eu, e não odeio, então o resto também não deve odiar. Agora, voto pelo fim desta reunião. Já!.

– Concordo – disse Booker Rose, sem dar importância ao fato de Annie não ser uma residente.

A reunião foi finalizada. Depois, Annie só queria ir embora, mas estava cercada de pessoas que queriam falar com ela, agradecer e se desculpar. Os moradores da ilha ignoraram as avós, mas Annie não duvidava que o pior já tinha terminado para elas. Os moradores do Maine demorariam um pouco para esquecer todo o ocorrido, mas eram um grupo insistente que admirava a abundância de recursos, ainda que tivessem sido obtidos de maneira um tanto quanto escusa. As mulheres não seriam condenadas ao ostracismo por muito tempo.

O mar estava mais revolto quando Annie voltou ao barco, e um relâmpago cortou o horizonte. A noite seria intensa, um final perfeito para combinar com a intensidade da noite na qual ela havia chegado. Àquela hora no dia seguinte, já teria partido. Torcia para Theo não aparecer para se despedir. Seria demais para aguentar.

Uma onda passou por cima da popa, mas ela não queria se esconder na cabine ainda. Queria observar a tempestade chegar, sentir sua ferocidade. Localizou o equipamento do barco para condições climáticas ruins. A jaqueta grande demais tinha cheiro de isca, mas mantinha seu corpo seco até metade da coxa. Ela ficou de pé na popa e observou a violência do show de luzes. A cidade a isolava dos ritmos alternados da natureza de um jeito que a ilha não fazia. Só quando os raios se aproximaram, ela entrou na cabine.

O espaço foi iluminado, depois voltou a escurecer, e iluminado de novo com o ataque da tempestade à ilha. Quando terminou de escovar os dentes, estava enjoada por causa do balanço do barco. Annie se deitou na cama sem se despir, com as pernas da calça jeans ainda molhadas. Aguentou o movimento pelo tempo que conseguiu, mas o enjoo piorou, e ela sabia que vomitaria se ficasse ali embaixo por mais tempo.

Pegou a jaqueta cor de laranja molhada e subiu de novo para o deque. A chuva a atingia pela abertura da cabine, mas aquele era um preço que ela estava disposta a pagar em troca de ar fresco.

O barco continuou a bater contra a amarração, mas seu estômago se acalmou. Aos poucos, a tempestade começou a se afastar e a chuva diminuiu. Uma persiana batia na lateral de uma casa. Não tinha como ela se molhar mais, por isso subiu à popa para ver se algum dano havia sido causado. Galhos estavam caídos, e um brilho distante de um raio revelou partes escuras no telhado da prefeitura, onde algumas telhas tinham sido arrancadas. A eletricidade era cara, e ninguém mantinha as luzes da varanda acesas, mas havia várias visíveis agora, por isso ela sabia que não era a única pessoa acordada.

Ao analisar a cena, notou uma luz esquisita no céu. Parecia vir do nordeste, perto da área ao redor do chalé. A luz começou a tremelicar como labaredas de uma fogueira. Era um incêndio de verdade.

A primeira coisa em que pensou, foi no chalé. Depois de tudo pelo que tinham passado, ele tinha sido atingido por um raio. Não haveria escola nova. Não haveria dinheiro do aluguel no verão. Tudo aquilo tinha acontecido para nada.

Annie voltou ao barco para pegar as chaves. Momentos depois, estava descendo pela doca em direção ao pesqueiro, onde tinha estacionado seu carro. A chuva teria transformado a estrada em um lamaçal, e ela não sabia até onde conseguiria ir com seu Kia, só sabia que tinha que tentar.

Luzes tinham se acendido em mais casas. Ela viu a caminhonete de Rose se afastando da casa, com Bárbara no banco do passageiro. Booker deveria estar dirigindo. A caminhonete não teria dificuldade para atravessar a estrada, e ela correu em direção a ela.

Deu um tapa no painel lateral antes que eles se afastassem demais, e a caminhonete parou. Bárbara a viu pela janela, abriu a porta e foi para o canto para que Annie pudesse entrar. Não pediu explicação, então Annie sabia que tinham visto o fogo também. A chuva escorria da jaqueta de Annie.

– É o chalé – disse ela. – Eu sei.

– Não pode ser – disse Bárbara. – Não depois de tudo. Não pode ser.

– Acalmem-se, vocês duas – disse Booker, saindo na estrada. – Há muita mata ali, e o chalé está localizado mais para baixo. É mais provável que algumas das árvores tenham sido atingidas.

Annie torceu para ele ter razão, mas, no fundo do seu coração, não acreditava que ele tivesse. A caminhonete não tinha amortecimento há muito tempo, e fios saíam de um buraco no painel, mas passava pela lama melhor do que o carro de Annie poderia passar. Quanto mais percorriam, mais laranja se tornava o brilho no céu. A cidade tinha só um caminhão de incêndio, um caminhão-tanque que Bárbara disse não estar funcionando. Booker entrou na rua que levava ao chalé. A paisagem se abriu, e eles viram que não era o chalé que estava pegando fogo. Era a Harp House.

Annie pensou primeiro em Theo, e depois em Jaycie e em Lívia. *Meu Deus, permita que eles estejam bem.*

Bárbara segurou-se no painel. Faíscas explodiram no céu. Eles subiram a ladeira. Booker parou o caminhão bem longe do fogo. Annie saiu com tudo e começou a correr. O incêndio estava forte, devorando a cobertura de madeira com labaredas altas, as garras quentes desejando destruir mais. As pilhas de jornais e de revistas guardadas no sótão tinham sido o pavio perfeito, e o telhado já estava quase totalmente destruído, o esqueleto da chaminé já era visto. Annie viu Jaycie encolhida no topo da colina, com Lívia a seu lado. Correu na direção delas.

– Aconteceu rápido demais! – exclamou Jaycie. – Parece que uma explosão tomou a casa. Não consegui abrir a porta. Algo caiu e a bloqueou.

– Onde está o Theo? – gritou Annie.

– Ele quebrou uma janela para nos retirar.

– Onde ele está agora?

– Ele... ele correu para dentro da casa de novo. Gritei. Falei para ele não ir.

Annie sentiu o estômago embrulhar. Não havia nada do lado de dentro importante o suficiente para que ele arriscasse a vida. A menos que Hannibal estivesse ali. Theo nunca abandonaria nada de que estivesse cuidando, nem mesmo um gato.

Annie partiu em direção à casa, mas Jaycie puxou a manga de sua jaqueta e a segurou.

– Você não vai entrar ali!

Jaycie tinha razão. A casa era grande demais, e ela não fazia ideia de onde ele tinha ido. Tinha que esperar. E rezar.

Jaycie pegou Lívia no colo. Annie percebeu, vagamente, que mais caminhões chegavam, e Booker dizia a alguém que não havia como salvar a casa.

– Quero o Theo – gritou Lívia.

Annie ouviu o relincho de arrepiar de um cavalo assustado. Ela tinha se esquecido de Dançarino. Mas quando se virou na direção do estábulo, viu Booker e Darren McKinley já entrando.

– Eles vão pegá-lo – disse Bárbara, aproximando-se dela.

– Theo está dentro da casa – disse Jaycie.

Bárbara cobriu a boca com a mão. O ar estava quente e tomado pela fumaça. Mais uma viga caiu, fazendo subir um meteoro de faíscas. Annie observava tudo, sem saber como reagir, tomada pelo medo, um filme passando em sua mente do incêndio de Thornfield Hall. De Jane Eyre voltando e encontrando Edward Rochester cego.

Cego seria bom. Annie poderia lidar com a cegueira, mas não com a morte. Nunca com a morte.

Algo passou por seus tornozelos. Ela olhou para baixo e viu Hannibal. Pegou o gato no colo, cada vez mais amedrontada. Naquele momento, Theo poderia estar se arriscando entre as labaredas, procurando por ele, sem saber que o gato já estava a salvo.

Booker e Darren se esforçaram para tirar Dançarino do estábulo. Eles tinham enrolado algo na cabeça dele para cobrir seus olhos, mas o cavalo, em pânico, sentiu o cheiro de fumaça e lutou para se livrar.

Mais um pedaço do teto desmoronou. A qualquer momento, a casa poderia ruir. Annie esperou. Rezou. Segurou o gato com tanta força que ele miou protestando e saiu de seus braços. Ela deveria ter dito a Theo que o amava. Deveria ter dito, e que se danassem as consequências. A vida era preciosa demais. O amor era precioso demais. Agora, ele nunca saberia o quanto tinha sido amado – sem exigências sufocantes nem ameaças loucas, mas o suficiente para ser livre.

Alguém saiu da casa. Um figura encurvada. Amorfa. Annie correu. Era Theo carregando algo com as duas mãos e arfando. Uma janela explodiu atrás dele. Annie tentou ampará-lo. O que ele estava carregando chocou-se contra as pernas dela. Ela tentou tirá-lo das mãos dele, mas ele não soltava.

Os homens se aproximaram dele, afastando Annie e arrastando Theo para que respirasse ar fresco. Só então ela conseguiu ver o que ele tinha tirado da casa em chamas. O que ele tinha voltado para pegar. Não era o gato. Eram duas malas vermelhas. Ele tinha voltado para pegar os fantoches dela.

Annie mal conseguia absorver aquilo. Theo tinha voltado para dentro daquele pandemônio para salvar seus fantoches bobos e amados. Ela sentiu vontade de gritar com ele, beijá-lo até os dois perderem o fôlego, obrigá-lo a prometer que nunca mais faria algo tão idiota. Mas ele havia se afastado dos homens para chegar perto do cavalo.

– Minha casa de fadinhas! – gritou Livia. – Quero ver minha casa de fadinhas.

Jaycie tentou acalmá-la, mas tinha sido algo forte demais para uma menina de 4 anos, e ela já estava sem controle. Annie não podia fazer nada por Theo naquele momento, mas talvez pudesse ajudar com aquilo.

– Você se esqueceu? – Ela tocou o rosto corado de Lívia e a puxou para mais perto. – É noite, e as fadinhas podem estar aqui. Você sabe que elas não querem que as pessoas as vejam.

O peito de Lívia tremeu quando ela suspirou.

– Quero ver as fadinhas.

Tantas coisas que queremos e não podemos ter. O fogo não havia se espalhado demais, não até a casa de bonecas, mas a área tinha sido mal isolada.

– Eu sei, querida, mas elas não querem ser vistas.

– Você pode... – Ela soluçou. – Pode me levar de manhã? – Annie hesitou por muito tempo, e Lívia começou a chorar. – Quero ver a casa de fadinhas!

Annie olhou para Jaycie, que parecia tão exausta quanto a filha.

– Se o fogo tiver sido apagado e for seguro, eu te levo de manhã – disse Annie.

Isso satisfez Lívia até sua mãe começar a fazer planos para passar a noite na cidade. O choro recomeçou.

– A Annie disse que me levaria para ver a casa de fadinhas de manhã. Quero ficar aqui!

— Por que vocês três não passam a noite no chalé? — falou uma voz rouca masculina atrás delas.

Annie se virou. Theo parecia ter saído do inferno, com os olhos azuis em destaque no rosto coberto por fuligem, o gato aconchegado em seus braços. Ele entregou Hannibal a ela.

— Leve-o com você, por favor.

Antes que ela pudesse dizer alguma coisa, ele já tinha partido.

Bárbara levou Annie, Jaycie e Lívia ao chalé. Annie deixou Hannibal de lado, e então foi buscar as duas malas vermelhas na traseira da caminhonete. Todo o resto que tinha sido guardado na casa não estava mais ali: as roupas dela, os lenços de Mariah, e seu Livro dos Sonhos. Mas ela estava com seus fantoches. E, pressionados entre folhas grossas de papelão no fundo de cada mala, estavam os desenhos de Niven Garr. Muito mais importante do que isso, era o fato de Theo estar vivo e em segurança. Uma explosão de faíscas iluminou a noite com um show pirotécnico do diabo.

A Harp House havia ruído.

Annie deixou sua cama no chalé para Jaycie e Lívia, e dormiu no sofá, deixando o estúdio para Theo, mas quando amanheceu, ele ainda não tinha voltado. Ela foi até a janela da frente. Onde a Harp House antes se impunha a todos eles, só fumaça subia das ruínas.

Lívia apareceu com o pijama que estava vestindo na noite anterior e esfregou os olhos.

— Vamos ver a casa de fadinhas.

Annie pensou que a menina dormiria até tarde depois do ocorrido na noite anterior, mas a única pessoa que permanecia na cama era Jaycie. Ela também pensou que Lívia se esqueceria da casa de fadinhas. Devia ter imaginado que não seria assim.

Delicadamente, ela explicou que alguém podia ter pisado na casa durante o incêndio, sem querer, mas a menina não acreditou.

— As fadinhas não permitiriam que isso acontecesse. Podemos ir agora, Annie? Por favor!

— Lívia, temo que você se decepcione.

— Eu quero ver! — Lívia fez uma careta.

À noite, Annie voltaria ao continente e, em vez de deixar uma criança com lembranças boas dela na ilha, deixaria uma menina decepcionada.

– Certo – disse ela com relutância. – Pegue seu casaco.

Annie já tinha vestido uma calça curta demais de Mariah e uma blusa de lã preta. Por cima, vestiu a jaqueta com cheiro de fumaça e escreveu um bilhete para Jaycie. Ao levar Lívia para fora, de casaco e pijama, lembrou-se de que não havia dado café da manhã para a menina, mas não havia muita coisa na cozinha. De todo modo, quando sugeriu que comessem primeiro, Lívia se recusou e Annie não teve ânimo de contra-argumentar.

Alguém tinha estacionado o Suburban de Jaycie perto do chalé. Annie afivelou o cinto de Lívia em seu assento e saiu com o carro. O veículo de Theo estava estacionado perto do topo do penhasco onde estivera na noite anterior. Ela estacionou atrás dele e ajudou Lívia a sair. Segurando firme a mão da menina, caminhou com ela pelo resto do caminho até o topo.

As gárgulas e a torre de pedra tinham sobrevivido, assim como os estábulos e a garagem. Mas não havia restado nada da casa, exceto quatro chaminés de tijolos e uma parte da escada. Além das ruínas, conseguia ver o mar. A casa não bloqueava mais a vista.

Foi irônico Lívia ter visto Theo primeiro, já que Annie não conseguia pensar em mais ninguém. Lívia se soltou e correu até ele, com as barras da calça do pijama arrastando no chão.

– Theo!

Ele estava imundo. Com a barba por fazer. Vestia uma jaqueta azul-marinho pequena que um dos homens havia emprestado a ele, e a calça jeans estava rasgada no tornozelo. Annie sentiu o coração apertado. Depois de tudo pelo que ele tinha passado – tudo o que tivera que fazer –, ali estava ele, agachado na lama reconstruindo a casa de fadinhas de Lívia.

Ele abriu um sorriso cansado para a menininha.

– O fogo deixou as fadinhas malucas. Olha o que elas fizeram.

– Ah, não. – Lívia apoiou as mãos na cintura como uma adulta em miniatura. – Fadinhas más, muito más!

Theo olhou para Annie. A poeira havia se acumulado nas marcas de expressão ao redor dos olhos dele, e uma de suas orelhas estava totalmente preta. Ele havia arriscado a vida para salvar os fantoches dela. Típico de seu comportamento.

– Você passou a noite toda aqui – disse ela delicadamente. – Teste-munhando a queda da Harp House?

– E tentando impedir que as faíscas alcançassem o estábulo.

Agora que ele estava seguro, sua vontade de revelar o que sentia deu espaço à realidade. Nada havia mudado. Ela não sacrificaria o bem-estar dele somente para se aliviar.

– O Dançarino está bem? – perguntou ela.

Ele balançou a cabeça afirmativamente.

– Voltou para a baia dele. Como está nosso gato?

Annie sentiu um nó na garganta.

– Nosso gato está bem. Melhor do que você.

Lívia analisou o que ele tinha feito.

– Você está fazendo um caminho. As fadas vão gostar disso.

Theo refez a casa nova mais baixa e mais ampla e, em vez do caminho de pedra, estava colocando conchas em meia lua ao redor da entrada. Deu algumas delas a Livia.

– Veja o que consegue fazer enquanto eu converso com a Annie.

Lívia se abaixou. Annie teve que cerrar as mãos em punhos para não bater em Theo.

– Você é um idiota! – disse com um carinho que não conseguia esconder. – Os fantoches são substituíveis. Você, não.

– Sei o que eles significam para você.

– Não tanto quanto você.

Ele inclinou a cabeça.

– Eu cuido da Lívia – disse ela depressa. – Vá para o chalé dormir um pouco.

– Vou dormir mais tarde. – Ele olhou para as ruínas da casa e então para ela de novo. – Você vai embora hoje mesmo?

Ela fez que sim.

– E quem é o idiota aqui? – perguntou ele.

– Existe uma diferença entre correr para dentro de uma casa em chamas e partir para o continente.

– Ambas têm uma grande desvantagem.

– Acho que ir embora não tem desvantagem para mim.

– Talvez não para você. Mas para mim, com certeza.

Theo estava exausto. Claro, ele se importava com o fato de ela estar indo embora. Mas se importar não era o mesmo que amar e Annie não confundiria o cansaço dele com uma declaração repentina.

– Se você não começar a sair de novo com mulheres malucas, vai dar tudo certo – disse Annie.

O sorriso dele, cansado, mas verdadeiro, a surpreendeu.

– Eu deveria me incomodar por ouvir você falando delas desse jeito.

– Mas não incomoda?

– Contra fatos não há argumentos. Está na hora de eu encarar os fatos.

– Não tem nada a ver com encarar os fatos, Theo. Tem a ver com aceitar o fato de que você não pode salvar todo mundo com quem se importa.

– Para minha sorte, você não precisa ser salva.

– Com certeza não preciso mesmo.

Ele passou as costas da mão pela mandíbula.

– Tenho um trabalho para você. Um trabalho remunerado.

Ela não gostava do rumo que o assunto estava tomando, por isso tentou interrompê-lo.

– Eu sabia que era boa de cama, só não sabia que era tão boa assim.

– Tenha piedade, Antoinette. – Ele bufou. – Estou cansado demais para te acompanhar no momento.

Annie revirou os olhos.

– Como se em algum momento conseguisse me acompanhar.

– É um trabalho que você pode fazer da cidade.

Theo pretendia lhe oferecer um trabalho por pena, e aquilo Annie não podia suportar.

– Já sei que tem gente que transa por Skype, mas não é minha praia.

– Quero que você ilustre um livro que estou escrevendo.

– Desculpa. Mesmo se eu fosse ilustradora, o que não sou, não tenho experiência em desenhar humanos despedaçados. – Sim, ela estava impossível. Impossibilitando que seu coração falasse.

Ele suspirou.

– Há uma semana tenho dormido muito pouco e não consigo me lembrar da última vez que comi. Meu peito está doendo. Meus olhos estão ardendo. Minha mão tem bolhas. E você só quer fazer piadas.

– Sua mão? Deixe-me ver. – Ela tentou pegá-la, mas ele escondeu a mão nas costas.

– Vou cuidar da minha mão, mas primeiro quero que você me ouça.

Ele não aceitaria a recusa dela tão facilmente.

– Não preciso. Já tenho mais trabalho do que consigo assumir.

– Annie, pelo menos uma vez, será que você pode facilitar as coisas para mim?

– Talvez um dia, mas não hoje.

– Annie, você está deixando o Theo triste. – Nenhum dos dois percebeu que Lívia estava prestando atenção a eles. Ela espiou ao redor das pernas de Theo. – Acho que você devia contar seu segredo livre pra ele.

– Não vou contar! – Ela arregalou os olhos para Lívia. – E você também não.

Lívia olhou para Theo.

– Então acho que você devia contar o *seu* segredo livre para ela.

Ele ficou tenso.

– A Annie não quer ouvir meu segredo livre.

– Você tem um segredo livre? – perguntou Annie.

– Tem, sim. – Lívia se intrometeu de modo sério do alto de seus 4 anos. – E eu sei qual é.

Foi a vez de Theo arregalar os olhos para Lívia.

– Procure umas pinhas. Muitas. – Ele fez um gesto indicando a parte de trás do gazebo. – Ali.

Annie não aguentava mais.

– Mais tarde – disse ela. – Precisamos voltar para o chalé para ver se sua mãe está acordada.

– Não quero ir! – Lívia ficou muito irritada.

– Obedeça à Annie – disse Theo. – Eu termino a casa de fadinhas. Você vai vê-la depois.

O incêndio havia tirado o mundo de Lívia do eixo. Ela não havia dormido o suficiente e estava irritada como qualquer criança cansada da idade dela.

– Não vou! – ela gritou. – E se você não me deixar ficar, vou contar os segredos livres dos dois!

– Você não pode contar um segredo livre. – Annie disse, pegando no braço dela.

– Não pode de jeito nenhum! – exclamou Theo.

– Posso – respondeu Lívia –, porque os dois são iguais!

Capítulo vinte e cinco

Theo não conseguia pensar. Ficou ali como uma das gárgulas da Harp House, com os pés congelados no chão, enquanto Annie conseguia levar a menina teimosa para o carro. Ficou olhando sem reação enquanto Annie partia com o carro.

Posso, porque os dois são iguais!

Annie tinha sido muito clara quando disse que ele tinha bagagem demais. Mas não era assim que ele se sentia no momento. As ruínas chamuscadas da casa representavam tudo o que ele estava deixando para trás. Tudo que o impedia de analisar seu coração e de ser o homem que queria ser. Ele amava Annie Hewitt do fundo da alma.

Annie havia dito a Lívia que o amava? O que exatamente dissera? Porque ele tinha a sensação desanimadora de que ela não sentia o mesmo que ele.

A realidade o golpeou no mesmo dia em que ele encontrou as pedras de Regan. Quando Lívia exigiu que ele contasse a ela o tal do "segredo livre", as palavras saíram dele com uma facilidade enorme. Ele se sentia como se amasse Annie desde os 16 anos – e talvez assim tivesse sido.

Você tem bagagem demais.

As palavras de Annie o haviam transformado em um covarde. Ele tinha um histórico desanimador com as mulheres e, apesar de todas as piadas que fazia a respeito do dinheiro dele, ela não queria nem um centavo. Se ela descobrisse que ele tinha sido o comprador daquela maldita poltrona de sereia, jamais o perdoaria. Ele só podia dar seu coração a ela – algo que ela havia deixado bem claro que não queria.

Mas ele não era tão covarde a ponto de não insistir. Havia planejado dar a ela um tempo até o último dia para que pudessem esfriar a cabeça depois da última discussão no cais. Tinha pensado em preparar o melhor café da manhã da vida e levá-lo a ela no *Lucky Charm* naquela manhã. Pensou que de algum modo poderia convencê-la de que a bagagem dele era coisa do passado – que estava livre para amá-la, independentemente de ela poder amá-lo também. Mas o incêndio tinha estragado tudo.

Precisava da mente clara. De algumas horas de sono. De um banho, com certeza. Mas não tinha tempo para nada daquilo. Annie tinha que sentir a urgência dele tão forte quanto ele próprio sentia. Só assim poderia convencê-la a não desistir dele.

Boa sorte. Você já estragou tudo.

A falta de sono já o prejudicava porque agora estava ouvindo a boneca dela, Scamp. Deu as costas para as ruínas da Harp House, pegou seu carro e partiu em direção ao chalé.

Ela já tinha ido. Havia deixado Lívia em casa e partido para a cidade como se só pudesse sobreviver se fugisse dele. A ansiedade revirava seu estômago quando partiu atrás dela.

O Suburban não era páreo para o Range Rover dele, por isso Theo a alcançou depressa. Buzinou, Annie não parou. Ele continuou buzinando. Ela devia ter ouvido, mas – não só não parou – acelerou.

Eu te falei, disse a maldita boneca. *Você está muito atrasado.*

Até parece que estou atrasado! Eles estavam em uma ilha, e ela chegaria logo à cidade. Ele só tinha que ser paciente e segui-la. Mas não queria ser paciente. Queria Annie naquele momento, e se ela não conseguisse entender a seriedade dele, ele mostraria para ela.

Bateu na traseira do Suburban. Não foi forte o suficiente para fazer com que ela desviasse. Só o suficiente para ela saber que ele estava determinado. Aparentemente, ela também estava determinada porque continuou dirigindo. O Suburban era uma lata velha com tantos amassados que mais alguns não fariam diferença, mas não podia dizer o mesmo sobre o Range Rover. Porém ele não se importava. Bateu nela de novo. E outra vez. Por fim, o único freio que ainda restava no Suburban entrou em ação.

O carro parou, a porta se abriu com tudo e Annie saiu. Ele também saiu e ela gritou:

– *Não quero falar sobre isso!*

– Tudo bem! – ele gritou. – Eu falo, então. Eu te amo, e não me envergonho disso nem um pouco, e pode ser que você não tenha tanta bagagem quanto eu, mas não finja não ter acumulado certa bagagem com todos os namorados que teve.

– Foram só dois!

– E só duas para mim, então estamos empatados!

– Nem de longe! – Eles estavam separados por cinco metros e ela continuava gritando. – Meus dois namorados eram imbecis egoístas! As duas eram malucas homicidas!

– Kenley não era homicida!

– Quase! E tudo o que fiz depois de meus términos foi assistir a reprises de *Big Bang* e ganhar três quilos! Não é a mesma coisa que pagar sentença pelo *resto da vida*.

– Não mais! – Ele gritava tão alto quanto ela, e não tinha se mexido. Seu cérebro estava confuso. A garganta, seca. Seu corpo todo doía. Ela, por outro lado, com os cabelos armados e os olhos intensos, parecia uma deusa vingativa no ápice de seus poderes.

Ele partiu na direção dela.

– Quero uma vida com você, Annie. Quero fazer amor com você até te deixar com dificuldade para andar. E ter filhos com você. Desculpa se demorei tanto para entender, mas não estou muito acostumado a me sentir bem. – Ele apontou o dedo para o rosto dela. – Você falou sobre ser romântico. Romance não é nada! É uma palavrinha que não chega perto do que sinto por você. E sei que mais cedo ou mais tarde você vai acabar descobrindo sobre aquela maldita poltrona, mas é assim que faço as coisas! E a partir de agora...

– Poltrona?

Merda! Agora ele estava de frente para duas narinas dilatadas e para flamejantes olhos demoníacos.

– *Foi você* quem comprou a poltrona!

Ele não podia mostrar fraqueza.

– Quem mais te ama o suficiente para comprar aquela coisa horrorosa, inferno?

Annie estava boquiaberta de novo, e Theo estava tão abalado que sentia dor até nos cabelos, mas não parou.

– A oferta de trabalho que tenho para você é *real*. Comecei um novo livro – e desse você vai gostar –, mas não quero falar sobre isso agora. Quero falar sobre nós dois construirmos uma vida juntos, e sobre a minha chance de mostrar a você que o que eu sinto é real e forte, sem qualquer sombra por perto. É o que quero mostrar a você.

Theo desejava lhe contar sobre Diggity. E dizer de novo que queria filhos com ela, para o caso de ela não ter entendido da primeira vez. Queria beijá-la até deixá-la zonza. Fazer amor até ela não conseguir pensar direito. Já estaria fazendo tudo isso, mas Annie se sentou. Bem no meio da estrada lamacenta. Como se suas pernas não funcionassem. Aquilo colocou um fim ao rompante dele como nada mais conseguiria.

Ele foi até ela. Ajoelhou-se ao seu lado. Um feixe de luz do sol passou pelas árvores e brincou de esconde-esconde com o rosto dela. O castanho dos cachos que ele tanto amava emoldurava o rosto dela – o rosto mais lindo que ele já tinha visto, tomado de vida, tomado por todas as emoções que formavam quem ela era.

– Você está bem?

Ela não respondeu e a Annie sem palavras o assustou, por isso ele tentou de novo.

– Quero uma vida com você. Não consigo imaginar uma vida com mais ninguém. Pode pelo menos pensar nisso?

Ela balançou a cabeça assentindo, mas foi um meneio desorientado, e ela não parecia convencida. Se ele se afastasse, poderia perdê-la para sempre, por isso contou sobre Diggity e sobre o fato de ele querer que ela ilustrasse o livro que ele estava escrevendo para crianças e não para adultos, e sobre como seus leitores adorariam os desenhos engraçados que ela fazia. Theo se sentou com ela no meio da estrada lamacenta e explicou que amor para ele sempre tinha sido sinônimo de catástrofe e, por isso, havia demorado tanto para dar nome ao que sentia por ela – para a tranquilidade, para a conexão e para a ternura. Ele quase engasgou ao dizer a última palavra, não por não estar sendo totalmente sincero, mas porque – mesmo para um escritor – dizer uma palavra como "ternura" em voz alta dava a impressão de que ele tinha que devolver sua carteirinha de macho. Mas Annie mantinha os olhos grudados no rosto dele, por isso ele repetiu e continuou, dizendo que ela ficava linda quando ele estava dentro dela.

Isso sem dúvida chamou a atenção de Annie e então ele começou com um pouco de indecência. Falou mais baixo. Sussurrou em seu ouvido. Disse o que queria fazer com ela. O que queria que ela fizesse com ele. Os cabelos dela faziam cócegas nos seus lábios, seu rosto estava corado, e a calça jeans dele ficou justa demais, mas Theo se sentia homem de novo, um cara perdidamente apaixonado à mercê daquela mulher que brincava com fantoches e ajudava menininhas mudas a falarem de novo, que o salvou de um abismo de desesperança. Aquela mulher sarcástica, sensual e totalmente equilibrada. Ele acariciou o rosto de Annie.

– Acho que te amo desde os 16 anos.

Ela inclinou a cabeça como se estivesse esperando alguma coisa.

– Tenho certeza disso – disse ele com mais firmeza, apesar de não ter certeza nenhuma. Quem poderia analisar os anos de adolescência deles e ter certeza de alguma coisa? Mas Annie queria algo mais dele, e ele tinha que dar o que ela queria, apesar de não fazer ideia do que era.

Do nada, ele ouviu a voz de um fantoche.

Dê um beijo nela, seu tonto!

Não havia nada que ele desejasse mais, mas estava fedendo a fumaça, o rosto estava coberto por fuligem e óleo, e as mãos estavam imundas.

Dê o beijo logo.

E ele deu. Passou as mãos sujas entre os cabelos dela e a beijou forte. O pescoço, os olhos, os cantos de sua boca. Beijou os lábios dela como se dependesse daquilo para viver. Beijou o futuro nela. Tudo o que poderiam ter e tudo o que poderiam ser. Os sons baixos que eles emitiam juntos se tornaram um poema aos ouvidos dele.

Annie apoiou as mãos nos ombros dele e não o afastou, mas o puxou para mais perto. Ele se perdeu ela. E se encontrou.

Quando o beijo finalmente terminou, Theo manteve as mãos sujas nas faces igualmente sujas dela. A fuligem cobria a ponta de seu nariz. Os lábios dela estavam inchados pelo beijo. Os olhos brilhavam.

– Segredo livre – sussurrou ela.

Ele sentiu o estômago revirar. Lentamente, soltou a respiração.

– Capriche.

Ela pressionou os lábios aos ouvidos dele e sussurrou seu segredo.

Foi bom. Muito bom. Na verdade, não poderia ter sido melhor.

Epílogo

O sol do verão iluminava as cristas das ondas e reluzia nos mastros de dois barcos à vela navegando a favor do vento. Havia cadeiras azuis de madeira no pátio do jardim, que tinham sido posicionadas bem na frente da velha casa de fazenda para dar uma vista melhor do mar distante. Rosas, margaridas e capuchinhas se abriam no jardim próximo dali, e um caminho sinuoso levava o pátio de pedra de volta ao campo até a casa da fazenda, que era duas vezes maior do que já tinha sido. Um agrupado de árvores abrigava uma pequena edícula à esquerda, onde uma poltrona feia de sereia ficava na varanda.

No pátio do jardim, um guarda-sol, fechado sob a brisa do início da tarde, se erguia do centro de uma mesa de madeira comprida o bastante para acomodar uma família grande. Uma gárgula antiga de pedra com um boné do Knicks pendurado torto em seu topo já tinha guardado uma casa do outro lado da ilha. Agora, ficava protegida por um vaso de cerâmica cheio de gerânios. Havia vestígios de um verão no Maine espalhados por todos os lados: uma bola de futebol, um patinete cor-de-rosa, óculos de natação abandonados, hastes para fazer bolhas de sabão e giz para riscar a calçada.

Um menino de cabelos lisos e pretos e uma carranca estava sentado de pernas cruzadas entre duas das cadeiras de madeira, conversando com Scamp, que olhava para ele por cima do braço de um dos assentos.

– E... – dizia o menino, foi por isso que bati os pés. Porque ele me deixou muito, mas *muito* bravo.

– Que horror! – A boneca chacoalhou os cachos de palha. – Me conta de novo o que ele fez, exatamente.

O menino, que se chamava Charlie Harp, impacientemente tirou os cabelos da testa e bufou, irritado.

– Ele não me deixa dirigir a caminhonete!

– Aquele *patife*! – Scamp pressionou a mão de pano na testa.

Um suspiro longo foi ouvido da outra cadeira. Scamp e Charlie o ignoraram.

– E aí... – Charlie acrescentou. – Ele ficou bravo comigo só porque eu tomei meu carro turbo da minha irmã. Era *meu*.

– Absurdo! – Scamp fez um gesto de desdém para a menininha de cabelos enrolados que cochilava em cima de um colcha velha na grama. – Só porque você não brinca com aquele carrinho há anos não é motivo para ela pegá-lo. Sua irmã é uma chata. Ela nem gosta de você.

– Bom... – Charlie franziu o cenho. – Ela gosta um pouco de mim.

– Gosta nada.

– Gosta, sim! Ela ri quando faço caretas e quando eu brinco com ela e faço barulhos, ela fica maluca!

– *Trés intéressant* – disse Scamp, que ainda gostava de idiomas.

– Às vezes, ela joga a comida dela no chão, e é bem engraçado.

– Hmmm... Talvez... – Scamp tocou o próprio rosto. – Não, esqueça que eu disse isso.

– Conta.

– Bom... – A boneca tocou a outra face. – Eu, Scamp, estou pensando que seu carro turbo é um brinquedo de criança, e se alguém vir você brincando com ele, vai pensar que você é...

– Ninguém vai pensar nada porque vou dar aquele carrinho de criança para ela!

Scamp olhou para Charlie espantada, de boca aberta.

– Eu deveria ter pensado nisso. Agora, acho que preciso compor uma música para...

– Sem música!

– Muito que bem. – Scamp fungou, profundamente ofendida. – Se você vai agir *assim*, vou te dizer o que a Dilly disse. Ela disse que você não pode ser um super-herói de verdade se não aprender a ser bonzinho com crianças pequenas. Foi *isso* o que ela disse.

Charlie não tinha um bom contra-argumento, então ficou cutucando o curativo em seu dedão do pé e voltou a ficar mal-humorado.

– Sou uma criança da ilha.

– Infelizmente, só no verão – disse Scamp. – No resto do ano, você é uma criança da cidade.

– O verão conta! Ainda continuo sendo uma criança da ilha, e crianças da ilha podem dirigir.

– Quando fazem *10* anos. – Aquela voz grave e assertiva era de Leo, que era o segundo favorito de Charlie entre os fantoches – muito mais interessante do que o chato do Peter ou a tonta da Crumpet; até mesmo do que Dilly, que sempre ficava falando que ele tinha que escovar os dentes e coisas assim.

Leo olhou para Charlie por cima do braço da cadeira ao lado.

– As crianças da ilha precisam ter pelo menos 10 anos para dirigir. Você, *parceiro*, tem 6.

– Logo, logo vou fazer 10.

– Não tão logo assim, ainda bem.

Charlie arregalou os olhos para a boneca.

– Estou muito bravo!

– Claro que está. Superbravo. – Leo girou a cabeça para um lado e depois para o outro. – Tenho uma ideia.

– Qual?

– Conte a ele que você está muito bravo. Depois, faça cara de coitado e peça a ele que te leve para pegar ondas. Se você fizer uma boa cara de coitadinho, aposto que ele vai se sentir tão mal que vai te levar.

Charlie não era bobo. Ele olhou para Leo, depois para o homem que o segurava.

– É mesmo? Podemos ir agora?

Seu pai deixou Leo de lado e deu de ombros.

– As ondas parecem boas. Por que não? Pegue suas coisas.

Charlie se levantou e correu em direção à casa, com as perninhas apressadas. Mas assim que chegou ao degrau de cima, parou e se virou.

– Vou dirigir!

– Não vai, não! – respondeu a mãe, tirando Scamp de seu braço.

Charlie correu para dentro, batendo os pés, e o pai riu.

– Adoro esse menino.

– Que surpresa. – A mãe de Charlie olhou para a bebezinha que dormia. Os cabelos loiros e armados da menina eram totalmente diferentes dos fios lisos dos cabelos do irmão, mas os dois tinham os mesmos olhos azuis do pai. Também tinham a personalidade irreverente da mãe.

Annie se recostou na cadeira. Theo não se cansava de olhar para o rosto sábio da mulher. Esticou o braço e pegou a mão dela, passando os dedos por cima da aliança de casamento incrustada de diamantes que ela disse que era chique demais, mas que amava mesmo assim.

– A que horas nos livramos deles?

– Vamos deixá-los na casa da Bárbara às quatro. Ela vai servir o jantar para eles.

– E assim ficamos com a noite toda para fazermos safadezas embriagados.

– Não sei se vamos nos embriagar, mas eu topo as safadezas.

– Que bom. Amo aqueles pestinhas do fundo do coração, mas eles atrapalham nossa vida sexual.

– Hoje à noite, não vão atrapalhar. – Annie apertou a coxa dele.

– Você está me matando. – Theo gemeu.

– Nem comecei ainda.

Ele esticou o braço para tocá-la. Quando Annie sentiu a mão dele em seus cabelos, ficou se perguntando se era errado de sua parte gostar tanto de desempenhar o papel da *femme fatale*. Adorava o poder que tinha sobre ele – um poder que usava apenas para afastar as sombras. Ele era um homem diferente daquele que ela tinha encontrado sete anos atrás, de pé na escada, segurando um revólver. Os dois estavam diferentes. A ilha, que ambos já tinham odiado, havia se tornado o lugar preferido dela na Terra, um refúgio da correria de sua vida normal.

Além de atender crianças problemáticas, Annie dava seminários de fantoches a médicos, enfermeiras, professores e assistentes sociais. Nunca pensou que adoraria tanto seu trabalho. Seu maior desafio era equilibrar a carreira com a família que significava tudo para ela, os amigos que ela adorava. Ali na ilha, ela tinha tempo para fazer o que às vezes deixava de fazer no resto do ano, como a festa de 10 anos que tinha feito para Lívia na semana anterior, quando Jaycie e sua nova família, agora vivendo no continente, tinham ido visitá-los.

Ela virou o rosto para a luz do sol.

– É muito bom ficar sentada aqui.

– Você trabalha demais – ele disse, e não era a primeira vez.

– Não sou a única. – Não era totalmente surpreendente que os livros de Diggity Swift tinham se tornado tão bem-sucedidos. As aventuras de Diggity levavam seus leitores adolescentes à beira do horror sem empurrá-los para o inferno. Annie adorava que seus desenhos engraçados inspiravam o marido e agradavam aos fãs.

Charlie saiu correndo da casa. Theo se levantou com relutância, beijou Annie, pegou um dos cookies de cranberry do pote que tinha encontrado na escada da casa da fazenda naquela manhã, olhou para a filha que dormia e seguiu para a praia com o filho. Annie abraçou as pernas junto ao peito e suspirou.

Em seus antigos livros góticos, o leitor nunca conseguia ver o que acontecia com os mocinhos quando a vida real entrava na rotina e eles tinham que lidar com todos os problemas: tarefas domésticas, crianças gritando, dificuldades e os desafios de ter que lidar com a família – a dele, não a dela. Elliott havia se tornado menos severo com a idade, mas Cynthia continuava pretensiosa como sempre e deixava Theo louco de raiva. Annie era mais tolerante porque Cynthia era uma avó excelente – muito melhor com crianças do que com adultos – e as crianças a adoravam.

Quanto à família de Annie... a irmã viúva de Niven Garr, Sylvia, juntamente com o companheiro de longa data dele, Benedict – ou vovô Bendy –, como Charlie o chamava, chegariam logo para a visita anual de verão. No começo, Sylvia e Benedict desconfiaram de Annie, mas depois de um exame de DNA e de algumas visitas esquisitas, eles tinham se aproximado como se sempre tivessem feito parte da vida uns dos outros.

Mas, naquela noite, seriam apenas Theo e ela. No dia seguinte, eles pegariam os filhos e iriam para o outro lado da ilha. Annie os imaginou se despedindo da família de Providence que havia alugado a casa da escola naquela temporada, e então subindo pelo caminho tortuoso até o topo do penhasco para ter uma boa vista da ilha.

As casas anexas à Harp House tinham sido demolidas muito tempo antes, e a piscina tinha sido aterrada por questão de segurança. Só a torre coberta por vinhas continuava sendo o que já tinha sido. Ela e Theo se deitavam em cima de um cobertor bebericando um bom vinho enquanto Charlie corria livremente como só uma criança da ilha podia fazer. Por fim, Theo pegaria a filha deles no colo, beijaria sua cabeça e a sentaria em um velho pedaço de tronco de abeto. Ele se agacharia, juntaria as conchinhas espalhadas por ali, e sussurraria em seu ouvido:

– Vamos construir uma casa de fadinhas.

Este livro foi composto com tipografia Electra Std e impresso
em papel Off-White 70 g/m² na gráfica Rede.